大学生职业生涯规划与就业创业指导

Daxuesheng Zhiye Shengya Guihua yu
Jiuye Chuangye Zhidao

赵麟斌　主　编
洪建设　副主编

高等教育出版社·北京
HIGHER EDUCATION PRESS　BEIJING

内容简介

　　本书是一本大学生职业生涯规划设计必读书。它以实用为目的，从职业生涯的认识和规划设计、职业生涯发展理论和测评、创业和就业准备、指导和权益保护、职业的适应与发展以及大学生创业教育等方面进行系统介绍，所涉及内容丰富且通俗易懂，并具有一定指导性。书中配有大量的阅读材料和具体实例，可成为大学毕业生职业生涯规划道路上的良师益友。

　　本书由多位具有大学生创业就业指导工作经验的一线优秀教师编写，适合作为大学毕业生就业创业指导课程的教材。

图书在版编目（CIP）数据

大学生职业生涯规划与就业创业指导/赵麟斌主编. —北京:高等教育出版社，2011.6
ISBN 978 - 7 - 04 - 032582 - 9
Ⅰ.①大… Ⅱ.①赵… Ⅲ.①大学生-职业选择-高等职业教育-
教材 Ⅳ.①G647.38

中国版本图书馆 CIP 数据核字（2011）第 071445 号

策划编辑	刘洛克	责任编辑	边晓娜	封面设计	赵　阳	版式设计	王　莹
插图绘制	黄建英	责任校对	金　辉	责任印制	田　甜		

出版发行	高等教育出版社	咨询电话	400 - 810 - 0598
社　　址	北京市西城区德外大街 4 号	网　　址	http://www.hep.edu.cn
邮政编码	100120		http://www.hep.com.cn
印　　刷	北京铭传印刷有限公司	网上订购	http://www.landraco.com
开　　本	787×1092　1/16		http://www.landraco.com.cn
印　　张	15.5	版　　次	2011 年 6 月第 1 版
字　　数	380 000	印　　次	2011 年 6 月第 1 次印刷
购书热线	010 - 58581118	定　　价	27.80 元

本书如有缺页、倒页、脱页等质量问题，请到所购图书销售部门联系调换
版权所有　侵权必究
物　料　号　32582 - 00

序
——走进春天里

三月的榕城,寒意犹长,但满眼的绿树、青草和雨丝,已将春的气息不可阻挡地四处散播。"就业",这个牵动千家万户的话题,在每年春节过后就不可避免地敏感和热闹起来。

三年前,拜读了赵麟斌教授主编的《大学生职业生涯规划与就业指导》书稿,受到不少启发,作为长期从事人事人才工作的我,对其为大学生就业所作的探索和努力深表感谢,并应约为之作序。近日,赵麟斌教授又送来一部新书稿——《大学生职业生涯规划与就业创业指导》,这是前面一书的后续之作。我对赵麟斌教授和他的团队对大学生就业问题坚持不懈的研究,并在三年的短时间内又结出了可喜的果实深表敬佩。

可以说,近几年的大学生就业,依旧如这三月的春寒,难以快速转暖,且伴随着高等教育从精英化走向大众化,中国的大学生就业难将是一个长期的态势。正是在此背景下,赵麟斌教授编写的这些关于就业指导的著作才更显宝贵和难得。编者知道,他们并不能回避依旧严峻的就业形势,所能做的,就是用文字和知识的力量,向毕业生传递着人生道路上的关怀。这种关怀是呵护,是指引,是交流,字里行间洋溢着对大学生顺利走上人生新征程的殷殷期盼。他们渴望与青年学子一起,驱散对就业的恐惧,迎接人生的春天。

赵麟斌教授先后在地方党政部门和高校担任领导工作,在长期的实践中积累了丰富的教学和管理经验,对于关系高校发展和建设的许多问题都有独到见解。此次即将出版的《大学生职业生涯规划与就业创业指导》,与前一书相比,重点转在论述"职业生涯",并突出了对"创业"的关注。这体现了编者研究视角的与时俱进,对"创业"的重视也符合国家对大学生就业政策的导向。该书一如既往地紧密结合当前高校毕业生就业实际,积极回应严峻的就业挑战,分析何为职业生涯,指导大学生在求学期间如何设计职业生涯规划,如何培养和提升职业能力和综合竞争力,在就业时如何保护自身权益,如何正确创业等问题。全书理论结合大量实例,使其所述方法更具说服力和针对性,对于当代大学生今日的择业、就业、创业,以及将来的人生运筹,都具有很强的指导意义。该书的出版,对广大高校学子是关心和指导,对从事毕业生就业工作的同仁是交流和帮助。它带给大家的,不仅是就业的信心,更是一群以人为本、关爱学子成长和成才的高校教师的心灵写照。它告诉所有为就业工作付出心血的人们,这条路上并不寂寞和孤单。

2011年的毕业生人数将达660万,加上往届没有实现就业的,需要就业的毕业生数量之大可想而知,就业任务非常艰巨。作为一名多年关注和服务高校毕业生就业的人事工作者,我深感肩上责任重大。大学生就业是一个庞大的工程,要解决好绝非易事,需要社会各方的共同努力。我衷心希望,莘莘学子能先练好"内功",增强素质和能力的同时,确立良好的就业观念,树立职业生涯规划意识。这一点很重要,他们应该可以从赵麟斌教授主编的就业指导系列著作中受益。

　　作者倾心的付出,正是为了引导大学生以科学的态度和方法规划自己的未来,让关于"就业"的一切变得积极、乐观起来。让我们迈开脚步吧,有了这么多人的努力,就业的路将会变得日益平坦,因为我们已经走进了春天里!

中共福建省委组织部副部长
福建省公务员局局长
福建省人力资源开发办公室主任

2011 年 1 月

前　言

随着改革开放的不断深入和社会经济的快速发展,中国高等教育已从传统的精英教育过渡到了大众化教育阶段,今后仍将朝着普及化的方向发展。这是中国应对汹涌而来的知识经济浪潮,满足广大民众日益增长的教育需求的必然选择,也是提升综合国力的必然需要。教育大众化要求普通高等学校不断地大规模扩大招生,而扩大招生的结果必然导致大学规模的急剧扩张和毕业生就业的现实矛盾。

高校毕业生人数的迅速增加,从根本上改变了就业市场的供求关系。大学生就业日益艰难,出现了前所未有的严峻形势,从巅峰走下来的昔日骄子不再有那么强烈的优越感,而是更多感悟到了危机感和受挫感,使得与"招生"相伴而来的大学生"就业难"或"难就业"成为社会又一普遍关注的热点问题。一方面是叹大学生就业之多艰,大学生找工作难的呼声越来越高;另一方面是大学生职业化素质不高、职业规划意识淡薄而导致自身市场竞争力较低。因此,能否较好地解决大学生顺利就业的问题不仅涉及大学生这一特殊社会群体的切身利益,也牵连着大学生身后千千万万个家庭的幸福,关系着我国高等教育事业持续、健康、协调的发展,影响着整个社会的和谐与稳定。各级政府和社会各界完全有责任、有义务去关心、帮助、扶持大学生就业、创业和生存。

大学生顺利、充分就业、创业的实现,从根源上讲与我国的经济发展有着密不可分的关系,只有国民经济的稳健发展、产业结构的不断调整、产业层次的持续提升以及产业规模的不断扩大,才能为大学生提供更多的就业岗位、创造更多的就业机会;而承担着培养人才使命的高等院校,也应以市场需求为导向,致力调整学科专业结构,不断深化教学方式和教学内容的变革,改变人才培养模式,注重培养学生实践能力和动手能力,从而提升学生的综合素质。同时对就业者本身来说,也要转变就业观念,通过课堂内外的教育活动不断提升自身的综合素质,正确认识自我和认识社会,进一步拓宽就业的渠道,调整好就业期望值,有效收集就业信息,充分了解各种就业政策,强化就业技巧的训练,科学把握就业形势,树立"人职匹配"的就业观,进行正确的职业生涯规划,不断发展自我和实现自我,适时规避就业风险,多渠道、多形式地科学择业,积极创业,实现用人需求与自身愿望的有效对接。

当前我国大学生的就业大多为自主求职与自主创业两种方式。大学生在求职的过程中,要正确认识和评价自己,发现自己的特点和优势,在选择职业方向时必须结合个人的性格特点、兴趣所在以及身体素质,拓展自己的职业视野,定位要相对清晰,以积极的心态进行求职择业;自主创业是青年学生实现就业的活力所在,是大学生个人价值和社会价值实现的另一种重要方式,但对初出茅庐的大学毕业生来说更是一种挑战,绝非易事。自主创业需要更扎实的基础理论、更强的动手操作能力;需要有吃苦耐劳、坚持到底的决心与毅力;需要具备较强的管理能力、辨别能力和决断能力。无论是自主求职还是自主创业都应做好职业生涯规划设计,"凡事预则立,不预则废",只有准确定位自我,对职业发展趋势、职业内涵、职业素质有充分的认识,把迈入社会的第一步与人生发展的大目标结合起来,按照"择己所爱、择己所长、择世所需、择己所利"选择自己的职业,树立就业信心,在校期间努力充实自己,按照职业生涯规划逐渐积累所需具备的素质、能力,采取"主动出击"的战略,化被动为主动,才能一步一步地向职业目标靠近。这样才能在严峻的就业市场中脱颖而出,立于不败之地,从而冲出就业的冬天,迎来就业的春天。

缘于上述认识,我们在继 2008 年出版的《大学生职业生涯规划与就业指导》一书后,在原有的基础上,进一步拓宽了理论与实践视野,倾注了许多的精力,融入了许多新感想和新体会,重理思路,对大学生职业生涯规划与就业创业进行整体性、系统性的建构,撰写了这本《大学生职业生涯规划与就业创业指导》新著。无论是职业生涯规划,还是就业创业的准备、应对、素质的提升都涉及很具体的层面,在研究和写作过程中,我们力求做到紧扣当前高校毕业生的就业实际,国内情况与国外情况相结合,理论与实践紧密衔接,使本书的内容更加全面和完美。全书直面当前大学生严峻的就业挑战,以职业生涯规划为起点,以自主求职就业和自主创业为基本面,全面、系统地阐述了大学生职业生涯规划与就业创业指导。书中的理论和方法对于大学生的择业、就业与创业都具有较强的引导和指导作用,凸显实用性,可作为大学生职业生涯规划与就业创业的指南。

在本书的编写过程中,紧密结合大学生职业生涯规划教育和就业创业实践,力求做到理论与实践有机结合。我们阅读了大量有关大学生职业生涯规划与就业创业的研究资料,参考了大量的相关专著和论文,吸收和借鉴了相关作者的研究成果和学术精华,在此深表感谢和敬意!

本书由赵麟斌担任主编,洪建设担任副主编。参编人员及其具体分工如下:赵麟斌制定全书写作大纲并撰写了第一、九章;福建师范大学简伟雄、陈春鹏、陈一收、赵胜宇分别撰写了第三、六、七、十章;闽江学院汪培南、苏礼和、刘昌成分别撰写了第二、四章与第五、八章。全书由洪建设、陈一收统稿,最后由赵麟斌审阅定稿。薛洪娟等在资料收集、文字编校及其他方面作了大量的具体工作,在此亦表谢意。

由于经验和水平有限,本书在编写过程中难免存在疏漏和不妥之处,诚恳期待专家学者指导,并欢迎广大读者批评惠正。

编　者
2011 年 4 月

目　录

第一章
认识职业生涯

 **本 章 要 点**

本章将从职业生涯概述和大学生自我认识两方面来为广大的在校大学生进行分析职业生涯的概念、内容以及基本要求,使大学生能为今后制订适合自己发展的职业生涯规划奠定理论知识基础。

对于刚进入大学院校的所有新生来说,大家都是处在同一个起跑线上的,而在大学毕业的一年后却出现了多种不同的局面:有的同学仍然被"闲置在家",而有的同学则在职场上"如鱼得水",等等。为什么在当时的同一起点起跑的人,却面临着不同的境况呢?

作为一个大学生,如果有人问你,4年后你的工作将在哪里时?你是摇头,茫然?还是自信地告诉他我已经为自己制订了一个4年计划,相信自己4年之后一定会在某一个工作位置上?如果你的回答是后者,那么应该恭喜你,你已经懂得了为自己做一份职业生涯规划,你已经领先于了你的同伴,成功就在前方,你现在要做的就是奋力前行。

俄国著名作家车尔尼雪夫斯基曾经说过:"没有目标,哪来的劲头?"每个人要想自己的人生过得有意义,都应该有自己的人生规划。而就大学生而言,随着当前就业形势的愈发严峻,大学生职业生涯规划已成为一种必然,成为新形势下加强高校学生思想政治教育,增强高校学生自主独立意识,开拓美好前程的一种行之有效的方式和方法。

第一节　职业生涯概述

职业生涯规划在现代人力资源管理中是一项关键性的职能,由于它既有利于企业人力资源增值,形成人力资源优势,又有利于个体的职业发展和价值体现,因此备受社会的关注和推崇。如今,职业生涯规划已经广泛运用到企业、社团、政府部门等各个领域。大学生正处于对个体职业生涯的探索阶段,这一阶段对职业的选择,对大学生今后的职业生涯的发展起着铺垫性的作用。所以,从含义、背景、现状、对策、意义五个方面去认识和了解职业生涯,有利于为大学生进行职业生涯规划提供清晰的知识框架和理论指导。

一、大学生职业生涯规划的含义

职业生涯规划是指将个人的发展与组织的发展相结合,对决定一个人职业生涯的主客观因素进行分析、总结和测定,以确定一个人的事业奋斗目标,并选择实现这一目标的职业,编制相应的工作、教育和培训行动方案,且对每一步骤的时间、顺序和方向做出合理安排的过程。简言之,职业生涯规划并不是一个单纯的概念,它是一个人对其一生中所从事职业相继历程的预期和计划,与个体条件及所处的外部条件存在着密切的互动关系。

(一)生涯的含义

生涯来自英语"career"词汇,"生",即"活着";"涯",即"边界"。广义上理解,"生",自然是与一个人的生存发展、个体生产相联系的;"涯",则有边际的含义,即指人生经历、生活道路和职业、专业、事业。人的一生,包含少年、成年、老年几个阶段。成年阶段无疑是最重要的时期,这一时期之所以重要,是因为这是人们从事职业生活的主要阶段,也是追求人生价值、实现人生目标的关键时期,是人生全部生活的主体阶段。

对于"生涯"一词有诸多解释,目前较为广泛的用法是美国生涯理论专家萨珀的观点:"生涯"是生活当中各种事件的方向,它统合了个人一生中各种职业的角色,表现为个人独特的自我发展形态,它也是人生自青春期至退休所有有酬与无酬职位的综合,除了职位以外还包括与工作有关的各种角色。生涯发展是以个人为中心的,只有个人在寻求它的发展的时候,它才存在。萨珀认为,生涯是个人终其一生所扮演角色的整个过程,可以分为三个层面。第一层面的时间是指个人的年龄或是生命的进程,可细分为成长、试探、建立、维持、衰退等时期;第二层面的广度或范围是指每个人一生所扮演的各种不同的角色,如小孩、学生、公民、家长、工作者、领导者等。第三层面是深度,即个人投入具体职业的程度。

(二)职业生涯的含义

所谓的职业生涯就是一个人的职业经历,它是指一个人一生中所有与职业相联系的行为与活动,以及相关的态度、价值观、愿望等连续性经历的过程,也是一个人一生中职业、职位的变迁及工作、理想的实现过程。职业生涯是一个动态发展的过程,它并不包含职业上的成功与否,每个工作着的人都有自己的职业生涯。由此也可以认为,职业生涯是以心理开发、生理开发、智力开发、技能开发、伦理开发等人的潜能开发为基础,以工作内容的选择,工作业绩的评价,工资待遇、职称、职务的变动为标准,以满足需求为目标的工作经历和内心体验的经历。

(三)职业生涯规划的含义

职业生涯规划又称为"职业生涯设计",是指个人和组织相结合,在对一个人职业生涯的主客观条件进行测定、分析、总结研究的基础上,对自己的兴趣、爱好、能力、特长、经历及不足等各方面进行综合分析与权衡,结合时代特点,根据自己的职业倾向,确定其最佳的职业奋斗目标,并为实现这一目标做出行之有效的职业安排。

职业生涯规划,既包括个人对自己进行的个体职业生涯规划,也包括各种组织对员工进行的职业规划管理体系。职业生涯规划不仅可以使个人在职业起步阶段成功就业,在职业发展阶段走出困惑，到达成功彼岸；对于组织来说，良好的职业生涯管理体系还可以充分发挥员工的潜能，给优秀员工一个明确而具体的职业发展引导，从人力资本增值的角度促进企业价值的最大化。

（四）大学生职业生涯规划的含义

大学生职业生涯规划是指大学生在就读期间对未来从业计划和职业发展进行系统规划的过程。它包括大学期间的学习规划、职业规划、生活规划等方面，职业生涯规划的有无与好坏会直接影响到大学生的学习情况和生活质量，也会影响到求职就业甚至未来的职业生涯。从狭义上说，这一阶段是职业的准备期，主要目的是为未来的就业和职业发展做好各方面的准备，包括思想、心理、知识、身体、实践能力、社会关系等。客观而言，进行系统的理论学习和相关的社会实践至关重要，而能够担此教育重任的人不仅要有相关的理论知识和学科背景，还应该具备丰富的职场经验并接受过系统的职业生涯辅导训练。

二、大学生职业生涯规划提出的背景

大学生职业生涯规划的兴起，可以追溯到 20 世纪 90 年代。近几年，职业生涯规划十分快速地普及开来，不论是企业还是事业单位都已经将其提上日程，得到了人们前所未有的关注。具体背景主要有以下几个方面。

（一）大学生的教育方式从"精英"走向"大众"

人类社会跨入 21 世纪，中国高等教育以惊人的速度向大众化时代迈进。美国著名的教育社会学家马丁·特罗教授在《从大众向普及高等教育的转变》和《高等教育的扩展与转化》中提出了高等教育发展阶段划分的理论：当一个国家大学适龄青年中接受高等教育者的比率在 15% 以下时，属于精英高等教育阶段；达到 15% ~ 50% 范围则是高等教育的大众化阶段；上升到 50% 以上则为普及高等教育阶段。这一划分标准被国际公认，用来衡量一个国家的高等教育发展水平。我国高等教育的入学率从 1998 年的 9% 上升到 2010 年 18%，已达到了高等教育大众化的标准。高等教育大众化教育阶段与精英化教育阶段相比，有一个明显的特征就是有更多普通大众可以进入"象牙塔"学习，以往大学生那种"天之骄子"的优越社会地位和身份受到削弱。上大学不再成为"千军万马过独木桥"，而是相对多数人可以享有接受高等教育的权利，大学生不再成为计划经济体制下的"宠儿"，可以由国家安排工作，相反由于人数的激增，统包统分成为了过去时，大学生就业就面临着残酷的竞争考验，众多的大学毕业生则面临着公平地参与优胜劣汰的竞争，要在"千军万马"中过"独木桥"，因此，未雨绸缪，做好职业生涯规划，对于每一个大学生来讲，则成为将来就业的必备课程。

（二）大学生的就业方式从"卖方"转向"买方"

高等教育处在"精英教育"阶段时，高等学校毕业生供给小于社会需求，毕业生属于"卖方市场"。随着高等教育的迅速发展，大学毕业生数量急剧增加，大学毕业生供给紧缺的时代一去不复返了，大学毕业生与社会需求之间的关系迅速地由"供不应求"转向"供大于求"。

与此同时,大学生就业已经走向市场化,价格机制在就业市场上的调节作用越来越大,就业市场也就从过去的"卖方市场"转向"买方市场"。在社会需求总量增加不大的一段时间内,毕业生层次间的挤占岗位的效应将是一个增强的趋势;同层次、同专业毕业生的名牌学校与普通高校之间,培养质量、个人综合素质的竞争将格外激烈。所以,做一份适合自己的职业生涯规划,对于每一位在校的大学生来说,是领先别人、抢先一步的关键。

（三）大学生的待就业率从"零利率"转向"高增长"

根据西方一些国家在精英教育向大众化转变过程中的经验和特点来看,大学生毕业后 1 ~ 5 年内失业人数比较多一些,失业率相对高一些。由于每年都有待就业学生人数的积累,不断发展下去,大学生待就业的总量就会逐年增加。因此,每一个在校的大学生都应面对现实,积极应对,及早规划,迎接挑战,做好自己的职业生涯规划。

三、大学生职业生涯规划的现状

大量研究有关我国大学生职业生涯规划教育的现状及存在的问题,可以发现当前主要存在以下几个方面的问题。

（一）个人因素

职业生涯规划意识淡薄。目前,大多数学生相对比较缺乏进行职业生涯规划的意识,职业相关知识匮乏,这也给职业生涯教育工作的开展造成了极大的障碍。职业生涯教育的对象是处于从学生向社会角色过渡时期的大学生,虽然他们对职业生活显出较强的偏好,但往往缺少理性的思考与规划。随着就业形势的日益严峻,不少大学生认为职业生涯规划是一件现实意义不大的事,找工作很少与自己的理想、兴趣、特长、优势、潜力等结合在一起,这种情况导致了这样一个现象:很多人好不容易找到一份工作,而上班后不久就因为与兴趣、性格方面不合而频繁地换工作。这在一定程度上,与对职业生涯规划的重视不够有关。可见相当多的大学生尚未认识到职业生涯规划的重要性,这必将影响到他们对将来职业的选择和未来人生发展的定位。

自我认知模糊定位不准。自我评估是职业生涯规划的第一步,也是关键性的前提。要充分且正确地认识自身的条件,避免在对自己认识不清的情况下做出错误的选择,准确客观地分析和评价自我是对自己的性格、兴趣、特长、需求、学识、技能、智商、情商、行动、经历、社会关系等个人的基本素质、智能和资源特点,有一个客观、全面、深入的了解和认识,这样才能够知己之长、知己之短、知己所能、知己之所不能,这也是正确进行职业生涯规划的前提。现阶段我国的大部分大学生自我认识分析较为模糊,不能客观地对自我进行评价,这也会使大学生在进行职业目标确定时,产生好高骛远或者妄自菲薄的心态,因而没办法进行正确的职业生涯规划。

规划完美行动缓慢。在确定了职业生涯目标后,行动便是关键的环节。行动是落实目标的具体措施,主要包括学习基本的专业知识、培养职业生涯决策能力和建立良好的职业道德观念,系统把握职业素质结构。虽然有些大学生初步有了制定职业生涯规划的意识,也制订了自己的职业生涯规划,但没有把自己的行动与规划统一起来,认真按规划执行,缺少自我激励的内在动力,而是规划完了就了事,把制订的职业生涯规划束之高阁,在这种情况下,有无规划的差别不大。

生涯规划的实施缺少反馈。由于大学生自身及外部环境条件的变化,职业生涯规划也要随着时间的推移而变化,原来的职业选择、生涯路线以及制定的职业生涯目标可能会与实际情况有所偏差,这就需要大学生在目标实施中及时对规划做出调整与变更,加强自我控制,从而保证个人的职业生涯规划行之有效。在这个环节中,主要有两个问题:第一,一部分大学生根本就没有反馈修正这个步骤,没有对发展变化了的职业状况以及自身的需求进行恰当的调整,也没有在一段时期阶段性地回顾自己的行为,检验自己的目标与计划的可行性。第二,计划与备用方案之间缺乏内在的联系。大学生应根据自我发展的变化与社会需求的变化,不断修正,优化职业生涯规划,主动适应各种变化,及时纠正最终职业目标与阶段目标的偏差,达到发展的阶段性与终身性的统一。

(二)高校因素

教育理念存在的局限性。在对大学生实施职业生涯规划教育中,过于注重大学生求职时可能遭遇的具体问题的剖析和指导,把着眼点放在大学毕业时的就业程序上,对大学生未来职业生涯的教育缺少前瞻性,忽略了对大学生一生职业生涯理念和愿景的引导。虽然越来越多的高校从大一开始设置了职业生涯规划课程,但目前还有很多学校存在没有专门的职业设计规划师、课程安排上不合理等问题,加之指导者缺乏相应的专业知识和技能,使得职业生涯设计实际作用不大,无法较好地对学生产生积极的影响。此外,由于只是把职业生涯教育中的就业指导看成是教师指导与大学生学习的一个教学过程,因此许多高校的就业指导都停留在课堂上和书本里,其内容很大程度上是空洞的概念和理论,与实践环节明显脱节,缺乏企业、社会各界与学校的密切结合,缺乏说服力和趣味性,直接导致就业指导教育实效不佳。

教育培养专业性不强。职业生涯教育不是一蹴而就的事情,而是一个动态的形成过程,它需要指导老师和大学生身体力行去实践。当前我国的绝大部分高校没有设计专门的职业生涯教育机构,而类似的机构基本上是学校的就业指导中心、就业服务中心或招生就业处等,这些形同一个事务管理部门,更多的是行使其行政职权,发挥其行政功能,而缺乏专业人员针对大学生一生职业生涯发展道路进行的全面化、系统化、前瞻性、个性化的教育。

教育渗透力不足。目前,我国大学生职业生涯教育工作还处在初级阶段,尽管各个高校都意识到开展职业生涯教育的重要性,但大多数渗透力度不够,没有将其提上重要议事日程,致使相关服务覆盖率低,因而学生对学校开展职业生涯教育满意度不高。

四、大学生职业生涯规划的对策

著名教育家苏霍姆林斯基说过:"真正的教育是自我教育。"职业生涯自我教育的意义在于寻找适合自身发展需要的职业,追求个体价值的最大化。在大学生职业生涯设计中,实施主体是学生,而高校应当在学生实施过程中给予全面的辅导与条件保障,应该从大学生自身和高校两方面进行改进。

（一）增强自我职业生涯规划意识，提升自我职业素质

树立生涯规划意识，学习生涯规划方法。世界上没有最好的职业，只有最适合自己的职业，要选择好职业关键取决于你知道自己想要的是什么，你会不会选择适合你的生态圈。大学生首先需要树立起生涯可以规划的信念，肯定生涯规划在自身发展上所能起到的帮助作用。职业生涯规划是一个长期的过程，应该从进入大学校门的第一天起就做好思想准备，只有通过职业生涯设计，你才能够确定符合自己兴趣与特长的生涯路线，正确设定自己的人生目标，运用科学的方法，采取有效的行动，使人生事业的发展获得成功，从而实现自己的人生理想。因此，大学生从进校开始，就应该把大学毕业时的就业压力变为整个大学阶段的学习动力。有了这种主体意识，就会有一种责任感和使命感，就会积极主动地参加职业生涯设计的课程学习，阅读职业生涯设计的相关书籍及网络上的相关内容，增加自己的职业生涯设计知识，并尽可能多地与老师、同学交流，不断提高自己职业规划的能力，科学合理地制定自己的职业生涯设计，充分发挥大学生的主观能动性。

增强自我认知水平，增进生涯规划探索。认识自己、了解环境是生涯规划的起点，大学生在对自我认识及环境认知等方面存在着不足。要提高自我认知水平，就需要对自我进行全面客观的分析与定位，也就是对自己进行全面分析，要通过自我反思、他人的反馈和评价来认识自己，也要充分运用科学的测量工具来增进自我认识、了解自己，以便更准确地为自己定位，即弄清自己是谁，自己想要做什么，自己能做什么。与此同时，职业环境在职业生涯中是一个核心概念，它为大学生们提供了活动空间、发展条件和成功的机遇，在制定职业生涯设计时，要分析环境的特点、环境的发展变化情况及趋势、个人与环境的关系、个人在环境中的地位、环境对个人的要求以及环境中对自己有利与不利的因素等。通过对组织环境特别是组织核心发展战略、人力资源需求、人才发展机会与通道，以及对社会政治环境、经济环境等有关问题的分析与探讨，弄清环境对职业发展的作用及影响，才能更好地进行职业目标的定位与职业路线的选择。大学生要善于利用各种资源，通过多种方式来进行职业生涯探索，为确定职业生涯目标做充分的准备，例如，通过网络、报纸、电视、老师、家长、朋友、同学等渠道了解职业、升学等相关信息，并常常关注政治、经济、社会与文化等环境因素。还要对可能选择的职业对人才的要求有清楚的认识，并对不同选择的利弊得失和能获得的动力和面临的阻力做一番整理。

提高自身素质修养，增强生涯规划实践能力。首先，必须构建合理的知识结构。大学生要能够根据职业需求和社会不断发展的实际要求，将已有知识科学地重组，持续不断地学习和积累，最大限度地发挥知识结构的整体效能。其次，要培养职业需要的实践能力。大学是一个开放自主的学习空间，可通过个人努力获得很多的学习机会。大学生可以通过模拟职业环境、社会调查、企业实习等方式，获得职业体验，切身感受职业工作环境及面临的各种实际问题，真实地了解职业的性质及职业活动中的人际关系及企业文化，以便及时发现自己的不足。从某种意义上说，能力比知识更重要，用人单位选择大学生的依据是学生的综合能力和知识面，他们不仅考核其专业知识和技能，而且还考核其综合运用知识的能力、对环境的适应能力、对文化的整合能力和实际的操作能力等。大学生只有将合理的知识结构和适用于社会需要的各种能力统一起来，才能增强自己的竞争能力，才能在竞争中立于不败之地，寻求到符合自身意愿和兴趣特长的职业。

（二）加强职业生涯宣传导向，完善职业生涯规划教程

重视职业生涯规划教育，加强职业生涯的目标引导。实施职业生涯规划教育必须以促进大学生全面发展和提高整体素质为目的，职业生涯规划教育帮助大学生健全心理素质，从而树立正确的职业生涯观，培养一生职业发展需要的高素质；帮助学生制订可行性较强的生涯发展方案，从而使大学生拥有一个尽可能完善的知识结构和文化素质，不断明确自己的发展方向和目标；帮助大学生在规划和发展中端正态度纠正错误，从而使得大学生在职业生涯规划和发展中少走弯路。持续有效的引导和激励，有助于大学生形成正确的人生观、坚定的职业倾向、优秀的心理素质、健康的生涯心态和优秀的人格素养。因此，职业生涯教育成为实施素质教育的立足点和落脚点。同时，还要与构建终身学习社会相结合，提倡终身学习理念，使个体的职业发展与持续学习统一起来。

构建完善的职业生涯规划教程，形成完整的职业生涯规划教学体系。职业生涯规划教育实施的关键就在于课程设置，根据职业生涯规划教育的目标和内容设置课程，形成一个完整的职业生涯规划教育课程体系至关重要。高校应该致力于构建具有前瞻性、确定性、开放性、针对性、实用性、实践性的职业生涯规划课程，并可以依托自身学科门类齐全的优势，设置包括职业生涯规划的理论大学课程、实践活动课程、模拟实战课程、文化素质课程等教育课程，同时，高校还可以与企业、事业单位、公务员招聘录用机构联合开发职业生涯规划教育课程，搭建多样化的教育平台和实践平台，更新就业与创业教育的方式、方法与内容。

建立高素质的职业生涯规划的专业教师指导队伍，满足大学生的职业生涯规划指导的需要。大学生职业生涯规划指导是一项专业性、针对性很强的教育工作，也关系到高校的人才培养质量，因此需要建立一支以专职教师为骨干，专兼结合、相对稳定、素质较高、经验丰富的高校大学生职业生涯规划指导队伍。一方面加大对指导教师在职业生涯规划设计理论及实际操作方面的培训，使他们掌握职业生涯规划的知识和程序，并促使他们向专业化、职业化方向发展。另一方面，引进专业人士来加强职业生涯规划师资队伍，如引进心理学专业人员或者从事职业研究的相关人员，他们一般都具备职业生涯规划的知识，不仅能够对学生进行指导，而且还能为他们进行实际的规划，他们在传授职业生涯规划基础理论知识的同时为广大学生开展职业测评和职业咨询服务等工作，从而引导学生在思考中提高自我，以满足学生日益增长的职业生涯规划指导的需要。

开发适合大学生职业生涯规划的测评系统，协助大学生进行职业发展定位。高校职业生涯规划部门应该选择专业化的评价工具，既可以凭借内部专业人员与科研人员的力量进行开发，也可以借助外部，联合外部的测评机构共同开发大学生职业生涯规划的系统工具。引进职业测评体系能帮助大学生客观地测评和了解自我。职业测评具有预测、诊断、探测和评估等功能，不仅可以帮助学生了解其职业兴趣、职业能力、职业倾向性，还可以评定其个性特征、动机需求水平、专业特长和目标取向。职业测评还可以提供相对客观的评定和发展建议，对一般大学生来说可以起到参考作用，在职业咨询辅导过程中，职业测评是基本依据，但并不是唯一和最后的依据，还需要凭借教师丰富的理论知识和实践经验来实事求是地予以分析和评价，两者相结合才能取得较好的评估效果。从目前我国高校的实际情况来看，相当一部分高校还不具备开展职业咨询的条件，因此，当务之急就是要建立健全职业测评的专业化发展机构，加快对就业指导人员的职业测评和职业咨询的实操培训，以满足大学生日益增长的职

业规划咨询的需要。

加强大学生职业生涯规划教育服务体系建设,帮助大学生实现职业理想。高校应当为大学生的职业生涯规划提供全方位的服务,构建完备的规划体系,应做到课程专业化、形式多样化、平台便捷化、项目全面化,同时针对不同年级明确目标、分步实施,逐渐形成比较完善的职业生涯规划教学内容与指导体系,使教育阶段既分出层次,又相互贯通从而形成有机连接。为此,高校应该加大力度建设大学生职业生涯规划的教育服务体系,真正起到其枢纽的作用。

五、大学生职业生涯规划的意义

哈佛大学研究表明:只有 4% 的人能获得成功,而这些成功人士的秘诀就是及早明确职业生涯目标且为目标的实现而坚持到底。大学阶段是人生的黄金时期,也是最容易错过的时期。因此,大学生有必要在大学生活中通过对自身的了解和对外部环境的分析,确定适合自己的职业生涯规划,从而为自己的未来职业之路铺垫基石。

(一)职业生涯规划有助于大学生适应社会经济发展的客观需要

当今社会文化、科技、经济等都在以强劲的势头飞速地发展,而社会对人力资源的素质和能力都提出了更高的要求。它不仅要求人才具有合理的知识结构,而且需要现代人才具有较强的组织能力、决策能力、实践能力和创新精神等综合素质。社会提供了人才的用武之地,但社会发展的需要也决定着个人职业生涯发展的目标和方向,因此了解社会职业变化的方向和趋势,从社会发展的角度出发对自己进行适当的职业生涯规划,可以使大学生适应急速变化的社会,在飞速发展的社会中更好更快地成长。大学生是我国青年一代中的佼佼者,是我国社会主义事业的建设者和接班人,是祖国建设的中流砥柱。为了更好地实现人生价值,为祖国的繁荣富强贡献自己的力量,就必然要做好职业规划,在科学分析社会对人力资源的需求的基础上,将社会发展的要求和个人发展的需求有机地结合起来,规划自我,完善自我,并设计一生职业发展的最优路径。

(二)职业生涯规划有助于大学生突破迷茫实现自身理想

由于社会的快速变迁,经济竞争的不断加剧,使得一些不能体察时代变异和环境变迁的人,在这种剧烈变迁的知识经济时代往往无所适从,不知所措,顾此失彼,甚至造成内心的惶恐和紧张不安,其结果不仅事业无成,而且身心也受到严重的影响。刚进入大学的大学生们,目标不明确,也很容易产生迷茫的情绪和心态,因此,一份行之有效的职业生涯规划可以帮助他们摆脱迷茫,自觉地去挖掘自身潜能,对自己重新进行正确的定位,确立目标后努力奋进,学会用科学的方法采取可行的步骤与措施,制订详细的计划,合理安排大学的学习生活,充分利用大学的各种资源,不断完善自我,始终按照自己确定的方向进行努力拼搏和奋斗,在不断坚持和努力下,一步步向着理想的目标逼近,最后实现人生的奋斗理想和目标。

(三)职业生涯有助于大学生挖掘自身潜力提升综合竞争力

当今社会处在变革的时代,处处充满着激烈的竞争。职业竞争非常激烈,甚至非常残酷。

要想在这场严峻的竞争中脱颖而出成为赢家,就必须设计好自己的职业生涯规划。职业生涯规划将会引导大学生对个人职业生涯的主客观因素进行分析、总结和测定,科学客观地评价自己,正确认识自身的个性特质,发现自身潜在的资源优势和不足,并针对优势和不足,制订切实可行的规划,这有利于发挥优势、激发潜能,从而拓展个体的发展空间,成为人生发展的有力支撑和可靠保证,使个人的发展较为顺利地步入健康、良性的职业轨道。

中国职业生涯规划与人生设计专家徐小平曾说:"如果不做职业生涯规划,你离挨饿只有 3 天。"大学生制订职业生涯规划有利于自我定位,认识自我,了解自我,明确自己的发展方向,明确自己的人生目标。古罗马帝国的恺撒大帝,战功赫赫,他一手造就了整个世界的文明发源地。他一生的成功被他自己归纳成 8 个字:"提前布局,抓住机会。"当代大学生若能提前做好职业生涯规划,抓住每一个机遇,相信你的成功就在眼前。希望阅读本书的每一位大学生读者时刻问下自己:"机会来了,我准备好了吗?"

第二节 认 知 自 我

尼采曾说:"聪明的人只要能认识自己,便什么也不会失去。"镌刻在古希腊戴尔菲那座神庙里唯一的碑铭上的"认识自己"则成为了希腊人的最高智慧,我们也常说"人贵有自知之明",这些都说明认知自我的重要性。如今,随着社会的飞速发展,人们对于自我的认识也应该进入一个突破性的新阶段。大学生都希望自己在择业时能少走弯路,尽快进入角色。然而,机会留给有准备的人,这就要求大学生在择业前对自身的素质进行全面的了解和评价,对自己的兴趣爱好、专业特长、为人处事、工作能力及个人的工作理想做一个充分的分析,对自己的未来事业发展有一个明确的职业规划,同时也要根据社会对人才的基本需求塑造自己,让自己在人才市场中有的放矢,在激烈的竞争中立于不败之地。本节将从认知自我的内容、认知自我的原则、认知自我的方法、认知自我与职业的匹配、认知自我与测试等五个方面出发,把自我认知与职业生涯规划有机结合起来,使自己的职业生涯规划建立在可靠的自我定位基础上,选择适合自己的职业,希望大学生们能够充分认识自身、发掘自身的潜力、实现自身的职业理想。

一、认知自我的内容

认知自我并进行准确的角色与目标定位是大学生职业生涯规划的基础和前提。协助个人按照自己的资力条件找一份工作,达到和实现个人目标不是职业生涯规划设计的真正目的,更重要的是帮助个人真正了解自己,为自己定下人生大计,计划未来,制订一生的职业发展路径与方向,主要要详细估量内外环境的优势和限制,在权衡外情、估量己力的情形下设计出各自合理且可行的职业生涯发展方向,从而在实现个体与环境之间的和谐中求得个人的可持续发展。由此可以看出,一个人的职业适应范围也就是他能够胜任哪些职业,必须应对自身性格、兴趣、能力、气质等因素作一个全面的了解。"知己知彼,百战不殆。"大学生清楚地了解自己将有助于自己制定科学的职业生涯规划,实现职业理想及较早取得较好的职业发展,认清自己的职业适应性,从而做好自己的职业生涯规划。

（一）性格

心理学上把性格定义为个人对现实的稳定态度和习惯化了的行为方式。性格是后天形成的,它是个人在社会实践活动中通过个体与环境的相互作用而逐步形成的。江山易改秉性难移,性格一经形成后,它就具有了一定的稳定性,难以轻易改变。大学生在进行职业生涯规划前必须先清楚地认识到自己的性格特征,才能以此为依据,划定职业范围,进行下一步的职业生涯规划。

1. 性格的概念

性格是指表现在人对现实的态度和相应的行为方式中的比较稳定的、具有核心意义的个性心理特征,世界上没有好性格或是坏性格的区分,但在它对人们的职业选择与发展中,却有着适宜和不适宜之分。性格表现在人们对现实和周围世界的态度,并体现在对自己、对别人、对事物的态度和所采取的言行上。

2. 性格的类型

（1）现实型。现实型性格的人喜欢户外、喜欢亲近大自然,容易对机械类或体育类的活动产生浓厚的兴趣。善于与"物"打交道;善于制造、修理东西;善于操作设备和机器;对有形的东西有一种强烈的热爱感。现实型性格的人喜欢按章做事,往往用比较熟悉的方法完成任务并因此建立自己的固定模式;喜欢绝对的思维方式。绝大多数具有现实型性格的人都秉承着实事求是的生活和工作态度。

（2）探索型。探索型的人具有强烈的好奇心。喜欢预测身边发生的事;喜欢对事物进行科学探索;对喜欢做的事能够全神贯注;善于思考并与人辨别问题;喜欢把抽象、含糊的问题解决清楚;不喜欢高度结构化、束缚性强的环境;不善于与人接触和表达情感,经常给人不太友善的感觉。绝大多数具有探索型性格的人都坚持着探索精神和解决问题的生活和工作态度。

（3）艺术型。艺术型的人具有丰富的想象力和开拓的创造力。喜欢与众不同;喜欢通过艺术作品表现事物,张扬自我,希望得到众人的关注和赞赏;喜欢在自由的环境中进行工作;不喜欢规范化和程序化的生活;不喜欢平庸的生活。绝大多数具有艺术型性格的人都追求卓尔不群的生活品质和工作氛围。

（4）社会型。社会型的人具有友善的态度和较强的团队合作精神。喜欢助人为乐;喜欢充当别人的情感分析师和问题处理人;喜欢在人群中扮演焦点和领导并具有说服力;喜欢讨论哲学问题;不喜欢从事与物相关的简单机械类或资料类工作。绝大多数具有社会型性格的人都给人以仁慈、助人的印象,他们如果能够得到社会的认可将对国家具有重大的贡献。

（5）管理型。管理型的人具有活泼乐观的个性和自省的能力。喜欢支配他人并能进行大胆决策;喜欢追求权利、地位和金钱;喜欢劝说人,力求使别人接受自己的观点;不喜欢那些需要长期脑力活动的工作。绝大多数具有管理型性格的人对自己的人生观和价值观都进行了清楚的定位,并凭借聪明才智和刻苦努力取得优越的生活和显赫的社会地位。

（6）常规型。常规型的人具有脚踏实地的生活和工作态度。喜欢做遵守固定程序的活动;喜欢在团体和组织中经过努力取得好成绩并得到大家的信赖;喜欢在令人愉快的室内环境工作,重视物质享受及财物;喜欢得到清晰明确的指示;喜欢自然的人际关系;不喜欢担任领导职务;不喜欢打破惯例;不喜欢从事笨重的体力劳动。绝大多数具有常规型性格的人都比较注重规律,希望生活和工作都有章可循。

(二)兴趣

兴趣是指一个人寻求参与某些特定活动的心理倾向,职业兴趣就是个人对某种职业和与其相关的活动、学习科目等的喜好。对一个人来说,有兴趣的工作,就有钻劲,有钻劲就容易出成绩。因此,大学生应该对自己的兴趣有充分的认识。

1. 兴趣的概念

兴趣就是指对事物喜好或关切的情绪,它表现为人们对某件事物、某项活动的选择性态度和积极的情绪反应。良好的兴趣可以使人集中注意力,高效地完成任务,取得优异的成绩,从而大大地提高工作效率并提升了工作质量。

2. 兴趣的类型

(1)物质兴趣。物质兴趣是指对物质的迷恋和追求,例如收藏的兴趣。

(2)精神兴趣。精神兴趣是指对文化、科学和艺术的迷恋和追求,例如旅游、写作。

(3)社会兴趣。社会兴趣主要是指对社会工作等活动的兴趣,例如做志愿者、义工。

(4)直接兴趣。直接兴趣是指对你本身有吸引力的一些活动,通过这些活动你可以获得愉快和满足,例如跳舞、打球。

(5)间接兴趣。间接兴趣是指其本身对你没有特别的吸引力,但是通过对它加以利用使其结果对你产生积极影响的活动,也能使你感到愉快和满足,例如学外语、练瑜伽。

(三)能力

能力是影响活动效果最基本的因素,它是知识、经验、技能经过类比、概括而形成的在工作实践中表现出来的复杂而协调的行为活动。对于任何一种职业或是从业者而言,要使职业活动得以顺利开展,必须要求从业者具备相应的能力。大学生作为一个特殊的就业群体,在进行职业生涯规划前必须充分了解自己的能力、发掘自己的能力、完善自己的能力,从而使未来的就业之路走得更加畅通无阻。

1. 能力的概念

能力就是为了保证人们顺利完成某种活动所必须具备的个性心理特征。它直接影响着活动的效率,并且与活动密切相连,只有在具体的活动中才能表现和发展人的能力。

2. 能力的类型

(1)一般能力。一般能力又称智力,是指观察,记忆,思维,想象等能力,它是人们完成任何活动所不可缺少的,是能力中最主要又最一般的部分。它包括知觉能力、表象能力、记忆能力、思维能力等。

(2)特殊能力。特殊能力指人们从事特殊职业或专业需要的能力,它是由若干不同能力所构成的,研究表明,完成同一种活动可以由能力的不同组合来保证,例如音乐能力、运动能力、攻击力量以及必胜的信心等。

(四)气质

气质是一个人心理活动的动力特征,它不仅影响活动的性质,而且影响活动的效率,某些气质特征往往为一个人从事某种职业活动提供有利条件。因此,大学生进行职业生涯规划和选择职业前首先要充分了解自己的气质,了解各类职业所适合的气质类型的人,尽量达到"量质选择"。

1. 气质的概念

气质是人的最稳定的个性特点和风格气度,主要表现在心理过程的强度(即情绪的强弱、意志努力的程度)、心理过程的速度(即知觉的速度、注意力集中的长短、思维的快慢)、稳定性和指向性(有的人倾向于外部事物,对人热情,善于社交;有的人倾向与内部,不愿于人交往,倾向于分析自己的思维和印象)等方面,因而它为人的全部心理活动表现染上了一层浓厚的色彩。

2. 气质的类型

古希腊医生希波克拉底(公元前 460—公元前 377)很早就观察到人有不同的气质,他认为人体内有四种体液:血液、黏液、黄胆汁和黑胆汁。希波利特根据人体内的这四种体液的不同配合比例,将人的气质划分为如下四种不同类型。

(1) 多血质,又称活泼型,体液中血液占优势。

优点在于:多血质的人比较外向聪明,善于灵活处理不同问题,适应环境的变化;善于与人沟通,在工作、学习中精力充沛效率高。

缺点在于:注意力不集中,情感兴趣易于变化;投机思想严重,容易产生骄傲自大的情绪。

(2) 黏液质,又称安静型,体液中黏液占优势。

优点在于:性格沉稳,能严格恪守既定的工作制度和生活秩序;自制力强,注意力集中,善于忍耐孤独和寂寞。

缺点在于:反应缓慢,沉默寡言、缺少激情;墨守成规、灵活性欠缺、缺少成就大业的勇气和胆识。

(3) 胆汁质,又称兴奋型,体液中黄胆汁占优势。

优点在于:直率、热情,经常给人留下亲切良好的印象;精力充沛反应迅速,行动敏捷,能以极大的热情投身于事业,并且克服重重困难和障碍。

缺点在于:情绪易激动,暴躁性急,经常因为暂时的困难而失去信心,放弃目标;心境变换急剧,经常由于小问题而引发心境大变,缺乏良好的自我控制能力。

(4) 抑郁质,又称抑制型,体液中黑胆汁占优势。

优点在于:敏锐的观察力,善于观察到别人不易察觉的细小事物;深刻的体验力,情感丰富,并具有持久的忍耐力。

缺点在于:孤僻,常常因为清高而看不起他人,从而也引起他人的厌恶;行动迟缓,遇到事情优柔寡断,面临危险极度恐惧。

二、认知自我的原则

职业生涯规划要求个人根据自身的"职业兴趣、性格特点,能力倾向以及自身所学的专业知识技能等"自身因素,同时考虑到各种外界因素,经过综合权衡考虑,来把自己定位在一个最能发挥自己长处的位置,以便最大限度地实现自我价值。这需要从以下原则出发认知自我。

（一）效能原则

效能原则就是指用自己的所学，有效地服务于社会。一个人对社会贡献的大小、效能的高低是衡量其知识结构是否优化和完善的标准之一。大学期间的学习，主要是学习专业知识。相对于中学，大学期间的学习时间宽松，自主性强，学生在学好专业知识的前提下，可以利用课余时间，发展自己的兴趣爱好，拓展自己的知识空间。

大学生构建知识结构的目的就是为了在未来的事业中能更好地发挥其效能，而实现目的的最佳途径，最好是在自己的专业领域选择主攻方向或奋斗目标，构思个人的知识结构。这样做的好处是，一来自己对本专业已有一定的了解和基础，便于做出合理构思；二来可以节约时间，如果有的同学对本专业无论如何都培养不出兴趣，或就业后经过一段时间改变了工作，那就要及时调整知识结构，以适应新的工作岗位的要求。

（二）适应原则

适应原则就是指知识结构适应科学和社会发展需要的特点。人类创造的知识体系纷繁复杂，浩瀚无涯。新知识不断涌现，有人统计，大学生在校期间获得的知识大约只占一生工作所需知识的10%，另外的90%则需要在就业后继续学习。如果大学生在考虑自己的知识结构时，忽视了适应性，将来就难以适应时代的发展和社会进步的需要。

社会的需求不断演化着，旧的需求不断消失，新的需求不断产生，从而新的职业也不断产生。大学生已经被推向了一个"双向选择"的就业市场，在这种选择和被选择的过程中，一个人的职业、角色、收入、地位、待遇乃至工作与生活空间都会受到影响而发生变动，所以在设计自己的职业生涯时，一定要分析社会需求，并择世所需。这意味着个体知识结构必须有适应性，根据不同的需要，有能力把知识重新整合，适应新的要求，这样才能在市场经济时代赢得主动，最大限度地发现和把握发展机遇，实现自我的认识，以及自身的理想和社会价值。

（三）创新原则

创新原则是指人的知识结构可以不断地在某一领域进行创造性劳动，并取得创造性的成果。创造可以推动整个社会的发展，可以带来经济效益、科技效益，可以改变人们的生活方式。创造并非高不可攀，事业创造的关键在于要有新意，要敢于冲破固有的思想束缚，敢于向旧的价值观挑战，勇于开拓新领域的蹊径。创造潜力的发挥依赖于创造意识和创造热情的激发和调动；创造成果的形成有赖于创造方法和技巧的掌握。

大学生在构建知识结构时，应该自觉、主动地把创造意识、创造思维、创造方法的掌握放在首位，以便为将来创造性的发挥做准备。目前，我国正在实施大学生创新实验计划，这是高等学校本科教学"质量工程"的重要组成部分，它倡导以本科学生为主体的创新性实验改革，调动学生的主动性、积极性和创造性，激发学生的创新思维和创新意识，在校园内形成创新教育氛围，建设创新教育文化，全面提升学生的创新实验能力。大学生也应抓住这个难得的机遇，奋力而为，为自己的职业生涯做出一份创新的计划。

（四）个性原则

个性原则就是指人的知识结构要有利于人的主动性和创造性的发挥,扬长避短,发挥优势。任何职业都要求从业者掌握一定的技能,具备一定的能力条件,而一个人一生中不能将所有技能都全部掌握,所以你必须在进行职业选择时择己所长,从而有利于发挥自己的优势。运用比较优势原理充分分析别人与自己,展现自己的个性,尽量避免选择冲突较多的优势行业。

人才的最佳知识结构往往因人而异,每一个成功者必须有自己独特的知识结构。大学生要使自己将来有所作为,有所创造,不能生搬硬套和模仿名人的知识结构,而应借鉴别人成功的经验和巧妙的结构,根据自己的特点发挥自身优势,形成完全适合自己的知识结构和职业生涯规划。

（五）优化原则

优化原则就是指知识结构要使人更善于思考、更有好奇心和洞察力、更完满和充实,成为具有健全人格和高尚品德的人。良好的知识结构应激发人的好奇心,使其对新思想、新观念、新经验坚持开放的心态,鼓励人们思考那些未曾检验的假设,思考自己的价值观和信仰,思考科学的价值和创造意义。

良好的人格素养和开阔的胸襟是促使一个人成就大业的关键,"学会做人才懂得做事",因此,大学生们在学习期间,应该培养自己优秀的品质,应以国家、社会利益为重,应以为社会多做贡献作为个人的人生奋斗目标,要培养优良品德,诚实做人,与人为善,学会合作、助人为乐、学会做人、学会做事,做一个拥有健全人格的人。用开放的眼光去分析未来、规划未来,塑造自己面向未来、富有独立创业精神的现代人格,从而做出一份使自己能够全面发展的职业生涯规划。

三、认知自我的方法

认知自我,是我们每一个人自信的基础和依据。一个人在自己的生活经历中,在自己所处的社会环境中,能否真正认识自我、肯定自我,如何塑造自我形象,如何把握自我发展,如何抉择自我意识,将在很大程度上影响或决定一个人的前程与命运。作为大学生,我们必须意识到通过哪些方法认知自我,从而让自己的人生展示出独特的风采,完成适合自己的完美职业生涯规划。

（一）通过对过去经验的总结认知自我

回顾过去的经历,对自己的想法、期望、品德、行为进行理性思考,然后认真地描述和判断出自己的特点。在这个过程中,需要收集个人的信息并进行耐心的分析。比如,询问自己,过去我做过什么自己确实喜爱的工作,喜欢这些工作的哪些方面? 现在的我仍然喜欢它们吗?我喜欢处理人际关系,还是喜欢处理具体问题或是处理信息情报的技术? 什么能激发我的活力,什么令我感到倦怠? 另外,应该对过去的成功经验和教训进行回顾,分析自己过去有哪些成功,有哪些不成功,原因是什么? 除了客观因素外,自己在哪些方面需要改进? 需要注意的是,要尽量以客观评价为依据,避免因为个人意识或是个人动机出现较大的误差。比如,有的人成绩一般却自我欣赏,有的人成绩显著却自感不足。

（二）通过他人的评价或与他人比较认知自我

首先,依据他人对自己的态度来评价自己,个人对自己的评价往往是以其他人的评价为参照,人们在相互交往中,不断深化对自己的认识,比如,可以询问和观察自己的父母、老师、同学、朋友对自己的评价和态度是怎样的。其次,通过与自己条件相似的人比较来评价自己,比如,可以和自己的大学同学比较概括出自己的特点。需要注意的是,要能够准确理解和分析他人对自己的态度和说法。

（三）通过专家机构咨询来认知自我

到就业指导中心请专业咨询机构进行咨询,是一种有效又便捷的方式,咨询人员会应用他的学识、经验以及科学的咨询技术给个人提供帮助。在咨询过程中,个人会获得大量的知识和信息资料,获得对问题的重新认识,更重要的是,通过专家咨询会提高自己的决策能力。

（四）通过科学的心理测量认知自我

大学生在进行自我认知评定时,要对自己进行心理测量。心理测量是一种标准化的力求客观的测量手段,它的特点是能够在较短时间内测出一个人在某方面的特点,并且这一特点是在与群体的比较中得出的。通过测量,个人能够在短期内获得对自己较为客观、准确的描述和评价。

四、认知自我与职业的匹配

自我认知完毕后,我们要做的就是与职业进行匹配。根据不同的人所具有的不同性格、不同兴趣、不同气质、不同能力分别与哪些不同的职业相匹配,从而做出最优的职业生涯规划。

（一）性格与职业的匹配

从性格差异及类型的划分可以判断,性格与职业也有相适与不相适的关系。个人在选择职业时,需要考虑性格的职业品质,选择适合个人性格特点的职业。

1. 外向型的人

外向型性格类型的人,更适合从事能发挥自己行动能力积极性,并与外界有着广泛接触的职业,如管理人员、律师、政治家、推销员、记者、教师等。

2. 内向型的人

内向型性格类型的人,更适合从事有计划的、稳定的、不需要与人过多交往的职业,如科学家、技术人员、会计师、文字工作者、电讯工作人员、电脑工作人员等。

（二）兴趣与职业的匹配

与职业选择有关的兴趣我们称之为职业兴趣。职业兴趣根据不同的标准可分为不同的类型,具体如下。

1. 愿与事物打交道

喜欢同事物打交道,而不喜欢与人打交道,相应的职业如制图、勘测、建筑、出纳、会计、工程技术、机器制造等。

2. 愿与人接触

喜欢与人交往,对销售、采访、传递信息一类的活动感兴趣,相应的职业如记者、推行员、服务员、教师、行政管理人员、外交联络人员等。

3. 愿做有规律的工作

喜欢常规的、有规则的活动,习惯于在预先安排好的程序下工作,相应的职业如邮件分类、图书管理、档案管理、办公室工作、打字、统计等。

4. 愿做帮助人的工作

喜欢帮助人,试图改善他人的状况,帮助他人排忧解难,相应的职业如律师、咨询人员、科技推广人员、医生、护士等。

5. 愿做领导和组织工作

喜欢掌管一些事情,希望受到众人尊敬和获得声望,他们在企、事业单位中起着重要作用,相应的职业是各级各类组织的领导管理者,如行政人员、企业管理干部、学校领导、辅导员等。

6. 愿做研究人的行为工作

喜欢对人的行为举止和心理状态进行研究,喜欢讨论人的问题,相应的职业是研究人、管理人的工作,如心理学、政治学、人类学、人事管理、思想政治教育等研究工作以及教育、行为管理工作等。

7. 愿做科学技术事业工作

喜欢分析的、推理的、测试的活动,长于理论分析,喜欢孤立地解决问题,也喜欢通过实验做出新发现,相应的职业如生物、化学、工程学、物理学、地质学等工作。

8. 愿做抽象的和创造性的工作

喜欢充满想象力和创造力的工作,喜欢独立工作,对自己的学识和才能颇为自信,乐于解决抽象的问题,急于了解周围的世界,相应的职业如社会调查、经济分析、各类科学研究工作、化验、新产品开发等。

9. 愿做操作机器的技术工作

喜欢用一定的技术来操作机械、制造新产品或完成其他任务,喜欢使用工具,特别是大型的、马力强的先进的机器,喜欢具体的东西,相应的职业如飞行员、驾驶员、机械制造、建筑、石油、煤炭开采等。

10. 愿做具体的工作

喜欢很快看到自己的劳动成果,愿意从事制作看得见、摸得着的产品的工作,并从完成的产品中得到满足。相应的职业如室内装饰、园林、美容、理发、手工制作、机械维修、厨师等。

（三）能力与职业的匹配

能力是所有职业能力测试中的核心，人们对能力类型和职业类型进行了多种划分，每种职业能力倾向类型都有与之相吻合的职业类型和职业群。

1. 操作能力

操作能力主要以操作为主，运用专业知识或经验，掌握特定技术或工艺，并形成相应的职业技能和技巧的能力。适宜的工作类型：计算机操作、驾驶汽车、种植、操纵机床、控制仪表。

2. 艺术能力

艺术能力主要以想象能力为核心，运用艺术手段再现社会生活和塑造某种艺术形象的能力。适宜的工作类型：写作、绘画、演艺、美工。

3. 教育能力

教育能力主要是运用各种教育手段传授知识与思想或组织受教育者进行学习知识、养成习惯的能力。适宜的工作类型：教育、宣传、思想政治工作。

4. 科研能力

科研能力以人的创造性思维为核心，通过实验研究、社会调查和资料检索等手段进行新的综合、发明与发现的能力。适宜的工作类型：研究、技术革新与发明、理论等。

5. 服务能力

服务能力主要以敏锐的社会知觉能力和人际关系协调能力为主，是借助人际关系或直接沟通使顾客获得心理满足的能力。适宜的工作类型：商业、旅游业、服务业。

6. 管理能力

管理能力以决策能力为核心，是能够广泛获得信息，并以此独立地做出应变、决策或形成谋略的能力。适宜的工作类型：经理、厂长、主任等管理领域及各行业负责人。

7. 社交能力

社交能力以人际关系协调能力为核心，是指深谙人情世故，能够掌握人际关系规律，善于协调，能使对方通力合作的能力。适宜的工作类型：经纪人、推销、联络、调解、采购。

（四）气质与职业的匹配

气质不决定一个人职业生涯的成功与否，但每一种气质类型也有其较为适应的职业范围，在这个范围内择业，便于发挥自身优势，利于事业成功。

1. 多血质

多血质的人适合从事与外部世界打交道，灵活多变、富有刺激性和挑战性的工作。如外交、管理、记者、律师、驾驶员等。他们不太适合做过细的、单调的机械工作。

2. 胆汁质

胆汁质的人喜欢从事与人打交道，工作内容需要不断变化，环境不断转换的热闹职业。如导游、推销员、节目主持人、公共关系人员等。他们不太适合做长期安坐、持久耐心细致的工作。

3. 粘液质

粘液质的人喜欢做稳定的、按部就班的静态工作。如会计、出纳员、话务员、保育员、播音员等。他们不太适合做快节奏，有创意的工作。

4. 抑郁质

抑郁质的人喜欢做安静、细致的工作。如校对、打字、排版、检验员、化验员、登录员、保管员等。他们不太适合做工作内容和环境多变的工作。

五、认知自我与测试

为了让大学生们对自己有更加充分的认识,编者特意为大学生们提供了一套自我认识的测试题——MBTI,它是由美国的心理学家 Katherine Cook Briggs (1875—1968) 和她的心理学家女儿 Isabel Briggs Myers 根据瑞士著名的心理分析学家 Carl G. Jung (荣格) 的心理类型理论和她们对于人类性格差异的长期观察和研究而著成。经过了长达 50 多年的研究和发展,MBTI 已经成为了当今全球最为著名和权威的性格测试。在这里没有"对"或"错"的答案,请仔细阅读每一道问题,然后选择你的答案。不要花太多的时间思考任何一题。在提交前,你随时可以更改答案。

【测试】MBTI 测试

1. 你喜欢读哪类小说——① 武打、惊险;② 科幻、传记。

2. 哪种方式对你更具说服力——① 文学语言;② 统计数字。

3. 你认为事实是——① 用来证明事实本身的;② 用来论证原理的。

4. 在一场热烈的讨论中,你会——① 坚持己见;② 求同存异。

5. 通常情况下你属于——① 性子急躁;② 坦然自如。

6. 你喜欢哪种类型的作家——① 直接表明自己的观点;② 用隐喻和象征手法表达观点。

7. 在杂乱的工作室,你会——① 花时间先整理好,再投入工作;② 先不管它,工作完了再说。

8. 你通常注意到的是——① 直接展现在你面前的东西;② 表象后面隐含的东西。

9. 你更欣赏下面哪种做法——① 保证事情按照既定的方针进行;② 让事情顺其自然发生。

10. 你更喜欢——① 对别人提出批评性的意见;② 尊重他人观点的意见。

11. 与人相处时,你更倾向于——① 自信、不屈服;② 理解、宽容。

12. 你更容易被什么打动——① 令人信服的数字;② 打动人心的游说。

13. 通常情况下你属于哪种类型的人——① 头脑冷静型;② 易冲动型。

14. 在评价他人时,你更倾向于——① 不带任何个人色彩地客观评价。② 友善地提出自己的个人观点。

15. 在困境下,你的反映是——① 处之泰然;② 觉得伤感。

16. 在做出一项抉择时,你通常——① 十分谨慎;② 有些冲动。

17. 你认为下述说法哪一种是对人的称赞——①"你是一个逻辑思维型的人";②"你是一个感情细腻型的人"。

18. 你认为自己属于——① 理智型;② 情感型。

19. 你认为自己更倾向属于——① 意志坚强型;② 心地善良型。

20. 你认为自己从根本上说,属于——① 不太敏感的人;② 非常敏感的人。

21. 在晚会上你是否——① 十分喜欢与他人 (甚至陌生人) 交流;② 只愿意和熟悉的朋

友聊天。

22．什么对你更有吸引力——① 坚定的信念;② 和谐的人际关系。

23．你认为自己是一个什么样的人——① 一个演说家;② 一个好的听众。

24．哪种方式更贴近你的办事风格——① 当机立断;② 尽可能精挑细选。

25．你认为自己是一个——① 外向型的人;② 内向型的人。

26．你更喜欢——① 把想法说出来;② 聆听。

27．在工作中你更喜欢——① 与你的同事和睦相处、协同配合;② 坚持自己独立完成一件事。

28．通常情况下,你很——① 健谈;② 寡言。

29．在等电话时你经常——① 和别人聊天;② 继续你手头的工作。

30．当电话铃响起时,你一般——① 争着第一个去接;② 等着别人去接。

31．你更愿意谈论——① 个别情况;② 一般情况。

32．你更善于——① 察言观色;② 自我反省。

33．通常情况下你——① 立即处理和决定一件事情;② 将放一放,以后再说。

34．你认为自己更倾向于——① 勤于开拓;② 略微保守。

35．如果必须伤害一个人,你通常采取的做法是——① 坦率、直言;② 谨慎、婉转。

36．你更相信——① 自己的经历;② 自我的观念。

37．你自认为属于哪种类型的人——① 认真而决断;② 善变。

38．你一般喜欢听——① 最终确定性的评论;② 带有初步探讨性的结论。

39．你注重——① 事实;② 推理。

40．你更容易被什么吸引——① 事物的本质;② 由本质引申的观点。

测试分析:

1—10题测试你的 S(感知)——N(直觉):

如果你选①的个数超过 8 个,表明你属于典型的"感知型"的人,用 S 代表。

如果你选择②的个数大于 8 个,表明你属于典型的"直觉型"的人,用 N 代表。

如果你选①或②在 6 到 8 个,说明你是倾向性的人。

如果你选①或②都是 5 个,说明你是中间型的人。

同样对待以下三项:

11—20题测试你的 T(思考)——F(感觉):

① 代表思考型,② 代表感觉型。

21—30题测试你的 E(外向)——I(内向):

① 代表外向型,② 代表内向型。

31—40题测试你的 J(判断)——P(认知):

① 代表判断型,② 认知型。

这样你就可以测出你心理类型了,下面是每种个性类型的特征以及与其相适应的职业。

(1)ISTJ 型:内向、感知、思考、判断型。

个性特征:这种人一丝不苟、认真负责,而且明智豁达,是坚定不移的社会维护者。他们讲求实际、非常务实,总是对精确性和条理性孜孜以求,而且有极大的专注力,不论干什么,他们都能有条不紊、稳定地把它完成。

适应的工作特点：对这类人而言，满意的工作是技术性的工作，能生产一种实实在在的产品或有条理地提供一种周详的服务。他们需要一种独立的工作环境，有充实的时间让自己独立工作，并能运用自己卓越的专注力来完成工作。

相应工作：审计员、后勤经理、信息总监、预算分析员、工程师、技术工作者、电脑编程员、证券经纪人、地质学者、医学研究者、会计、文字处理专业人士。

（2）ISFJ 型：内向、感知、感觉、判断型。

个性特征：这种人忠心耿耿、一心一意、富有同情心，喜欢助人为乐。由于这种人有很强的职业道德，一旦觉得自己的行动确有帮助，他们便会承担起重担。

适应的工作特点：最令他们满意的工作是，需要细心观察和精确性要求极高的工作。他们需要通过不声不响地在背后工作以表达自己的感情投入，但个人贡献要能得到承认。

相应工作：人事管理人员、簿记员、电脑操作员、顾客服务代表、信贷顾问、零售业主、房地产代理或经纪人、艺术人员、室内装潢师、商品规划师、语言病理学者。

（3）INFJ 型：内向、直觉、感觉、判断型。

个性特征：这种人极富创意。他们感情强烈、原则性强且具有良好的个人品德，善于独立进行创造性思考。即使面对怀疑，他们对自己的观点仍坚信不疑。看问题常常更能入木三分。

适应的工作特点：对他们来说，称心如意的事业就是，能从事创新型的工作，主要是能帮助别人成长。他们喜欢生产或提供一种自己能感到自豪的产品或服务。工作必须符合个人的价值观。

相应工作：人力资源经理、事业发展顾问、营销人员、企业组织发展顾问、职位分析人员、企业培训人员、媒体特约规划师、编辑、艺术指导（杂志）、口译人员、社会科学工作者。

（4）INTJ 型：内向、直觉、思考、判断型。

个性特征：这类人是完美主义者。他们强烈要求自主，看重个人能力，对自己的创新思维坚定不移，并受其驱使去实现自己的目标。这种人逻辑性强，有判断力，才华横溢，对人对己要求严格。在所有类型的人中，这种人独立性最强，喜欢我行我素。面对反对意见，他们通常多疑、霸道、毫不退让，对权威本身，他们毫不在乎，但只要规章制度有利于他们的长远目标，他们就能遵守。

适应的工作特点：最适合的工作是能创造性开发新颖的解决方案，并来解决问题或改进现有系统；他们愿意与责任心强，在专业知识、智慧和能力方面能赢得自己敬佩的人合作；他们喜欢独立工作，但需要定期与少量有智慧的人物切磋交流。

相应工作：管理顾问、经济学者、国际银行业务职员、金融规划师、设计工程师、动作研究分析人员、信息系统开发商、综合网络专业人员。

（5）ISTP 型：内向、感知、思考、认知型。

个性特征：这种人奉行实用主义，喜欢行动，不爱空谈。他们长于分析、敏于观察、好奇心强，只相信可靠确凿的事实。由于非常务实，他们能很好地利用一切可以利用的资源，而且很会瞧准时机。

适应的工作特点：对于这种人而言，事业满意就行，做尽可能有效利用资源的工作。他们愿意精通机械技能或使用工具来工作。工作必须有乐趣、有活力、独立性强，且常有机会走出工作室去户外。

相应工作：证券分析员、银行职员、管理顾问、电子专业人士、技术培训人员、信息服务开发人员、软件开发商、海洋生物学者、后勤与供应经理、经济学者。

（6）ISFP型：内向、感知、感觉、认知型。

个性特征：这种类型的人温柔、体贴、敏感，从不轻言自己的理想及价值观。他们常通过行动，而非语言来表达炽热的情感。这种人有耐心、能屈能伸，且十分随和、无意控制他人。他们从不妄加判断或寻求动机和意义。

适应的工作特点：适合做非常符合自己内心价值观的工作。在做有益于他人的工作时，希望注重细节，希望有独立工作的自由，但又不远离其他与自己合得来的人。他们不喜欢受繁文缛节或一些僵化程序的约束。

相应工作：优先顾客销售代表、行政人员、商品规划师、测量师、海洋生物学者、厨师、室内／风景设计师、旅游销售经理、职业病理专业人员。

（7）INFP型：内向、直觉、感觉、认知型。

个性特征：这种类型的人珍视内在和谐胜过一切。他们敏感、理想化、忠心耿耿，在个人价值观方面有强烈的荣誉感。如果能献身自己认为值得的事业，他们便情绪高涨。在日常事物中，他们通常很灵活、有包容心，但对内心忠诚的事业义无反顾。这类人很少表露强烈的情感，常显得镇静自若、寡言少语。不过，一旦相熟，他们也会十分热情。

适应的工作特点：做合乎个人价值观、能通过工作陈述自己远见的工作，工作环境需要有灵活的架构，在自己激情高昂时可以从事各种项目；能发挥个人的独创性。

相应工作：人力资源开发专业人员、社会科学工作者、团队建设顾问、编辑、艺术指导、记者、口笔译人员、娱乐业人士、建筑师、研究工作者、顾问、心理学专家。

（8）INTP型：内向、直觉、思考、认知型。

个性特征：这类人善于解决抽象问题。他们满腹经纶，时常能闪现出创造的睿智火花；他们外表恬静，内心专注，总忙于分析问题；他们目光挑剔，独立性极高。

适应的工作特点：对于这类人，事业满意源自能酝酿新观念；专心负责某一创造性流程，而不是最终产品。在解决复杂问题时，能让他们跳出常规的框框，冒一定风险去寻求最佳解决方案。

相应工作：电脑软件设计师、系统分析人员、研究开发专业人员、战略规划师、金融规划师、信息服务开发商、变革管理顾问、企业金融师。

（9）ESTP型：外向、感知、思考、认知型。

个性特征：这类人无忧无虑，属乐天派。他们活泼、随和、率性，喜欢安于现状，不愿从长计议。由于他们能够接受现实，一般心胸豁达、包容心强。这种人喜欢玩实实在在的东西，善于拆拆装装。

适应的工作特点：对这种人来说，事业满意度来自能随意与许多人交流，工作中充满冒险和随时抓住新的机遇；工作中当自己觉得必要时希望自我组织，而不是听从别人的安排。

相应工作：企业家、业务顾问、个人理财专家、证券经纪人、银行职员、预算分析者、技术培训人员、综合网络专业人士、旅游代理、促销商、手工艺人、新闻记者、土木／工业／机械工程师。

（10）ESFP型：外向、感知、感觉、认知型。

个性特征：这类人生性爱玩、充满活力、用自己的陶醉来为别人增添乐趣。他们适应性强，平易随和，可以热情饱满地同时参加几项活动。他们不喜欢把自己的意志强加于人。

适应的工作特点:对于这类人来说,适合的工作是能在实践中学习,利用常识搜集各种事实来寻找问题的解决方案。他们喜欢直接与顾客和客户打交道;能同时在几个项目或活动中周旋。尤其爱从事能发挥自己审美观的项目或活动。

相应工作:公关专业人士、劳工关系调解人、零售经理、商品规划师、团队培训人员、旅游项目经营者、表演人员、特别事件的协调人、社会上作者、旅游销售经理、融资者、保险代理人、经纪人。

(11) ENFP 型:外向、直觉、感觉、认知型。

个性特征:这类人热情奔放,满脑子新观念。他们乐观、率性,充满自信和创造性,能深刻认识到哪些事可为。他们对灵感推崇备至,是天生的发明家。他们不墨守成规,善于闯新路子。

适应的工作特点:在创造性灵感的推动下,与不同的人群合作从事各种项目;他们不喜欢从事需要自己亲自处理日常琐碎杂务的工作,喜欢按自己的工作节奏行事。

相应工作:人力资源经理、变革管理顾问、营销经理、企业／团队培训人员、广告客户经理、战略规划人员、宣传人员、事业发展顾问、环保律师、研究助理、广告撰稿员、播音员、开发总裁。

(12) ENTP 型:外向、直觉、思考、认知型。

个性特征:这种类型的人好激动,健谈、聪明,是多面手。他们总是孜孜以求地提高自己的能力。这种人天生有创业心、爱钻研、机敏善变、适应能力强。

适应的工作特点:令这类人满意的工作是有机会从事创造性解决问题的工作。工作有一定的逻辑顺序和公正的标准。希望通过工作提高个人权力,并常与权力人物交流。

相应工作:人事系统开发人员、投资经纪人、工业设计经理、后勤顾问、金融规划师、投资银行业职员、营销策划人员、广告创意指导、国际营销商。

(13) ESTJ 型:外向、感知、思考、判断型。

个性特征:这种类型的人办事能力强,喜欢出风头,办事风风火火。他们责任心强、诚心诚意、忠于职守。他们喜欢框架,能组织各种细节工作,能如期实现目标并力求高效。

适应的工作特点:这类人适合做理顺事实和政策以及人员组织工作,能够有效利用时间和资源以找出合乎逻辑的解决方案,在目标明确的工作中运用娴熟的技能。他们希望工作测评标准公正。

相应工作:银行官员、项目经理、数据库经理、信息总监、后勤与供应顾问、证券经纪人、电脑分析人员、保险代理人、普通承包商、工厂主管。

(14) ESFJ 型:外向、感知、感觉、判断型。

个性特征:这种类型的人喜欢通过直接合作以切实帮助别人。由于他们尤其注重人际关系,因而通常很受人欢迎,也喜欢迎合别人。他们态度认真、遇事果断,通常表达意见坚决。

适应的工作特点:这类人最满意的事业是,整天与人交往,密切参与整个决策流程。工作的目标明确,有明确的业绩标准。他们希望能组织安排自己及周围人工作,以确保一切进展尽可能顺利。

相应工作:公关客户经理、业务员、销售代表、人力资源顾问、零售业主、餐饮业考、房地产经纪人、营销经理、电话营销员、办公室经理、接待员、信贷顾问、簿记员、口笔译人员。

（15）ENFJ 型：外向、直觉；感觉、判断型。

个性特征：这种类型的人有爱心，对生活充满热情。他们往往对自己很挑剔。不过，由于他们自认为要对别人的感受负责，所以很少在公众场合发表批评意见。他们对行为的是非曲直明察秋毫，是社交的高手。

适合的工作特点：这类人最适合的工作是能建立温馨的人际关系，能置身于自己信赖、且富有创意的人群中的工作。他们希望工作多姿多彩，但又能有条不紊地干。

相应工作：人力资源开发培训人员、销售经理、小企业经理、程序设计员、生态旅游业专家、广告客户经理、公关专业人士、协调人、交流总裁、作家、记者、非营利机构总裁。

（16）ENTJ 型：外向、直觉、思考、判断型。

个性特征：这种类型的人是极为有力的领导人和决策者，能明察一切事物中的各种可能性，喜欢发号施令。他们是未来的思想家，做事深谋远虑、策划周全。这种人事事力求做好，生就一双锐眼，能够一针见血地发现问题并迅速找到改进方式。

适应的工作特点：最令这类人满意的事业是做领导、发号施令，完善企业的运作系统，使系统高效运作并如期达到目标，他们喜欢从事长远战略规划，寻求创造性地解决问题的方式。

相应工作：人事、销售、营销经理，技术培训人员，后勤、电脑信息服务和组织重建顾问，国际销售经理，特许经营业主，程序设计员，环保工程师。

美国著名的职业生涯规划大师迈克尔·杜马斯在他的《一生的成功计划》一书中说："你是自然界最伟大的奇迹。在这个世界上，没有一个人和你一样，你是自然界独一无二的造化。作为一生成功计划最重要的一部分就是：一定要正确认识自我，对自己充满信心，既不要妄自菲薄，也不要用假面具来满足自己的虚荣心。"充分认知自我，准确定位自我是大学生职业生涯规划的第一步，只有清楚地认识自我、发展自我，才能够更好地展现自我、实现自我。请相信：我们每一个人都是一座金矿，需要我们用一生去挖掘自我。

??? 习题或思考

1. 职业生涯规划的含义是什么？
2. 认知自我包括哪些内容？

参 考 文 献

[1] 贾德民，张金刚．大学生就业指导教程 [M]．天津：天津社会科学出版社，2002：6-8．

[2] 魏莉梅．大学生职业规划 [M]．广州：岭南美术出版社，2005：40．

[3] 王官禄，王星亮，张学英．大学生职业生涯规划与就业指导实用教程 [M]．徐州：中国矿业大学出版社，2004：35．

[4] 刘新玲，秦都雍，欧阳豫樊．大学生就业导航 [M]．厦门：厦门大学出版社，2000：128-130．

第二章
职业生涯规划的设计

 **本章要点**

"凡事预则立,不预则废"。就大学生而言,在这个社会高度分工、竞争激烈和瞬息万变的时代,对自己未来的事业进行有效的规划是十分必要的,也是十分重要的。制订科学合理的职业生涯规划需要相应的理论指导和科学的方法。本章将介绍职业生涯规划的基本知识和相关技术方法,从而指导大学生进行职业生涯规划目标的设定和规划书的撰写。

第一节 职业生涯规划的类型、特征与内容

一、职业生涯规划的类型

关于职业生涯规划的类型,国内外比较一致的观点是按照规划主体和规划时间两个维度进行分类。

(一)按照规划的主体维度,可分为个人职业生涯规划与组织职业生涯规划 [1]

1. 个人职业生涯规划

它是指个人根据对自身的主观因素和客观环境的分析、总结和测定,确立自己的职业生涯发展目标,选择实现这一目标的职业,制订相应的工作、培训和教育计划,并按照一定的时间安排采取必要的行动,以实现职业生涯目标的过程。个人职业生涯规划一般包括自我剖析、目标设定、目标实现策略、反馈与修正四个方面内容。

2. 组织职业生涯规划

它是指组织根据其发展和人力资源规划的需要,将其成员职业生涯规划的制订、实施和调控纳入组织的人力资源规划体系中,并为成员开展和实现其职业发展目标提供机会的行为过程,包括为成员提供教育、培训及轮岗等机会。现代的人力资源管理已不再仅仅是对雇员的获得和使用,更重要的是对人力资源的规划与开发。组织通过对人力资源的规划与开发,能充分发挥成员的优点,实现人力资源的优化配置,并促进组织成员个体职业目标的实现,从而协调成员生涯目标与组织发展目标的一致性,最终促成组织与成员的双赢。

个人职业生涯规划和组织职业生涯规划相互区别又有一定的联系。个人职业生涯规划是自我的管理,个人利益是其职业生涯规划的出发点,其目的是为了自我价值的实现和增值,但自我价值的实现和增值并不局限于特定的组织内部。而组织职业生涯规划的根本目的是为了组织发展目标的实现,组织利益是其优先考虑的问题。组织为成员提供设计好了的职业生涯规划,是从组织的角度出发的。职业生涯规划是一个涉及广泛的系统工程,个人职业生涯规划和组织职业生涯规划有一定的联系。从职业生涯规划的影响因素中可见,个人职业生涯的规划,不仅要考虑其个人的情况,还要深入了解其所处组织的过去、现在和未来。组织的目标是个人职业生涯规划的重要影响因素之一。而组织的发展和目标的实现需要个体的努力来实现,因此,组织职业生涯规划必须考虑个人与组织的双重需要,促进成员职业生涯目标与组织发展目标的一致,实现两者的共同目标。

(二)按照规划的时间维度,可分为短期规划、中期规划、长期规划和人生规划

1. 短期规划

2 年以内的规划,主要是近期目标,规划近期应完成的目标。就大学生而言,他们即将从学校走上工作岗位,开始人生事业发展的起点。如何起步,直接关系到今后的成败。因而,毕业后如何规划好前 2 年的职业生涯对他们至关重要。在此,他们应在充分做好自我分析和内外环境分析的基础上,选择适合自己的职业,设定人生目标,规划自己的短期职业生涯规划。主要应该计划在 2 年内如何熟悉岗位运作规则,融合到组织文化氛围中。

2. 中期规划

一般涉及 2 ～ 5 年的职业目标和任务,这是职业生涯规划中最常用的一种。例如 3 年后要成为中层管理人员,完成相应的业绩,并为此目标而参加培训等可采取的具体措施。就大学生而言,如果他们毕业后马上做第一个中期计划,他们在这个计划内的基本的任务是进入组织,学会工作,寻找职业锚,在组织和职业中塑造自我,力求在选定的职业领域中获得初步成功。

3. 长期规划

5 ～ 10 年的规划,主要是设定较长远的目标,以及为实现此目标应采取的具体措施。

4. 人生规划

一生的职业生涯规划,时间长达 40 年左右,设定人生的全部职业生涯的发展目标、方向和阶梯。

通常而言,短期职业规划时间较短,较为具体,操作性、实践性比较强,但导引性意义不大,而长期规划跨度时间太长,比较系统周全,但由于影响因素较多,并易发生改变,所以较难以把握。一般情况下,个人职业生涯规划的重点放在 2 ～ 5 年的中期职业生涯规划较为合理。这样既便于根据实际情况设定可行目标和实施计划,又便于随时根据现实的变化进行及时的修正或调整。

二、职业生涯规划的特征

职业生涯规划是个体结合自身内在需求以及外在环境的实际情况,确定自身职业理想目

标,并根据这一目标,选择职业道路、确定发展计划、教育培训计划等,进而为实现职业生涯目标进行一系列的活动。在此过程由于受到组织、家庭、受教育程度、个人兴趣、社会环境等诸多因素的影响,因而,职业生涯规划彰显了个性化特征、开放性特征、预见性特征和动态性特征。

（一）职业生涯规划的个性化特征

职业生涯规划不是外力强加在个人身体上的实施方案,而是个人在自我内心动力驱使下,结合社会和组织的综合利益,并依据现实条件和机会所制订的个性化的发展方案。职业生涯规划的动力源泉在于个人自身的发展要求,由个人自己主导。由于每个人的成长环境、文化背景、个性、价值观、思维方式、行为方式、能力、职业生涯目标、对成功的评价标准等不尽相同,所以,个体之间的职业生涯规划也必然不同。因此,每个人的个人职业生涯规划都具有强烈的个性特征,是个性化的发展蓝图,虽然要遵循职业规划的一般规律,却没有固定的模式,只有根据个人自己的实际情况制订才能行之有效。

（二）职业生涯规划的开放性特征

职业生涯规划由自己主导,但并不意味着不考虑社会和组织环境的需求与发展趋势,不听从他人的意见和忠告,也不能只从个人的愿望出发,独自完成职业生涯规划。要更好地认识自己,就必须借助外部力量,也只有这样才能制订出符合个性特征的职业生涯规划。此外,职业生涯规划受到组织、家庭、社会环境等诸多外在环境的影响,这就意味着外在环境是影响职业生涯规划制订的一个重要因素。因此,一份有效的可行的职业生涯规划,需要在对主客观环境进行多角度客观分析的基础上,充分利用相关测评工具进行制订的。这就要求制订者在制定规划时,应与外界环境进行尽可能多地交流,与家人、领导、同事、朋友、职业顾问等多方协商,从不同角度和侧面看待问题,从而确保职业生涯规划的客观性和可行性。

（三）职业生涯规划的预见性特征

职业生涯规划是个人对未来职业发展心理预期的"外在符号",包括个人在组织中预见能达到的职位、技能、薪水、晋级、福利、津贴等,它也是建立在个人愿景以及与组织整体的愿望相关的默契之上的。[2] 职业生涯规划就是为了更好地走好职业道路,实现其生涯中的目标,这就必然要求职业生涯规划对未来的职业发展要有预见性,从而更具指导性和可行性。

（四）职业生涯规划的动态性特征

职业生涯是一个动态的概念,它不仅表示职业工作时间的长短,而且内含职业发展、变更的经历和过程,包括从事何种职业、职业角色的转变、由一种职业向另一种职业的转换等具体内容。职业生涯规划并非一次性完成的,职业生涯规划的开放性也决定了其动态性。当自身条件、外在环境等影响职业生涯规划的因素发生变化时,规划也应随之进行及时的调整。当今社会处于激烈的变化过程中,大学毕业生的就业观念也要相应地改变,要打破传统的"终身一职业"的理念,职业生涯规划也需要根据各种变化不断调整。

三、职业生涯规划的内容

职业生涯规划是对个人职业的发展道路、发展方式进行选择和设计的过程,所以,我们要全面考虑影响职业生涯规划的各种因素。职业生涯规划虽然因人而异,但纵观职业生涯规划的研究成果,一份比较完整的职业生涯规划应包括的内容架构却基本相同。一般包括以下十项内容。

(一)题目

题目的写法要反映职业生涯个人的特征和时间坐标原则。其主要项目包括:规划者姓名、规划年限、起止日期、年龄跨度等。开始日期详细到年、月、日,截止日期可以到年。从题目上可以看出是谁的职业生涯规划,是阶段性的还是终生的。

(二)职业方向

职业方向是对职业的选择,职业方向的选择反映了职业生涯动机,或称主观愿望。职业方向的选择对一个人的发展至关重要,因此,在职业方向的选择上一定要慎重、全面地考虑。在职业方向的选择上,尤其是要注意不宜出现同时有多个方向或者方向不确定的情况。

(三)社会环境分析

社会环境分析,是指对我们所处的社会政治环境、经济环境、文化环境、科技环境、生态环境等宏观因素的分析。通过对社会大环境分析开阔视野,即了解所在国家或地区的政治、经济、科技、文化等的要求和发展趋势,了解所选定的职业在社会环境中的地位,了解社会发展趋势对此职业的影响,从而更好地寻找各种发展的机会。

(四)组织分析

组织分析包括以下内容:组织的核心战略和社会定位、组织的发展领域和发展前景;组织领导人的抱负和能力;组织文化、组织制度,特别是组织用人制度;自己对组织发展战略、组织文化、管理制度的认同程度;组织结构发展的变化趋势,与自己有关的未来职务发展预计;组织能提供的各种教育培训机会,担任更高级的职务或职务内涵变化的可能性,相关职务的待遇及发展趋势等在本组织内实现职业生涯目标的可能性。[3]

(五)角色建议

职业生涯规划的开放性特征,意味着他人将在自己职业生涯中扮演重要角色。寻找对自己职业有重大影响的关系人,保持联系的方法、频率和目的,倾听他们的建议,是进行职业生涯规划的必要内容。对家庭主要成员、直接上级、职业生涯管理专家、更高层次领导的建议和要求,本人不一定完全赞同,但应客观地记录备用。

（六）目标及实现时间

职业生涯规划中的职业生涯目标可分为短期目标、中期目标、长期目标和人生目标。这些目标可分为多项并不互相排斥的目标，包括时间目标、职务目标、能力目标、成果目标、经济目标等。根据目标的不同，通过分析实现目标的主要影响因素，采用目标分解和目标组合的方法做出果断明确的目标选择。

（七）成功的标准

回答与职业生涯相关的价值观念的问题，在回答中辨明自己的成功标准和价值取向，亦即在职业生涯中最看重的是什么，最在乎的是什么。马斯洛需求层次理论就认为，人有五个层次的需求：生理需求、安全需求、归属需求、尊重需求和自我实现的需求。这些需求有强大的内驱力，他们在我们生活中反映出来，不同的人有不同的需求。比如有的人比较重视工作能带给自己多少收入，而有的人可能考虑的是这项工作给自己带来的成就感。前者处于"生理"和"安全"层次上，后者则是追求"归属"、"尊重"和"自我实现"的需要。因此，价值观不一样，成功的评价标准就会存在很大的差异。不同的人对职业生涯成功有不同的评价方式和标准，同一个人在人生的不同阶段也会有不一样的见解。人的价值观念也在不断变化和澄清，在职业生涯中价值观念的描述贵在真实。

（八）自身条件及潜力测评

职业生涯设计要帮助个人真正了解自己，对自己的职业生涯做自传，提供个人背景材料，对自己的能力、潜力进行自省，并表明自己的发展预期目标。因此，了解自己、剖析自己是职业生涯规划的一项重要内容。而在职业生涯规划中，应将自己的条件、发展潜能、发展方向与环境给予的机遇和制约条件相比较，最终达到"觉醒"，即知道自己已经做了什么，自己想要做什么，自己能做什么。这就包括了解自己的现状和了解自己的潜能两个方面。可通过业绩评估和其他检测方法明确现有知识水平、专业能力、管理能力、身体健康状况等条件，通过潜能测评发现未来的发展潜力。

（九）差距

分析当前条件与实现目标所需知识能力要求的差距，包括思想观念、专业知识水平、具体操作能力、心理承受能力、口头表达能力、身体适应能力等方面的具体差距。

（十）缩小差距的方法

根据自己的差距内容，寻找缩小差距的方法，实施不同的解决方案。可根据能力差距和目标分解制订教育培训计划，教育培训计划贵在可实施性。也可通过实践锻炼，争取改变工作内容或工作方法，着重处理自己较难完成的工作。总之，通过各种可行的方式，排除各种有阻力的计划与措施，争取各种有助力的计划与措施。

第二节　职业生涯规划设计的方法与步骤

一、职业生涯规划设计的方法

正确且可行的职业生涯规划能帮人走向成功,相反则可能误入歧途。为确保职业生涯规划正确而有效地进行,应在相应理论的指导下,运用科学的方法进行职业生涯规划。针对学生的实际情况,在此介绍几种便捷且常用的方法。

(一)橱窗分析法

心理学家把对个人的了解比喻成一个橱窗,为了便于理解,可以把橱窗放在一个直角坐标系中加以分析。坐标的横轴正向表示别人知道,横轴负向表示别人不知道;坐标的纵轴正向表示自己知道,纵轴负向表示自己不知道,如图2-1所示。

坐标把橱窗明显地分为四个部分,即四个橱窗,这也代表着把自我分成了四个部分。

橱窗1为"公开我",这是自己知道、别人也知道的部分,属于个人展现在外和无隐私的部分。

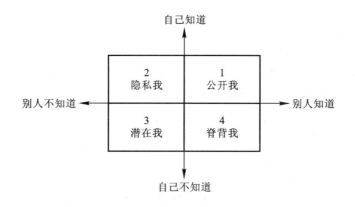

图2-1　橱窗分析法坐标分析图

橱窗2为"隐私我",这是自己知道、别人不知道的部分,属于个人内在隐私和隐私的部分。

橱窗3为"潜在我",这是自己不知道、别人也不知道的部分,是有待进一步开发的部分。

橱窗4为"脊背我",这是自己不知道、别人知道的部分,就像自己的背部一样,自己看不到,别人却看得很清楚。

在进行自我剖析时,重点是了解橱窗3"潜在我"和橱窗4"脊背我"这两部分。

每个人都有巨大的潜能,"潜在我"对一个人未来的发展有重要的影响。因此,认识与了解"潜在我",从而激发个人的潜能,对职业生涯中未来的规划有重要的意义,是自我剖析、自我认知的重要内容之一。了解"潜在我"的主要方法有积极暗示法、观想技术法和光明思维法。

"脊背我"是准确对自己进行评价的重要方面。职业生涯规划的内容之一就是角色建议,其要求进行职业生涯规划时,应该倾听他人对自己的评价和建议,以便准确、客观地了解自己。

(二) SWOT 分析法 [4]

SWOT 分析法又称态势分析法,最早是由美国旧金山大学的管理学教授在 20 世纪 80 年代末首次提出来的,是职业生涯规划中分析效果较好的方法。SWOT 分析是一种功能强大的分析工具,是检查个人技能、能力、职业、喜好和职业机会的有用工具,通过它,可以很快知道自己优势和弱势,并且能评估出自己所感兴趣的职业道路的机会与威胁。其中, S 代表 Strength (优势), W 代表 Weakness (弱势), O 代表 Opportunity (机会), T 代表 Threat (威胁),其中, S、W 是内部因素, O、T 是外部因素。一般来说,进行 SWOT 分析时,应遵循以下五个步骤。

1. 评估自己的优势和弱势

"天生我材必有用",每个人都是个性的个体,都有自己独特的技能、天赋和能力。进行 SWOT 分析时,首先就是要如实地列出自己的优势和劣势。在优势上最主要分析的是:明确自身具备的能力和最优秀的品质、我学习了什么、我曾经做过什么、我最成功的是什么、我最近为什么成功等。但"金无足赤,人无完人",在劣势上最主要分析的是:我什么做不来、我缺乏什么能力、我最失败的是什么、最近我为什么失败等。通过列表,明确自己的优势和喜欢做的事,并找出自己的弱势和不是很喜欢做的事情。通过分析自己所具备的很重要的强项和对你的职业选择产生影响的弱势,然后再标出那些你认为对你很重要的强弱势。扬长避短是职业生涯规划的重要指导原则,基于自己的长处和短处,可作两种选择:或者努力去改正常犯的错误,弥补自己的不足,提高自己的技能;或是放弃那些不擅长的而且技能要求很高的职业,专注于自己的长处发挥。在进行优劣势分析时,一定要如实客观地分析,排除他念,真实地与自己对话。

2. 找出您的职业机会和威胁

从职业生涯的几大影响因素——个人的生理心理素质、个人的教育背景、家庭环境、社会环境及机遇可见,职业生涯规划不仅要分析自身的情况,还应对外在环境进行客观分析,努力寻找自己的职业机会和发现自己的职业威胁。外在环境的不同,会产生不同的机会和威胁,而这些机会和威胁,影响今后工作和职业发展,尤其是对第一份工作有重大的影响,所以,找出这些外界因素将有助于成功地找到一份适合自己的工作,并有助于今后职业的发展。机会分析主要分析:市场中有什么适合我的机会、我可以学到什么技术、我可以提供什么新的技术或服务、我怎么样与众不同,组织在 5~10 年的发展如何等。威胁分析主要分析:市场最近有什么变化、竞争者最近在做什么、是否赶不上公司人才需求的改变、政治和经济环境的改变是否影响职业发展、该职业或行业是否转为夕阳产业等。请列出您感兴趣的一两个行业,然后认真地评估这些行业所面临的机会和威胁。

3. 提纲式地列出今后 3 ~ 5 年您的职业目标

仔细地对自己做一个全面的 SWOT 分析评估,列出您 3 ~ 5 年最想实现的 4 ~ 5 个职业目标。这些目标可以包括:向往的职业角色——想从事哪一种职业,你的职业生涯路线——将取得什么职务、将和哪些人共事、将管理多少人、或者希望自己拿到哪一级别的薪水。应该遵循扬长避短的原则，竭尽所能地发挥出自己的优势来与未来的职业角色相匹配，使之与行业提供的工作机会相契合，从而更好更快地达到自己的目标。

4. 提纲式地列出一份今后 3 ~ 5 年的职业行动计划

围绕第三步提出的职业生涯的目标，应拟定一份实现每一目标的行动计划与步骤，并详细地说明为了实现每一目标所要做的具体事情，何时完成这些事。如果需要一些外界帮助，那么要详细分析需要何种帮助和如何获取这种帮助。例如，你的个人 SWOT 分析可能表明，为了实现个人理想的职业目标，你需要更加深入地进行专业理论学习，那么你的职业行动计划应说明要参加哪些课程、什么水平的课程以及何时进修这些课程，等等。一份详尽的行动计划将有助于个人进行职业生涯决策和日程安排，也将有助于职业生涯目标更好更快地实现。

5. 寻求专业帮助

在开展了深入的个人 SWOT 分析后，找出自己职业发展及行为习惯中的缺点，但要以合适的方法改变它们却很难。这时，往往需要父母、朋友、前辈、上级主管、职业咨询专家给予一定的建议和帮助。特别是借助专业咨询的力量会让你更容易发现问题的所在，并更容易找到解决问题的方法，甚至会让你走上终南捷径。一个详尽的个人 SWOT 分析，将可以形成一个较全面的、实际可行的职业生涯规划。因而，为了让你更好地认识自己，发现职业机会和职业威胁，达到自己的职业目标，提高你的求职能力和个人职业发展竞争力，进行一下 SWOT 分析是十分有利的。

（三）五"What"法

五个"What"的归零思考法是进行职业咨询和职业规划时比较经常采用的一种方法，也是一种较为简单和便捷的方法，尤其适合即将毕业的大学生。五个"What"的归零思考法共有 5 个问题：

1. What are you? 我是谁？
2. What do you want? 我想做什么？
3. What can you do? 我能做什么？
4. What can support you? 环境支持或允许我做什么？
5. What can you be in the end? 我最终的职业目标是什么？

回答了这 5 个问题，找到它们的最高共同点，就有了自己的职业生涯规划的大致轮廓。

对于第一个问题"我是谁？"应该真实、深刻地反思自己，有一个比较清醒、全面的认识，一一列出自己的优点和缺点。要考虑自己扮演的社会角色，还应凸显出自己的性格特点和能力素质。应争取尽可能多地回答问题，尽量客观准确地表达自己的想法，以便全面、客观、准确地认清自己的"真实面目"。

第二个问题"我想干什么？"检查自己职业发展的心理趋向。人们的兴趣和目标并非是一成不变的，每个人在不同阶段都可能有不同的兴趣和目标，有时甚至是完全对立的。但随着年龄和经历的增长，职业理想会逐渐固定下来，逐渐明确自己的人生目标，并最终锁定自己的终生理想。大学生在具体回答的时候，应从童年开始回忆，依次列出各阶段的理想，再依照理想实现程度的大小对这些答案进行排序。

第三个问题"我能干什么?"则是对自己能力与潜力的全面考察。一个人职业的定位最根本的还要归结于他的能力,而其职业发展空间的大小则取决于自己的潜力。对于一个人潜力主要应从个人的兴趣、做事的毅力、处理事情的判断力、知识结构的健全程度及更新速度等方面进行了解。

第四个问题"环境支持或允许我干什么?"这要求充分考虑影响个人职业生涯规划的各种主客观因素。在客观方面包括职业的经济状况、人事政策、行业状况、企业制度、企业文化、职业发展空间等;人为主观方面包括同事关系、领导态度、亲戚关系等。两方面的因素应该综合起来看,将一切有利于自己发展的因素调动起来,从而寻找自己的职业切入点。在国外通过同事、熟人的引荐找到工作是最正常也是最容易的方式。但这要与一些不正常的"走后门"等歪门邪道进行本质的区分。这种区分就是,这里的环境支持是建立在自己的能力之上,且靠自身的努力而获得的。

明晰了前面四个问题,就会从各个问题中找到对实现有关职业目标有利和不利的条件,然后列出不利条件最少的、自己想做而且又能够做的职业目标,那么第五个问题有关"我最终的职业目标是什么?"自然就有了一个清楚明了的框架。

二、职业生涯规划设计的步骤

职业生涯规划的目的就是要让人们通过充分认识自己,客观分析环境,科学树立目标,正确选择职业,运用适当的方法和有效的措施克服职业生涯发展中的障碍,最后获得事业的成功。一个完整的职业生涯规划,其过程包括确定志向、自我评估、生涯机会评估、职业选择、职业生涯路线选择、确定目标、制订行动计划、评估与回馈八个步骤。

(一)确定志向

志向是事业成功的基本前提,志向就是方向,没有志向,事业的成功也就无从谈起。俗话说:"志不立,天下无可成之事"。立志是人生的起跑点,反映着一个人的理想、胸怀、情趣和价值观,影响着一个人的奋斗目标及成就。所以,在制定职业生涯规划时,首先要确立志向,这是制定职业生涯规划的关键。

(二)自我评估

自我评估就是对自己做全面分析,通过自我分析,认识自己、了解自己。自我评估是职业生涯规划的重要步骤,因为只有认识了自己,才能对自己的职业做出正确的选择,才能选定适合自己发展的职业生涯路线,才能对自己的职业生涯目标做出最佳抉择。通常自我评估包括自己的兴趣、特长、性格、学识、技能、智商、情商以及组织管理、协调、活动能力等。在自我评估中,最主要的是了解自己的兴趣、价值观、能力、潜能、人格和性格,进而分析自己的优势和劣势。自我评估有多方面的途径,如自我分析、通过外人的评价来了解自己,还可以通过职业测评软件和性格测验等方式了解自己。具体该如何进行自我认识,前文已叙述(详见第一章第二节)。

（三）生涯发展机会的评估

人是社会的人，每一个人都处在一定的环境之中，环境为人提供了活动的空间、发展的条件、成功的机遇。个人如果能充分利用好外部环境，将有利于事业的成功。因此，职业生涯规划中，应重视生涯机会的评估，分析各种环境因素对自己生涯发展的影响。在制定个人的职业生涯规划时，要分析环境条件的特点、环境的发展变化情况、自己与环境的关系、自己在这个环境中的地位、环境对自己提出的要求以及环境对自己的有利条件与不利条件，等等。只有对这些环境因素充分了解，才能做到在复杂的环境中扬长避短、避害趋利，使生涯规划具有更强的操作性以及更科学的导引作用。

环境因素评估主要包括以下几个方面。

（1）社会环境：社会热点职业门类分布与需求状况、自己所选择的职业在当前与未来社会中的地位情况、企业面临的市场状况、在本行业中的地位与发展趋势等。

（2）政治环境：国家政治环境的稳定水平、法制水平、就业政策等。

（3）经济环境：经济发展状况、本地区的经济发展水平、区域间的经济发展差异等。

（4）组织环境：组织架构和人际关系、组织特色与文化氛围、组织发展战略、人力资源需求、晋升发展机会等。

（四）职业的选择

"女怕嫁错郎，男怕入错行"，由此可见，职业选择对人生事业的发展特别重要。因而，在职业生涯规划中，选择什么样的职业必须在深入思考和冷静分析的基础上做出合理的决定。一般是通过自我评估、生涯机会的评估，认识自己、分析环境，在此基础上对自己的职业做出选择。也就是在职业选择时，要充分考虑到自身的特点，即自己的专业、性格、兴趣、气质和特长；要充分考虑到环境因素对自己的影响，即社会环境、政治环境、经济环境和组织环境的影响。对这些因素的分析，是职业选择的前提条件。分析自我、了解自己、分析环境、了解职业世界，使自己的专业、性格、兴趣、气质、特长与职业相吻合。就大学生而言，进行职业选择，不仅要从社会的现实需要出发，还应考虑自身的实际情况，扬长避短，尽力做到人尽其才、才尽其用。

（五）设定职业生涯目标

职业发展必须有明确的方向和目标，生涯目标的设定是职业生涯规划的核心。一个人事业的成败，很大程度上取决于有无正确适当的目标。目标的设定是人生目标的抉择，该抉择是以自己的最佳才能、最优性格、最大兴趣、最有利的环境等条件为依据的。通常，目标分短期目标、中期目标、长期目标和人生目标。短期目标一般为 1 到 2 年，又分日目标、周目标、月目标、年目标，中期目标一般为 3 到 5 年，长期目标一般为 5 到 10 年。职业生涯规划的目标作为个人的一种发现，并不是一蹴而就的，往往需要经过一些努力和尝试才能发现。尤其是在校大学生的目标设定往往会过于理想化或不具体。

（六）确定职业生涯路线 [5]

职业生涯路线，是指一个人选定职业后，为了实现职业目标所选择的路径。典型的职业生涯路线分为走行政管理路线，向行政方面发展，走专业技术路线，向业务方面发展。典型的职业生涯路线图是一个"V"型图,如图2-2所示,假如一个人24岁大学毕业参加工作,即"V"型图的起点是24岁。发展路线不同,对其要求也就不同,这一点也不能忽视。因为,即使同一职业,也有不同的岗位,有的人适合搞行政,可在管理方面大显身手,成为一名卓越的管理人才;有的人适合搞研究,可在某一领域有所突破,成为一名著名的专家学者。因此,在职业生涯规划中,必须做出选择,以便安排今后的学习和工作,使其沿着生涯路线和预定的方向发展。典型的职业生涯路线的选择必须考虑以下三个问题:目标取向——想往哪一路线发展,能力取向——能往哪一路线发展,机会取向——可以往哪一路线发展。对以上三个取向问题进行综合分析,以此来确定自己的最佳职业生涯路线。

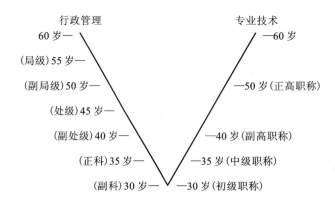

图 2-2　典型的职业生涯路线图

（七）制订行动计划与措施

在确定了生涯目标和选择了职业生涯路线之后,接下来便是如何实现自己的目标,践行自己的职业路线。这时行动便成了唯一的选择。没有具体的行动,一切都是空谈。这里的行动,指的是达成目标的具体途径和具体措施,既包括行动计划的制订又包括计划的落实。认真考虑方法的选择、步骤的顺利、资源的情况和完成的时间,制订确实可行的行动计划,并按照计划要求,采取具体的措施落实。落实目标的具体措施,主要包括工作、训练、教育、轮岗等方面的措施。例如,为达成目标,在工作方面,计划采取什么措施提高工作效率?在业务素质方面,计划如何提高业务能力?在潜能开发方面,采取什么措施开发潜能,等等,都要有具体的计划与明确的措施。制订的行动计划和措施要具体、明确、可行,以便于及时进行和定时检查。

（八）评估与回馈

"计划赶不上变化",事物都处在不断运动变化中,而受自身和外部环境变化的影响,你从事的职业条件也会发生相应的变化,职业生涯规划也要随着时间的推移而变化。在此状况下,要使生涯规划行之有效,就要不断地对生涯规划进行评估与修订。经过一段时间的工作,要有意识地回顾自己的工作状况,及时检查自己的职业定位和职业方向是否合适,以此来评估职业生涯规划,通过反馈,纠正最终职业目标与分阶段职业目标的偏差。其修订的内容包括:职业的重新选择,生涯路线的选择,人生目标的修正,实施措施与计划的变更,等等。

第三节 职业生涯规划目标的设定

职业生涯目标的设定是职业生涯规划的核心内容之一,尽管如此,不论是尚未毕业的年轻人,还是有一定职业经历的人,对个人发展的道路是什么? 目标该如何设定? 往往是茫然的。本节将重点讲述如何根据职业生涯目标设定的要求,通过目标分解和目标组合果断进行明确的目标选择,从而为大学生设定有效的目标提供方法上的指导。

一、 设定职业生涯目标的要求

人生确立什么样的事业目标,要根据主客观条件和可能出现的情况加以设计。每个人的条件不一样,目标也不可能完全相同。但设定职业生涯目标有哪些要求,是基本相同的。这些基本要求主要有以下几个方面。

(一)目标要符合社会与组织的需要

职业生涯规划目标设定时,要考虑内外环境的需要,特别要考虑你身处的社会与组织的需要。有需要才有市场、才有位置。没有需要,就难有用武之地。

(二)目标要适合自身的特点,建立在自身的优势之上

职业生涯目标的设定是人生目标的抉择,该抉择是以自己的最佳才能、最优性格、最大兴趣、最有利的环境等条件为依据的。因此,设定职业生涯规划目标时,要选择与自身长处相符或相近的目标。

(三)目标要志存高远但决不能好高骛远

在与实际相符合的范围内,自我确定的目标越高,其发展前途也就越大,并且,远大的目标,还能起到激励作用,能促进学习,改进工作方法,强化工作动力。但刚就业时也不能将目标定得过高。如果过高,则使人生活在幻想中,也会容易遭受挫折,在现实中必将一事无成,目标就失去了意义。

(四)目标幅度不宜过宽

一般来说,专业面越窄,所需的力量就较小,亦即用相同的力量,专业面越窄,其作用越大,成功的几率就越高。所以,最好选择窄一点的领域,并把全部身心力量投入进去,这样更容易获得成功。

(五)要注意长期目标与短期目标间的结合

长期目标指明了发展的方向,可鼓舞斗志,要防止短期不当行为;短期目标是实现长期

目标的保证,在职业生涯发展过程中,通过短期目标的达成,能体验到达成目标的成就感和乐趣,鼓舞自己为更大成绩、更高的目标而努力。把大目标分成小目标,实行目标阶段化并进行长短结合更有利于职业生涯目标的实现。

(六)同一时期目标不宜太多

同一时期目标不宜太多,目标太多就会分散注意力。集中精力,才能提高成功率。同一时期或某一阶段应重点突破一个目标。

(七)目标要明确具体

目标越简明、越具体,就越容易实现,越能促进个人的发展。目标明确不仅指业务目标要明确,而且与之相适应的其他目标也要明确具体,从而促使它们相互配合、共同作用,促进个人、生活和事业的全面发展。目标还应有"度"的要求,所谓"度",一是时间,二是高度和深度。只有这几个方面完全结合,才能成为明确的目标。

(八)要注意职业目标与家庭目标,以及个人生活与健康目标的协调与结合

人生除了事业之外,还有家庭、健康等问题,并且这些问题直接影响着人生事业的发展和生活质量。因此,在设定职业生涯规划目标的时候,要把这些因素综合考虑进去。

二、设定职业生涯规划目标的方法

(一)目标的分解

实现一个远大宏伟的目标很少能够一气呵成、一蹴而就,必须分解成若干易于达到的阶段性目标。职业目标分解是根据观念、知识、能力差距,将职业生涯长期的远大目标分解为有时间规定的长、中、短期分目标,直至将目标分解为某确定日期可以采取的具体步骤。目标分解是将目标清晰化、具体化的过程,是将目标量化成可操作的实施方案的有效手段。影响目标分解的因素有:环境条件、自身条件、职业方向、职业生涯阶段、在一个组织内的工作阶段等。

目标分解的方法主要是按性质分解和按时间分解。

1. 按性质分解:可分为外职业生涯目标和内职业生涯目标[6]

外职业生涯是指从事职业时的工作单位、工作地点、工作内容、工作职务、工作环境、工资待遇等因素的结合及其变化过程。因此,外职业生涯目标侧重于职业过程的外在标记,主要包括:职务目标、工作内容目标、经济收入目标、工作环境目标、工作地点目标等。

职务目标:应具体明确,清晰的职务目标应该是"专业"加服务。

工作内容目标:将在某一阶段你计划完成的工作内容详细列出来。工作内容目标对于选择专业技术型发展路线的人格外重要,因为这些人的发展体现在本专业技术领域取得成果及相应的职称晋升。

经济收入目标:在职业生涯规划中列出收入期望,应切合自己的能力素质和实际,大胆为自己规划一个具体的数目。

工作环境目标和工作地点目标:对工作环境和工作地点有要求的,应该在规划中列出自己的要求。

内职业生涯目标侧重于在职业生涯过程中的知识、经验的积累,观念、能力的提高和内心感受,主要包括:工作能力目标、工作成果目标、提高心理素质目标、观念目标等。

工作能力目标:工作能力是对处理职业生涯中各种工作问题的能力的统称。工作能力目标的设定比对工作职务目标的设定更能够让管理人员感觉到自己是职业生涯的主人。认真思考自己在组织中处于哪个位置,在具体职位上处于哪个阶段,然后制定具体的能力目标。

工作成果目标:工作成果是进行绩效考核的重要指标。工作成果目标既有外职业生涯内容又有内职业生涯内容。工作成果本身属于外职业生涯目标,但在取得工作成果目标的过程中所获得的知识、经验,以及提高的心理素质和能力属于内职业生涯目标,它强调取得工作成果时内心的收获和成就感。

提高心理素质目标:人们在职业进程中面临各种情况的心理状态,如能否经受住挫折和成功,能否做到临危不惧、宠辱不惊。不同的人,其职业生涯目标最终能否实现,区别并不在于是否在实现的过程中遇到困难,而是在于心理素质的不同。只有心理素质合格的人才能正视现实,努力克服困难,追求卓越。提高心理素质目标包括抗挫折、包容他议,也包括在暂时的成功面前保持冷静,做到能屈能伸。心理素质可以通过情绪智力的培训加以提高。

观念目标:观念是对人对事的态度、价值观。观念决定着个人职业生涯发展的目标决策、发展状况、开发与自我管理、职业成就等,职业生涯发展与明确的观念目标紧密联系在一起。面对瞬息万变的社会,随时更新自己的观念,让自己总站在前沿地带,是职业生涯规划的一个重要环节。

外职业生涯的构成因素通常是别人给予的,也容易被别人收回,内职业生涯各项因素要靠自己的努力才能实现,内职业生涯的发展是外职业生涯发展的前提。因此,我们要充分重视内职业生涯的发展,认清它在个人职业生涯乃至人生发展中的关键作用。就大学生而言,应努力提升自身能力,挖掘自身潜能,提高自己的综合素质。

2. 按时间分解:可分为最终目标、长期目标、中期目标和短期目标

最终目标取决于一个人的价值观念、知识能力水平,是对环境、组织、自身条件、家庭条件做最大量分析之后得到的结果,是规划者的总目标。目标的期限体现着一个人的心理成熟程度。心理越成熟的人,就会越早地确定下自己的人生目标,并朝这个目标不断努力。找到最终目标是在确定职业锚之后,平均年龄是 40 岁。要区分最终目标与阶段目标。最终目标可以几十年为期限,长期目标一般以 5 年至 10 年为期限,中期目标以 3 年至 5 年为期限,短期目标则为一两年,而近期目标则短至几个月。

目标分解的正常步骤。首先是将最终目标分解为若干个长期目标,每个阶段都有一个具体的目的。长期目标具备长远且非常符合自己的价值观、目标是自己认真选择的、与社会发展需求相结合、富有挑战性、能用明确语言定性描述、对成功实现充满渴望、在一定时间范围内可行、目标始终如一、一经实现会带来巨大成就感和易于分解操作等特征。

接着,每一个长期目标继续分解为各个中期目标。中期目标应该具备与长期目标一致、全局眼光、基本符合自己的价值观、结合自己的志愿和组织的环境及要求制订目标、能用明确的语言定量说明、有比较明确的时间、可以利用环境和变化做适当的调整等特征。

最后,将中期目标分解为短期目标。较之中、长期目标,短期目标更要求有可操作性和灵活性。它一般具备与中、长期目标相一致、适应组织环境要求、灵活简单、未必与自己的价值观相符但可接受、切合实际、可操作性、朝向长期目标以"迁"为直等特征。

(二)目标的组合

目标组合是为了处理好不同分目标之间的关系,主要着眼于各目标之间的因果与互补关系。如果只看到目标之间的排斥性,就只能在不同目标之间做出排他性选择;如果能看到目标之间的因果关系与互补性,就会积极进行不同目标的组合。目标组合包括时间上的组合、功能上的组合和全方位组合。[7]

1. 时间上的组合

职业生涯目标在时间上的组合可分为并进和连续两种情况。

(1)并进。目标并进是指同时着手实现两个现行工作目标,或指建立和实现与目前工作内容不相关的预备职业生涯目标。"同时着手实现两个现行工作目标",指的是在同一一时期内进行不同性质的工作,如大学老师既教学又搞科研就是目标的并进。"建立和实现与目前工作内容不相关的预备职业生涯目标",多数发生在中、青年人身上,是居安思危、未雨绸缪、具有长远眼光的表现,需要具备较强的时间管理能力和学习上的毅力。例如,大学生为了以后获得更大的发展空间,在学习专业知识的同时,进修自己感兴趣的其他课程。

(2)连续。目标连续指目标之间的前后连接,即实现一个再进行下一个。一般而言,较短期目标是实现较长期目标的支持条件。目标的期限性是相对的:随着时间的推移和职业规划相关步骤的实施,长期目标会成为中期目标,中期目标则成为短期目标,短期目标成为近期目标。当然,只有完成好每一个近期目标才能实现最终目标。职业生涯的阶段目标与职业生涯的最终目标相关联,但应更为明确,它是一个人在一段特定的时间内要达到的明确结果。若将职业生涯的阶段目标转变为职业生涯的最终目标,只需将各个阶段目标连接起来,加上一个时间表,再加上一个衡量目标达成结果的评估方式即可。

2. 功能上的组合

职业生涯目标在功能上可以产生因果关系、互补作用。有些目标之间存在着非常明显的因果关系,将这些目标组合起来,则有利于一以贯之、始终如一地努力和奋斗。比如工作能力目标的实现(原因),将有利于职务目标的实现(结果);工作上职务目标的实现(原因),则会带来经济收入目标的实现(结果)。通常情况下,内职业生涯是原因,外职业生涯是结果。职业生涯目标功能上的一般因果排序为:观念更新目标→掌握新知识目标→提高工作能力目标→职务晋升目标→经济收入提高目标。职业生涯目标的互补与递进关系是显而易见的,每一个目标都是其中一个承上启下的环节,为此,要慎重地把每个目标予以落实,才能达到最终目标。前面提到的大学老师既教学又搞科研就是很好的例子,教学为科研提供了理论基层和方法指导,科研实践又促进了教学内容的丰富和教学质量的提高。

3. 全方位组合

全方位的组合指个人事务、职业生涯和家庭均衡发展,相互促进。目标组合可以超出职业生涯范围而与全部人生活动联系起来。在建立职业生涯目标时,应考虑自己在个人发展、家庭生活和职业生涯发展中的各种愿望和需求。最常见的愿望涉及职业生涯、社会尊重和社会权力、感情生活和家庭生活、物质成功和个人事务等。完美的职业生涯规划并不把生活中的其他内容排斥在外，而应在生活中建立不同目标间的协调关系，使个人的整体生活和谐。

第四节　规划书的撰写

职业生涯规划书是职业生涯规划内容的书面化形式，规划内容和结果在规划过程中或规划后形成文字方案，有利于理顺规划的思路，提供操作指引，随时评估与修正。职业生涯规划书的基本内容架构是大致相同的，但职业生涯规划书的格式却有多样性，常见的格式有表格式、条例式、复合式和论文格式，本章介绍其中两种主要模板，以供大家选择与参考。

一、表格式：罗双平的职业生涯规划表 [8]

著名职业生涯规划专家罗双平在《职业生涯规划》一书中，首次提出了职业生涯规划表的基本格式，此表得到了广泛的运用，已经成为了国内企事业职业生涯规划的基本格式。目前，其表格发生了一些变化，详见表 2-1 所示。

罗双平还就如何填表进行了详细说明。

（1）个人因素分析包括自己的性格、兴趣、能力、气质、情绪等方面。分析的重点是自己的性格、兴趣与能力（重点是特长），找出三者的结合点。

（2）环境因素分析包括组织环境、社会环境、经济环境。分析出哪些是有利因素，哪些是不利因素，哪些因素将阻碍你的生涯发展，哪些因素将为你的发展提供机遇。

（3）岗位或职业选择分两种情况：一种是初次选择职业，可根据个人因素和环境因素的分析结果，选择自己的职业；另一种情况是对于已经在职的人员，此时可根据个人因素和环境因素的分析结果，对自己的工作岗位组织内部进行调整，必要时也可以调换工作单位，找到适合自己发展的位置。

（4）职业生涯目标包括短期目标、中期目标和长期目标，目标要具体明确，并写出各目标的起止时间。

（5）职业生涯路线选择，是指走行政管理路线，走业务路线，还是走经营路线，或先走业务路线，实现某一业务发展目标后，再走行政路线，或再转入经营路线，等等。

（6）完成短期目标计划与措施。例如，在短期目标内，在业务方面提高到什么程度，学习哪些知识，什么时间学习，学习多长时间，通过什么方式学习等。在工作技能方面，掌握哪些技能，如何掌握，计划在哪些部门轮岗等。在研究方面，计划发表几篇文章，写几本书，达到什么学术水平等。在设计方面，计划完成哪些产品设计，达到什么水平，产生多大效益等。在管理方面，掌握哪些管理知识，学习哪些管理技能，通过何种方式学习，怎样安排时间，安排多少时间等，……不同的职业、不同的岗位，应根据自己的具体情况，提出具体要求，并明确组织上如何进行考核。

（7）完成中期目标计划与措施。此阶段的计划是短期目标的继续，可概括性地列出。等短期目标实现后，再将中期目标细化，变为短期目标加以实施。

（8）完成长期目标计划与措施。虽然这个阶段离起始点较远，但也必须概括性地列出。

表 2-1　职业生涯规划表

姓名		性别		年龄		学历	
						专业	
工作部门		现任职务				到职年限	
		现任职称				到职年限	
个人因素分析							
环境因素分析							
岗位或职业选择							
职业生涯目标		长期目标		起止时间			
		中期目标		起止时间			
		短期目标		起止时间			
职业生涯路线选择							
完成短期目标计划与措施		具体计划	具体措施	起止时间		考核指标	
完成中期目标计划与措施		具体计划	具体措施	起止时间		考核指标	
完成长期目标计划与措施		具体计划	具体措施	起止时间		考核指标	
专家建议							
部门主管意见							
人力资源部意见							

因为,完成职业生涯目标是一个系统工程。目标年中的每一年都应有它的具体任务,都是目标中的一个组成部分。如果只顾前,不顾后,这个规划也就失去了意义。有人可能会想,计划赶不上变化,即使现在对未来几年做出了具体规划,到时也可能行不通。这一点不必担心,职业生涯规划步骤中,有一个步骤是职业生涯发展评估,就是解决这个问题的。

(9) 部门主管填写意见时,应对员工个人填写项目进行分析与核实。核实内容包括个人因素分析和环境因素分析的结论是否真实，员工个人所选择的生涯路线、所设定的生涯目标是否与组织经营战略、发展目标相一致。如有差异，可与员工协商修订。注意，这里讲的是协商，而不是强求，通过协商求得一致。

（10）人力资源开发部门审核意见，其审核的重点是员工所选择的生涯路线和所设定目标的可行性。如果员工所选择的路线和目标不符合本组织的实际，或者说组织上不能满足其要求，此时可与员工和员工的主管进行协商，共同探讨确定员工的生涯路线和目标。在行不成统一目标的情况下，允许员工另谋出路，不宜强留。在此问题上，一定要实事求是，不能为了挽留人才而欺骗员工。

二、复合式：表格式与条例式的综合 [9]

（一）自我分析

对自己进行全方位、多角度的分析。
1. 职业兴趣——喜欢干什么。
2. 职业能力——能够干什么。
3. 个人特质——适合干什么。
4. 职业价值观——最看重什么。
5. 胜任能力——自身优势、劣势是什么。

自我分析小结

（二）职业分析

1. 家庭环境分析。如家人工作状况、经济状况、家人期望、家族文化等，以及它们对本人的影响。
2. 学校环境分析。如学校特色、专业学习、实践经验等。
3. 社会环境分析。如就业形势、就业政策、竞争对手等。
4. 职业环境分析。
（1）行业分析。该行业的现状及发展趋势，人和行业的匹配分析。
（2）职业分析。该职业的工作内容、要求、发展前景、人和岗位匹配分析。
（3）企业分析。单位类型、企业文化、发展前景、发展阶段、产品服务、员工素质、工作氛围等，人和企业匹配分析。
（4）地域分析。工作所在城市的发展前景、文化特点、气候水土、人际关系等、人和城市匹配分析。

职业分析小结

（三）职业定位

综合第一部分（自我分析）及第二部分（职业分析）的主要内容得出本人职业定位的分析：

内部环境因素	优势因素	劣势因素
外部环境因素	机会因素	不利因素

结论：

职业目标	将来从事什么职业
职业发展策略	进入什么类型的组织
职业发展路径	走什么类型路线
具体路径	初级—中级—高级

（四）计划实施

计划实施一览表

计划名称	时间跨度	总目标	分目标	计划内容	策略和措施
短期计划					
中期计划					
长期计划					

详细执行计划如下：

本人正在……我的计划是……

（五）评估调整

职业生涯评估是一个动态的过程,必须根据事实结果的情况以及变化进行及时的评估与修正。

1. 评估的内容

(1)职业目标评估(是否需要重新选择职业)。

(2)职业路径评估(是否需要调整发展方向)。

(3)实施策略评估(是否需要改变行动策略)。

(4)其他因素评估(身体、家庭、经济状况以及机遇、意外情况的及时评估)

2. 评估的时间。一般情况下,要定期(半年或一年)评估规划;当出现特殊情况时,随时评估并进行相应的调整。

（六）结束语

在职业生涯规划书的撰写过程中，行文的风格、叙述的方式、文案的设计，大家可根据自己的喜好进行选择，但在其内容上，一定要结合实际、全面分析、科学规划，保证规划切实可行并确保规划能顺利执行。

??? 习题或思考

1. 简述职业生涯规划的类型和特征。
2. 简述职业生涯设计的方法和步骤。
3. 简述职业生涯目标的设计方法。
4. 联系实际，制订一份自己的职业生涯规划。

参 考 文 献

[1] 张再生．职业生涯规划 [M]．天津：天津大学出版社，2007．
[2] 赵麟斌．大学生职业生涯规划与就业指导 [M]．北京：北京大学出版社，2008：102-114．
[3] 边惠敏．大学生职业生涯规划 [M]．成都：西南财经大学出版社，2007：26-37．
[4] 赵北平，雷五明．大学生涯规划与职业发展 [M]．武汉：武汉大学出版社，2006：119-129．
[5] 石建勋．职业生涯规划与管理 [M]．北京：清华大学出版社；北京交通大学出版社，2009：105-117．
[6] 程社明，卜欣欣，戴洁．人生发展与职业生涯规划 [M]．北京：团结出版社，2003．
[7] 鄢敬新．职业生涯规划宝典 [M]．青岛：青岛出版社，2005：135-150．
[8] 罗双平．职业选择与事业导航——职业生涯规划技术 [M]．北京：机械工业出版社，2007．
[9] 张伟，陈献锋，刘妍．大学生职业发展与就业指导 [M]．济南：山东人民出版社，2010：98-111．

第三章
职业能力的培养与提升

 **本 章 要 点**

　　本章通过引导大学生进行学业规划的制订和实施,注重通用技能、专业技能、个人素质等方面的培养和提升,使大学生在今后的职业生涯中展现出更具竞争力的职业能力。

　　职业能力是指人在自身职业生涯中通过主观努力,在职业活动中发展起来的对活动效率具有直接影响的,并通过职业活动表现出来的能力。对于任何职业而言,都要求从业者拥有相应的能力。

第一节　学业规划的制订与实施

❖ **案例:如何造就大学"复合型人才"?**

　　我是一名即将迈向社会的大学生,几年的大学生活造就了我这样一个德、智、体、美、劳全面发展的复合型全才,在临近毕业之际,特将几年的学习成绩向关心和爱护我的人们汇报如下:

　　我学会了做饭:泡方便面的技术在寝室堪称一流。

　　我学会了使用电脑:能熟练地开关机,特别擅长玩网络游戏,在整个学院里鲜有对手。

　　我学会了高雅音乐:曾多次获得过学校门口的音乐茶座举办的卡拉OK比赛纪念奖。

　　我学会了健身运动:主要是打麻将、斗地主、打架。

　　我精通化学:知道盐酸具有极强的腐蚀性,绝对不能够用手摸。

　　我学会了团结同学:有烟大家抽,有酒大家喝。考试时,人人都争着给我递条子。

　　……

　　三年前,我担心找不到工作,考了硕士;三年后的今天,我担心找不到工作,又考了博士。我不知道几年后我会不会为自己六年前的选择而感到后悔。

　　……

——来自中北大学招生就业处

　　点评:

　　有丰富多彩的业余生活,却荒废了课业的学习;有越来越高的学历学位,却后悔了当初的选择。这些烦恼大多起源于在大学期间未对自身做好清晰的学业规划。

一、认识学业规划

学业规划,在美国称之为学生的生涯规划,在日本则称之为进路教育,关注的是学生的人生发展规划。对我国而言,由于社会经济的原因,学业规划的理论起步较晚,是 20 世纪末才提出的一个全新理念。

(一)我国学业规划的现状

从目的上看,学业规划是为了给学生提供职业准备,是适应迅速变化的社会的有效手段之一。这一观念在美国已深入人心,美国的父母在孩子们上高中时,就要请专家给孩子们做学业兴趣分析,此时的孩子兴趣还未定型,通过有关学业实践活动,可以根据其显露出来的特征进行有效引导,达到以兴趣定职业的目的。相比之下,我国学生在高中文理分科时常为高考升学而考虑,较少与个人兴趣特征以及未来职业发展相联系。

20 世纪 90 年代中后期,国家不再统一分配就业,而是实行更加灵活的自主择业政策,同时 2001 年国家取消了对参加高考者的年龄限制,人们可以在认为最合适的时候参加高考,这些规定为人们自主规划未来和选择自己的学业提供了客观条件,人们在学业完成后对自身所要从事的职业也有了自主选择权。这在一定程度上增加了就业的风险,因为随着以市场为导向的人才供求关系的确立,处于买方市场的学生必须一方面对自己的学业承担责任,担负起教育所需要的成本,另一方面还要担负着毕业后把自己推销出去的任务,而高校逐年扩招的形势使就业市场竞争愈趋激烈,从而增加了就业困难。如何顺利地完成学业,以及在激烈的竞争中如何成功地实现就业成为当代大学生必须面临的问题。面对这些问题,我国学业规划的观念应运而生,它通过人才成长主体对自己学什么、什么时候学、怎么学等做出科学合理的安排和决策,进而较好地解决上述问题。

学业规划观念是近年来才兴起的观念,因此很多学生、家长并未认识到其在人生发展中的重要性,在读期间许多人对自己的学习人生没能做好规划,而是按部就班地参加高考升大学,当大学要毕业时才匆忙寻找工作,针对就业问题的学业规划并未受到大学生足够的重视。据最新就业调查显示,目前很多大学生求职失败的原因之一就是在大学期间没有明确的就业方向或者就业准备不足,临近毕业的时候才着手考虑就业问题,且没能利用大学时期的大好时光培养综合素质,增强自身的就业竞争力。

(二)学业规划的含义

国内学业规划专家张恒亮认为,从目前我国教育现状看,学业规划的主体人群应是初中毕业后的学生。但大学生毕业后直接面临着就业问题,因此,大学生也是学业规划的重要主体。

1. 学业规划的概念

学业规划,是指为了提高大学生获得职业或事业平台的效率,而对与之相关的学业所进行的筹划和安排。具体而言,是指大学生通过对自身特点(性格特点、能力特点)和未来社会需要的深入分析与正确认识,确定其人生阶段性的职业目标,进而确定学业路线,然后结合大学生的实际情况(经济条件、工作生活环境、家庭情况等)制订学业发展计划,以确保用较小的求学成本(时间、精力、经济等)实现阶段性职业目标所必需的素质和能力的过程。换言之,学业规划是大学生结合现有条件和制约因素,为自己整个大学期间确立学业目标,通过解决学什么、怎么学、什么时候学、在哪里学等问题来实现学业目标,以确保自身学业的顺利完成,为成功实现就业开创事业打好基础的过程。[1]

2. 学业规划与职业规划

美国职业管理学家萨帕从人生不同年龄段出发将人的职业生涯分成五个主要阶段:成长阶段,即认知阶段;探索阶段,属于学习打基础的阶段;确定阶段,选择安置期;维持阶段,属于升迁和专精阶段;衰退阶段,即退休阶段。[2]

由于每个阶段都处于不同的职业状况,因此各个阶段都面临不同的职业发展任务,从萨帕的职业发展规划来看,学业规划和职业规划皆从属于职业生涯规划,大学生的学业规划处在探索学习阶段,是依据大学生的职业方向而定下的一种学习规划,是职业生涯规划在大学阶段的体现,职业规划亦包含在生涯规划阶段内。就主体归属而言,学业规划和职业规划同属于个人发展规划,前者是指大学生为了高效地获得职业或事业而对学业进行规划和安排以顺利实现就业的个人发展规划,后者是在职业或事业的基础上,试图以最有效的方式实现自身人才价值最大化的个人发展规划。总而言之,在这两类不同的个人发展规划中,学业规划是职业规划的前提和基础,职业规划是学业规划的拓展和升华。

3. 学业规划的原则

学业规划需遵循以下三个原则。

(1)可行性原则。学业规划的设计必须与现实相结合,具有可操作性,目标和达成目标的方法都要求科学、合理,一切从实际出发,每个阶段的目标能使人在结合自身条件的基础上通过努力追求得以实现,而不是唯美的空中楼阁。

(2)弹性原则。唯物辩证法认为,事物是不断发展变化的。人类无法预测未来的社会需求会发生什么样的变化,所以学业规划也不是孤立的、静止的,而是可调节的。人们可根据现实需要和个人主客观条件的变化酌情调整进度、计划和目标。

(3)最优化原则。大学生制订规划时需从个人的兴趣、性格、知识能力等方面出发,因此,要想实现规划的目标,必然要求大学生在了解自己个性特点的基础上,力求做到身心和谐,最大限度地发挥自身优势。

二、学业规划的意义

30多年前,美国哈佛大学对当时在校学生做过一份调查,调查学生的学业规划情况,发现学生群体中没做学业规划的人数占27%,学生规划模糊的人占60%,有短期学业规划的人数占10%,长期学业规划清晰的人数占3%。30多年后的一份追踪调查结果表明:第一类人几乎都生活在社会的最底层,长期挣扎在失败的阴影里;第二类人基本上都生活在社会的中下层,他们没有多大的理想和抱负,整日为了生存而疲于奔命;第三类人大多进入了白领阶层,他们生活在社会的中上层;而有长期的清晰的规划之人,他们为实现既定目标,几十年如一日,努力拼搏,积极进取,最终成了百万富翁、行业领袖或精英人物。[3] 由此看来,大学生进行科学的学业规划对人的成长具有重要的现实意义。

（一）有助于大学生自我定位，增强自我管理的能力

大学生应很好地认识和了解自己，进入大学校园开始应认识到在大学这一新环境里，机会对每个人都是平等的，即使你曾经拥有过辉煌但并不代表你是天之骄子。虽然你有过失败也并不需要妄自菲薄，在认识的基础上做出自我定位，才能找到前进的方向和发展的空间。而学业规划有利于自我定位，通过学业规划，大学生不断地了解、认清自身的特点，找出自己身上的优缺点和兴趣爱好所在，进而得出"我能干什么？"分析"我拥有什么资源优势？"最后解决"我需要干什么？"的问题，使自己的理想具有可操作性，为将来就业提供明确方向。

大学生进入大学后，没有了升学的压力，自己掌握的时间也多了，如果没有目标和方向，大学生的生活会处于迷茫的状态，思想不求上进，学习按部就班或随心所欲，将多余的时间和精力荒废殆尽，跟学业无关的琐事成为生活的常态，比如沉迷于网络、只顾着恋爱，使大学美好的时光在茫然中虚度。大学生学业规划的过程就是一个管理的过程，包括管理大学期间的时间和学习目标。经过学业规划，让大学生重视现在，确立目标，合理分配时间，集中精力专心致力于学业，提高自我管理能力。学业规划对学生的日常生活也具有指导作用，帮助学生养成良好的学习习惯，潜意识里把学习放在第一位，让大学生明白现在做的一点一滴的努力都和未来的理想目标有关，从而增强自我约束能力，不做无意义的事情。

（二）有助于大学生认清现实，主动迎接社会的挑战

随着高校毕业生逐年扩招，大学生面临着严峻的就业压力。工作职位的竞争愈演愈烈，在市场经济条件下，招聘者倾向于寻求具有积极主动的个性和创造性才干的员工。在优胜劣汰的现实下，大学生也将面临更大的挑战。法国著名的微生物学家巴斯德曾说："机遇偏爱有准备的头脑。"大学生在入学时，对现实有了深刻的认识，那么现在的学业规划就是要准备为将来的就业求职负责，通过学业规划，在了解自身个性特征、现有的和潜在的优势后认识到自身的价值并努力使之增值，树立明确的学业发展目标和未来的职业理想，引导大学生采用科学有计划的措施和步骤，不断增强自身的职业竞争能力，以确保未来在机会来临时能成功地抓住机遇以实现职业理想。

另外，学业规划引导学生进行优势和劣势的分析，评估其既定目标与现实之间的距离，使大学生能坚持或调整其学习发展的方向，能在就读期间明确自己未来的职业目标并付出努力，而不是快到毕业了再慌张地考虑将来就业要做什么。培养这种规划意识，就是为了改变大学生"临时抱佛脚"的被动局面，由"要我学"向"我要学"转变，使大学生增强学习的主动性，增长才干，以更加积极的姿态去迎接社会的挑战。

（三）有助于指导大学生完成学业，提高自身综合素质

对大学生而言，通过分析其个人的兴趣和潜能进行学业规划设计，可以使其更好地认识自己，帮助大学生树立目标，每个学生都可以根据自己的实际情况，科学合理地安排学习生活，找到适合自己成长的方向，使大学生积极主动地学习理论知识，以便顺利完成学校规定的学分。

同时,大学生能够根据规划的实际效果改善自己的学习方法,提高自己的学习能力,最大限度地挖掘自身潜能。此外,学业规划还可促使大学生在实际生活中,健全和完善个性特征,发展和谐的人际关系,引导大学生积极投身各种社团和社会实践活动,促进其健康地成才、成长,提高创新意识和创造能力,增强就业竞争力。对学校而言,学业规划根据学生个体不同而设定,具有个性化特征,高校利用规划实施个性化教育,有利于培养高素质、多层次的人才。

三、学业规划实施的步骤

大学生是重要的学业规划主体,因此要充分发挥他们在规划过程中的主动性,循序渐进地做好以下五个步骤,以完善和实施学业规划。

(一)选定学业 [4]

首先,对自己的兴趣、爱好进行分析,确定自己喜欢干什么。因为兴趣是最好的老师,是人们积极探究某事物或从事某项活动的意志倾向,推动人们努力前进的强大动力,能够让人保持探求知识的热情,发挥学习的积极性和主动性,可以让人们为自己钟爱的事业奋斗终生。目前有许多大学生不了解自己的兴趣所在,甚至感觉自己没有兴趣。所以必须要认清自己,择己所爱,选择自己所向往的专业方向和研究领域。

其次,对自身的能力进行全面分析,确定自己能干什么。能力是人们能顺利完成某一活动所必需的主观条件,是人在实际行动中表现出的综合素质,直接影响行动的效率,是实现个人价值的必备条件。任何职业都要求从业者具备一定的条件,掌握一定的技能,所以必须结合自己的兴趣爱好,在确定你想要干什么的基础上,不断磨砺自己,培养所需能力。

再次,分析未来社会的需求,培养预见性。社会是不断发展变化的,需求也日新月异,所以要把握现在着眼于未来,预测发展趋势,切忌盲目跟风。选择的专业方向和研究领域要与社会的需求以及自己的优势结合起来,这才是明智的选择。分析自己的爱好与能力,结合社会需要什么样的人才,自己想要干什么,能干什么,这样全面的综合分析才是大学生选定学业规划的重中之重。

(二)加强学业规划的执行

人难免会有惰性,在学业规划选定后没有及时的行动会导致许多大学生不能落实学业规划或落实但不能持续,最终无法实现所预定的目标。没有行动,即使再完美的计划也开启不了成功之门,大学生必须强化对学业规划的实施,这一环节至关重要。所以大学生要保持积极的心态,发挥自己的能动性,想象成功带来的喜悦,以此来增强动力,排除惰性,加大执行的力度,从而保证规划的顺利完成。

(三)学业规划的分解

学业规划目标制订之后,为了更有针对性地实现目标,需要有计划地进行分解。可以如此进行:四年学习总目标—年学习目标—学期学习目标—月学习目标—周学习目标—日学习目标。这样使规划落实到每一天,确保目标有效可见。

（四）评估学业规划

在规划实施过程中，由于种种不确定因素或各种不可抗力的存在，要求学业规划设计时具有一定的弹性，此时大学生应及时地对环境和条件做出评价和估计，以便对自己的目标及时做出调整和修正，确保在根本规划目标不变的基础上学业规划能够顺利有效地进行下去。

（五）激励和惩罚

在管理学中，有效的激励是促进组织发展的动力保证。好的激励措施能将人的积极性和创造性激发出来，正确地运用惩罚则能达到与激励相同的效果。所以大学生在阶段性目标之后可制订完成目标将如何奖励自己以及未完成时如何自我惩罚的措施。通过诸多手段确保学业规划目标的执行和实现，防止规划主体惰性的产生。

学业规划确立的过程是一个弹性的动态过程，大学生在这个过程中只有及早明确自己的学业目标，在充分了解自己学什么、如何学、什么时候学等问题的基础上提高自身优势，主动出击，才能在未来的就业竞争中把握机遇，实现自我，成就自我。

四、学业规划中需注意的问题

1. 大学生应尽快以职业理想为目标为自己设定学业发展规划，同时应正确理解学业规划的原则，当计划赶不上变化的时候，应坚持实践检验真理的原则及时修改校正规划。此外，学业规划制订后更重要的问题是执行规划，如果制订了学业规划而不执行，那就相当于没有学业规划。学业规划能够实现，很大程度上取决于能否立即行动。著名管理学大师德鲁克认为，"行动才是最高纲领"。只有行动，才有成功的可能，一切才会真实而明确地展现在面前，否则就只能是纸上谈兵。

2. 正确处理学业和专业的关系。在中国每个大学生进入大学时都要选择专业，每个专业都有自己的就业方向和培养目标，也许入学生所读的专业并非与个人喜欢的职业有关，但是学业规划的设计也必须以所读专业为基础来培养专业方面的特长，如果离开了所学专业而规划其他专业，必然要增加其中的成本或负担。大学生除了对自己所学的专业要掌握一定的基础外，还要做到精深广博，了解或掌握与本专业相关、相近的专业知识和技术，甚至要掌握与本专业无关的社会常识。另外，学业规划的制订要与个人性格、气质、兴趣、能力、特长等方面相结合，充分发挥自身的优势，扬长避短，做到学有所长、学以致用。

3. 大学生学业规划是为了使学生专注于学业，但并不是如同高考一样以成绩论英雄，因为成绩好并不代表能力强，大学生在学业规划时要在正确评价自己的基础上，通过学业规划来培养自身的真才实学和能力特长，培养分析问题和解决问题的能力，而不是为了获得高分数的学习成绩而进行学业规划。

✦ 师生互动思考题

1. 请结合自己的职业理想为自己的大学生涯量身定做一份学业规划。

第二节 通用技能的培养与提升

❖ 案例：实践——大学生课外要读的书

为了开阔眼界、积累社会经验、提升自身素质，许多大学生开始有针对性地选择社会实践活动。

东北财经大学大四学生王璐佳假期得到一次到印度参与国际公益活动的机会。"回过头来看，虽然提供的条件有些差，但是相比付出，我认为得到的更多。选择这个活动我是看重了它是由国际性组织举办的，我想借机会出国开开眼界。

其实这次实习只是由组织提供一个机会，从报名到办理签证一切手续都是我自己办的。活动中，通过探访肾病患者、到乡村给孩子们做演讲，使我对印度的文化、风俗有了更深入的了解，也锻炼了自己的交际能力。"

吉林财经大学新闻与传播专业大三学生景丽薇从大一开始，每个假期都会到不同媒体实习。"虽然在学校我也积极参与社团活动，但是真正的采访机会还是有限的。而在不同的新闻媒体单位实习，恰好弥补了我实践经验的不足。在实践活动中，我结交了许多良师益友，不仅提高了自身能力，而且在采访中也完善了自己的知识储备，可谓是一举多得。"

——摘自华商晨报

一、通用技能的概念

通用技能是相对于专业技能而言的，是指那些具有通用性的技能，不是针对某一具体职业，而是能够适用于不同的职业，亦可在不同的职业岗位转换的技能，是从事任何职业的人想要取得成功必须共同具备的基本能力和才干，是对人的一生职业发展起着重要作用的能力。它在人们的职业生涯中跨越了具体的职业行业，应用范围远宽于特定的职业技能，适用于各种不同的环境，可以提高人们工作的效率，因而具有更普遍的适用性和更广泛的迁移性。

二、通用技能的内容

现代化高等教育的任务是培养具有创新精神、竞争意识的高素质的应用型青年人才，以适应创新型国家建设的需要。因此大学生在校学习期间，一方面除了要掌握理论知识外，还有一个重要的目标就是要注重素质和能力的培养，即培养使其具有良好职业素质和从事任何职业所需的通用能力，因为与知识相比，用人单位在选人时更看重的是能力。概括而言，可以从以下几个方面认识通用技能。

（一）清晰的表达能力

表达能力是指运用语言、文字阐明自己的观点和意见，抒发思想、情感的能力，主要包括口头表达能力和书面表达能力，是现代社会中人与人之间沟通交往不可缺少的基本能力。当今社会表达能力显得尤为重要，已被当成素质教育的一个重要评判标准，但是由于所处环境不同、接受的教育水平和个性的区别，大学生的表达能力还是有差异的。有些大学生的表达能力仍不能符合社会的需要，如理工科的大学生，不会写科研报告，文科大学生不会写应用公文，甚至连普通的借据、便条也不会写的现象仍然存在，这在一定程度上限制了大学生的就业。因为在求职过程中，如撰写自荐信、个人简历、企事业单位或公务员面试等都需要表达能力，而且在就业后的工作中，比如工作计划、年终总结、调查报告、文件起草、产品说明、上下级之间的交流等，表达能力均发挥着不可低估的作用。

在现代化信息社会中，谁表达能力强谁就越容易受到用人单位的青睐。但是值得大学生注意的是，话说得多并不一定代表口头表达能力好，字写得多也不代表有较强的文字表达能力，要达到有效的沟通就必须进行清晰的表达。清晰的表达要求表达者言之有物、言简意赅、生动准确地实现信息的传递，从而完成表达的目的。若大学生不能掌握清晰的表达能力，势必影响自身在用人单位眼中的形象，也在一定程度上影响工作的质量和效果。

（二）组织管理能力

组织管理能力是指为了有效地实现目标，灵活地运用各种方法，把各种力量合理地组织和有效地协调起来的能力。社会是一个错综复杂的系统，绝大多数工作往往需要多个人的协作才能完成，所以，从某种角度讲，在组织中的每个人都是管理者，承担着一定的组织管理任务。

随着现代科学技术日益综合化、社会化，科研规模日益扩大，协作趋势日益加强，工作中组织协调的问题愈加突出。在航空航天领域，3年的时间内，相继两次进行"嫦娥"探月计划，可从卫星的研制、质量的保证、发射升空、测控等一系列过程看出，卫星发射这一庞大的工程显然离不开各个部门、各个环节的团结协作，需要不断地组织协调。可见，管理水平的高低，已经成为衡量一项工作、一个部门单位工作好坏的重要指标。

大学生在校园里自主举办的一场文娱晚会，组织的一场足球赛，或寝室之间组织友谊竞赛活动都需要与他人进行协调合作，这实际上也就是组织管理能力的具体体现。当下一些用人单位在选用毕业生时更看重党员和学生干部，就是因为看中他们在大学里有锻炼组织管理能力的经历。

在实际工作中，大学生不可能一毕业后就走上领导岗位从事组织管理的工作，但都应不同程度地拥有组织管理能力，若有出色的组织管理能力，一定有利于自身的成长和事业的成功。作为一名在校学生，只要有为同学服务的爱心，积极参加课外实践活动，取长补短，都能在一定程度上提高组织管理能力。

（三）判断决策能力

判断是人们对事物的分析和辨别，也是对事物发展状况有所断定的思维形式。决策是人们在问题发生后，根据判断做出处理决定的过程。

人的一生往往会碰到许多重大的抉择，上大学选择专业，毕业求职择业，何去何从，是对大学生决策能力的一个考验。如果优柔寡断，草率决断，或"拣了芝麻丢了西瓜"，都会给整个职业生涯乃至人生带来很大的影响。在社会主义市场经济中，知识经济带来了瞬息万变和良莠不齐的信息,新形势、新问题不断涌现,同时也充满了新的机遇,大学生在学习或工作中要学会分析判断各种变化及其影响因素所带来的利弊得失,并妥善处理,善于把握好机遇。参加工作后,要把自己当做一个独立的社会人来对待,注意培养自己独当一面的作风,面对各种问题以及它们的变化进展时迅速做出自己的反应,及时予以处理。

孟子云,"两利相权取其重,两害相衡取其轻",正确的判断是正确决策的前提。大学生在校学习期间,从日常小事做起,有意识地去培养自己分析问题和解决问题的能力,对不断变化的形势正确地做出判断和决策。如果事事都请别人拿主意,日积月累,就会养成一种依赖别人的习惯,失去了自己的个性。如果具备判断决策能力,你就能从各种信息和建议中,做出对自己的职责岗位具有积极作用的准确反应。

(四)创新能力

创新能力是指在已有知识的基础上,通过不断地探索研究,独立地创造出新思维,提出新见解和做出新选择的能力。人类的每一次发展进步都源于创新,过去一个世纪的科技新发明远远超过之前发明的总和,造就了辉煌的物质文明和精神文明。在知识化、信息化的社会环境中,面对急剧增长的知识和信息,竞争优势的秘密就在于创新。对一个国家而言,创新能力是一个国家综合国力强弱的标志之一,如果缺乏持续创新能力,将失去知识经济带来的机遇。对个人而言,成功、成才依赖创新,用人单位更倾向于择用具有创新能力的大学生。大学生作为未来社会发展的核心力量,更应该具有一定的创新能力,这不仅关系到他们能否在社会上自力更生,同时因为大学生是我国未来人力资源的后备军,他们是否拥有创新能力将直接关系到我国未来政治经济社会的发展。

李开复认为,在 21 世纪里,创新已成为我们生活中密不可分的一部分。其亲手创建的"创新工场"也为有创新意识的青年人才提供了创造事业的平台。创新能力的培养是一个复杂的、长期的过程,大学生要在充分利用学校提供的各种有利条件下(如参加科技文化活动等),自觉摆脱思维的束缚,努力培养创新意识,学会用创造的心态去对待生活和学习,积极挖掘自身的创造潜能,主动掌握各种创造技法,提高创新能力。同时只有勇于实践,敢于创新,才能够满足知识经济创新趋势的要求。

(五)社会交际能力

大学生在校园里除了学习专业技术和储备深厚的知识外,还必须重视社会交际能力的培养。社交能力即人际交往能力,就是在实际中与他人相处的能力。

在现代开放性社会中,大学生不仅要用心"读圣贤书",同时也要兼顾"窗外事",与别人有所来往。通过人际交往,可以相互传递、交流信息、成果,互通有无,以他人的经验来丰富自己的经历,增长见识,开阔视野,活跃思维,启迪思想。大学校园是优秀青年的聚集地,宽松的文化氛围为同龄人的相互交往提供了良好的条件,大学生应当充分利用所处环境搞好与他人的关系。事实证明,人际关系良好的大学生,能保持开朗乐观的人生态度,积极正确地面对现实中的各种问题,化解学习和生活中的各种矛盾,拥有较强的适应环境的能力,有利于尽快消除陌生感,创造舒适的社会生活空间,促进个人事业的发展。相反,不善交往的大学生可能无法正确面对自己和他人,生活在相对封闭的世界里,目光短浅,情绪消极,容易造成巨大的精神压力。

社会上的人际关系要比学校中的师生、同学关系复杂得多,求职者步入社会后,要与形形色色的人发生这样那样的关系，能否在今后的职业生活中构建和谐的人际关系，不仅影响一个人对环境的适应状况，而且影响其工作的效能、心理的健康、生活是否愉快和事业的成败。大学生应该珍惜机会，抓住机遇，大胆参与，秉着诚实守信、诚恳待人的原则自觉地在实践中培养良好的人际交往能力，为将来职业生涯的发展做好准备。

（六）敬业精神

古往今来，凡事业上有所成就者，大抵离不开两条：一是锲而不舍的勤奋和努力，二是有强烈的事业心和责任感。这两者的有机结合，即为敬业精神。它是一个人对所从事职业的投入与热爱，包括工作态度、工作作风、工作方法等。良好的敬业精神是做好本职工作的重要前提和可靠保障。

随着我国社会主义市场经济的不断发展，对于用人单位而言，当然希望自己的员工把工作当成长期追求、投入的事业，能与单位同甘共苦，而不是仅仅把它当成是赚钱谋生的职业和寄宿的驿站。对当今社会的多数人来说，现实生活中能够找到理想职业的人也必定是少数的，人们要学会面对现实，去从事社会所需要、而不是自己内心最感兴趣的工作。在这种情况下，如果没有"干一行，爱一行"的敬业精神，即使你有一定的才华，也谈不上有竞争力，也会因落后而被淘汰。

朱熹曾言："敬业者，专心致志以事其业也。"大学生从低年级就开始要耐心细致地做好日常的小事、琐事，注意平常一点一滴的积累，磨炼出良好的敬业精神。

（七）终生学习能力

终生学习是指社会成员为适应社会发展和实现个体发展的需要，贯穿其一生的、持续的学习过程。自1994年"首届世界终生学习会议"在罗马举行后，终生学习已在世界范围内达成共识。终生学习能力是使终生学习得以顺利完成的个性心理特征，表现为学生获取新知识的能力。21世纪是知识经济时代，伴随着全球化的发展，世界各国的政治、经济、文化等相互间的交流愈加频繁，人类科学技术的发展日新月异，大大缩短了知识更新的周期，人只有秉着"活到老，学到老"的态度持续学习，根据社会的需要不断调整自己的知识结构，加速知识的更新换代，才能缩短人与人之间素质的差距。

在现实社会中，大学生在校期间获得的知识在其一生事业中能应用的只占一部分，很多知识要在毕业后的继续学习中不断获取，原有的知识不可能企望它管用一生。但是根据用人单位的实际来看，上过大学的学生或拥有学习能力的同学跟没有大学经历的或学习能力差的求职者相比，前者的发展前景明显好于后者。"学如逆水行舟，不进则退。"[5]大学生无论是在校期间还是工作之后，都不能放松学习，而应持之以恒，不断增强学习的欲望和兴趣，抓住每次学习的机会，讲求学习效果，提高自身的学习能力，以适应不断变化和日趋激烈的市场竞争，满足自我生存发展的需要。

除此之外，还有不少通用的能力，如团队合作精神、适应能力，等等，无论大学生将从事何种工作，都必须努力掌握这些能力。所以，要在今后的学习生活中努力加以提升，发挥其在我们人生道路上的积极作用。

三、培养与提升通用技能的途径和方法

唯物辩证法认为,内因是事物变化发展的根据。一个人能力发展的程度,主要取决于自身的努力。大学生要根据自身的实际状况,找到个人能力上的缺陷,通过有效的途径有意识地加强薄弱环节的锻炼和提高。以下是培养和提升通用技能的几个主要途径和方法。

(一)勤奋学习,积累知识

一个人才能的大小,首先取决于掌握知识的多寡、深浅和完善程度,综合素质高的人才必然具有广博精深的知识积累。知识是能力的基础,比如,懂得创新之人的创新思想必须建立在充分总结前人知识经验的基础上,会交往的人往往也具有宽广的知识面。离开了知识的积累,我们很难想象一个知识贫乏的人能拥有超群的能力。而知识的积累要靠勤奋的学习来实现,大学生要充分利用在校学习的黄金时期,除了要努力学习学校老师传授的知识之外,还要不断扩大自己的知识面。业精于勤,知识的获取都需要勤奋、刻苦的学习。

此外,大学生的主要任务就是学习,在整个学习过程中应把它当成培养提高能力的"训练场":通过认真听课培养自己的注意力和思维能力;通过写作业、搞科研、撰写论文培养想象力和表达能力;通过实验提高自己的操作能力、观察能力;同时制订学习计划,学会独立思考、查阅资料,培养自学能力等。

(二)投身各类实践活动

知识的积累,如果不能得到很好的运用,也是一种"浪费",即理论必须联系实际,才可以加深对理论知识的理解,也可以锻炼用知识解决问题的能力,还可以在实践中发现问题,进一步激发学习知识的热情。因为实践是认识的来源,认识的目的也是为了指导实践,即从实践中来到实践中去。实践是培养各种能力的重要途径,大学生应积极投身实践,着力培养提高所需能力并努力在实践过程中表现出来的。

1. 社会实践

学校如同小社会,实践形式虽比较单一,但是通过社团、实习等实践活动,能够拓宽自己的接触面,增加社会阅历。大学生社团是学校里的非正式组织,是丰富学生业余生活的充满活力的团体,是校园文化的一道靓丽风景线。大学生可根据自己的兴趣参加一些社团组织:理论型社团如马列主义研究会,学术科研型如政治、经济、物理、生物学会,文娱体育竞技型协会,以及公益实践型如职业能力促进会、管理者协会,等等。大学生选择参加适合自己的社团有助于开阔视野,增长知识,增强自信,提高实践能力。

实习是学生了解社会、了解职业与工作的窗口。高校为了培养应用型人才都应该安排在校生到实际工作岗位实习,将它作为一门课程并要求学生认真对待。实习不是为了落实工作,而是验证自己的职业选择,深入了解目标工作的内容,以及通过实际的工作找到自身与职业理想岗位的差距。通过实习不仅可以训练专业能力,还可以及时纠正和反馈自身职业发展的轨迹。对于有事业追求的人,实习常常能帮助他们认清自己的能力、特点,了解行业和职位的具体情况,对人的能力是一个重大的考验,因而不能马虎对待。

2. 勤工助学

在校生可以在学有余力的情况下,利用课余时间参与勤工助学,不仅可以获得一定的经济收入,增强独立自主的能力,而且能锻炼能力、积累经验、增长才干。学校提供勤工助学,有助于缓解贫困学生的经济困难,使大学生纠正"等、要、靠"的思想,提升战胜困难的勇气。勤工助学让大学生提前进入社会生活,通过锻炼,提升就业能力。例如,家教可以锻炼一个人的表达能力和思维能力;帮助学校领导、老师做一些行政事务可以提高组织管理能力、协调能力等。若是选择与所学专业有联系的岗位进行勤工助学,还能在实践中进一步强化所学知识。

3. 志愿者服务

志愿者也叫义工、义务工作者或志工,他们致力于无偿地为社会和谐与进步贡献自己的力量,所从事的工作是一种以助人和社会公益为目标的,具有组织性的高尚事业。高校大学生是青年志愿者行动的主体,一方面志愿者服务在社会服务、抢险救灾、大型活动、扶贫开发、城市社区建设及环境保护等方面发挥了积极的作用,另一方面大学生志愿者通过这些活动获得深入接触社会实际,真实地了解与认识中国国情的好机会,可以丰富生活阅历,强化社会责任感,有利于确立积极的敬业精神,还能增强团队协作精神和服务人民的意识。

4. 参加各类竞赛

校园里经常举办各种竞赛,大学生要充分利用校园竞赛这个丰富多彩的舞台,把它当成提高自身能力素质的一种途径。通过参赛体验与他人竞技的经历,一展青春风采,同时可在参赛过程中充实自己,提高应变能力。

例如,"挑战杯"包括课外学术科技作品竞赛和创业计划竞赛,是促进青年科技人才成长、推动社会经济发展和激发青年学子创业意识和创新能力的活动。歌咏比赛不仅能提高个人的歌唱技能,还能提升个人的心理素质,锻炼在公众场合自信表现的能力。演讲比赛也对人表达能力的提高有所帮助。体育比赛则能考验人的团队协作能力。相对于社会实践来说,比赛更具竞争性,有时则以职业为导向,比赛中的佼佼者往往能成功进入相关行业工作,因此,大学生要勇于表现自我,敢于参赛,不怕失败,在竞赛的过程中实现职业能力的提升。

❖ 师生互动思考题

1. 谈谈你认为还有哪些途径可提高文中所列的技能?

第三节　专业技能的培养与提升

❖ 案例:技能在身 成就人生

小罗,广东梅州人,广州某重点大学学生,当时刚进入大学的时候,自己填报的是机械设计制造专业,但刚学习没多久就发现原来自己对这个专业根本就没有兴趣,与自己原先设想的差别太大,根本就不是一回事。当时的心情就比较郁闷,还好经过一阵时间的调节,小罗也不得已接受了这个现实,毕竟来广州一段时间后,让他接触了很多新鲜的事物,慢慢地他也发现自己开始对计算机表现出了极大的兴趣,很喜欢计算机的编程。但在大学里,其他的专业虽然说也开设计算机的课程,但所学习的知识都是一些比较基本的计算机方面的知识,根本涉及不到一些专业方面的知识,这根本就满足不了他对计算机的求知欲望。于是他就自己全身心地投入自学计算机方面的知识。

有了决心、努力的方向和奋斗的目标后,新的生活开始了。同学们可以看到他在课余时间、假期时间去图书馆学习吸取计算机的知识,也可以看到他在饭堂里与计算机专业的同学讨论有关的专业知识问题,更可以看到他常常拿着书带着问题去教研室虚心地请教计算机老师,吸纳更多书本上学习不到的知识。

有心人,天不负。因为对于计算机方面的知识非常精通,在学校他不但成为校无线电社的CEO,成立了专门的网络设计公司,为很多公司设计了网页,成绩不俗,更重要的是通过这些让他赚到了人生的第一桶金!

——摘自大学生创业网之成功创业故事

一、专业技能的概念

专业技能是指从事某项工作的熟练技能,该技能需花费时间去操作和练习,它受到工作性质和需要的限制,只能适应特定岗位的要求,当个体离开了这个特定岗位,这项技能可能就没有使用的空间了。它包括语言技能、技术能力如计算机、会计、金融、机床操作等方面的技能,这些专业技能是个体能够维持工作的保证。

二、专业技能的重要性

当今社会,专业技能具有重要的作用,可以从以下两个方面来认识专业技能的重要性。

(一)社会对技术工人需求的现状

从发达国家的技术密集型与我国的劳动密集型经济发展战略来看,一个国家的经济发展水平除了科学技术实力起着决定性的作用外,劳动者的技能水平也是促进经济发展的重要因素。而科技进步虽然能促进经济的发展,体现一国的科技实力,但是如果没有拥有专业生产技能的一线劳动者,那么再先进的科技也不能将其转化为科技成果或经济优势。因为无论在何时何地,再好的技术发明,也要靠生产线制成产品,再先进的机器设备,也要靠人来操作。发达国家的经验告诉我们,科技越发展,技术越升级,就越离不开大批高素质的技能人才。德国、日本等国家的发展秘诀,很大程度依赖于职业技能人才的开发。

信息化带动工业化和城市化,我国的高新技术产业不断发展,制造业向大国方向迈进,从各行业的招聘情况来看,虽然我国是人口大国,但却出现专业技术人才匮乏的情况。据近几年中国人力资源和社会保障部的劳动力市场供求状况分析,各技术等级的求职者均呈现供不应求的趋势,其中高级技能人才尤为短缺。于是在当今的就业形势下,一方面大学生的就业难问题为社会所关注,另一方面却出现"技工荒"现象。根据中国人事科学研究院《2009中国人才报告》，2010 年我国专业技术的供应量为 4 000 万人,而需求总量为 6 000 万人,验证了我国劳动力总体富余,但专业技术人才却供不应求的局面。[6] 而在求职市场中,某用人单位开出 6 000 元月薪仍找不到足够的数控机床工,不仅凸显高技能人才的缺口,同时也证明在某些方面具有专业技能的人才的就业要比没有技能的要好。[7] 从全国范围来看,我国拥有的高级技能人才也与发达国家相去甚远。

为满足我国社会经济发展的需要,接受高等教育与职业技术教育的大学生应该以市场需求为导向,积极参加实践培训,把自己培养成为拥有专业技能的应用型人才。

（二）掌握专业技能的重要性

对于在校大学生而言,理论联系实际的能力就是把掌握的专业知识运用到实际生活和工作中去,解决实际问题,达到学以致用的目的。所以,作为一名大学生,要重视增强自己的专业技能。

1. 现代科学技术发展的要求

当代科技的迅猛发展,给社会带来日新月异的变化,科技成果给人们带来了诸多便利,专业技术人才在各个行业,尤其是在关系国民经济命脉的行业中,扮演着重要的角色,一方面能将科技成果转化为现实利益,使社会充分享受便利,另一方面又能促进科学技术向前发展。新时期经济发展的要求是,社会需要大量的专业技能人才,以适应现代科技的发展。当代大学生一方面必须学习系统而广博的专业知识,另一方面应注意培养提高专业技能水平,不断完善和提高自己。

2. 有利于大学生对口就业

尽管社会"一考定终身"的现象已逐渐得到扭转,但许多大学毕业生就业和用人单位聘用录用人才仍旧希望"对口就业",大学生能对口就业,以此为立足点,以自己的知识和能力服务社会,也就能实现自己的人生价值。大学生是否拥有专业技能,关系到在毕业时能否尽快、较好地选择自己所从事的职业,关系到能否成功就业的问题。

虽然就业时有冷门专业和热门专业的区别,但是这并不代表冷门专业的学生就无法就业,选择热门专业者就可以高枕无忧。因为学校开设的专业一般是按现实需要来进行设定的,现实的需要与将来的需要不一定能画上等号,现在冷门的未必就对社会没有效益,冷门的专业根据社会需要的变化也可能转变成热门的专业,热门的专业竞争比较激烈的情况也客观存在着。所以,对所学专业,大学生应理性对待,重心应放在努力学好专业基础知识,掌握专业技能,这样才能在人才市场的竞争中,打好职业功底,才有可能发挥专业的优势,出类拔萃,领先他人一步。

3. 有利于个人职业的成才发展

一个人拥有何种专业技能,是其今后选择职业最重要的参考依据。俗话说,隔行如隔山,当今社会,一个人"跳槽"是常事,但过于频繁地换职业不利于个体职业发展和人生价值的实现,而且也会给生活带来不便。稳定的职业生涯是一个人职业选择的一般形式。职业选择是一件复杂的事情,因为就现实而言,职业选择的好坏并不取决于自己有什么兴趣、爱好、性格,而在于自己具有什么职业能力,能从事什么具体的职业劳动。随着社会的深入发展,必然加快知识更新换代的速度,新的先进知识必然代替旧的落后的知识,迫使谁都不能梦想在知识经济时代能在一个岗位上工作一辈子,所以,大学生要在单位立足,在本职工作上有所作为,就应驾轻就熟地做好本职工作。而要做到这一点,高等院校的学生就必须打好专业课基础,在实践中不断接受新知识、新技术,增强职业技能,唯有如此才能巩固职业的发展,顺利实现个人的社会价值。

同时,从长远的职业发展来看,只有具备了专精的专业知识和技能的人,才能从事较高层次和水平的劳动,才能适应社会和现代科学技术发展的要求,成为建设现代化事业的接班人。

三、培养与提升专业技能的途径和方法

用人单位希望拥有高级技能人才,以满足其发展的需要。每种职业也有一定的技术含量或技术规范要求。但要满足用人单位的需要和职业的技术要求,都要求大学生利用一定的时间进行专门的学习和训练,要求其发挥能动性,通过各种方式提高自身专业技能水平。

(一)提升专业技能的必经路径

1. 专业实践

社会实践是一项由学校、社会、学生共同参与的系统工程,是学生社会化发展中的一个重要步骤和必经阶段,学生可以选择各种不同类的实践活动,一般在校生最需要的是与专业相结合的专业实践。学校是专业实践平台的主要提供者,学校通过对实践活动的投入,建设实践基地,整合社会资源,使学生专业实践常规化,这样大学生才能加强专业技能的培养,才能把课堂上和书本上学到的知识落实到实践中去,提高专业素养和技能,加强动手操作能力,增强对社会的适应性。

大学生要在合理的课程设置范围之内认真完成学校教学计划,充分利用学校的实验室、实习场地,明确目标,积极配合老师的实践教学,培养观察能力、分析能力,强化技能的训练,缩短课堂教学与实际应用能力的距离。除此之外,实践是认识发展的动力,认识来源于实践又能指导实践,所以,在做好实践的同时,要重视做好实践后的总结工作。总结不是随意编写或抄袭调查报告了事,否则实践就没有实际意义了。总结是对实践的成果进行鉴定,通过总结让大学生反思在实践中收获到了什么,专业技能是否得到提升,独立思考、操作能力、解决问题及创新能力是否得到提高。

2. 职业技能竞赛

职业技能竞赛是根据组织制订的职业技能标准,结合工作生产实际,以突出实际操作技能和解决实际问题的能力为重点的有组织的群众性竞赛活动。它可以与技能的培训、鉴定考核、技术革新等结合在一起,上到全世界、国家,下到各学校院系都可举行不同级别的技能竞赛。在日本,把每年11月定为"技能月",开展各类技能比赛,获奖者除享受其他待遇外,还受到皇太子和皇贵妃的接见并共进晚餐。韩国对在全国技能竞赛中获奖的选手,可享受国宾待遇。近年来我国每年都会举办一次全国性的职业技能大赛,培养大批专业技能人才。大学生积极参加职业技能竞赛,不仅能激发他们对专业的热爱,能强化其专业技能和素质的训练,考验其将理论知识与实际紧密结合的综合应用能力,还能提升专业理论知识,并能通过竞赛提高关注度,加深社会对此技能的认知。同时通过技能竞赛这个平台,相互交流,切磋技艺,共同提高技能,更好地培养适应社会发展需要、具有创新精神和实践能力的实用人才。实践证

明，参与职业技能竞赛的过程是技能培养提升的过程，而在竞赛中获得奖项在求职中也可引起用人单位更大的关注。

（二）几种不同专业提升技能的方法

要想提升专业技能，实践是第一要务，也要敢于突破自己，不怕展示自我，主动迎接挑战，以竞赛带动训练，在训练中提高技能。实践和竞赛是促进大学生进步的基本途径。但是，马克思主义的一条重要原则认为，具体问题要具体分析。高校中文史理工学科专业数量繁多，越分越细，培养的人才所从事的行业也千差万别，其提高能力的具体措施也有所不同，方法得当则事半功倍，否则需要比别人付出更多的成本代价，所以，大学生应从所选择的专业出发，探索提高自己专业技能的具体方法。以下不分文理，列举几类不同专业提升技能的方法作为参考。

1. 新闻学专业

提升新闻从业者的专业技能，可通过实现以下四点要求来进行：第一，新闻学专业的学生必须对文史哲政经法等学科知识有所了解，因此要广泛阅读，进行通才教育；第二，模拟与社会现实密切相关的新闻现象和新闻事实，在暑期进行社会调研，从新闻的角度审视社会现象，着力提高采写编评摄录等新闻操作技能；第三，要成为某一方面的专才，要在财经、文化、健康、IT、体育、房产、汽车、时尚等方面有一定的研究，在博学的基础上有所专长；第四，要提高计算机操作和外语能力。

2. 财会专业

财会专业技能的提高，要求努力学习会计基础知识，熟悉财务、税务、金融等相关知识。适度的练习是培养财会专业技能的基本方法，在规范、有效的指导下进行练习能掌握准确的实践操作能力。所以应利用一切机会参加企业财务、营销部门出纳、资金、材料、往来、工资、销售、成本核算等岗位的实习，熟悉业务流程，提高会计核算能力（包括记账、算账、报账）、财务分析能力（用账能力）、审计监察能力（律账、查账能力）。要学会操作计算机，运用财务软件进行会计的电算化。此外，在校大学生学习时间充足，应积极利用课外时间安排财会证书的考试，以提升能力为目的，取得会计从业资格证书，获得会计初级职称。

3. 工程类专业

以土木工程为例。土木工程以培养技能型、技术性人才为发展方向。第一，要掌握绘图的原理方法和技巧，能用工程图样反映技术人员的思想、方案，能够使用手工绘图和计算机绘图，提高工程制图能力。第二，工程建设在勘测设计、施工和养护管理的各个阶段都要进行大量的测量工作，工程测量能力体现在工程控制网点的建立、地形测绘、施工放样、竣工测量、变形观测和测量仪器保养的基本理论和技能上，要积极学习使用仪器以提高测量能力。第三，对新材料、新技术、新工艺、新结构要用试验手段验证其合理性和正确性，对已完成的工程产品需要工程试验检测其质量，所以要着手基本试验项目原理与操作、数据采集、结果分析等的学习和训练，提高工程试验能力。第四，计算机使用水平在工程专业中直接影响人们事业的发展，直接体现了土木工程专业的应用水平。第五，无论在规划设计还是在施工阶段，都涉及工程造价问题，大学生要掌握工程造价的费用构成、计算方法和编制办法，了解有关工程造价的政策性规定，熟练掌握最新工程造价分析软件的使用方法，提高工程造价的分析能力。

4. 管理类专业

该专业人才是要能适应生产、建设、管理、服务第一线需要的人才。以旅游和酒店管理为例。旅游、酒店都是服务性行业,要想提高其专业技能,首先要求有良好的职业道德修养和服务意识,这样就要求以为客人提供优质服务为最佳的工作状态。服务人员不仅要能掌握标准的普通话和流利的外语,还要主动掌握组织管理能力、社会交际能力、随机应变能力等,要学习丰富的文化知识,如历史知识、地理知识、国际知识等。这类行业非常重视实际工作经验,可从实习和模拟场景中提高专业技能,如做床、摆台、预定、形体、礼仪、导游等基本要素,以及学会如何处理服务员和宾客的关系。

5. 计算机专业

计算机专业的技能不仅体现在操作技能方面,如制作网页,还需要实用性知识和分析问题的能力并重。首先要能根据主题搜索素材,确定素材,根据资料进行分析策划,制订整个网站的方案和确定网站主题风格。其次才是技术能力的体现,即使用软件,包括网页制作工具、图片处理、动画制作软件等。

总之,大学生技能的提升要先从积累知识和提高思考问题的能力出发,遵从思路决定出路,其次才是动手操作技能的训练,实践与竞赛只是针对性和目的性很强的提高方式。

❖ **师生互动思考题**

1. 结合你所学的专业,谈谈你将如何提升自己的专业技能?

第四节　个人素质的培养与提升

❖ **案例:成功就业的绊脚石**

用人单位到学校来要毕业生时,小李去面试了,可是才几分钟就被淘汰下来。原因是小李在求职面试中十分紧张,回答问题的时候面红耳赤、语无伦次,面试前辛辛苦苦准备的"台词"、腹稿也忘得一干二净……

小王非常优秀,临近毕业有十分远大的抱负。因此,一般的单位给予的面试机会他根本不重视,马虎应付了事。他希望等待一个最适合他的机会,但是这个机会迟迟不来,他陷入了迷茫之中……

分析:这些都是在求职应聘中大学生会遇到的一些问题,在择业时这些心理障碍会成为成功就业的绊脚石。

——摘自株洲心理咨询网之心理培训

一、理解个人素质

出身名校、成绩优秀、表现良好,固然能反映一个学生的基本素质,但它们并不能完全概述一个人的综合素质,也不能代表他能很好地适应社会的需求。要更全面地理解个人素质,可从以下三个方面来进行。

(一)个人素质的含义

素质,是指以人的先天禀赋为基础,经过外在环境的影响、科学的教育,以及于实践中磨炼所获得的具有相对稳定性的身心组织要素、结构及其质量水平,是人的活动的主观条件和内在根据,表现在人的智商、情商等方面的品质或能力。人的素质与先天有一定关系,但个人素质的提高离不开后天的不断努力。它的特征表现为稳定性、全面性、专业性、发展性、长期性等方面。它的内容包括思想道德素质、科学文化素质、心理素质、身体素质等。

(二)个人素质与就业

21世纪的竞争,归根结底是人才的竞争。人才竞争水平的差异就体现在个人素质的高低上。在社会主义市场经济中,社会提供的就业岗位跟不上大学毕业生数量的增长,要参加工作的大学生面临着激烈的竞争和挑战。而能否在职业生涯中取得良好的发展前景,取决于大学生的个人综合素质。从就业市场特别是用人单位反馈的信息看,素质高的毕业生在求职就业中能受到用人单位的青睐。素质与就业成正比,素质越高就业成功率越大。

(三)个人素质与职业

随着社会的不断发展,人们所从事的职业具有自主选择性,无论任何人,不管他怎样想得到某种职业的名誉和报酬,他若不明了或不具备该项工作所要求的素质,即使他的某方面素质得到一定程度的好评,也是不适合从事该职业的,且难以在相关领域取得较好的发展。俗话说,好钢用在刀刃上。一个人在选择职业岗位时,必须综合考虑自身情况,即考虑自身拥有什么样的素质,根据自身的兴趣特长来选择所从事的职业,以便将来在岗位上更出色地完成任务。

二、个人素质的基本构成

每个人作为独立的个体从事社会职业,都必须拥有个人素质,这种素质可能是潜在的个人特质,也可能是建立在教育、实践、自我提升的基础上形成的对职业的深入理解和适应,个人素质越全面,就越能实现高质量的就业。总的来说,可从以下几个方面内容来认识全面的个人素质。

(一)思想道德素质

新时期社会的用人标准是"德才兼备,以德为先",德与才是不可或缺的两个方面,有德无才,难以委以重任;有才无德,必然无益于事业。所以拥有正确的人生观、能吃苦耐劳、责任心强的毕业生总是受到用人单位的欢迎。一个人缺乏良好的思想道德,就会失去前进的方向,不仅不能造福人类,甚至可能危害人类。具备优秀的思想道德素质是一个人做人的基本素质和灵魂。具体而言,思想道德素质包括以下几个方面内容。

1. 坚定的理想信念与科学的世界观

理想信念,事关人之思想灵魂,是人的精神大厦的支柱,理想信念弥坚弥实,一个人才能拥有追求卓越勇攀高峰的决心与勇气,没有坚定的理想信念,犹如没有打好基础的大厦,经不起风吹雨打。中国共产党之所以能成为建立新中国的执政党,就是因为在艰苦卓绝的革命年代有坚定的共产主义理想和信念。正因为中国共产党有坚定的信念,才使我国的现代化建设取得了举世瞩目的成就。也正因为失去了本该坚持的信念,没有了信仰,贪污受贿、以权谋私、崇尚奢靡等腐败之风才会在社会中让少数人迷失方向。科学的世界观与理想、信念密切相关,树立科学的世界观是坚定理想、信念的前提。有了科学的世界观,就要求大学生将来不管从事何种职业,应当树立为人民服务的人生观和以集体主义为核心的价值观。正确处理利己和利他、奉献和索取的关系,保持积极向上、乐观自信的人生态度,在实践中实现人生价值,完善自我,改变命运。

2. 谦虚谨慎与脚踏实地

这里包括做人和做事两个方面。谦虚是中华民族的传统美德,"满招损,谦受益",拥有谦虚谨慎的品格,待人接物时能温和有礼、平易近人、尊重他人,权衡利弊得失、顾大局、识大体,善于倾听他人的意见和建议,看到自己的差距,能不骄不躁,虚心求教,不断保持进取的精神,使自己成为不满足于现状而不知疲倦的学者,同时也能赢得他人尊重,形成良好的人际交往关系。大学生不仅要懂得"虚心使人进步,骄傲使人落后",在做事方面也应懂得凡事一步一个脚印,吃苦在前、享受在后。人生道路上有困难、挫折乃至失败都是在所难免的,切忌急功近利,无论做什么事,都要兢兢业业、认真负责。

3. 诚实守信与遵纪守法

《韩非子》有一个故事:"曾参的夫人要上集市,她的儿子哭闹着要去,于是夫人对儿子说:你先待在家,回来杀猪给你吃。夫人从集市回来,曾参就要捉猪去杀。夫人劝止说:只不过跟孩子开玩笑罢了。曾参说:这玩笑可不能开! 你现在欺骗他,是在教孩子骗人啊! 这不是正确的教育方法。"曾子是很重视道德修养的,如今诚实守信是衡量大学生思想道德水平的重要标准,大学生的学习生活都与他人紧密相关,在与同学之间的交往中要互相学习,互相帮助,相互间要说实话办实事,诚恳待人,表里如一,言行一致才能获得他人的信赖。在做好诚实守信的同时,大学生作为文化层次较高的社会群体,应明辨是非,遵纪守法。遵纪守法是社会生活保持相对稳定和谐的重要因素。我们作为一个群体生活在一起,每个人的行为都有可能影响到他人,要想互相尊重一定要以不妨碍他人为前提。大学生作为一个公民也要懂法、守法、用法保护自己和他人的正当权益,增强自律性和自我修养。

4. 平等待人

人人具有天赋的平等权利。平等也是我国公民享有的一项基本权利。虽然人人的社会地位和财富拥有量不可能处在同一条水平线上,但是正如庄子所说:"物无贵贱,平等无私",在科学发展观指导下构建社会主义和谐社会,赋予每个人拥有独立平等的人格,每个人都有权利活得有尊严和更幸福,同时每个人也要承担平等待人,尊重他人的义务。现代社会处理人与人之间关系,应坚持和平共处、平等待人、共存共荣的原则。对大学生而言,在日常交往中须尊重别人,亦应自重,不卑不亢,对贫富一视同仁。

（二）科学文化素质

科学文化素质是指人的知识能力方面的素质，一是指人们对自然科学、社会科学、人文科学和美学文学艺术等人类文化各种基本知识和常识的认识程度和掌握情况；二是指建立在上述知识基础上的实践能力，即运用科学知识方面的素质。

基础的深厚程度决定一个人的发展高度。实践中，一些理工科的学生只重视专业技能，对文化基础课不以为然，结果连一份报告也写不好，有的甚至对国家的历史文化根本不了解，而文科生则不重视自然科学知识，造成了知识面狭窄的状况。反观当今炙手可热的公务员考试，则要求考生文理渗透，上知天文下知地理，拥有广博的知识和较高的文化素养，要求考生是全面发展的人才。在现代化科学技术发达的社会，人们从事职业活动，必须具有一定的技术、技能，而培养各种技术、技能，必须以一定的科学文化素质为基础，即具备各种文化知识是求职立业的必备条件，是从事职业活动的需要，是掌握专业技能的基础。文化知识对技术、技能的形成具有指导作用。社会发展日新月异，信息时代瞬息万变，大学生只有学习和掌握一定的科学文化知识，才能适应不断变化的新形势对素质和能力的要求。

大学生不仅需要博学多才，拥有各种科学文化素质，还要把知识外化为技能，即拥有运用知识的素质，将所学知识充分运用于工作之中。同时，学习和应用现代科学技术必须具备谦虚好学、刻苦钻研的精神，才能掌握过硬的本领，使其能顺利掌握从事某种职业所必需的专业技术技能，成为具有很强实践能力的应用型人才，努力向一专多能的方向发展，这是衡量一个人事业心、综合素质高低的重要标志之一，也是素质教育的目标所在。

（三）心理素质

心理素质是指人在自我认知、情绪情感、意志、性格、价值观以及社会交往与适应能力等方面的素养。大学生是属于成长中的群体，心智发展尚未成熟，大多面临着社会、家庭、学习与就业问题，自身发展开始承受着巨大的心理压力，心理素质面临着严峻的挑战：理想和现实的矛盾，在中国社会客观存在的贫富差距，毕业生的失恋问题、住房问题，在求职的过程中遇到的自荐、面试、笔试、竞争等考验。个别大学生缺乏就业实践经验，在面对这些问题时，容易产生焦虑不安，情绪紧张，能否接受这些考验，果断地处理这些矛盾，心理素质起着重要的作用。如果心理素质弱，或灰心丧气，或怨天尤人，将出现不健康的心理障碍，如自卑、怯懦心理，等等，进而影响正常的学习生活和工作。倘若有良好的心理素质，则能够镇定自若，不怕挫折，无论成功与失败都能及时进行情绪的自我调整，及时总结经验，另谋出路。

良好的心理素质的标志往往表现在以下几个方面。第一，智力正常。包括观察力、记忆力、思维能力、注意力和创造力等，确保人们能有效地进行活动。第二，意志健全。表现在具有顽强的意志力，经得起成功和失败的考验，有高度的自尊心和自信心，自立自强。第三，情绪稳定。有高度的自制力，无论成功与失败，能适时调整自我，对自我和周围的世界做出适当的反应。第四，人格统一。有健全的人格，性格乐观开朗，能以自己高尚的人格力量感召环境。第五，人际关系和谐。对生活充满激情，善于交往，不依赖他人，积极主动、严于律己、宽以待人。

（四）身体素质

身体是革命的本钱。身体素质是个人素质结构中最基本的素质，是其他素质得以形成的基础。在现代社会繁忙的生活以及紧张的工作节奏中，如果没有良好的身体素质，就难以适应激烈的竞争和繁重的任务。因此，大学生的身体状况对其健康成长、就业及日后的职业生涯发展具有重要作用，拥有健康的身体素质的人在就业中就会处于明显的优势。现代社会无论是在校继续学习还是工作，用人单位都要经过体检这一关，这说明身体素质的重要性。有调查显示，用人单位对学生的身体素质要求高，因为在激烈竞争的社会中，经常有单位需要加班加点的工作，如果没有良好的身体素质作后盾，必然不能胜任高压工作，这也会在一定程度上影响事业的发展。好的身体一方面是先天的遗传，但起决定作用的还是后天的锻炼培养。大学生如果经常不参加体育锻炼，生活又不规律，认为年轻身体好，不惜成本地读书搞科研或熬夜上网玩游戏，时日一长身体也会慢慢垮下来。

三、利用各种途径和方法培养和提高个人素质

良好的个人素质决定大学生在择业就业时拥有较高的优越感和自由度，大学生要着力培养优秀的个人素质，以便在激烈的就业竞争中占得一席之地。但大学生素质的提高不是一朝一夕的事情，首先要在观念上重视，其次要坚持不懈地利用各种途径与方法，做到持之以恒。

（一）把个人意愿与社会需求结合起来

1. 把热爱家乡和热爱祖国紧密地联系在一起

这看似与个人素质和就业没有关系，但其实它是树立个人的职业理想与道德的基本思想条件。有国才有家，爱家先爱国，才能把个人的职业与祖国的命运、父母的期盼和家乡的发展联系起来，只有拥有这样的思想觉悟才能树立主人翁意识，激发为人民服务的精神，产生为人民利益献身的动力。用人单位从长远发展的角度出发，也希望选用在家能孝敬父母，在外能服务社会的具有社会责任感的员工，将其当做优秀个人素质的一部分来参考。

2. 要把个人与社会联系在一起

自我定位是在充分认识自己的基础上，选择今后自己在社会上所处的地位。个人对职业的选择不可能脱离社会需要这个现实，虽然就业需从个人的兴趣、自身特性、专长考虑，但大学毕业生要从大局出发，要充分认识到社会的需要，只有这样个人的智识才能得以充分发挥，还要善于寻找个人与社会的结合点，如基层单位是大学生施展个人才华、提高个人素质的广阔天地，虽然这些岗位比较艰苦，或者社会地位不高，或者地理位置不理想等，但是服务基层能磨炼意志、锻炼能力、培养服务精神，对国家的建设和个人的成长是有益的。当然，在考虑国家利益、集体利益的时候也要做到与现实的个人利益的统一。

（二）培养科学的思维方式与优化知识结构

1. 培养科学的思维方式

一个人的思维方式决定一个人思维能力的高低，展现一个人在创新意识、创造能力、分析

判断能力等方面的素质,因而也决定了一个人事业的成败。一个人的思维方式不是体现在知识的多少上,而是体现在智力上。大学生应培养科学的思维方式。首先,要加强辩证唯物主义哲学的学习,它作为科学的世界观和方法论,揭示了世界发展的一般规律,是人们认识世界和改造世界的思想武器。大学生通过加强哲学的学习,能提高理性思维能力,透过现象看本质。其次,要积累丰富的知识和经验。它们是科学思维方式的基础,只有掌握大量的感性材料,才能运用逻辑辩证思维能力实现去粗取精,去伪存真,同时一个人掌握的知识越多,他的思路就越开阔,才能准确地表达思维成果。最后,要有独立思考的精神。"学而不思则罔,思而不学则殆",学习与思考是相辅相成的,在学习的时候只有多思多问,才能发现新问题、解决新问题,才能在实践中学习和培养思维方式。

2. 利用课内、课外两个课堂,优化个人知识结构

合理的知识结构体现在,既有广博扎实的基础知识,又有精深的专业知识和技能。大学生要构建好个人的知识结构既要重视文化知识的提高,也要重视技能素质的培养,要做到"专才基础上的通才,通才基础上的专才",同时根据目标需要适时进行调整,如爱因斯坦发现攻克广义相对论时缺乏数学知识,于是调整自己的知识结构,苦下工夫学习了 7 年的数学。大学生在拥有较多自由空间的大学学习中,一方面要热爱自己所学的专业,课堂上做到认真听讲不耻下问,课外需要学生自己主动学习和实践,利用学校的各种条件去补充自己的不足,同时也要重视参与大学生丰富多彩的课外活动,将之作为提高和完善自己个人素质的重要途径。

(三)加强锻炼,促进身心健康

大学生必须意识到,拥有积极向上的健康心态和强健的体魄是人类全面发展的根本。

1. 提高心理素质

第一,树立信心。自信是一切力量的源泉,是对个人自我价值的一种肯定,是对学习、工作、生活的一种胜任感。心理学研究表明,自信的人具有一些共同的行为心理特征:开朗活泼、虚心坦诚、开放大度、幽默勇敢的品质和作风,在就业的过程中充满自信,在面对困难时才不容易被打败,自信心要以扎实的专业知识、良好的素质做基础,以实力为后盾。第二,开展健康的集体活动。法国社会学家涂尔干在《自杀论》中认为,个体的关系越疏离越孤立,越容易产生自杀,而集体生活是解决这个问题的方法。一是大学生要通过参加学校组织的素质拓展活动和其他心理培训课程,懂得基本的心理健康知识和调适方法;二是要多参加些实践活动,勇于尝试新鲜事物,如体育比赛、社团活动、自愿服务劳动等,广交朋友、开阔眼界,这样可防止自我封闭,不断磨炼心理品质。

2. 增强身体素质

第一,认真上好体育课,学习掌握正确的体育锻炼方法。由于受课程设置和时间的影响,体育课的锻炼远远不能满足大学生身体成长的需要,要想具备良好的身体素质,还必须在不影响学习的情况下加强课外体育锻炼,勇于尝试各种不同类别的体育项目。第二,有计划地安排饮食作息习惯,使个人生活有规律地进行,养成健康的生活方式。

❖ **师生互动思考题**

1. 谈谈还能从哪些方面提高自己的个人素质？

??? **习题或思考**

1. 如何正确看待学业规划？
2. 大学生在就业过程中应具备哪些技能？
3. 怎样提升个人的综合素质？

📖 **参 考 文 献**

[1] 郁涛 . 当前形势下大学生学业规划研究 [J]. 长沙通信职业技术学院学报，2009，8（4）：65-67.

[2] 王荣发 . 职业发展导论——从起步走向成功 [M]. 上海：华东理工大学出版社，2004：36.

[3] 倪小红,刘国仕 . 浅议大学生学业规划 [J]. 吉林省教育学院学报，2010（53）.

[4] 杨明喜 . 大学生职业生涯规划与就业指导 [M]. 海南：南海出版公司，2009：37.

[5] 殷含 . 增广贤文 [M]. 北京：经济日报出版社，1997.

[6] 中国新闻网 . 留学生回国就业面临三大"屏障".
http：//www.chinanews.com/lxsh/news/2010/04-27/2249592.shtml.

[7] 广东考试服务网 . 高级技工就业远景分析(1).
http：//www.5184.com/gk/news/201008/20100817128 2012795409.html.

第四章
职业生涯发展理论、测评工具与案例

 **本章要点**

> 职业生涯发展理论包括了职业选择理论、职业生涯发展过程理论、职业生涯发展管理理论。测评工具主要有霍兰德职业兴趣测试(SDS)、MBTI职业性格测试、DISC行为模式测试、贝尔宾团队角色测试、TKI冲突处理模型测试、职业锚定位测评等。
>
> 职业生涯发展理论和测评工具对一个人的职业生涯具有积极的指导作用。其中,职业生涯发展理论包括了职业选择理论、职业生涯发展过程理论、职业生涯发展管理理论。在测评工具中,本章主要介绍霍兰德职业兴趣测试、MBTI职业性格测试、DISC行为模式测试、贝尔宾团队角色测试、TKI冲突处理模型测试、职业锚定位测评六种测评工具。

第一节　职业生涯发展理论与测评工具

一、职业生涯规划发展理论

(一)职业选择理论

1. 帕森斯的人职匹配理论

该理论又被称为特质——因素理论,最早是由美国波士顿大学教授弗兰克·帕森斯(Frank Parsons)在1909年出版的著作《选择一个职业》中提出的。该理论认为,做出正确的职业选择首先要清楚地认识到自己的主观条件和特质,然后了解职业岗位所需要的条件,在此基础上,将两者相互对照和匹配,选择一个自身特质和职业所需条件相匹配的职业。具体而言,第一,必须要对你自身的天赋、能力、兴趣、志向、资源、限制条件,以及种种原因考虑清楚。第二,要对不同行业工作的要求、成功要素、优缺点、薪酬水平、发展前景以及机会有较为明确的认识。第三,在这两组要素之间进行最佳搭配。[1]这就是帕森斯的职业选择的"三步范式"。美国专家威廉斯进一步发展了帕森斯的理论。他认为,人们在进行职业选择时会遇到很多问题,概括起来有四种:(1) 没有选择:求职者处在一种混混沌沌的状态中,不知道也无法表达自己要选择的职业。(2) 不确定的选择:求职者虽然能说出自己希望选择的职业名称,但不知道是否适合自己。(3) 不明智的选择:求职者所选择的职业与自身的能力、人格特征等不相符合。(4) 兴趣与能力相矛盾:对某项工作兴趣高但能力低,能力适合某项工作但兴趣低，兴趣与能力不在同一个工作领域。[2]他强调，对职业选择有困难的人，应该进行认真的诊断，收集个人资料，综合整理这些材料，协助求职者做出正确的职业选择。

帕森斯的认知匹配理论对后世产生了深远的影响，对职业生涯管理具有重要意义。但也有其局限性，它以静态而非动态的观点看待个人和职业，忽视了社会因素对人的职业选择的影响和制约作用。

2. 霍兰德的人业互择理论

约翰·霍兰德是美国约翰·霍普金斯大学著名的心理学教授和职业指导专家。他在1959年提出了人业互择的理论。该理论强调个人与环境之间的互相匹配，他认为，一个人做出职业选择的依据就是寻找那些能够满足他或她成长的环境。霍兰德把人格类型分为六种，分别是现实型、研究型、艺术型、社会型、企业型、传统型，如表4-1所示。

表4-1　霍兰德的六种人格类型及相应的职业

人格类型	人格特点	职业兴趣	代表性职业
现实型	真诚坦率，重视现实，讲求实际，有坚持性、实践性、稳定性	手工技巧、机械的、农业的、电子的技术	体力员工、机器操作者、飞行员、农民、卡车司机、木工、工程技术人员等
研究型	分析性、批判性、好奇心、理想的、内向的、有推理能力的	科学、数学	物理学家、人类学家、化学家、数学家、生物学家、各类研究人员
艺术型	感情丰富的、理想主义的、富有想象力的、易冲动的、有主见的、直觉的、情绪性的	语言、艺术音乐、喜剧书法	诗人、艺术家、小说家、音乐家、雕刻家、剧作家、作曲家、导演、画家等
社会型	富有合作精神的、友好的、肯帮助人的、和善的、爱社交的和易了解的	与人有关的事、人际关系的技巧、教育工作	临床心理学家、咨询者、传教士、教师、社交联络员等
企业型	喜欢冒险的、有雄心壮志的、精神饱满的、乐观的、自信的、健谈的	领导、人际关系的技巧	经理、汽车推销员、政治家、律师、采购员、各级行政领导者等
传统型	谨慎的、有效的、无灵活性的、服从的、守秩序的、能自我控制的	办公室工作、营业系统的工作	出纳员、统计员、图书管理员、行政管理助理、邮局职员等

资料来源：孙健敏. 人力资源管理（一）[M]. 北京：高等教育出版社，2004：301.

霍兰德认为，尽管每个人都可以在六种人格类型中找到自己的人格类型，但由于个体具有广泛的适应能力，因此其人格类型也会与其他两种类型相接近，也能适应其他两种职业类型的工作，同时每一种人格类型又有一种相排斥的人格类型。他认为，最理想的就是个体能够找到完全与其人格类型相吻合的职业环境。如果无法获得，则可以寻找与预期人格相接近的职业环境，如社会型与企业型和艺术型相接近，传统型与现实型和企业型相接近。但如果选择了相排斥的职业环境，那么个体就难以适应，无法感到快乐和幸福，无法胜任工作，如现实型人格的人在社会型的职业环境中就无法适应。其关系如图4-1所示。

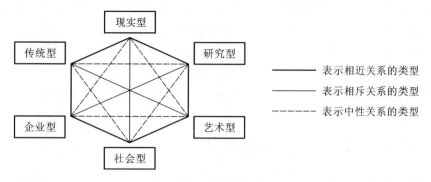

图 4-1　人格类型关系

图形来自:孙健敏. 人力资源管理(一). 北京:高等教育出版社, 2004:301.

3. 三维策划理论 [3]

厦门大学廖泉文教授是我国著名的人力资源管理专家。她提出了著名的三维策划理论,她认为,职业匹配是个体职业发展的基础,是个体与组织在发展过程中所追求的最大目标。

第一,职业发展过程的主动策划。主动策划要求个体考虑多重因素对职业选择的各种影响,这包括个体的年龄、教育背景、个性特点、能力大小、个人素质以及家庭情况等。

第二,职业发展过程中的组织策划。组织策划包括两个部分,即高校对个体职业选择的指导和个体所在的单位对职业匹配过程的策划。高校集中了一大批优秀、高端人才,高校教师、专家、学者具有广博的知识、深邃的理论和智慧,阅历广,能对学生产生较大的影响。因此,应该让高校的教师、专家、学者参与指导学生的职业选择,以帮助学生做出正确的职业选择,规划好自己的职业生涯。学生走出校园后,开始走上工作岗位,这时候,工作单位应该要在招聘时对个体的个性特征和素质进行测评,并对其岗前培训,在工作后做好跟踪和再培训,了解个体对所从事的岗位是否适应、适应的程度如何,以确定其是否有更加匹配的岗位,帮助其做好职业选择。

第三,职业匹配过程的重新策划。重新策划是指当个体在职业发展过程中遭受挫折时,对所从事的职业进行平移、变更或更新设计。职业的平移是指大的职业发展方向没有改变,改变的是从业的硬环境,如在同一单位变换工作或在同一行业变换单位。职业变更是指没改变职业发展方向但改变了从业的大环境,即从事相关的另一行业工作。当个体在平移和变更中均未达到满意的职业预期目标后,就应该对职业发展的方向进行反思和修改,根据自身的综合情况重新做出职业选择。职业的平移和变更对个体的人力资本浪费不大,个体的知识经验可以迁移;由于不同的工作岗位对个体的综合素质要求不同,因此,职业的重新设计对个体的人力资本折旧严重。

4. 需要理论

一般而言,一个人的择业行为来源于某种动机的驱使,而动机则是由需要引起的。职业是多种多样的,根据职业需要的发展过程,可以分为自然性和社会性职业需要;根据需要所指向的对象,可分为物质性的职业需要和精神性的职业需要;根据马斯洛的需要层次理论,可将人的需要从低到高分为生理需要、安全需要、归属需要、心理需要和自我实现需要。个体只有在满足了较低的需要后才会追求较高的需求,这对人们的职业选择也具有重要意义。同时,心理学家赫茨伯格在 1959 年提出的双因素理论也对职业选择具有影响。他认为,影响个体工作积极性有两种因素:保健因素和激励因素。保健因素对员工没有激励作用,但如果没有它,就会引起员工的不满情绪;激励因素能够提高员工的积极性,使人产生满意感。双因素理论告诉我们,个体在职业选择过程中,不仅要考虑工作环境,还必须考虑职业兴趣、取得成就以及个人发展的可能性等因素。哈佛大学心理学家麦克里兰在20世纪50年代提出了成就需要理论。他认为人有三种主要的需求,即成就需要、权利需要和合群需要。成就需要的高低对一个人的成长和发展尤为重要。

(二)职业生涯发展过程理论

1. 职业生涯发展阶段理论

关于职业生涯发展阶段的理论比较丰富,这里主要介绍一下加里·德斯勒五阶段理论。

美国著名人力资源管理专家加里·德斯勒在其代表作《人力资源管理》一书中,将职业生涯划分为如下五个阶段。[4]

(1)成长阶段(从出生到14岁)。在这一阶段,个人通过对家庭成员、朋友、老师的认同以及与他们之间的相互作用,逐渐建立起了关于自我的概念,并形成了对自己的兴趣和能力的基本看法,到这一阶段结束的时候,进入青春期的青少年就开始对各种可选择的职业进行某种带有现实性的思考了。

(2)探索阶段(15岁到24岁)。在这一阶段,个人将认真地探索各种可能的职业选择。他们试图将自己的职业选择与他们对职业的了解以及通过学校教育、休闲活动和业余工作等途径所获得的个人兴趣和能力匹配起来。在这一阶段开始的时候,他们往往做出一些带有实验性质的较为广泛的职业选择。随着个人对所选择的职业以及自我的进一步了解,他们的这种最初选择往往会被重新界定。到了这一阶段结束的时候,一个看上去比较恰当的职业就已经被选定,他们也已经做好了开始工作的准备。人们在这一阶段需要完成的最重要的任务就是对自己的能力和天资形成一种现实性的评价,并尽可能地了解各种职业信息。

(3)确立阶段(25岁到44岁)。这是大多数人职业生涯中的核心部分。由三个子阶段构成。第一,尝试子阶段(25—30岁)。个人确定当前所选择的职业是否适合自己,如果不适合,就会更改自己的选择。第二,稳定子阶段(30—40岁)。人们往往已经定下了较为坚定的职业目标,并制订较为明确的职业计划来确定自己晋升的潜力、工作调换的必要性以及为实现这些目标需要开展哪些学习活动等。第三,在30多岁到40多岁之间的某个阶段,人们可能会进入职业中期危机阶段。他们有可能发现自己并没有朝着自己所梦想的目标靠近,或者已经完成了他们所预定的任务后才发现,自己过去的梦想并不是自己所想要的全部东西。在这一时期,人们还有可能会思考工作和职业在自己的全部生活中到底占多大的重要性。人们不得不面对一个艰难的抉择,即判定自己到底需要什么,什么目标是可以达到的,以及为了达到这一目标需要做多大的牺牲。

(4)维持阶段(45岁到65岁)。在这一阶段,人们一般都已经在自己的工作领域中为自己创立了一席之地,因而他们的大多数经历主要就放在保有这一位置上了。

(5)下降阶段。当临近退休的时候,人们就不得不面临职业生涯中的下降阶段了。在这一阶段,许多人都不得不面临这样一种前景:接受权力和责任减少的现实,学会接受一种新角色,学会成为年轻人的良师益友。再接下去,就是几乎每个人都不可避免地要面对的退休,这时人们所面临的选择就是如何去打发原来用在工作上的时间。

其他理论还包括舒伯的职业生涯发展观、金斯伯格的职业生涯发展阶段理论、格林豪斯的职业生涯发展阶段理论、施恩的职业生涯发展阶段理论、萨柏的职业生涯发展阶段理论、廖泉文的职业生涯发展阶段理论、利文森的职业发展阶段理论、雷蒙德·A·诺伊的职业生涯发展模式。

2. 职业生涯发展路径理论 [5]

吴贵明教授将职业生涯发展路径归纳为直线型、螺旋型、跳跃型和双重型职业生涯发展四种路径。

（1）直线型职业生涯发展路径。这种发展路径是指个体一辈子只从事一种职业，通过在岗位的磨炼和学习，不断提高自身的职业技能和专业素质，积累经验和经历，在这个职业中谋求发展和升迁。例如一名大学教师，一生从事教师职业，他的职业发展路径就是从助教、讲师、副教授到教授。这种直线型职业发展路径只有一个通道，路径清晰，目标明确，需要个体自身的努力，同时也需要组织的栽培。

（2）螺旋型职业生涯发展路径。这种发展路径是指个体在职业发展过程中从事两种或两种以上不同的职业，通过从事不同的职业积累技能、经验和视野，掌握灵活的就业能力，捕捉前景较好的就业机会和讯息，在不同职业甚至不同行业寻求更好的发展。例如某个个体从事外贸、信息收集员后，担任了某网络公司策划总监，原有的市场经验和信息收集分析的经验为从事策划奠定了基础。

（3）跳跃型职业生涯发展路径。这种发展路径是指个体的职务或职称并非按部就班地逐级晋升，而是越级晋升，即跳跃式发展。出现这种情况的原因有很多，归纳起来有以下几点：一是组织由于规模扩大，出现了人员和岗位紧缺，需要立即有人填补；二是由于政策的允许或规定，需要破格人员；三是个人在专业上表现突出，刻苦钻研，成果丰硕，符合破格的规定和要求，在职称评定或职务选拔时脱颖而出。

（4）双重型职业生涯发展路径。单线型职业生涯发展路径只有一个发展通道，或是管理性职业生涯发展路径，或是技术性职业生涯发展路径。双重型职业生涯发展路径，就是既在技术性职业生涯发展路径上发展，又在管理性职业生涯发展路径上谋求晋升，或者反之。例如，教授担任院长；高校党委宣传部部长兼任博士生导师。通常情况下，在我国，一般技术性职业生涯发展路径发展机会较有限，在社会地位、待遇水平、发展机会等方面，技术性职业均不敌管理性职业。在我国，几千年的封建传统思想仍在社会中存在，"官本位"、"权力本位"思想根深蒂固，学而优则仕、仕而优则学现象严重，许多在学术、专业上有成就的人，为了更好地发展，纷纷往管理性岗位靠拢。同时，许多管理人员也纷纷在技术性岗位上发展。这种双重型职业生涯发展路径某种程度上可以充分发挥人的才能，起到激励作用，但更多的是使一名优秀的技术性人才成为平庸甚至拙劣的管理性人才，同时，久而久之在技术性方面也无法有新的突破和造诣。同样，也可使一名杰出的管理性人员成为学术不精、"表里不一"的人员，造成人力资本的严重浪费。

（三）职业生涯发展管理理论 [6]

1. 施恩的职业生涯系留点理论

（1）职业生涯系留点定义。美国著名管理学家施恩的职业生涯系留点理论即"职业锚理论",是职业生涯发展理论中的一个重要内容。它反映了人们在拥有相当丰富的工作阅历以后,真正乐于从事某种职业,反映了一个人进入成年期的潜在需要和动机,并把它作为自己终身的职业归宿的思想原因。在经过长期的职业实践后,人们对个人的"需要与动机"、"才能"、"价值观"各方面有了真正的认识,即寻找到了职业方面的"自我"与适合自我的职业,形成人们终身所认定的、在再次职业选择(包括真实的和假定的选择)时最不肯舍弃的东西,即"职业生涯系留点"。[7] 或者说,某种因素把一个人"系"在了某一种职业上。施恩指出,根据定义,这种系留点在有工作之前是不存在的,它是"自我意向的习得部分,与自省动机、价值观和才干相联系"。[8]

施恩等人对麻省理工学院的 44 名管理系硕士研究生进行了长达十几年的追踪研究,进行了大量采访、面谈和态度测量,并根据这些资料进行研究分析,结论是这批人在毕业时所持有的就业动机与职业价值观,与十多年后的实际状况——心理需求、就业动机、职业价值观和现实职业岗位各方面,都有一定的出入。前者与后者的差异原因主要在于,大学毕业生对自己的认识和对外界的认识有盲目和不准确之处,要经过相当长的时间,受到客观实践的矫正才能与实验更加符合。施恩指出,作为"自我概念"中最重要的"人对自身才能的感知",是真正有了职业经历、工作实践后,才能够正确而清楚地估测出来的。

(2) 五种职业生涯系留点。施恩把麻省理工学院管理学院毕业生的系留点划分为如下五种类别。

① 技术性能力。这种人的整个职业生涯核心,是追求自己擅长的技术才能和职能方面的工作能力的发挥。其价值观是愿意从事以某种特殊技能为核心的挑战性工作,这类毕业生最后大多从事的是技术性职员、职能部门领导等职业。

② 管理能力。这种人的整个职业生涯核心,是追求某一单位中的高职位。他们沿着该单位的权力阶梯逐步攀升,直到一个全面执掌权力的高位。这种管理能力体现为分析问题、与人们的周旋应付和在不确定情况下做出难度大的决策。他们追求的目标为总裁、常务副总裁等。施恩的这种管理能力系留点,是与一些人的企业型职业人格相结合的。

③ 创造力。这种人的整个职业生涯核心,是围绕着某种创造性努力而组织的。这种努力的结果是他们创造了新产品、新的服务业务,或者搞出什么发明,或者开拓建立了自己的某项事业。在这批毕业生中,有的人为之奋斗的事业、创造、发明已经成功;有的人则仍然在奋斗和探索着。

④ 安全与稳定。这种人的整个职业生涯核心,是寻求一个组织机构中安稳的职位,这个职位有长期就业、稳定的前途,能够达到一定的经济独立从而充裕地供养家庭的功能。

⑤ 自主性。这种人的整个职业生涯核心,是寻求"自由"、自主地工作,从而能够自己安排时间,能够按照自己的意愿安排工作方式和生活方式。这类人最可能离开常规性的公司、企业,但是其活动与工商企业活动及管理工作仍然保持着一定的联系。其职业如教书、写作、搞咨询、经营一家店铺等。

2. 廖泉文提高职业成功概率的五大理论 [9]

廖泉文教授在前人所提出思想的基础上,提出了提高职业成功概率的五大理论:马论——机遇理论;球论——协作理论;红叶子理论——开发自己的亮点;交点理论——寻找人生的新起点;烧开水理论——证明自己的存在。

(1) 马论——机遇理论。马论认为,机遇就像是一匹飞奔而至的"马",谁能获得它的帮助,谁就能获得巨大的发展,获得成功。廖泉文教授认为,要想获得这匹"马"的帮助,需要具备三个条件:能识"马";有勇气飞跃上"马";有能力驾驭飞奔着的"马"。识"马"靠知识、见识、眼光;跃"马"靠勇敢、魄力、技巧;驾"马"靠技巧、借势、能力。知识、技巧、能力三者缺一不可,三者均需学习和积累,才能获得"马"的帮助,实现职业发展的辉煌。

（2）球论——协作理论。一名美国乡村男孩儿喜欢踢球,由于村里没什么人会踢球,因此他只能和那些他不喜欢的人一起踢球。这则故事引申了球论理论。球论认为,强迫性的选择每个人都会遇到,都会做出此类选择;它伴随着个体意识的各个阶段,每个个体的大部分选择都是强迫性选择,同时,对人生的某一阶段而言,有时是若干次强迫性选择组合;由于强迫性选择大部分人都会遇到,因此,人们需要互相理解、沟通、体谅和妥协,寻求相互的协作和信任,采取一致的行动,使选择所产生的效益最大化,使人们互相受益。廖泉文教授认为,协作理论涵盖了三个层次的内容:"强迫性选择"是其思想基础;"主动性协调"是其行为要求;"整体性决策"是其对职业成功的目标要求。

（3）红叶子理论——开发自己的亮点。廖泉文教授把一个人的优点比喻成一棵树上的红叶子,把一个人的缺点比喻成一棵树上的绿叶子。红叶子理论认为,一个人在职业上的成功不在于红叶子数量的多寡,而在于是否拥有一片特别硕大的红叶子,这片红叶子并非与生俱来、天然生成的,而是需要个体自身的不断努力,通过努力发现属于自己的红叶子,并不断开发它,使它不断成长,不断变大,变得特别鲜艳,别人无法比拟,成为自身专用的优点,这样,个体就具有了特殊的人力资本,能引起社会和人们的特别关注,个体就获得了成功。

（4）交点理论——寻找职业成功的新起点。交点理论认为,人们在职业选择过程中,由于主客观因素的制约和限制,不得不从事内容或类型不相一致的工作,这些工作看似没有共同点,就像平行线意义没有交叉点,使得人们在工作中感到困惑。但如果人们能够认真完成工作任务,认真思考和钻研蕴涵在其中的内在联系,发现其中的规律和"奥秘",就会发现看似平行线的不同工作,其实有一定的普遍性的现象和规律,即交点,如果人们能够掌握和发现这个交点,那么这将对职业成功有巨大的帮助作用。

（5）烧开水理论——证明自己存在的过程。证明自己存在的过程就像"烧开水"的过程,这个过程共包含了三个过程。第一个过程是不断地添加柴火,为烧开水打好基础,烧得越旺,开水烧得越快。这个过程即个体要努力地学习,不断地学习各方面综合知识,为以后成功积累经验,打下基础;第二个过程是要耐得住寂寞,不要频繁地揭锅盖,即个体在工作岗位中不要急于表现自己,要多吃苦、多干活,即使有才能也要谦虚;第三个过程是水终于开了,有时会顶起锅盖,发出叫声,甚至远近皆可听到。这时你已经证明了你的存在,但要注意,不要让烧开的水喷洒出来,浇熄了帮你"烧开"的火,要记得保护它们。

二、职业生涯测评工具

（一）霍兰德职业兴趣测试

霍兰德将人的职业兴趣分为六种,即现实型、研究型、艺术型、社会型、企业型、传统型。他认为,人们倾向于寻找和选择那些有利于发挥自己能力的职业环境,以实现自身的价值和理想,因此,人的行为是个性和环境相互影响的结果,个体人格和环境模式的不同匹配可以预测此个体的行为,如职业选择、工作转换等。基于此,霍兰德设计了"职业偏好量表"(Vocational Preference Inventory),简称 VPI,该量表于 1953 年形成,后面分别做了两次修改和完善,它通过被试者在一系列的工作中做出选择,最后经过统计得出其职业兴趣领域。但是,它仍然存在一些问题,如项目较随机安排,量表项目数不均等。因此,霍兰德又设计了一套测评工具"职业自我探索量表"(Self-Directed Search),简称 SDS。量表于 1970 年编制,后面做了一次修改,整个测验由四部分构成,第一部分是列出个人的职业愿望和理想职业;第二部分包括活动、潜能、爱好职业及能力自评四个方面;第三部分是按得分高低由大到小取三种类型构成"三字母职业码";第四部分为职业寻找表,总共有 1 335 种职业,测试者可在四个部分中寻找到自己的相应职业。量表可帮助被试者做出正确的职业选择,确定自己合适的职业类型。

(二)MBTI 职业性格测试

MBTI 全称是 Myers-Briggs Type Indicator,是近几十年来在全世界广泛应用的一种自我认识的职业性格测评工具。它是由美国的 Katherine Cook Briggs 和 Isabel Briggs Myers 母女在瑞士著名心理学家 Carl. G. Jung(荣格)的心理类型理论基础上编制而成的。

该量表从四个维度解析人的性格。根据人的心理能量是倾向于内心世界还是外部世界,可将人的性格分为内倾型和外向型;根据人们获取信息方式的不同,可分为感知型和直觉型;根据人们做出选择和选择信息方式的不同,可分为思考型和感觉型;根据人们对待外部世界方式的不同,可分为判断型和认知型。

该量表实施的流程有以下几个步骤。一是调整测试的心态:施测师应帮助被试者放松心情,最大限度地摆脱工作、家庭等外部环境的压力,尽量展现真实的自我;二是答问题卷:施测师应告知被试者尽量按照自己的理解答题,不应与其他人讨论,施测师也不回答任何相关问题;三是 MBTI 内容基本介绍并定位,施测师将 MBTI 的测试目标、基本思路和主要内容告知被试者,并指导其按要求进行自我评估;四是答卷计分并比较:施测师应指导被试者计分,并对分数进行解释和深入讨论其含义;五是最后确认:施测师将引导被试者进入一个自我探索的过程,帮助其明确自己的性格类型。[10]

每种人格维度都有两种不同的表现形式,可组成 16 种人格类型,每个人都可以在 16 种人格类型中找到属于自己的一种,每种类型都有相应的优点和不足,都有相应的价值取向和行为特点,为个体的职业生涯规划提供依据和帮助。

(三)DISC 行为模式测试

DISC 理论是由美国心理学家威廉马斯顿博士在其 1928 年出版的《正常人的情绪》一书中提出的,DISC 这四个字母是由 Dominance(支配),Influence(影响),Steady(稳健),Compliance(服从)组合而成的,它可以帮助人们改善人际关系、团队合作、领导风格等。在该书中,威廉马斯顿博士提出了人们都具有三种行为模式的观点,这三种行为模式分别是内在行为模式、外在行为模式、认知行为模式。内在行为模式是人天生、自然、本能的一种行为模式,它能真实地反映一个人的动机和欲望。外在行为模式一般不为外人所知,它是人们根据对周围环境的判断和预测,认为自己所应呈现给外人的一种理想的行为模式。认知行为模式较为人所知,它是人们在真实世界中基于自我和环境结合的一种稳定性的行为模式。人格某种程度上决定着一个人适合什么样的工作岗位,以及所取得的成绩多少。研究表明,人格是会影响到一个人的工作满意度、工作成就感、职业选择和领导风格等,DISC 正是一种人格测验,能够为用人单位甄选、录用、培训等提供依据。DISC 与其他人格测试相比,比较适合一般正常的个体,能够较好地描述个体的特征。同时,它还具有较简单、测试时间短等特点。

(四)贝尔宾团队角色测试

团队角色理论是英国著名组织行为学家贝尔宾经过多年的研究和实践,提出的一种分析团队合作和团队角色的理论模型。1981 年,贝尔宾在《团队管理:他们为什么成功或失败》一书中,正式提出了"贝尔宾团队角色理论"。该理论认为,人并非是完美的,但团队可以是完美的,团队可以适当地扮演各种角色,并且能够使团队成员扮演好自己所承担的角色。在团队中,个体扮演着职能角色和团队角色两种角色,职能角色是依据个体自身的专业知识、技能以及工作任务所赋予的角色,团队角色是基于个体自身和团队其他成员相互作用所扮演的角色。团队角色有九种,分别是协调者、塑造者、创新者、资源调查者、监控评估者、协作者、执行者、完成者和专家,每个角色都有自身独有的特征。一个团队必须拥有这九种角色,通过角色间的优势互补,形成强有力的团队,需要强调的是,一个成员可以承担多种角色,多个成员亦可扮演一个角色。团队成员由于自身的特殊性和差异性,需要正确认识和发展自己所扮演角色的知识和技能,从而促进团队的发展和进步。

(五)TKI 冲突处理模型测试

TKI 冲突模型(The Thomas-Kilmann Conflict Mode Instrument)是目前全球最主要的冲突管理评价方法,可应用在人力资源、组织发展、培训等方面,主要包括:冲突及应变管理、促进沟通、领导力发展、员工满意及保留、绩效改进、压力管理、团队建设等。冲突可分为竞争型、合作型、妥协型、回避型、顺应型五种类型。产生冲突并不重要,重要的是如何解决和处理冲突,冲突处理模式的选择会影响冲突的演进和结果,进而影响冲突双方的绩效表现,同时它也会影响到人与人、人与团体之间的关系,继而影响到人与团体之间的绩效和产出。人与人在交往过程中,会因为知识背景、风俗习惯、价值观念、行为方式、能力等差距而产生冲突。根据TKI 冲突模型,可以找到与这五种冲突类型相对应的解决措施。

(六)职业锚定位测评

前已所述,职业锚理论是由美国职业指导专家施恩提出的。经过几十年的发展,职业锚测评工具已经成为国际上最常用的测评工具之一,被很多用人单位用于招聘、录用、甄选、培训、任用、考核的重要工具。对组织来说,职业锚测评工具可以使组织了解员工的职业定位、需求、动机等,进而据此为员工设置相应的工作岗位、工作环境和激励机制,不断促进员工健康发展,使其拥有更多的满足感、成就感。对个人而言,可以根据职业锚测评工具指导自身的定位、需求和动机,确定自己职业发展的方向和通道,为实现自身的理想和抱负、为用人单位作出更多的贡献提供依据。同时,在原有五个系留点(职业锚)的基础上,增加了服务性、纯挑战性、生活性三个系留点。

❖ **师生互动思考题**

1. 唐骏先后在微软总部、微软中国、盛大网络、新华都集团工作,请问这属于哪种职业生涯发展路径?

第二节　职业生涯规划的案例

一、案例1:人生需要规划　杨澜亿万财富背后的故事

提起杨澜,很多人都说她太幸运了。从著名节目主持人到制片人,从传媒界到商界,她一次次成功实现了她人生的转型。杨澜是幸运的,但这种幸运,并非是人人都有的,也不是人人都能驾驭的。它需要睿智的眼光、独到的操控能力,是职业经历累积到一定程度厚积薄发而来的。就像杨澜自己说的那样:"一次幸运并不可能带给一个人一辈子好运,人生还需要你自己来规划。"

第一次转型:央视节目主持人

在成为央视节目主持人以前,杨澜是北京外语学院的一名大学生,还是一个有些缺乏自信的女生,甚至曾因为听力课听不懂而特别沮丧。直到后来听力水平提高了,才逐渐恢复了自信。她说:"我经常觉得自己不是一个有才华和极端聪明的人。"可这一切并没有影响到杨澜后来的成功。勤勉努力的她,不仅大胆直率,看问题也通常有自己独特的视角。

1990年2月,中央电视台《正大综艺》节目在全国范围内招聘主持人。杨澜以其自然清新的风格、镇定大方的台风及出众的才气逐渐脱颖而出。但是,由于她长得不是太漂亮,在第六次试镜时还只是在"被考虑范围之列"。杨澜知道后,就反问导演:"为什么非得只找一个女主持人,是不是一出场就是给男主持人做陪衬的? 其实女性也可以很有头脑,所以如果能够有这个机会的话,自己就希望做一个聪明的主持人。""我不是很漂亮,但我很有气质。"就是因为杨澜这些话,彻底打动了导演。毕业后,杨澜正式成为《正大综艺》的节目主持人。直到现在,杨澜也一直坚持"主持人不一定非得漂亮,女人的头脑更重要"。

进入央视后,杨澜终于感觉到,这次的选择是非常正确的,做传媒就是她喜欢的事情。靠着自身的实力与魅力,杨澜获得了"十佳"电视节目主持人和金话筒奖项等。这是很多人一生都无法企及的知名度和注意力,也彻底改变了她未来的人生道路。

四年央视主持人的职业生涯,不仅开阔了杨澜的眼界,更确立了她未来的发展方向:做一名真正的传媒人。

但渐渐地,杨澜对这种重复性的工作开始有点儿厌烦了。也许是一切来得太容易了,也许觉得自己还可以做更多的事。最重要的是,她开始觉得有点虚:"一开始央视让我一下子进入一个殿堂,但是我往下一看,空空如也,下边的基础都不是我自己建起来的,是一个庞大的机构赋予你支持,我觉得特别不踏实,所以我得自己从下边垒砖头慢慢起来,这样才会踏实。"

第二次转型:美国留学生

1994年,当人们还惊叹于杨澜在主持方面的成就时,她又做出了一个令人惊讶的决定:辞去央视的工作,去美国留学。

在事业最明亮的时候选择急流勇退，这就意味着她要放弃目前所拥有的一切，包括触手可得的美好未来。但资助她留学的正大集团总裁谢国民先生，说了这样一句话："我觉得一个节目没有一个人重要。"这给杨澜留下了很深的印象。

杨澜26岁的时候，远赴美国哥伦比亚大学，就读国际传媒专业。在异国他乡的生活，比想象中的还要艰苦。有一次，杨澜写论文写到半夜两点钟，好不容易敲完了，没有来得及存盘，电脑就死机了。杨澜当时就哭了，觉得第二天肯定交不了了。宿舍周围很安静，除了自己的哭声，只有宿舍管道里的老鼠在爬来爬去。但最后，她还是擦干眼泪，把论文完成了。谈起这段生活，杨澜说："有些人遇到的苦难可能比别人多一点儿，但我遇到的困难并不比别人少，因为没有一件事是轻而易举的，需要经历的磨难委屈，一样儿也少不了。"

虽然如此，但这段生活给杨澜带来的收获要远远比磨难多。她的视野开阔了许多，更亲身接触到了许多成功的传媒人士和先进的传媒理念。

业余时间，她与上海东方电视台联合制作了《杨澜视线》——一个关于美国政治、经济、社会和文化的专题节目，这是杨澜第一次以独立的眼光看世界。她同时担当策划、制片、撰稿和主持的角色，实现了自己从最底层"垒砖头"的想法。40集的《杨澜视线》发行到国内52个省、市电视台，杨澜借此实现了从一个娱乐节目主持人向复合型传媒人才的过渡。

更重要的是，在这期间，她认识了先生吴征。作为事业和生活上的伙伴，在为她拓展人际关系网络和事业空间方面，吴征可以说居功至伟。他总是鼓励杨澜尝试新的东西：宁可在尝试中失败，也不能在保守中成功！正是吴征的帮助，使得杨澜未来的道路越走越宽。

第三次转型：凤凰卫视主持人

1997年回国后，杨澜开始寻找适合自己的机会。当时，凤凰卫视中文台刚刚成立，杨澜便加盟其中。1998年1月，《杨澜工作室》正式开播。

凤凰卫视的两年，在杨澜的职业发展上起了重要作用。她不仅积累了各方面的经验和资本，也同时预留了未来的发展空间。

在凤凰卫视，杨澜不只是主持人，还是《杨澜工作室》的当家人，自己做选题，自己负责预算，组里所有的柴米油盐，她都必须精打细算。这种经济上的拮据，对杨澜来说是一个非常好的锻炼，使她知道如何在最低的经费条件下，把节目尽量完成到什么程度。

在随后的两年时间里，杨澜一共采访了120多位名人。这些重量级的人物也构成了杨澜未来职业发展的一部分，不少人在节目之后和她仍保持密切的联系。这种联系除了会给杨澜带来一些具体的帮助之外，精神上的获益也不可忽视。同时，与来自不同行业不同背景的嘉宾交流，也让她的信息量获得极大地丰富。

两年后，杨澜已经有了质的变化。她拥有了世界级的知名度、多年的传媒工作经验，以及重量级的名人关系资源，对于她而言，进军商界显然所欠缺的只是资本而已。而吴征，正是深谙资本运作的高手。

第四次转型：阳光卫视的当家人

1999年10月，杨澜辞去了凤凰卫视的工作。从凤凰卫视退出之后，杨澜曾一度沉寂。2000年3月，她突然之间收购了良记集团，更名为阳光文化网络电视控股有限公司，成功地借壳上市，准备打造一个阳光文化的传媒帝国。

由电视界转向商界，对于这次转变，杨澜表示，她投身商界不是简单地为了赚钱，还为了实现她过去不能实现的媒体理念。

与大多数商人的低调不同,杨澜选择了始终站在阳光卫视的前面。在报刊杂志网站上,经常可以看到关于杨澜的报道。她从一个做传媒出来的人变成了一个传媒名人。这种对传媒资源运用的驾轻就熟,使得她的阳光卫视一出生就有了许多优势。

但杨澜创业不久,就遇到了全球经济不景气,杨澜立刻感觉到了压力。她几乎天天都想着公司的经营。由于市场竞争的压力,杨澜将公司的成本锐减了差不多一半,并逐渐剥离了亏损严重的卫星电视与香港报纸出版业务,同时她还将自己的工资减了 40%。

2001 年夏,杨澜作为北京申奥的"形象大使"参加了在莫斯科成功申奥的活动。同年,她的"阳光文化"接手了中国最大的门户网站之一——新浪网,开创了网络和电视相结合的时代,又与四通合作成立"阳光四通",开始进军网络业和 IT 业。

这一切都给公司所有员工带来了信心。终于,阳光文化在截至 2004 年 3 月 31 日的 2003 财政年度中取得了盈利,摆脱了近两年的亏损。之后,阳光文化正式更名为阳光体育,杨澜同时宣布辞去董事局主席的职务,全身心地投入到了文化电视节目的制作中。

由央视的名主持到远涉重洋的学子,再到凤凰卫视的名牌主持,最后到阳光卫视的当家人,杨澜的角色在不断地变化。而以一位文化经营商的身份出现在公众的视野里,则是杨澜人生最重要的一次角色转换。

但正所谓"万变不离其宗"。无论如何转、如何变,杨澜始终把自己定为"传媒人",聪慧的她很清楚自己就是这块料,所以从没有偏离做媒体这个大方向。而她的变化就在于她制定的目标层次一直在提高。

杨澜在她的《凭海临风》一书中,曾写到了乘热气球的经历。热气球的操作员能做的只是调整气球的高度以捕捉不同的风向,而气球的具体航线和落点,就只能听天由命了。这正是乘坐热气球的魅力所在:有控制的可能性,又保留了不确定性,所以比任何精确设定的飞行都来得刺激。"其实人生的乐趣也是如此,全在这定与不定之间。"杨澜这样认为。

(摘自网易网:http://money.163.com/08/0117/10/42DEBIG500251RJ2.html。)

❖ 师生互动思考题

1. 杨澜的经历属于哪一种职业生涯发展路径?
2. 杨澜成功的经历对我们有何启示?

二、案例 2:孙筱萍 借力导师

似乎每一次转型,孙筱萍的抉择中都有导师的身影。与其他人不同的是,孙筱萍并没有刻意去寻找这些引路人,用她的话说,"用心做事、全情投入,生命中的贵人会不请自来。"

和很多女高管的办公室不同,孙筱萍的桌上没有摆放太多的职业奖牌或者文件资料,而是有六七个旧式发条玩具惹眼地排列在一起。而这些童趣摆件的背后,是一个 2009 年第五届"万龙 Salomon 杯"国际业余滑雪友谊赛"女子大回转"的季军奖杯,很难想象,身材发福的达信副总裁、人力资源经理正是这个奖项的获得者。

"我 40 岁开始滑雪,42 岁的时候就被别人忽悠参加了全国业余比赛联赛并开始获奖。

我看到很多滑雪的人练习了很多年都无法掌握要领,这透露出中国人的一个很大弱点,即讲求自力更生、赞美自学者,而忽视了教练的作用。我很庆幸自己在上雪场的第一天就找到国家级教练,这让我很快熟悉了滑雪的入门技巧、动作专业,快速进步甚至脱颖而出,寻找教练对运动项目很重要,工作亦如是。"

导师为我开门。

20 世纪 80 年代毕业于贸易专业的孙筱萍自己也没想到可以成为同学中第一个加盟外企的人,而这个在当时很难做出的抉择却源起一次偶遇。

毕业一年后,孙筱萍和朋友一起去苏州旅游,一位 60 岁的德国老人向其问路,由于性格热情,孙筱萍不仅告诉了老人应该如何到达目的地,还向她询问日后的行程,恰好两人行程重合,老人便和她们一起愉快地游览景点。巧合的是,第二天在无锡,孙筱萍和老人在游船上再次相遇,这将她们的关系又拉近了一层。回北京后,孙筱萍陪亲戚到天坛游览,没想到再一次遇到了德国老人。

几次三番的偶遇似乎是一种缘分,孙筱萍因此和老人成了无话不谈的朋友。当时孙筱萍对国企一成不变的工作并不开心,老人告诉她,可以尝试进入德国公司,比如西门子。"当时的我对德国以及德国企业几乎一无所知,但是她为我开启了另一扇门,引发我思考,让我感觉自己可以做职业及生活的主人。"孙筱萍因此毅然离开了在别人看来舒适、安逸的岗位,转战到一家私营企业,并在一年后最终加盟西门子。

导师制早已在公司盛行,而有些时候,导师也许隐藏在生活中。孙筱萍和这位德国人之后的交往依然可圈可点。不仅坚持书信,1992 年,孙筱萍到德国出差时,还特意到家中看望了朋友。看到老人漂亮的别墅和轿车,临走时,孙筱萍甚至有些伤感地表示,什么时候自己才可以过上和她一样优越的生活。"老人说,我像你一样大的时候也问过我自己,但只要你努力,你将获得你想要的一切。"

正是在这句话的激励下,两年后,孙筱萍真的如愿拥有了这些自己期望的物质环境。如果说这个向人生导师借力的故事太具偶然性和戏剧性,之后的人生转折中,孙筱萍依然多次把握了类似的机会,寻找到了属于自己的职业锚。

在加入西门子 3 年后,MBA 盛行,孙筱萍有了强烈的出国读书的愿望,而作为家庭的经济支柱,很多事情又让她难以割舍,她甚至为了让老人和 6 岁的女儿生活得更加舒适安逸想出租自己的小房间。

同很多人一样,那时候的孙筱萍在职场中并不成熟,出国读书的事情更是不敢和老板沟通。而当老板从其他渠道获知了她的想法后,便主动向她了解情况,比如读书后是否希望回国,是否希望继续在西门子工作,等等,当他了解到孙筱萍出国的准备和家庭情况后,劝她放弃出租房屋的想法,并主动提出每月给家里人 500 元补贴,让她安心学业。

虽然和公司签署了回国后还钱的协议,但在 1992 年,500 元足以从根本上削减了孙筱萍的担忧。拥有这样的礼遇,一方面是孙筱萍努力、认真且绩效优异的工作表现,更重要的是,公司的一线业务经理可以把人的需求放在管理中最根本的位置,并不计私利来帮助和支持个人发展。

"一年共 6 000 元的支持让我走得特别踏实。公司对我的管理方式是非正常的,当时我的职位并不高,老板竟然愿意为了我而弹性地进行管理,这让我非常感动,这位直线经理也成了我人生中非常重要的导师。因为出国求学,我的视野因此打开,事业也到达了更高的平台。"

感动的力量很强大。孙筱萍认定公司和老板是对自己有恩的人。两年后,毕业后回到西门子的孙筱萍开始了那种不计回报似的工作状态,希望可以为公司做更多的工作。以老板为榜样,"用心"工作并学会寻求支持,在那之后成了孙筱萍奉行的工作理念。

用心就是价值观。

"履行世界一流 HR 的职能,为此既要用脑,又要用心。"孙筱萍的书桌上放着这本原西南航空公司人力资源部副总裁、雅虎 HR 高级副总裁利比•萨坦的职场自传——《我心所属》,封面的这句话和书中亲切的叙事风格以及实用的战略技巧深深地吸引了孙筱萍。她一口气买下了很多本,分享给周围的 HR 同事和直线经理,希望让大家领悟"心"在"人"做工作的时候所发挥的重要性。

出国读书回公司后,虽然孙筱萍所在的部门没有发生变化,但是她的职能却做出了一定调整,从以往和销售更多打交道的商务变成了商务管理,工作内容主要是帮助业务进行预算、制订计划等,每天的时间大部分分给了数据、表格和报告,这对喜欢和更多人交流的孙筱萍来说,无疑显得有些压抑。学会交流和借力的孙筱萍将自己的感受告诉了直接老板和相关部门的负责人,大家开始为她考虑更合适的位置。

而恰好,德国总部的校园项目希望在中国区落地,这个学生圈项目不同于传统的校园招聘,而是在高校间开展学生的培训和交流活动。学生圈成员对于毕业后是否为西门子公司工作不承担任何法律义务,并将在无任何责任的条件下获得西门子公司的经济资助。公司希望借此为西门子的长期发展提供优秀人才,树立公司良好形象及深远影响,同时深化公司与教育界的双向交流。他们把项目交给了孙筱萍。然而做这个项目有一定的职业风险,比如,项目的针对性较强,日后不容易有新的发展,但孙筱萍认为,喜欢才是最好的老师。"引入项目的两位德国人真的改变了我很多,他们是我职业发展路上的又一位导师,他们说,这个项目是公司长期的人才规划,需要和很多人接触,可以帮助年轻人成长,从无法和太多人交流到和这么多人交流,我想这正是我喜欢的。"

由于西门子的业务线很多,作为这个非正式的学生组织和西门子长期人才战略的负责人,孙筱萍需要和全国 20 多所高校的多个专业有所接触,每一届招聘到 60 名左右的优秀人才,为他们安排小型沙龙、夏令营和其他各种形式的培训交流活动。

这个项目孙筱萍一做就坚持了 10 年。每年,喜欢创新求变的她都会安排更多新颖的形式,以期达到更好的效果,甚至在"非典"那一年,由于直接面对面的沟通存在障碍,学生圈还特意进行了网络夏令营直播。她也因为和学生建立了深厚的友情而被这个 800 多人的学生圈子戏称为"猪妈"。

如今,在网络上,学生圈的各种帖子、视频依然深情款款地昭示着这个圈子对每个人的影响。很多曾经的学生圈成员告诉孙筱萍,学生圈改变了自己的人生态度和职业规划。然而在最初开始项目的时候,孙筱萍却经历了不小的挑战。

为了组织出有意思的活动,孙筱萍可以几天几夜不睡觉;为了帮助更多的学生找到满意的工作,她甚至到上海,一家一家地到企业来推销学生。"那时候发现自己好像有销售的特质,当时很多业务线的老总时间总是很忙,不愿意和我们打交道,我甚至就用他们吃饭的时间来和他们沟通。几年之后,这些学生得到了大家的认可,他们甚至会来找上门要毕业生。"由于涉及招聘、培训等多个 HR 模块,为了更好地调动资源,学生圈项目在开展 3 年后,从开始隶属的管理学院划拨到人力资源部门。这也成为孙筱萍踏入 HR 行业的最初机缘,在学生圈进行的同时,开始着手其他 HR 工作。项目的长期效果在后来的几年开始逐步显现,比如,西门子在高校中的口碑逐渐提高,学生对西门子学生圈的感情逐渐加深,有些学员甚至连购买家电都非西门子莫属,而且西门子的优秀实习生也变得越来越多。

可惜的是,项目开始 5 年后,学生圈的实施目的开始受到公司质疑,"我很理解公司既要长期规划也要短期效益,虽然之后的几年,高层一直在质疑这个项目的目的,但是我还是很感谢这个项目,这样的机会和位置需要我了解西门子的历史、战略,各个业务模块的划分,需要综合的知识,对我的提高也是非常全面的。最重要的是让我更加坚定了,用心才会有收获。"

用心之后的回报很多,就在记者采访孙筱萍之际,短短的一小时里,竟然接到 4 个电话,均是当年学生圈中的学生打来的。"这个项目也让太多的人因此获得了人生的转变,作为 HR,我希望可以对更多的人有所帮助,并真正用真心了解别人、帮助他们。这是 HR 的最大责任。"

孙筱萍如今的工作甚至也是学生圈中的同学帮她找到的。当时对于保险行业,更多的人抱有有色眼光,学生圈中一位在咨询公司工作的学生向她详细解释了行业的现状和达信保险经纪公司的状况。"如果是猎头向我介绍,我肯定会当场回绝,但是由于是学生,我们彼此就拥有了较高的信任度。这也为我开启了真正做 HRBP 的窗口。"

作为对人的前途和命运掌有一定权限的 HR 来说,用心的重要性不仅是对工作,还包括对自己的了解。实际上,2005 年从西门子离开后,孙筱萍还进入了微软从事校园招聘项目,但是当自己不能够对项目有一定的掌控时,孙筱萍开始研究起了自己的职业锚。

"我的性格中,没有追求高职位的强烈愿望,很长一段时间,我认为自己是奉献型的,为了校园项目可以无私地去把所有的精力投入于此,但是当我发现自己不能掌控一些东西的时候,就会很懊恼,这时候我才意识到,自己真正的职业锚是自主型,希望可以在一个很好的平台上做事情,同时按照自己的意志去决定一些内容。了解自己是一切的前提,人一旦认定了自己的职业锚,就不要轻言放弃。"

注意:寻求导师帮助时不要抱有势利的心态。职业生涯中,我所有的老板都帮助了我,即便是一些没有"化学反应"的老板,虽然当时并不愉快,但是从长远来看,他帮助我做出了新的抉择,所以要学会感谢身边的每一个人。

招聘的时候,我不会把经验作为唯一要素,更注重的是个人潜能和他是否用心。如果是,我会给他机会,虽然这可能丧失一定的效率,但是却对公司和个人都是建设性的。

（摘自:蒋艳辉.首席人才官,2010（9）.）

❖ 师生互动思考题

1. 孙筱萍的职业生涯属于廖泉文教授提高职业成功概率的哪一个理论? 对我们的职业生涯有何启示?

2. 结合案例,谈谈一个成功的职业生涯需要哪些因素。

习题或思考

1．职业选择理论有哪些？
2．传统型的人格类型与哪两种人格类型相近，又与哪种人格类型相排斥？
3．在跳跃型职业生涯发展路径中，出现越级晋升的原因有哪几种？
4．职业生涯测评工具有哪些？

参 考 文 献

[1] 周文霞．职业生涯管理 [M]．上海：复旦大学出版社，2004：43．
[2] 周文霞．职业生涯管理 [M]．上海：复旦大学出版社，2004：43-44．
[3] 吴贵明．中国女性职业生涯规划发展研究 [M]．北京：中国社会科学出版社，2004：32-33．
[4] 周文霞．职业生涯管理 [M]．上海：复旦大学出版社，2004：43．
[5] 吴贵明．职业生涯发展的路径与运动形式 [J]．福建商业高等专科学校，2004（2）：18-19．
[6] 赵麟斌．大学生职业生涯规划与就业指导 [M]．北京：北京大学出版社，2008．
[7] [美] 爱德加•施恩．组织心理学 [M]．北京：经济管理出版社，1987：10-104．
[8] [美] 爱德加•施恩．职业的有效管理 [M]．北京：三联书店，1992：176．
[9] 吴贵明．中国女性职业生涯规划发展研究 [M]．北京：中国社会科学出版社，2004：51-54．
[10] 卓安妮．MBTI 职业性格测试在职场上的应用 [J]．知识经济，2009（2）：5．

第五章
就业准备

 **本章要点**

> 做好就业准备,应该树立科学正确的就业观,注意就业信息的收集,了解就业政策与法规,做好就业心理的调适。
>
> 对大学生来说,寻找到一个满意和合适的工作,并非一蹴而就、凭空而来的,它需要大学生做好各方面的准备。具体而言,第一,要摒弃传统的就业观,树立正确的、切合实际的就业观。第二,做好就业信息的收集,遵守收集的原则,掌握正确的收集途径和方式。第三,要了解和掌握国家和各个地方的就业政策和法规。第四,要调适就业心理,防止出现功利、依赖、从众等错误心理,克服浮躁、焦虑、挫折、自卑等心理障碍,通过各种途径做好就业心理调适。

第一节 树立正确的就业观

"我的首选是出国,其次是上海,再不行待在杭州也可以。"在一家跨国公司的面试现场,当被问到"你打算在哪里开始你的职业生涯"时,社会学专业的小苏这样回答。考官皱着眉头问:"我们打算在一些二线城市开拓市场,你有没有兴趣?""说实话,我本来就是从小地方来的,如果还回到那里,有点无颜面对父老。还是大城市更适合我吧。"结果,原本胜算很大的小郑却因此意外落选。

随着高等教育的迅速发展,当前我国大学毕业生人数越来越多,就业形势也显得越来越严峻。案例中的小苏,一心只是想着往大城市发展,忽视了当前社会现实和就业形势,择业过于理想化,自然也失去了很多较好的就业机会。那么对当代大学生来说,我们应该要树立怎样的就业观呢?

就业观,是人们在择业时的一种心态、评价标准、情感和价值观念的总和,是一个人的价值观、生活观、劳动观以及享乐观等在择业问题上的一种反映和表现。大学生的就业观是由就业动机、就业定位、就业选择、就业途径及方式等综合因素构成的一种价值观念,取决于大学生对就业和职业的一种态度和意识。随着我国高等教育从精英教育转向大众化教育以及高校就业体制的变化和改革,同时,随着我国经济和社会的迅速发展对人才的要求不断提高,大学生就业已形成"自由择业、双向选择、竞争上岗、择优录用"的模式。因此,大学生在求职过程中必然会遇到许多与理想不一致的问题。这要求大学生要转变观念,正确认识自我、认识社会,树立正确的就业观,适应时代发展的需要,脚踏实地,迈好人生道路的每一步。

一、大学生树立正确就业观的意义

(一)大学生树立正确的就业观顺应了社会主义市场经济发展的需要

改革开放30多年以来,我国社会主义市场经济体制逐步得到完善和发展。市场经济能够使社会资源优化配置,它允许自由选择、自由交换,以自由竞争为基础。在社会主义市场经济体制条件下,传统的"统包统分"就业体制无法适应社会的需求和发展,随之产生的是双向选择、自由择业的就业体制。同时,随着我国产业结构的调整,传统行业在整个国民经济中所占比重减少,对人才的需求也不断减少。而非公有制经济得到迅速发展,成为国民经济中的重要组成部分,为国家经济的强大发挥了重要作用。这些使得大学生的就业途径、方式和理念也发生了重要改变,要求建立起适应社会发展的大学生就业体制和模式。这种自由择业的就业体制虽然给大学生带来了挑战,使其失去了铁饭碗,但也提供了难得的择业机会,使一批优秀的人才脱颖而出。它要求广大毕业生要转变就业观念,提高自身素质和本领,善于抓住机遇,施展自身本领。因而,建设社会主义市场经济体制必然要求有与之相适应的就业观念和就业意识。谁能顺应时代潮流,适时进行观念的转变,谁就能取得主动和成功。

(二)大学生树立正确的就业观呼应了就业体制转变的需要

众所周知,在计划经济体制支配下,我国高等教育从招生到就业,均是一种高度集中的计划管理模式。随着社会主义市场经济体制的逐步完善,传统"统包统分"的就业体制越来越不适应现实的需要,取而代之的是以"双向选择、自主择业"为特征的新型就业体制。这就要求大学生转变旧有观念,树立正确的就业观,不能等、靠、要,应该提高自身本领,主动走出去,寻找适合自己的职业,并在工作岗位中做出贡献。

(三)大学生树立正确的就业观适应了构建和谐社会的时代要求

构建和谐社会是我们党和政府提出的重要目标。就业是民生之本,关系到全体劳动者的生活水平和幸福指数,是劳动者赖以生存和发展的基础,是参与社会的重要方式。充分而平等的就业,有利于提高人们的生活水平和质量,有利于提高人们的经济地位和社会地位,也有利于构建安定团结的和谐社会。《中共中央关于构建社会主义和谐社会若干重大问题的决定》里特别提出要完善就业政策,扩大就业渠道。可见,就业也是关系构建和谐社会的一个重要方面。就业是民生之本,是人们赖以生存和发展的基本需求,是劳动者参与社会的重要方式。有助于提高人们的经济和社会地位。实现包括大学生在内的充分就业,使每位社会成员能够共享社会发展的成果,是构建和谐社会的必然要求。大学生具有较高的素质,担负起一个国家发展和民族进步的重任,树立正确的就业观,转变落后的就业观念,进而在理想的工作岗位中充分施展才能、贡献力量,这为构建社会主义和谐社会增添了力量,做出了贡献。因此,大学生能否树立正确的就业观,关系到国家利益、集体利益和个人利益,关系到和谐社会的构建。

二、当代大学生就业观存在的普遍问题

（一）不切实际、就业期望值理想化

很多大学生在就业时往往眼高手低，对自己有着较高的自我期望和评价，错误地将就业出发点定在自己想做什么，而不考虑自己能做什么，更不考虑社会需要什么以及就业形势和环境。因此在就业过程中没有考虑社会的现实环境，只是单方面抱有自己理想的职业梦想，表现为就业期望值过高，偏理想化。这主要表现在以下几个方面。

第一，就业偏向功利化。由于受教育成本投入过高等因素的影响，获得高收入成为大学生在择业时最为关注的问题。大学生往往选择在沿海发达地区和大城市就业，这些地区就业待遇相对较好，发展前景也较好，能够满足他们获得高收入的愿望。因此，他们不愿去西部艰苦地区和基层发展。但是，他们也忽略了一个事实：这些地区人才聚集，竞争激烈，对刚步入社会的大学生来说，因为他们缺乏实践和工作经验，缺乏竞争力，因此往往获得的就业机会较少，发展受阻。另一方面，广大的西部地区、艰苦边远地区和艰苦行业以及广大农村人才相对匮乏，它们有着广阔的发展空间，需要一大批优秀的人才来发展和建设。对广大毕业生来说，这本来是他们施展抱负、实现理想的地方，但往往他们嫌这些地方落后偏远，收入低，不肯去这些地方就业，造成"有业不就"的局面。

第二，专业要求对口化。我国高等教育实行的是专业性教育，经过大学里几年的专业学习和训练，他们对本专业比较理解，因此，很多人在择业时想找到与专业对口的工作，以体现自身价值。因此，在择业时，大多数毕业生关注所选择的职业是否与专业对口，他们担心如果不对口，在发展上落后于别人、无法施展所学的知识和技能等。甚至不少人还认为，舍弃专业就业等于大学几年的苦读付诸东流。因此，这种错误的观念导致许多大学生不去选择与专业不对口的岗位，造成许多就业机会与之失之交臂。事实上，当今社会知识更新迅速，很多学科知识相互交叉，大学里所掌握的知识也无法完全满足工作的需要，如果局限于本专业，而不去接触和学习其他专业的知识，那么也无法在工作岗位中获得更好地发展。因此，大学生应该摒弃这种错误的就业观，必须不断学习，做到广学习、常学习、多学习，才能跟得上社会的发展，实现自己的理想。

（二）缺乏自身定位，突出自我

很多大学生从入学开始就感到了就业形势的严峻，但是能从入学就确定自己今后就业方向的却很少。相当一部分大学生缺乏对自己的气质、个性、优缺点、兴趣等客观全面的分析和评价，没有结合自身实际以及社会需要进行定位和思考，对自身的未来发展缺乏明确的认识和科学的规划。部分大学生在择业和就业时，往往过多地注重物质利益和自我价值的实现，而忽视了长远的规划和社会价值的实现，无法做好个人需要与社会需要、个人价值与集体价值结合，同时存在个人主义思想累积，以自我为中心，集体主义观念淡薄等现象。

（三）消极等待，缺乏就业准备

有一些大学生受社会亚健康文化影响，加之不注重自身的修养，因而滋生出贪图享受、不愿吃苦、害怕竞争、懒于奋斗的思想意识，进而表现为消极就业和等待就业。一方面，部分大学生害怕竞争和奋斗，他们希望能找到一份铁饭碗的工作，而且薪资和福利较好，企图一劳永逸。另一方面，部分大学生不愿吃苦，不愿去从事一些较累较脏的工作，只想找到轻松且待遇高的工作，因而呈现出空等状态，依靠家里的资助，企图找到好工作，我们把这部分大学生称为"啃老族"。事实证明，"铁饭碗"思想和"啃老族"现象已成为现在大学生失业的重要原因之一。他们没能认清当今的就业形势，缺乏主动性和积极性，没能调整自身的定位，依赖性很强，影响他们形成正确的就业观念。

三、大学生要树立正确的就业观

（一）面对现实、降低就业期望值

面对现今社会严峻的就业形势，大学生们应该摒弃传统的就业观，不应视自己为天之骄子，应该把自己看成是一名普通的劳动者。要从以下几方面做起。第一，从事基础性工作。随着社会的进步和科技的迅猛发展，过去那些技术含金量不高的工作，现在也越来越多地需要有一定技能知识的人来从事，大学生应该将目光投向这些岗位，从最基础的地方做起，发挥自己的真才实能，努力在平凡的工作岗位中做出不平凡的业绩和贡献。第二，去艰苦和基层地方就业。在我国，一些西部欠发达地区、艰苦地区和农村地区的经济社会发展水平不高，但发展潜力较大，对人才的需求也越来越大，随着发达地区对人才的要求越来越高，广大大学生应该致力于去艰苦和基层的地方施展才能，在实现自身理想价值的同时，也为这些地方的发展和建设做出了贡献，做到了个人价值和社会价值的统一。目前，国家陆续出台了许多鼓励高校毕业生到基层、到农村去就业的政策，如农村教师特岗计划、选聘高校毕业生到村任职、"三支一扶"政策、大学生志愿服务西部计划，等等，这些为广大毕业生提供了实现理想抱负的平台。

（二）认真审视自己、建立正确的就业态度

每个人由于家庭氛围、生活环境、学历教育等方面不同，必然导致各方面有所差异。因此，在选择职业时，大学生要避免出现从众心理，一个劲地往大城市、好单位挤。要知道适合别人的不一定适合自己，别人不行的未必自己也不行。所以，大学生应该认真审视自己的性格特点、优缺点，同时还要考虑社会的需要，以免出现盲目的就业现象，导致浪费时间和精力。为此，大学生首先要通过对自身条件的思考，才能在激烈的竞争中做好定位，取得胜利。问自己是属于外向型还是内向型性格，是否有良好的表达能力，做事敏捷还是拖沓？喜欢有挑战力的还是喜欢按部就班的工作，等等。同时，由于各种职业的工作内容不相同，因此，在选择职业时，大学生要了解自己的注意力、判断力、记忆力、创造力、理解力等。只有明确自己的长处、短处，发现并弥补缺陷，才能在面对选择时，不会盲目跟风、盲目从众，而是能主动做出自己最理想的选择。所以，大学生应当要加强自身学习，在提高专业技能的同时，注重提升自己

的综合素质,增强就业竞争力。

(三)增强责任心、培养职业修养

在现代社会,大学生要清楚在自己工作的岗位上要有相应的职业修养,这是关系到人品、工作单位甚至社会的效益。因此,一定要有责任意识和社会意识,要知道工作不仅仅是为了得到工资、获得地位,更重要的是要在每个平凡的岗位上做出应有的社会贡献。这就需要我们做到以下几点。第一,敬业乐业。一个人如果对自己的职业不热爱、草草了事,那么肯定会把事情做坏,而且会给社会和自己带来双重损失。通俗地说,敬业就是把自己从事的职业加以研究,勤勉从事,不要这山望着那山高,要把工作的事当成自己的事,要有主人翁意识。乐业就是"干一行,爱一行"。在自己的职位上要有乐业,只有用心投入工作的人才能从工作中得到愉悦,享受工作带来的幸福感和快乐。第二,职业平等。"七十二行,各有差别",我们必须树立职业平等的意识,不论从事什么行业,做哪方面具体工作,都是社会成员的一分子,都是在用自己的聪明才智为他人服务,为社会服务,都是值得尊敬的。职业没有贵贱之分,因此,大学生不要为从事不顺心的职业而耿耿于怀。第三,责任心和进取心。无论什么职业,责任心、责任意识是做好工作的内在动力。有了责任心,我们还必须有进取心。如果没有进取心,故步自封,工作上不想精益求精,事业就没有发展的希望。大学生刚参加工作,应把积累工作经验、提高工作能力作为目标,这是今后扩大自己事业空间的基础。不要计较薪金薄厚,更不能自命不凡,而要爱自己的职业,深思研究工作改进之术,常保进取的决心。

(四)不怕吃苦,艰苦创业

艰苦奋斗是我们党的优良传统,是中华民族的传统美德。"以艰苦奋斗为荣、以骄奢淫逸为耻"是胡锦涛提出的"八荣八耻"之一。作为当代大学生,要摒弃铁饭碗观念和依赖心理,要多吃苦、多钻研,牢记艰苦奋斗的精神,积极投身于市场竞争当中,拿出自己的优势去竞争。

随着经济体制改革和产业结构的调整,非国有经济在整个国民经济中的占有率越来越大。非国有经济企业不但已经成为吸纳大学毕业生的一条重要渠道,而且也为他们的创业提供了广阔的空间。党的十七大报告提出,实施扩大就业的发展战略,促进以创业带动就业,使更多劳动者成为创业者。在目前就业困难的情况下,毕业生不应当只是被动的求职者,有梦想、有激情、有知识、有条件的大学生也可选择自主创业,选择"自己当老板"。这种就业观似乎有点超前,难免会被某些人说是狂妄自大、不知天高地厚,但在市场经济条件下这不失为一种实现理想的途径。因此,大学生要立创业之志,走创业之路,建创业之功,树创业谋职的新观念。大学毕业生不仅是社会现有就业岗位的竞争者,而且应该是新岗位的开拓者;因为自主创业不仅可以解决毕业生自身的就业问题,更重要的是可以创造更多的就业机会,大大缓解社会就业的压力。社会需要的不仅是能就业的人,还应该是带来就业机会的人。当然,创业带动就业光靠大学生个人具有创新观念,具有勇于拼搏、大胆创新的精神是不够的,它还需要来自社会和高校的共同努力,社会应该给毕业生营造良好的创业文化,形成创业与就业同样光荣的文化氛围,提供良好的创业环境和政策;高校应该注重培养学生的创新意识、创业精神和创业能力。

就业观是大学生职业价值观的一个重要组成部分,能否树立正确的就业观对大学生自身及社会都具有重要的影响。因此,当代大学生在就业道路上要不断充实自身实力,不断丰富并提高自身综合素质。更重要的是要积极应对时势,转变传统的就业观念,要做好吃苦耐劳的准备,树立正确的就业观,为自己精彩的人生旅程打下基础。

❖ 师生互动思考题

1. 小张自从大学毕业后一直待在家,在这两年里,他也曾出去找过工作,但是他不是嫌工资低,就是嫌太累,所以就一直这么错过了许多就业机会。同学建议他可以先找个简单的工作,再去寻找更好的就业机会,他说:"我何必这么委屈自己呢,想我也是堂堂大学毕业生,要我去车间工作我才不去呢,再说了,我家又不缺我这每个月的几百块钱,我还不如等有个更理想的工作再去。"

请问案例中小张的就业观对吗? 如果你是小张,你会怎么做?

2. 周某大学毕业后没有像其他同学一样留在大城市里谋发展,而是回家当起了养殖专业户。起初,村里人都很瞧不起他,认为他白上大学了,但是周某没有想太多,只是把自己学到的知识用到养猪场里,每天辛勤工作。最后他的成功获得了大家的认可,他还把自己的养殖技术传授给村里人,村里渐渐富裕起来。

请你分析案例中周某的行为是否值得,为什么?

第二节 就业信息的收集

小林是某软件院校 2009 届优秀毕业生,各方面的条件都很优秀,但一直到毕业都没有签到一个合适的单位。他后来总结原因认为,他收集的信息有些是上一届毕业生的信息;有些信息并不真实;对信息的收集范围只局限于学校内或本市范围内,等等。

大学生如果缺乏对择业信息收集的主动性,被动地等待和观望,不注意收集各类就业信息为己所用,那么在就业过程中就会处于被动地位,正所谓人生只有走出来的美丽,没有等出来的辉煌。案例中小林的遭遇充分说明,在就业形势日益严峻的今天,就业不仅是实力的竞争,也是信息的竞争。择业的黄金时期只有短短的几个月,希望毕业生能好好把握,以各种途径广泛、全面、准确地收集各类信息,为就业、择业做好充分的准备。

择业的成功,不仅取决于整个社会的经济情况,个人自身的专业、体力及能力,还取决于个人对机遇的把握。收集就业信息是就业活动的第一步,在竞争日趋激烈的就业环境中,一个实力再强的毕业生如果不能获得相当"数量"和"质量"的信息,将在无形中丧失了优势,谁能及时获取信息,谁就获得了求职择业的主动权。因此,大学毕业生应该积极提高自己的"信息素养",不断提高信息收集意识、提升获取信息的能力和增强信息的应用能力,利用各种渠道,广泛、全面、准确地收集与择业有关的各种信息,为就业、择业做好充分的准备。只有这样,才能在日益激烈的就业竞争中,选择到适合自己的职业。

一、就业信息收集的重要性

就业信息,是指大学生在择业的准备阶段,通过各种媒介传递的有关就业方面的消息和情况,如就业政策、供需双方的情况及用人信息等,然后经过加工整理,能被其所接收并成为其选择所从事的职业或工作岗位的有价值的消息、资料、情报等的总和,它是毕业生择业所必须收集和掌握的材料。从广义上看,就业信息指大学生接受的各种有关职业的信息和所学的知识(因为对将来就业有价值);从狭义上看,就业信息指毕业生在毕业前夕大量获得的对就业择业有价值的信息。就业信息在毕业生求职就业过程中起着十分重要的作用,是毕业生求职择业的基础,是择业决策的重要依据,更是顺利就业的可靠保证。

(一)就业信息是求职择业的基本前提

在国家就业方针政策的指导下,实行毕业生自主择业,用人单位实行择优录用的"双向选择"制度,毕业生就业工作走上了市场化,而且随着高等教育改革进程的不断深化,用人单位择人与毕业生择业的自主权还会得到进一步的强化,"买方市场"逐步得到加强并将逐渐占据主导地位。对于毕业生来讲,必须了解和掌握可靠的就业信息,科学地指导自己的择业行为。否则,就无法争取择业的主动权,也无法找到理想的职业。

(二)就业信息是职业决策的重要依据

毕业生要使自己的择业更具科学性,就必须拥有大量的信息。这些信息既包括宏观的信息,也包括微观的信息。宏观信息是指国家的政治经济情况,国家或地区社会经济的方针政策规定,国家对毕业生的就业政策与劳动人事制度改革的信息,社会各部门、企业需求情况及未来产业、职业发展趋势所要求的信息。掌握这些信息,就可宏观地把握就业方向。微观信息是指某些具体的就业信息,例如,用人单位的需求情况、发展前景、需求专业、条件、工资待遇等。这些信息是在大学即将毕业时所必须收集的具体材料。掌握大量的就业信息,才能保证毕业生择业决策的科学性、可靠性,为做出科学的职业决策提供重要依据。

(三)就业信息是顺利就业的可靠保证

在掌握了大量信息后,毕业生经过综合分析、筛选比较、科学决策,最终将会瞄准一个或几个相对确定的目标,最后准备面试或其他类型的考察。毕业生要想通过面试,就必须对用人单位的情况有所了解。如果在面试过程中,只简单地表明自己的求职意愿,而对用人单位的经营状况、产品结构、发展远景一无所知,那么你面试的结果肯定不尽如人意,反之,你积极主动地去掌握一些就业信息,那么面试成功的机会将会倍增。大学毕业生应该适时地掌握丰富的就业信息,只有这样才能为顺利就业提供可靠的保证。

二、就业信息获取的方法和途径

(一)学校就业指导部门

在我国,各个高校都相应成立了毕业生就业指导机构,专门负责毕业生的就业指导工作。

随着就业体制不断的市场化和社会化,高校的毕业生就业指导机构的性质和功能也相应发生了变化,它不仅是学校负责学生就业工作的行政管理部门,而且还是对学生就业进行服务和指导的部门,角色从单纯的管理者向服务者转变。同时,高校毕业生就业指导机构越来越成为毕业生和用人单位之间的中介和桥梁,既可以向用人单位推荐符合其要求的毕业生,又可以向毕业生提供内容丰富的就业信息。近年来,高校越来越重视大学生的就业工作,也相应地开设了一些就业指导与职业生涯规划课程,内容包括就业形势分析、就业准备、就业生涯规划、就业政策等,来提高广大毕业生对就业的认识,并做好就业准备,提高就业质量和成功率。具体而言,学校毕业生就业指导机构所获得的就业信息具有两个优势。一是针对性较强。由于就业指导机构是用人单位和毕业生之间的桥梁,所以用人单位根据就业指导机构提供的专业设置、学生素质、教学质量等毕业生信息,向其提供有针对性的就业信息,而并非像市场上那样是全面、面向全社会的。二是可靠性较高。高校毕业生就业指导机构是高校的行政管理部门,对外代表着学校的形象,它所发布和传递的就业信息权威性较高,能够对用人单位所提供的就业信息进行审核和确认,过滤虚假诈骗的信息,通过审核、确认和过滤,保证信息的真实性和可靠性。

(二)各类毕业生供需见面会和招聘会

在我国,随着就业体制的不断改革和完善,出现了各种人才中介结构,主要有三类人才市场:一是教育系统的毕业生就业市场;二是人事部门举行的人才市场;三是劳动部门举办的劳动力市场。除此之外,还有一些私营中介举办的不同层次和规模的招聘会,也有一些大型企业和用人单位专门举办的招聘会。

每年11月后,有关主管部门会举行一些针对大学毕业生的大型招聘会,部分高校也相应地举办学校专门招聘会,这些成了毕业生独享的求职"专卖店"。由于这些招聘会较早举行,这些用人单位一般都是大企业、大公司,它们会在招聘会上向毕业生介绍公司的具体情况,且针对性较强,对毕业生吸引力较大,因此毕业生要十分重视这些招聘会,尽早做好个人简历、面试技巧以及专业知识等各种准备,使自己能尽早轻松地实现就业。除了以上的这些招聘会,还有一些定期举行的招聘会,这些也是毕业生成功实现就业的良机与去处。这些人才市场具有以下特点。一是数量庞大。各种各样的用人单位都会在招聘会上出现,类型丰富,不管是实力强还是实力较弱的单位都会出现在这些招聘会上。二是直接洽谈。在人才市场上,毕业生将直接面对招聘单位,通过彼此的交流可以获得较报刊等渠道更为丰富和全面的信息,更有利于毕业生正确地做好择业决策。但这些人才市场,向用人单位收取摊位费,向毕业生收取门票费,注重宣传,虽规模较大场面壮观,但签约成功率却较低,毕业生付出了较多的人力、物力和财力,却往往得不到相应的回报。当然,也有一些实力雄厚的用人单位组织人才招聘会,这样的招聘对毕业生的要求比较严格,而且应聘者较多,竞争激烈,淘汰率高。不过这也是毕业生展现个人能力和素质,实现就业的好机会,毕业生必须予以重视。

(三)传播媒体

传播媒体主要包括报刊、电视、杂志、广播等。当前,大学生就业问题已成为社会的一个焦点。在每年上半年,新闻媒体都会刊登有关大学生就业的一些报道,如就业形势、就业政策、人才需求、职业前景等,并要求专业人士做详细的剖析。随着传播媒体的迅速发展,传播媒体越来越受到高校、毕业生、有关部门和用人单位的青睐,成为大学生获取就业信息的主要渠道。传播媒体具有覆盖面广、传播速度快、时效性强等特点,许多用人单位纷纷通过传播媒体发布招聘信息,以吸引人才。因此,对广大大学毕业生来说,要充分利用传媒,高度重视传播媒体在求职方面的重要性,发现有价值的信息,把握机遇,抢占先机。由于传播媒体发布的就业信息是公开的,具有共享性,人人都可以利用和受益,因此,要想成功求职,就应该比别人更加主动和及时,在激烈的竞争中掌握主动权。

(四)社会人际关系

1. 家人和亲戚

家人和亲戚与毕业生在血缘关系上最为密切,在中国传统的文化里,他们十分关心毕业生的就业问题。他们来自社会不同的行业和阶层,阅历丰富,人脉较广,信息资源较多,可以从不同的渠道获取就业信息。同时,由于与毕业生关系最为密切,出于对子女的关爱,他们往往更加慎重选择就业信息,这种信息直接、可靠、有效、及时,比较符合毕业生的需求,求职的成功率较大。

2. 学校教师

专业教师出于专业上的优势,并且长时间教授本专业,对本专业的就业情况和发展前景了解较全面。同时,专业教师与社会接触较多,人脉较广,部分教师经常与校外的企业、公司等单位联系,因此会提供一些针对性强、时效性强的就业信息。因此,毕业生可以通过专业教师获取有关就业信息,不断充实自己的信息库,甚至在可能情况下,教师还有可能推荐学生去用人单位。

3. 同学和校友

个人无法搜集完全的就业信息,因此,毕业生可以多与同学沟通和交流,以获取更多、更充分的就业信息,做到就业信息的分享,这样既可增加信息量,又可节约时间和精力。同时,还可以利用师兄师姐了解就业信息,师兄师姐由于刚毕业不久,大部分又从事与本专业相关的行业,对行业的就业情况比较清楚,同时,也较清楚本专业的毕业生在市场上的供求情况,以及从事有关行业和岗位的要求。同时,他们在求职过程中有更多的经验和体会,从他们那里获得的信息更有价值且更实用,也是自己多积累经验、少走弯路的有效途径。

(五)网络

网络时代的到来,越来越改变了人们的生活。现在,越来越多的求职者通过网络寻找就业机会。通过网络发布招聘和求职信息,速度快,成本较低,所涉及的对象较广,同时信息量大,这些优势是其他求职方式无法比拟的。对大学生来说,不但可以将自己的基本资料发布在网站上,使用人单位可以较容易了解自己,同时,也能较便捷地从网络上获取各种就业信息,实现了用人单位和求职者的双向互动,节约了成本,加强了了解。但需注意的是,大学生在收集求职信息时,切不可大海捞针、毫无目的地搜集,要有目的、有针对性地搜集,同时,要学会保护自己,不可将一些私人信息公开,防止诈骗,提高防骗意识。另外,大学生应该摒弃把全部希望寄托在网络的错误观念,而应该通过多种途径和方式求职,提高求职的成功率。

(六)实践或实习的机会

大学生参加的社会实践活动和实习也是获得就业机会的一个重要途径。在参加社会实践过程中,大学生要有意识地观察,做个有心人,要关注社会整体的就业趋势、行业发展情况、人才需求状况、具体岗位对用人的要求等。同时,大学生的毕业实习亦是一个重要的就业机会。毕业实习的单位一般是发展前景较好、实力较雄厚的单位,大学生的毕业实习,既是步入社会、走上工作岗位的前奏,同时也是展示能力和素质的一次机会。大学生在毕业实习期间,如能表现良好,有机会成为实习单位的一员,一方面要在实习单位通过一段时间的实习,对自己的能力、技能、素质和性格有一定的了解;另外一方面,也要使自己对实习单位、行业发展情况有更为直观和深刻的了解。如果自身能够充分发挥,实习单位又发现自己的能力,对自己满意,那么也许你就获得了一把打开就业大门的钥匙。

三、就业信息收集的原则

(一)主动性和及时性

随着高校的连续扩招,大学生人数越来越多,随之而来的是就业形势的严峻。因此,好的工作岗位越来越多人应聘,竞争也越来越激烈。这要求大学生要积极主动地去搜集和关注就业信息,不能抱有等、靠、要的思想,信息对大家来说是公平的,但如果你能早一步比别人了解就业信息,那么你就有更多的时间去准备,成功率也就越高。一般来说,信息是有时效性的,时间越短,信息的价值越大;时间越长,信息的价值越小。因此,这要求大学生在激烈的就业形势下,要摒弃传统的观念,积极、主动、及时掌握信息,力争有一席之地。

(二)准确性和真实性

就业信息的准确性和真实性对大学生求职来说具有重要意义。如果所搜集的信息是虚假或不真实的,那么它就会使求职者做出错误的决策,可能造成无法挽回的损失,浪费了人力、物力和财力。信息的真实准确,一方面要求信息源要真实可靠,尤其对通过间接方式获得信息,要特别注意鉴定其真伪;另一方面,要做到分析鉴别,剔除那些不真实、虚假的信息,尤其对模棱两可的信息,要追根溯源,多深入实际观察,多思考,保证信息的可靠性。

(三)具体性和适用性

大学生在搜集就业信息时,必须使搜集的就业信息真实具体,切不可模棱两可。因此,大学生不仅要对用人单位的地址、联系方式、简介、发展前景、薪资水平等要了解,同时还要对所应聘的工作岗位有清楚的认识和掌握。适应性是指大学生搜集的信息要有针对性,要搜集对就业有所帮助和有利用价值的信息,切不可漫无目的地随意搜集。因此,大学生在搜集就业信息时,要根据自己的学历、性格、专业等方面,搜集适合自己的就业信息,防止毫无目的地搜集,造成搜集范围过大,浪费不必要的人力、物力、财力。

(四)广泛性和连续性

搜集信息的就业面过窄容易导致内容单一、信息量过少,这不利于成功就业。因此,要从多方面搜集,多留心留意各种有用信息,并对其进行分类整理,为自己扩大就业信息范围。同时,要连续跟踪就业信息,注意信息的变化,从变化中找出缺点和优点,为完善自身做好准备,提升自我。

❖ 师生互动思考题

1. 近年来,就业形势日益严峻,陈某是某电力学校的毕业生,他应该如何应对,才能在竞争日益激烈的就业环境中掌握主动权?

2. 招聘启事:南京 ×× 信息软件有限公司高薪诚聘

职位名称: C/C++ 软件开发工程师(网络安全产品)

工作地点:南京

工作概述:负责网络安全产品的开发工作

职位要求:

(1) 计算机相关专业,本科以上学历。

(2) 精通 C/C++ 的编程,并至少精通一种平台下的开发:Windows、Linux、Unix (AIX、Solaris 等)。

(3) 熟悉网络编程,精通 TCP/IP 协议。能够独立承担产品模块的设计和开发工作。

(4) 掌握各类网络安全设备的相关知识,了解各类网络设备接口、设备事件和配置管理策略分析。

从以上招聘启事中我们可以看出,由于信息来源和获得的方式不尽相同,在大量就业信息中,难免有虚假不实、互相矛盾的信息,这就需要求职者根据自己的实际情况进行筛选。择业信息的获取在空间上要讲究全面性,在内容上要注意广泛性和真实性。请总结处理信息时要注意哪几点?

第三节　了解就业政策与法规

小程是 2009 届毕业生,家住农村,由于父亲病重家里只有母亲照顾,所以一直犹豫是待在城市还是回老家。但自从知道国家出台大学生考"村官"的政策之后,小程就下定决心考"村官"。终于功夫不负有心人,小程考上了他老家周边的"村官",既找到了一份合适的工作又可以就近照顾家里。

就业政策是指党和政府在一定的历史条件和历史阶段为促进经济发展和社会进步,为劳动者创造就业机会、扩大就业机会所制定的行为准则。而大学生就业政策是国家就业政策的一个重要组成部分,是专门针对大学生就业而制定的、规范相关部门行为、为大学生创造就业机会、扩大就业机会的一系列制度、规则及法规的总称。大学生就业政策的制定既与提高经济效率密切联系,又与改善民生息息相关。特别是金融危机之后国家出台了许多促进大学生就业的政策法规,在一定程度上缓解了大学生"就业难"的问题,促进了大学生的充分就业。

一、大学生就业政策经历的三个阶段

（一）计划经济条件下"统包统分"的就业制度

中华人民共和国成立以后,我国按照计划经济体制的模式,形成了由国家统一招生、工作统一分配的"统包统分"制度。在共和国成立初期,国家建设急需各方面的人才,按照"统包统分"的制度,对于缓解各行业人才的匮乏和矛盾、调剂各地区各部门人才的分配、保障国家建设和大学生就业等发挥了重大作用。但随着改革开放后形势的不断变化和发展,这种制度越来越不适应社会的发展和需要,大学生在就业过程中处于被动地位,学生挑不到满意的单位,单位也不一定要到合适的学生。同时,由于是包分配,在校期间学生缺乏积极有效的激励机制去学习知识,失去了学习动力。对高校来说,培养人才的模式、传授的知识仍按照传统计划经济体制模式,就无法很好地实现与社会接轨。

（二）"供需见面"、"双向选择"的就业模式 [1]

"供需见面"是高等学校和用人单位为协商落实毕业生就业计划而进行的一系列相互沟通信息的活动,是落实毕业生就业计划的重要方法和手段。目的是沟通供需信息渠道,加强高等学校的培养环节和用人单位的使用环节的有机联系,使在校培养的学生能更好地适应用人单位的要求;增进高校和用人单位的相互了解,把毕业生输送到最需要、最能发挥作用的岗位去,最大限度地做到专业对口。

"供需见面"的做法是:在国家就业方针指导下,在毕业生就业主管部门的组织和协调下,由学校与用人单位直接联系,也可由用人单位向学校联系进行供需信息交流活动。学校向用人单位介绍本校的专业培养目标、使用方向和毕业生的具体情况;用人单位则向学校介绍本单位的概况、对毕业生的需求计划及具体要求。

"双向选择"则是毕业生和用人单位相互选择的就业方式,这是高等学校毕业生就业制度改革的目标之一,既是教育体制改革的要求,又是劳动人事制度改革的重要组成部分。通过双向选择,毕业生向用人单位了解使用意图、工作环境和事业发展的前景等情况;用人单位则根据具体要求对毕业生的知识、能力、身体、思想品德等逐一考察,然后决定是否录用。毕业生如果被用人单位录用,则需要签订具有法律效力的协议书,并明确双方各自应承担的责任和义务。

（三）"双向选择、自主择业"的就业模式

随着我国社会主义市场经济体制改革和教育体制改革的不断推进,高等学校毕业生就业制度也逐步实现了由传统的"包当干部"、"包分配"的模式向"供需见面,双向选择,自主择业"模式的转变。

1993 年 2 月 13 日,中共中央、国务院印发《中国教育改革和发展纲要》(以下简称《纲要》)。《纲要》明确提出了大学生"自主择业"的要求,指出毕业生就业制度改革的目标是:改革高等学校毕业生"统包统分"和"包当干部"的就业制度,实行少数毕业生由国家安排就业,多数由学生"自主择业"的就业制度。1998 年 8 月 29 日,第九届全国人民代表大会常务委员会第四次会议通过《高等教育法》,进一步把自主择业确定为大学生的个人权利,受到法

律保护,同时也规定大学生在择业过程中必须遵循就业市场的规则,履行相应的义务,迎接用人单位择优录用的市场竞争,对个人行为负责,独立地承担相应的民事义务。随着社会主义市场经济体制的建立和劳动人事制度的改革,除对师范类和某些艰苦行业、边远地区的毕业生实行在一定范围内定向就业外,大部分毕业生实行在国家方针政策指导下,通过人才劳务市场,采取"自主择业"的就业办法。与此相配套,建立人才需求信息、就业咨询指导、职业介绍等社会中介组织,为毕业生就业提供服务。

自主择业作为改革的长远目标,是与原来国家包分配的就业制度相对应的,在改革的进程中,要根据社会主义市场经济体制改革步伐而逐步推进,尤其是要根据劳动力这一要素市场的发育程度,人事、户籍及社会保障制度的现状,公平竞争的环境和机制的形成情况,以及高校毕业生就业指导机构健全程度等内、外部综合因素而定。

二、大学生就业政策在执行过程中出现的问题

(一)大学生基层就业很大程度上是以学生的社会奉献精神作为前提的,缺乏相应的配套措施和环境

目前,虽然国家为鼓励和吸引人才到中西部和欠发达的地区为社会做贡献,或者支援农村教育、医疗事业,实行了很多优惠政策,但是政策仍然存在很多不足,如政策涉及资金投入相对较少,政府对大学生农村基层就业的工资、社保,以及大学生创业基金等的支持力度不足,大学生到农村基层就业的道路并不十分畅通,存在着许多障碍。对这些大学生的收入和保障措施不明确,对支援国家服务期满后的大学生还缺乏相关的引导,使他们没有归属感、安全感,由此不仅难以支撑大学生基层就业的热情,也阻碍了政策效应的显现。

(二)大学生就业的政策时有冲突和矛盾,造成诸多工作困扰

毕业生就业工作主管部门众多,涉及国家及地方的人事、劳动、教育、公安等部门。各部门为了加强对毕业生就业工作的管理和指导,保证此项工作有序进行,都相应出台一系列政策,规定毕业生就业的必要程序和手续,经常会出现政策相互冲突的现象。

(三)政策宣传解读不够,政策利用率不高

目前,高校和用人单位对就业政策解读不够,大学生政策参与度不够,企业对政策的利用率不高。相关调查表明,大学生对就业法律法规的认知程度不高,对国家出台的一些促进就业的政策不了解甚至没有听说过。可见当今我们国家的政策宣传力度严重不够,不管是大学生还是企业对就业政策的认知都存在着信息的不对称。

三、完善就业政策,促进大学生充分就业

(一)加大对大学毕业生下基层的扶持力度以及完善和强化其配套措施

目前国家引导和鼓励毕业生到城乡基层就业的政策主要有:"三支一扶"、"大学生

志愿服务西部计划"、"选聘高校毕业生到村任职"等。但由于涉及毕业生户口迁移、工资标准、人事编制、公务员考录、研究生考试等许多具体细则问题,毕业生仍然顾虑不小,并且一些政策在执行过程中确实存在一些不足,比如大学生村官现在就面临不少问题,如待遇低、激励保障政策不完善、不能发挥大学生专业特长等。国家应出台这样一个政策,这个政策就是在大学生服务两年期间,国家能够给予一定的培训机会,不断更新知识和技能,服务期满再次就业的时候,有能力找到合适的工作;制定大学生村官定向考录公务员和事业干部等激励政策,让一些优秀的大学生村官能够长期在农村。因此,需要寻找相关政策的衔接办法,努力扩大基层工作岗位并完善具体的岗位配套等各项优惠政策。

（二）大力扶持中小企业发展和加大力度扶持大学生自主创业

国外一些发达国家的经验表明,中小企业能够吸纳大量的劳动力,它在提供就业岗位、创造社会财富、促进经济发展等方面发挥重要作用。因此,缓解大学生就业难的问题,应该大力发展和鼓励中小企业发展,提供各种优惠政策促进发展。对那些招聘大学生的用人单位,政府可以给予适当的优惠政策,减免一些税收。同时,要大力扶持大学生自主创业,举全社会之力共同营造鼓励创业的良好氛围,从资金、政策、技术和公共服务等方面完善配套设施,鼓励和扶持精英人才创办企业。

（三）加大就业信息化公共平台建设,加大政策宣传力度

针对当前大学生就业政策的信息障碍和不对称的现象,相关政府机构应加大高校毕业生就业信息化公共平台建设,建立和健全合理的大学生就业统计指标体系和预警体系,以便更好地为大学生提供就业服务。一方面要对毕业生的就业率、薪资状况、就业地区、企业类型、职业岗位及人才供求比率进行统计监测,另一方面要对劳动力市场、社会职业结构及就业状况的短期和长期的变化趋势做出恰当的分析和预测。通过高校就业信息化公共平台的建立,就可以利用网络技术;将企业的岗位需求与毕业生的个人信息直接挂钩,减少了中间环节信息载体的主观影响。各级政府要尽快完善大学生就业的公共网络建设,大力宣传各级政府的就业新政,及时为大学生就业提供全方位的服务,促进大学生充分就业。

（四）深化体制改革,完善社会保障体系,使社会保障成为大学生就业的坚强后盾

目前我国的社会保障体系还不够完善,东西部又存在较大的差距,这些都为大学生就业设置了障碍。落后地区的工作待遇、物质条件、相关政策和社会观念,严重影响了大学生到基层工作的积极性。因此,要引导大学生到西部和农村基层就业,国家除了出台一系列促进就业的政策外,还应在社会保障体系建设方面多下工夫,建立和完善一套规范、完整的社会保障体系,真正实现老有所养,病有所医,失业有救济。只有如此,才能切实解决大学生就业时的后顾之忧,"大学生到西部去,到基层去,到农村去"就不再是一句空话。

1．你们觉得国家针对大学生就业难的问题应该再采取哪些措施？

2．你们认为大学生创业难吗？如果有机会的话想创业吗？觉得自己在哪方面创业有可能成功？

第四节　就业心理调适

2010年2月,湖北省武汉新春首场大型人才招聘会火爆开场,到会的用人单位有100余家,招聘待遇有较好的,也有一般的。近万名大学毕业生挤爆洪山体育馆,上午八点就开始在门口排了上百米的求职长龙。学生进入会场后,首先蜂拥到本地知名企业的面试点,如华工激光、烽火科技、回天胶业、华中电力等,相互询问着招聘情况,人头挨着人头。而条件一般的单位面试点则"门可罗雀",面试的毕业生寥寥无几。一场招聘会下来,很多学习成绩较好的学生没有找到单位,而成绩一般的学生却签了一个条件不错的单位。

大学生的就业心理是指大学生在择业和就业时,为获得工作做准备以及在寻求职业的过程中产生的各种心理现象,它贯穿于整个大学的学习与生活。就业是大学生迈出校园的第一步,是他们人生中的重要转折点,每个毕业生都希望找到称心如意的工作岗位,实现自己的人生价值。但是对于许多大学生而言,求职道路并不是一帆风顺的,就业竞争日趋激烈,大学生在就业过程中不得不面临各种困难与挑战。一些学生因为就业心理准备不充分,面对激烈的竞争无所适从,产生了功利、依赖、从众等心理误区,甚至出现了各种各样的就业心理障碍,对大学生顺利、及时就业产生负面影响。因此,分析和解决大学生就业心理障碍,对大学生就业心理障碍进行深入研究,帮助他们客观地认识自己、缓解就业中出现的心理压力、科学规划职业生涯、提升业务能力,成为高校就业指导急需解决的问题。

一、大学生择业时常见的心理误区

大学毕业生择业过程中往往会出现功利、依赖、从众等心理误区,不仅影响大学生顺利就业,而且有害于大学生的心理健康。

（一）功利心理

这是大学生在择业时最为常见的心理误区。它是指大学生在择业时,一味片面地追求自身利益的最大化而忽视了对就业环境和形势的判断。部分大学生仍存在求职期望过高的现象,他们往往追求大城市、高薪资,宁可做初级"白领"也不做高级"蓝领",不愿从基层干起,不愿从事业务员、技术员、销售员等所谓劳动等级较低的职业,在他们看来,这些职业无法发挥他们的聪明才智,是"大材小用"。

（二）依赖心理

它是指大学生在择业时,缺乏独立自主意识,期盼依靠他人的帮助来获取工作岗位的一种心理倾向。这一倾向是与大学生的自身成长经历和特点分不开的。大学生十几年来一直以学习为中心,生活在象牙塔里,缺乏求职和社会实践经验,对社会环境和就业形势缺乏实际了解,在求职时,往往不能积极主动地去应对,也没有做好准备,不注意改进自身的不足和提高自身的综合素质,企图依靠家人、朋友和老师的帮助获取就业机会,即使有就业岗位选择的机会,也要向家人寻求选择决策,对职业左顾右盼,拿不定主意,以致贻误择业时机。

(三)从众心理

大学生在求职择业时,未充分考虑自身的实际情况,如自己的专业范围、职业兴趣与事业追求、实际能力与综合素质等,在择业过程中盲目地从众与趋新,缺乏实事求是和自我主见。沿海发达地区待遇高,就往沿海发达地区发展;听说金融、IT 行业热门紧俏,就想去这些行业谋一份职。这种缺乏全盘考虑,没有切合自己能力与兴趣的职业追求,往往在择业时会经受不必要的挫折,延误或丧失就业机会。

二、大学生就业中常见的心理障碍

当前受金融危机的影响,大学生就业形势更加严峻,大学毕业生中甚至出现了浮躁、焦虑、挫折、自卑等心理障碍,具体表现如下。

(一)浮躁心理

大学生在求职时常常出现浮躁、彷徨和不安等心理现象,感觉找工作不知从哪里着手,对自己缺乏信心,而又想尽快找到工作、融入社会。浮躁心理表现为对用人单位缺乏了解的情况,匆匆与之签约,但在工作一段时间后,却发现该工作不适合自己。产生浮躁的原因主要有以下几方面。一是优柔寡断。大学生在择业时,要对相关信息有所了解,抓住机遇,当机立断,做出正确决策,否则,就会失去许多就业的良机。二是自命不凡、期望值过高。有些大学生具有盲目的优越感,认为自己是天之骄子,对自己的期望值过高,在求职时,往往这看不上,那也看不上,认为那些基础性的工作无法施展自己的才能,造成眼高手低、找不到工作。

(二)焦虑心理

对于刚走出校园的大学生来说,具有一定的焦虑心理属于正常现象。毕业前夕,大学生的焦虑心理尤为突出,尤其是对那些性格内向、学习成绩较差、就业能力不强的人来说更是如此。实际上,一定的焦虑能够给大学生带来一定的压力,压力能够转化为追求成功的动力。但过度的焦虑心理,就容易影响到个人实际能力的发挥,给择业带来不必要的困难和失败。究其原因,主要有几个方面:第一,对社会缺乏理性和全面的了解和认识,一旦步入社会,就产生了心理恐惧;第二,对就业缺乏充分的准备,对自身缺乏明确的定位,对自己认识不清,对就业形势和环境也缺乏认识,一旦面对就业,就产生了焦虑心理。过度的焦虑心理不仅会抑制大学生的正常思维和能力发挥,而且会使大学生的注意力下降,记忆力衰退,影响正常的就业。

(三)挫折心理

大学生在求职过程中屡遭失败、不被认可时,就容易产生挫折心理。当一个人产生挫折心理后,就有可能陷入苦闷、失望、悔恨、愤怒等情绪中。大学生由于接受过高等教育,对自己的期望值较高,对未来的就业充满着理想,包括职业、地域、薪资、未来发展前景等。而这些理想和期望,往往都是从自身的主观角度出发,处于功利心理和从众心理,缺乏对自己条件和社会的认识,一旦遇到求职失败,容易产生悲观、厌世等心理,造成"高不成、低不就"的尴尬现象。由此导致了情绪低落、意志消沉的挫折心理,如果长期深陷其中不能自拔,则会导致患抑郁、神经衰弱等疾病,严重影响就业、学习和生活。

(四)自卑心理

自卑是指个体自我评价较低、缺乏自信、产生悲观失望等情绪的一种消极心理倾向。在屡遭挫折之后,一些大学生容易产生强烈的自卑心理,对自己缺乏信心,自己瞧不起自己,觉得自己事事不如他人。自卑心理产生的主要原因有如下几点。一是没有正视现实。部分大学生在面对竞争激烈的就业形势、遭遇求职挫折时,没有认清一时的挫折和失败并不能代表全部,觉得自己技不如人,开始自暴自弃,产生消极自卑的心理。二是缺乏艰苦就业和创业的准备。一些大学生不想去艰苦的地方就业,不愿从事基础性、基层的工作,一心要寻找那些所谓"体面"的工作,而这些工作往往要求甚高,对刚刚踏入社会的大学来说,这些要求和条件往往使他们感到望尘莫及,开始产生自卑心理。三是缺乏竞争的勇气。部分大学生觉得自己各方面条件都不如别人,觉得无法跟那些优秀的人竞争,干脆自暴自弃,打退堂鼓。四是没有把握机遇。由于大学生对自己的评价和认识还不够全面,一部分对自己评价较高,"看不上"一些就业机会,一部分对自己期望值过低,觉得自己还不够条件,缺乏主动去竞争的勇气,往往错过机遇。

三、加强大学生就业心理的自我调适

大学毕业生择业的过程,是一个复杂的心理变化过程。面对严峻的就业形势,面对众多的竞争对手,要想获得择业的成功,没有充分的心理准备,没有良好的竞技状态是不行的。大学生要想有所作为,走出无奈,必须正确地认识自己的求职地位,要转换角色,投入社会,了解社会,积极主动地去适应社会的需要,主动接受社会的选择。

(一)客观认识自己,给自己一个符合实际的定位

"尺有所短,寸有所长",所以每个毕业生要对自己有个全面而客观的认识,明白自己适合什么职业。具体而言,第一,面对择业时遇到的种种问题和困难,大学生要能够清楚地认识自我,根据自己的实际情况和兴趣爱好,明确自身今后的职业发展方向,并努力朝着这个方向而奋斗。第二,大学生的就业观要随着社会的不断变化而变化,积极主动地做好调整。在择业时要将自己的兴趣、爱好与社会的需求相结合,努力寻求社会需求与个人理想的交接点。正确处理国家、集体和个人之间的关系,在实现自身价值和理想的同时,也为社会做出贡献,实现社会的价值。

(二)增强心理承受能力,缓和心理冲突

面对市场竞争、就业压力,大学生的求职总会遇到许多困难、挫折甚至是委屈,如一些专

业"热门",有些则"冷门",女大学生找工作容易受到歧视,等等。面对这些问题,仅仅抱怨是没有用的,更重要的是调整自我心态,提高自己对各种突发事件的心理承受能力。其实,大学生作为各种就业压力的实际承受者,谁也无法避免一些意想不到的失败,但是能够选择对待就业失败的态度。良好的心理承受能力是成功就业的基础和保障。首先,在日趋激烈的就业市场中,一时的求职失败是在所难免的,应该做好思想准备,不应该就此泄气灰心。同时,要把求职过程看做一个认识社会、了解社会、接触社会的机会,善于做好归因,寻找自己有哪些不足,进而做出改进。其次,要培养坚强的意志和良好的性格。具备坚强的意志,有利于在逆境和挫折中生存和发展,培养决策的果断性,避免在关键时刻优柔寡断、犹豫不决,甚至退缩下来。良好的性格对于为人处世具有重要的作用,有利于人们做出正确的决策和理性的思考。因此,大学生应该多听取和采纳别人的意见,待人诚恳,防止在生活和工作中出现自卑、狭隘、怯懦、暴躁、忧郁等心理。

(三)科学规划职业生涯,发展业务能力

职业生涯规划可以帮助大学生树立自己的人生理想和目标。首先,大学生要根据自己的实际情况和兴趣爱好尽早做好职业生涯规划,为有目标、有方向的大学生活做好准备、打下基础。确立目标后,尽早开始实施行动和计划,朝着这个目标行进和奋斗。其次,要提高各种综合实力,尤其是核心竞争力。职业目标和理想确立后,大学生应该有计划地开始实施,职业目标的实现有赖于广博的知识、灵敏的反应能力、健康的心理、良好的职业素养等。更为重要的是,大学生要具备和培养自己的核心竞争力,所谓核心竞争力就是你拥有但别人没有、独一无二的能力,比如能说一口流利的外语、出色的口头表达能力、突出的科研能力等。大学生一旦具备了这些核心竞争力,那么将会有许多用人单位向你伸出"橄榄枝"。因此,做好职业生涯规划、提高综合素质、充实和提升核心竞争力就显得尤为重要。

综上所述,就业是每个大学生都会遇到的一个非常现实的问题,也是所有高校都必须面对的一个重要问题。大学毕业生既不能回避当下的就业危机,也不能低估其带来的障碍,而应该调整自我心态,走出就业的心理误区,克服心理障碍。不断完善自己的文化素质、技能素质和心理素质,积极应对变化的就业局势。

❖ 师生互动思考题

1. 毕业生小刘学习成绩和其他方面条件都不错,在就业的初期满怀信心。但由于专业冷门等原因,找过几家单位都碰了壁,结果产生了自卑感,在后来的择业过程中表现越来越差,陷入恶性循环而不能自拔,以至于到了新的用人单位那里,只能被动地问人家:"学某某专业的要不要",其他什么话都不敢讲,最终未能落实就业单位。

请问:小刘的自卑感是由什么原因引起的?

2. 某专科学校有一届毕业生面对电力公司招聘时,竞争激烈,众多毕业生都在应聘中展示自己的管理能力和各种才华。而有一位个头不高,形象一般的同学小陈参加应聘,他说:"有人说不想当将军的士兵不是好士兵,我不这样看,我认为,专科毕业生在电力公司就是应该当好一名好员工,好士兵。"有这样的个人定位,立即赢得了用人单位的认同,在众多应聘同学中

脱颖而出,占据了一席位置,如愿去了电力公司工作。

请问:小王成功的主要原因是什么?

??? 习题或思考

1. 请简要分析为什么在新形势下大学生必须要树立正确的就业观,以及要树立怎样的就业观?

2. 面对就业压力,怎样才能获取有效的就业信息?

3. 面对日益激烈的就业竞争,应该从哪几方面来完善大学生的就业政策?

4. 试述大学毕业生该如何加强就业心理的自我调适?

参考文献

[1] 赵麟斌. 大学生职业生涯规划与就业指导[M]. 北京:北京大学出版社,2008.

第 六 章
求 职 指 导

 **本 章 要 点**

　　本章比较系统地介绍了大学毕业生在求职的过程中,自荐材料的制作和准备、招聘笔试和面试的准备及应对技巧,让大学毕业生在就业择业中做到从容不迫和胸有成竹,从而顺利地实现就业。

　　中国就业问题尤其是高校大学毕业生的就业问题令人眼花缭乱,且预计高校毕业生的数量,在 2011 年将达到 643 万人,2013 年达到 667 万人,2015 年达到 691 万人,青年就业的比例将越来越大。[1] 在拥挤的求职人群中,出现了大量即将毕业的大学生的身影,但综合性招聘会上适合他们的岗位却不多,大多数企业揽才对象都是有工作经验的成熟人才。一些负责招聘的人士说:"即使招大学生,我们也要个性突出的那一类。随大流、个性平庸者,不是我们的理想人选。"因此,求职应聘是大学毕业生成功就业的关键一环,它要求大学毕业生艺术地、真实地展示自我,以赢得用人单位的青睐和欣赏。本章将比较系统地介绍大学生求职应聘的技巧、方法和基本礼仪知识。

第一节　自荐材料的制作

　　自荐材料是随着我国毕业生就业体制由国家统一包办向"以市场为导向、用人单位和招聘者双向选择"的改变而逐渐产生的。它是大学生择业过程中的敲门砖,不仅是求职者向用人单位介绍自己的基本情况、做自我推荐的必需品,还是始终伴随在毕业生整个择业过程中最具有说服力的证明材料。因此,自荐材料在毕业生的择业过程中有着十分重要的地位和作用,自荐材料的好坏,直接影响到能否顺利就业以及就业的质量。所以说,毕业生应该在思想上高度重视,在择业之前就应该完成自荐材料的准备和整理工作。

一、自荐材料的准备

　　目前,根据我国人才市场上的具体情况,自荐材料大体可分为两大类:一类是由教育管理部门统一编制的《××普通高校毕业生就业推荐表》,另一类是大学生自行编制的自荐材料,包括求职信、个人简历等。

（一）高校毕业生就业推荐表的特点

毕业生就业推荐表是各高等学校根据教育部的要求，结合学校自身的具体实际情况统一印制的表格。高校的就业推荐表主要由四个部分组成：一是本人及家庭基本情况；二是在校期间学习成绩及奖惩情况；三是个人评价；四是组织鉴定。因此，这种类型的自荐材料具有鲜明的特点：一是规范性较强，主要表现在有着统一的样式，有严格的规范性，栏目的设置、名称的使用、字体的大小等都按固定、统一的标准印制，每个人都具有与各自身份信息相对应的就业推荐表的编号；二是权威性高，由于它是国家教育部门统一编制，而且有着各高校开具的相关毕业鉴定、评语、成绩和公章，用人单位对此也有较高的信任度；三是实用方便，由于格式统一，只需按表格内容填写即可，不必动脑思考如何安排内容和格式，同时便于携带，能够让人一目了然，减少了接洽联系的麻烦，可节省时间和提高效率。

但是这种推荐表也有其美中不足之处：首先，由于推荐表在内容和形式上过于拘谨、呆板，容易让人产生千篇一律的感觉，且只提供最基本的学业成绩和毕业评语，难以满足用人单位的信息需求；其次，由于要照顾大多数高校毕业生的需求，所以在内容上难以全面地满足毕业生自我推荐的需要，无法全面地展示高校毕业生在各个方面的才能和个性特色。因此，此类推荐表需与毕业生的其他自荐材料配合使用，效果才会更佳。

（二）毕业生自己编制的自荐材料的特点

1. 创新性

大学生自制的推荐材料，没有固定内容和形式的拘束，可根据自身特点进行多样化的制作，不仅可以从外观设计上充分发挥个人丰富的审美想象力，甚至在内容及材料的取舍上也可以发挥个人的自我特性，从而使毕业生拥有一份令人耳目一新的自荐材料。在一些特殊的场合，某些用人单位会被这些创造性极强的自荐材料所吸引，往往很快就决定录用这样的人才。

2. 个性化

正因为自己编制自荐材料是一项创造性的工作，所以它最能充分体现择业者的个性特征。每个人的知识修养、品格气质不同，在自荐材料中就显示出各自的特点，有的追求精美严密，有的讲求真务实，还有的讲究文笔优美、用语得体，等等，这样的自荐材料给人以赏心悦目的感觉。

3. 灵活化

自己撰写的自荐材料没有各种条条框框的约束，毕业生可根据自己的实际情况，突出有特色的地方，省略无用的东西。同时，它的内容结构顺序可以自由调整，不受人为限制。另外，根据用人单位的情况，自荐材料可采取不同方式、不同内容结构，加强材料的针对性和实用性，灵活增删取舍材料，做到有的放矢，游刃有余。

但是，自己编写的自荐材料的不足之处在于：有些毕业生讲究面面俱到，导致材料繁多，以至于淹没了有特色的亮点；有些毕业生求新、求奇，自荐材料显得华而不实，凌乱而缺乏必要的规范性；最重要的是由于材料是自己编写的，没有相关部门的鉴定和公正，其权威性受到影响。

二、求职信

有人说过这样的一段话:"一封没有求职信的简历,就像一位没有开口说话的销售员站在你的门前。如果你想让一位陌生人走进你的屋子,你至少要看一看他的证件。这正是求职信所要做的——它把你,一位完完全全的陌生人,介绍给读者。它必须引人入胜,个性化,而且简短。它还需针对你所应聘的职位,逐一陈述。记住,你只有 8 秒钟的时间能说服你的读者让你进入。"

求职信是一种附带个人简历的介绍性信件,是毕业生求职过程中常用的一种方法,并且写求职信是求职的第一个阶段,其主要目的就是向用人单位做自我推荐,争取获得面试的机会。求职信可以说是对个人简历的一种补充和概述。求职信的好坏会很大程度地影响履历表的作用。一份好的求职信能为你赢得一个面试机会,但一份不好的求职信也同样会使履历表形同虚设。因此,求职信要注重格式和内容上的书写,务必做到层次分明,简明扼要。

(一)求职信的格式及内容

求职信的基本格式符合书信体的一般要求,主要包括称谓、正文、结尾、署名、日期和附件六个方面的内容。求职信的格式一定要规范。

1. 称谓

求职信的称谓与一般书信的称谓不太相同,它相对来说要正规一点,在实际书写时也有所不同,如果是写给国家机关、事业单位的人事处领导,用"尊敬的 ×× 处长(科长等)";如果是三资企业,则用"尊敬的 ×× 董事长(总经理)先生";如果对方是其他类企业的厂长,则可以称之为"尊敬的 ×× 厂长(经理)"等。称谓要随用人单位的不同而变通,当然,有些求职信也可以不写姓名,如"尊敬的负责同志"、"尊敬的董事长先生"等。但是,求职信不管写给什么身份的人,都不要使用"×× 老前辈"、"×× 师兄(傅)"等不正规的称呼。如果打探到对方是高学历者,可以用"×× 博士"、"×× 硕士"称呼之,则会使人更容易接受,无形中对你产生一种亲切感。

2. 正文

这是求职信的中心部分,其形式具有多样化的特征,但要求其要简洁且有针对性,有力地说明求职信息的来源、应聘职位、个人基本情况、工作成绩等事项。一般来说,正文的内容包括三个方面。第一,介绍本人的基本情况和求职信息的来源,如:"得悉贵公司正在拓展省外业务,招聘新人,且昨日又在《×× 商报》上读到贵公司的招聘广告,故有意角逐营业代表一职。"第二,说明自己所要应聘的岗位和针对该岗位所具备的条件和能力,这是求职信的核心部分,目的就是要表明自己具有专业知识和社会实践经验,具有与工作要求相关的特长、兴趣、性格和能力,总之,要让对方感到,你能胜任这个工作。第三,突出自我的教育背景、具体成果以及个人所具备的各种潜力,令招聘者从阅读完毕之始就对你产生兴趣,但这些内容不能代替简历。

3. 结尾

结尾一般要明确表达出两层含义:一是希望对方予以答复,并表达希望有机会参加面试的强烈愿望。二是要写上简短的表达敬意、祝愿之类的祝词,如"顺祝安康"、"谨表谢意"、"祝贵公司财源广进"等,也可用"此致敬礼"这样的通用词。最为重要的是别忘了在正文的结尾处认真写明自己的详细通讯地址、邮政编码和联系电话,如果是让亲朋好友转告的,则要注明联系方式方法和联系人的姓名以及与你的关系,以方便用人单位联系。

4. 署名

这里要注意与信首的称谓一致,一般都在署名前加上一些"您未来的 ××"、"您的学生 ××"之类的词语,也可以什么都不写,直接签上自己的姓名。

5. 日期

一般写在署名的右下方,最好用阿拉伯数字写,年月日都要写上。

6. 附件

求职信受篇幅所限,不可能包容所有材料,这就需要准备一些附加材料来佐证求职信中提到的内容,提升可信度。如毕业证、学生证、外语证书等。最好要有附件目录,这样既便于招聘单位的审核,也会给对方留下"办事周到、有条不紊"的好印象。

（二）求职信的写作技巧

求职既是大学毕业生的自我选择和自我"推销",也是对个人自身能力和素养的综合考验,需要积极地应对才能成功。为此,求职者采用各种求职策略进行自我"推销"。其中,求职信不失为一种有效的"推销"策略。因此,如何撰写一封得体的求职信可能是求职者在寻找工作的时候遇到的最棘手的问题之一,也是求职者以书面形式与用人单位进行的第一次接触,是"双向选择"的桥梁,是用人单位决定取舍的首要依据。对用人单位来讲,它直接涉及求职者留给对方印象的好坏,并且决定着求职者能否通过用人单位的"初选"关。一份吸引人的求职信,是获取面试机会的敲门砖。所以,怎样写出一份"动人"和吸引 HR 的求职信是每一个人求职中的重要一关。

1. 周到得体的礼仪规范

求职信属于专用书信,书写时一定要符合格式和用语的礼仪规范,否则,会令人啼笑皆非,影响求职效果甚至误事。

（1）称谓要得体。称谓要符合寄信人与收信人的特定关系。在格式上,称呼要在信件第一行开始的位置书写,单独成行,以示重视,它有很重要的礼仪作用。因为收信人第一眼在信件中接触到的就是称呼。而根据投递单位性质的不同,可以用"尊敬的 ×× 处长"、"尊敬的 ×× 厂长"等。在对方单位和部门前则要加"贵"字,如"贵校"、"贵单位"等。

（2）问候要自然。开头之后的应酬语起开场白的作用,向对方表示问候是必不可少的礼节。问候语可长可短,但应该是发自内心的,体现出写信人的一片真诚,问候要切合双方的关系,力求简洁、自然。

（3）内容应简约。求职信的内容尽管各不相同,写法也多种多样,但要以表情达意、准确简约为准则。求职信的篇幅以 600 字左右为宜,如果过长,对方没有时间看,则将成为废纸;如果太短,只言片语,言之不详,就会有诚意不足的嫌疑。因此,求职信的内容要简约得当就显得更重要了。

（4）祝颂真诚。正文后的问候祝颂是表示写信人对收信人的祝愿、钦敬,虽然仅有几个字,却有不可忽视的礼仪作用。祝颂语在格式上一般要求分两行书写,上一行空前两格,下一行顶格。祝颂语可用约定俗成的句式,如"此致"、"敬礼"、"祝您健康"之类,也可另辟蹊径,因景生情,以便更好地表达对收信人的美好祝愿。

(5) 封文要准确。封文处除了要准确、清楚地写明收信人的地址、姓名、邮政编码、发信人的地址以及姓名外,还要恰当地选用封文中的礼貌用语。首先注意收信人的称呼。封文是写给邮递员看的,因此应根据收信人的职衔、年龄等,写上"经理"、"厂长"或"先生"、"同志"等。其次,要讲究"启封辞"的选择。"启封辞"是请收信人拆封的礼貌语词,表示发信人的感情和态度。一般对高龄尊长用"安启"、"福启",对一般长辈用"钧启"、"赐启";对平辈,可依据收信人的身份、性别,分别用"勋启""文启""芳启"。

2. 做好求职信的"包装"

求职信的包装也是十分重要的,因为看信人最先看到的不是信的内容,而是信的外观形式。一封书写漂亮、布局美观、礼貌规范的信,会使收信人感到心情愉快而颇有好感。因此,求职信的包装十分重要。

求职信的"包装"主要有以下几个方面。

(1) 信笺的选用。最好用尺寸标准(A4)、质地优良、普通白色和无格的信笺。切忌用皱皱巴巴、脏兮兮的纸来写信,也不宜使用色彩鲜艳或带有香味的信笺。

(2) 书写。古人云:"字如其人,文如其人。"如果你的文章流利,字又写得漂亮,这首先从门面上就压倒其他竞争对手,并且能够把你的工作态度、精神状况、性格特征介绍给对方,加上你的求职条件,就会使你在众多的求职者中取胜。一般来说,要将信文的内容打印出来,但如果求职者的书法非常好,也可以亲笔书写,但要清楚、工整,忌用铅笔和红色墨水书写。

(3) 格式。信文要安排在信笺的中间位置,书写格式要统一。

(4) 语法。标点、文字要准确无误,使阅信人赏心悦目;若出现接连的错误则会使人无法阅读,给求职带来恶劣影响。

(5) 信封。信封应与履历表、附件的纸质、格式相配合。最好用白颜色的和没有花哨图案装饰的信封,封文字体忌用草书、行书,以正楷为佳。

3. 求职信范例

范例 1[2]:

尊敬的 ∗∗∗ 先生 / 女士:

您好! 请恕打扰。我是一名刚刚从 ∗∗∗ 大学会计系毕业的学生。我近日在智联招聘网上获悉贵公司正在招聘会计一职,特寄上求职信敬请斟酌。

现将自己的情况向您简要介绍如下:

作为一名会计学专业的大学生,我热爱我的专业并为其投入了巨大的热情和精力。在四年的学习生活中,我所学习的内容包括了从会计学的基础知识到运用等许多方面。通过对这些知识的学习,我对这一领域的相关知识有了一定程度理解和掌握,此专业是一种工具,而利用此工具的能力是最重要的,在与课程同步进行的各种相关实践和实习中,具有了一定的实际操作能力和技术。在学校工作中,加强锻炼了处世能力,学习管理知识,吸收管理经验。

我知道计算机和网络是将来的工具,在学好本专业的前提下,我对计算机产生了巨大的兴趣并阅读了大量有关书籍,掌握了 Windows98/2000/XP、金蝶财务、用友财务等系统、应用软件 FoxPro、VB 语言等程序语言。

我正处于人生中经历充沛的时期，我渴望在更广阔的天地里展露自己的才能，我不满足于现有的知识水平，期望在实践中得到锻炼和提高，因此我真诚地希望能加入贵单位并成为贵单位的一成员。我会踏踏实实地做好工作，竭尽全力地在工作中取得好的成绩。我相信经过自己的勤奋和努力，一定会做出应有的贡献。

感谢您在百忙之中所给予我的关注，愿贵单位事业蒸蒸日上，屡创佳绩，祝您的事业百尺竿头，更进一步！

再次，真诚地希望您能够对我予以考虑，我热切地期盼您的回音。谢谢！

联系方式：电话：＊＊＊＊＊＊＊＊

手机：＊＊＊＊＊＊＊＊＊＊＊

E-mail：＊＊＊＊＊＊＊＊＊＊

此致

敬礼！

自荐人：＊＊＊

20＊＊ 年 ＊＊ 月 ＊＊ 日

范例 2[3]：

Dear Dr. Anderson,

Mr.Li Quanzhi who has just returned to China from your university informed that you are considering the possibility of offering a Chinese language course to your students in the next academic year and may have an opening for a teacher of the Chinese language. I am very much interested in such a position.

I have been teaching Chinese literature and composition at college level since 1980. In the past three years, I have worked in summer programs, teaching the Chinese language and culture to students from English-speaking courtries. As a result，I got to know well the common problems of these students and how to adapt teaching to achieve the best results.

With years of intensive English training, I have no difficulty conducting classes in English and feel queit comfortable working with American students.

I will be available after February 1998．Please fell free to contact me if you wish more information. Thank you very much for your consideration and I look forward to hearing from you.

Sincerely yours,

Shi Hongqi

三、个人简历

有的人认为，如果一份简历最能够充分体现自己的任职资格、工作能力和经验等，那就应该是最好的简历，然而这种看法并没有反映求职的真实状况。 简历的一个重要目的就是要尽可能地使用人单位对你产生兴趣，使人才市场和职业中介对你产生信任感或赞赏，看到了你的简历,就想把你推荐给用人单位。也有的人认为,简历是求职者对自身情况的自然陈述,是对自己工作经历、教育背景和个人能力的描述,其实远非如此,它要能够经得起优胜劣汰的选择,使自己成为那几个被筛选到的有机会进入面试的人。总而言之,简历就是为用人单位提供其想知道的有关求职者的事实,它可以列出许多个人材料,而一份成功的个人简历,往往能有效吸引用人单位的注意力,使用人单位可以从字里行间看到求职者的才华以及事业心和责任心,从而增加被聘用的筹码。

(一) 个人简历的内容

为了获得理想的求职效果,不同的求职者会撰写出形式各异的简历。但一般来说,一份完整的简历都包含以下几个方面的内容。

1. 个人信息

个人资料包括姓名、出生年月、性别、籍贯、身高体重、健康状况、婚姻状况、业余爱好、特长、经历、通讯地址及联系电话等。

2. 求职意向和任职资格

求职意向用于表达求职者的求职意愿和动向,写明想要申请的职位,尤其是有兴趣并想担任他们空缺的职位。应简明扼要地表达求职意向。任职资格是要表明求职者应聘岗位的优势和专长,让用人单位对求职者的学历、专业、工作经验、能力等任职资格有一个总体性的了解。为避免内容重复,任职资格的内容亦可从略。

3. 学历

应按履历表的次序写清就读的学校、院系、专业、学习年限和相关证书,以及学过什么课程,获得过何种奖励和奖学金,参加过哪些课程或技能竞赛及名次等。有的求职者只写最高学历,忽略或者不填曾接受的其他非学历教育。其实,与所求岗位相关的非学历教育,如外语、计算机和其他专业培训,也是用人单位甄选人员时非常重视的参考因素。

4. 实践经历

用人单位,尤其是外企、合资企业,非常重视求职者的工作经历。这部分的基本内容包括工作单位的名称、工作起止时间、所任职务及业绩等。对于刚毕业的大学生来说,虽无工作经历,但可写上打工、兼职的经历,如有社会工作经验和参与社会实践活动的可将自己担任过的职务或者组织参加的活动写上。虽然这些活动或者经验是短期的、不成熟的,却可以不同程度地反映一个人的某些优势,如组织能力、协调能力、领导能力、团队精神、成熟度等,也是用人单位观察的重点。

5. 专长和成就

专长是专业范围内最突出、最擅长的强项。它不仅指求职者所学的专业,还应包括你在工作、生活中因个人兴趣而产生的能力。而在你所具备的各种能力中,与你应聘岗位相关的专长尤其重要。比如应聘总经理助理、秘书时,如果你具有较高的外语、计算机和中文写作水平,那就肯定比没有这些专长的人多了成功的砝码。填写成就时,一要实事求是,二要具体、定量。

6. 语言能力

语言能力在求职过程中至少表现在三个环节上:一是履历表填写,二是对自我外语水平的准确评价,三是面试过程中的语言驾驭能力。有些人过于看重外语能力而忽略了中文表达能力,其实除了特殊情况外,大学英语四级水平,基本上已经满足了用人单位对外语的一般要求,而驾驭中文的能力则是无止境的,你如果有此强项,定能弥补其他方面的不足。

7. 推荐人

列上这一项目,意在表明求职者在履历表中介绍的情况是真实可靠的。这一项目的内容一般不做展开,如果用人单位要求有推荐人,求职者可提供二三名对自己比较了解的,同时又在本专业领域拥有职务或者高级职称的人作为自己的推荐人。在提供推荐人时,一要得到允许和承诺;二要附上推荐人的通讯地址、联系方式;三要将自己简历的附件送给他们一份,以便于他们对于履历表的内容全面了解,能有的放矢地回答询问。

(二)个人简历的写作技巧

1. 换位思考,有的放矢

作为求职者总是希望有关单位能了解自己、欣赏自己,进而聘用自己。因此求职者应从自己的兴趣志向转到你未来的雇主或者招聘单位的立场上来做一下换位思考。从而,以自己的长处满足未来雇主或单位的需要,使其看到你对他(它)的价值。这就要求在编写个人简历时,应针对对方的要求,以简洁、概括的文字有的放矢地表达出对方想了解的东西。

2. 文字简洁,主体鲜明

求职者编写个人简历时,切记要重点突出与所求职位相关的经验和技能,只有这样,才能发挥简历的效用,打动人心,对于毕业生而言,由于缺少工作经验,重点应放在学业成绩及课外参加的社会实践活动的经历上,把自己的优势巧妙地展示给别人,引起他人的兴趣。为了使文字简洁,主体鲜明,凡与主题无直接关系且对方不需要了解的内容一概删除。

3. 措辞得体,表意适度

简历用词尽量精炼,以使简历短小精悍、通俗易懂。在表达过程中应用事实说话,避免使用抽象、空洞的言辞,要以客观的态度、具体的事实和准确的数据说明问题。既要让阅读者了解每句话的字面含义,也能悟出弦外之音,进而全面了解求职者的能力和专长。行文中要排除那些情感色彩过重的修饰词、带有个人看法的字眼和强调语,而选用具体、明确的动词性短语、名词性短语和形容词性短语。用具体细节表达实情,可使求职者显得朴实、谦虚和自信。

4. 格式恰当,篇幅适宜

求职者要选择最适合自己各方面任职资格的简历格式。求职者应根据自身的情况,从中选择最能体现自我优势、最适合自己的格式。对于毕业生而言,完全表格式简历较适宜。简历篇幅以一页 A4 纸为宜,即使经历丰富,也不能超过两页。编写简历要根据寄送简历的目的,结合对方的要求,精心筛选和编排,遵循去粗取精、惜墨如金的原则,使整个简历的篇幅精简、浓缩,达到适宜的程度。

5. 精心编排,反复修改

简历的关键在于能否给人留下深刻的印象,因此,必须对写好的简历进行必要的加工,进行精心编排,反复修改并打印出来。简历的排版打印要精心设计,四周必须留出足够的空白,显出空间美。每行之间要留有一定的空间便于阅读。各项目的名称使用较粗一点、大一点的字体书写,以便于与正文有所区别。切忌简历中出现跳字、文字高低不平、用修改液涂改过的痕迹。千万不能把复印模糊不清的求职信和简历四处散发,容易给人造成"求职专业户"的印象,更不能把手写的《推荐表》复印散发。最后,初稿完成后,最好找朋友或者老师先过目,进行不断修改和完善。校对无误后,复印若干份以备随时使用。

（三）个人简历的注意事项

1. 将"个人简历"换成个人姓名

建议求职者将简历上方的"个人简历"四个字换成自己的姓名和联系方式,这样可以强化用人单位或招聘者对你的第一印象。招聘者在挑选求职者进入下一轮笔试或面试时,经常会遇到人数不够的情况。他们不可能再重新从上千份简历中找出符合条件的求职者,他们一般只会凭第一遍看简历时的印象进行筛选。如果求职者的简历上最明显的位置上写的是自己的姓名和联系方式而非毫无用处的"个人简历"四个字的话,人力资源主管就能轻松地记住该求职者的姓名,并找到他的简历。

2. 用优质纸张打印简历

许多求职者为了节约成本,会选择便宜而粗糙的纸张打印简历。专家提醒说,求职者的简历到了公司后,公司一般还会再将简历进行多次复印,以供多位不同的人力资源主管或公司上层领导查看。用粗糙的纸张打印出来的简历可能最初效果还不错,但经过多次复印后就会模糊不清了。所以,简历最好选用优质纸张打印。

3. 写明求职意向但不写薪水要求

许多求职者为了避免受职业限制,往往不在简历中写求职意向。专家说,自己在做 HR时,不含求职意向的简历,除非条件特别优秀者,否则一般不予考虑。人力资源主管工作十分繁忙,一般没有时间和精力去研究某位求职者适合哪个岗位,所以,求职者最好把求职意向写清楚。

4. 突出对求职有用的兴趣特长

无论行政机关还是民营企业的人力资源主管,都十分重视员工的兴趣和特长,因为一个人的兴趣和特长不仅能体现一个人的性格特点,而且不少用人单位招聘人员时不仅考虑岗位业务的需要,还要权衡该单位各方面工作开展的需要。因此,求职者一定要重视该项内容的填写。同时,还应该注意突出对求职有利的兴趣、特长,避免对求职不利的兴趣、特长。

5. 实践经验应具体明确

人力资源主管都非常重视求职者的实践经验,因此,在描述实践经历时切忌含糊不清,一定要将自己的具体工作明确地描述清楚。如果自己曾组织过某次活动,如能将整个活动持续的时间、自己具体负责的工作以及对活动的贡献等具体情况描述出来,就能起到让用人单位刮目相看的作用。

6. 联系方式要准确设置

外地手机要注明非本地手机最好能够在旁边注明是外地手机,或直接在手机号码前面加上数字"0"，以免使自己错失良机。同时，还应该注意取消个性化的彩铃，如"别人电话我都听，就你电话我不听，气死你，气死你……"此外，找工作期间，一定要注意 24 小时开机，公司临时在半夜打电话通知也是可能的。

（四）个人简历范例 [4]

＊＊＊（姓名）

性别：＊　　手机：13＊＊-＊＊＊-＊＊＊＊　　电子信箱：mail@163.com

联系地址：＊＊市＊＊＊36 幢（215009）　　籍贯：江苏苏州

学历：

1. 大专苏州科技学院电子与信息工程系应用电子专业 2003—2006

2. 自学考试本科苏州大学劳动和社会保障专业（在读）

经历：

横河电机（苏州）有限公司 2006.02—2009.02 人事部考勤薪资福利担当

一、工作概述

1. 提供全面正确的薪资、福利、考勤报表（明细、汇总、分析）（错误的支付意味着损失。计算发放工资时精神高度的紧张，自核多遍确认无误方才提交。在保证正确率的基础上，制作报表让相关部门能从中清晰地获得需要的信息。分析和设计的工作可以从很多角度用很多方法来做，自己认为做得不够完美，还有改进的空间）。

2. 根据新法制定、完善、修改薪资福利相关规定及操作流程步骤（例如：公司新年休假操作办法、发薪流程步骤等）。

3. 参与园区和翰威特薪酬、福利调查，参与年度薪资调整方案的制定，充实员工福利，提高员工满意度（向公司提案补充夏休假、提案给予高温场所工作员工发放特殊补贴等并成功实现）。

二、工作职责

1. 薪资：薪资和年度奖金计算、核对、发放；年度薪资调整方案、奖金分配方案制定的参与。

2. 公积金：公积金计算、缴费；公积金会员关系转移、类型变更；公积金支取（公积金门诊、生育报销、房租提取等）；公积金政策宣传（对员工进行答疑，召开新政策说明会）。

3. 补充保险：每月雇主责任险及附加医疗险的理赔、分析及年度续保。

4. 公司内部福利：每月祝贺慰问金、独生子女奖励金发放。

5. 考勤：每月考勤单核对（工作量大而且繁琐，但是却是工资发放正确的基础）；长期休假手续的审查（请长假的条件是否符合，证明材料的真实完整性等）；长期休假人员的管理（确认销假还是续假）；人事系统数据维护。

6. 培训：新人入社薪资福利培训部分（在员工入社第一天对在公司以后的岁月充满期待）；部门人事担当的工作指导；对公司中方管理人员和各部门人事担当召开公司新薪资福利制度、新年假操作说明会。

7. 其他：系统薪资架构、薪资公式及相关参数维护。

知识和技能：

1. 熟悉国家、地方劳动法律、法规及相关政策（进入部门时每天的工作就是学习国家地方政策法规、公司制度，参加了园区政府组织的上岗培训，以及之后新法出台后也参加了很多法律解说会，真正的学习和吃透还是在日常工作中的运用）。

2. 掌握人力资源管理的基础知识，了解人事各模块（多参加部门能织的活动，协助工作忙的同事完成工作，同时也就有了很多学习了解其他模块的机会）。

3. 熟练掌握办公自动化软件，特别是 EXCEL（刚进公司时对办公自动化什么都不会，很多人不愿做复印等打杂工作，可是我连复印机都不会用。于是主动请教前辈，看见漂亮的图表，快速有效的函数就去请教详细操作方法，现在对自己的 EXCEL 技术颇为自信）。

4. CET-4。

自我介绍：

对自己要求严格，三思而后行。决定要做就一定要做到、做好，不给自己找任何理由、借口。曾经对大专学历很自卑，但我不肯认输，目前正参加自学考试。做事认真仔细，打开关闭邮件检查多次确认无误后发送，工作中有出现过错误，但立马会去改正，并不断地提高自己。

我认为人事部是服务于全公司的窗口性部门，热情客观平等地对待每一位员工并给予他们需要的帮助。

谨言慎行，注重细节，绝对保密工作中涉及的薪资考评奖金等敏感数据。在雇主责任险理赔中面对保险公司、在工伤事故的处理中面对员工及其家属时，事先都准备好说什么以及需要的资料，心里打好草稿，努力表现得自信大方，声音洪亮同时绝对坚持维护原则和争取公司和员工利益。

点评：

工作经历一般格式为时间＋公司名＋部门＋职位。写清楚工作职责与绩效即可，不需要写工作概述。此项内容应该为"工作经历"而不是简化成"经历"容易误解为"教育经历"等其他内容。自我介绍很好，很有吸引力，值得借鉴。

第二节　笔试与面试

笔试是一种与面试对应的测试，是考核应聘者学识水平的重要工具，这种方法可以有效地测量应聘人的基本知识、专业知识、管理知识、综合分析能力和文字表达能力等素质及能力的差异；[5] 也是用人单位对求职者一次有据可查的测试，主要适用于应试人数较多、需要考核的知识面较广或需要重点考核文字能力的情况。由于这种方法适用面广，费用较少，因此，许多大企业、大单位大批量用人，国家机关选聘公务员，往往采用此种考核形式。大学生对笔试并不陌生，但应注意求职过程中的笔试与学科考试的差异，根据笔试的特点有针对性地做好笔试准备，掌握笔试的答题技巧是笔试成功必不可少的要素。

面试是一种经过组织者精心设计，在特定场景下，以考官对考生的面对面交谈与观察为主要手段,由表及里测评考生的知识、能力、经验等有关素质的一种考试活动,面试是公司挑选职工的一种重要方法。[6] 因此,能否闯过面试这一关,往往成为求职者能否被用人单位录用的关键。求职者要使自己在众多的竞争对手中脱颖而出,就应该了解面试的基本内容和形式,为面试做好充分的准备,注重面试的礼节,掌握并灵活运用面试的技巧,做好面试中可能遇到问题的应试策略,同时还要做好面试后的追踪访问工作。只有这样,才能使自己在面试中立于不败之地,增加面试成功的机会。

一、笔试的种类及技巧

(一)笔试的种类

1. 专业知识测试

这种考试主要是为了检验求职者的文化和专业技术水平而设置的。一个合格的大学毕业生刚经过大学四年的"锤炼",各门功课都取得了一定的成绩,所以一般可免于笔试,只要看看成绩单就可以大致了解其知识、能力的基本情况。但也有一些专业性要求比较高的用人单位,需要通过笔试的方式对求职的大学毕业生进行文化和专业知识的考核。值得关注的是,这种方式已被越来越多的企事业单位所采用,如外贸、外资企业招聘雇员要考外语等。

2. 职业心理测试

职业心理测试是用事先编制好的标准化量表或问卷对求职进行测试,进而判断求职者职业心理水平或个体差异的一种方法。一些特殊的用人单位常常以此来测试求职者的态度、兴趣、动机、智力和个性等心理素质,然后根据对人才的要求,决定取舍。

通过职业心理测试选聘工作人员的直接原因,在于它可以降低特殊行业员工的淘汰率和训练成本,便于用人单位量才录用员工,量才配置员工,从而达到人尽其才、事得其人、人司其职,提高工作效率的目的。

职业心理测试得到广泛使用的原因,在于个体的心理素质与职业之间有着密切的联系。在一般工作中,个体差异对其影响不大,可采取一般的测试方法来选聘人员。一些特殊行业则不然,如:让沉默寡言的人来从事交际工作就显得不恰当;让反应迟钝、优柔寡断、急躁而又临阵紧张的人从事要求思维敏捷、判断准确、果断又沉稳的交通调度工作,必然会影响工作效率。

3. 命题写作测试

用人单位通过给定的题目以论文等形式来检验应聘者的文字表达能力、分析和归纳问题的思维能力等,这是对应聘者思考问题的缜密性、深刻性程度的考查。应试者对作文审题要果断正确,扣住作文题目的关键词,确定写作重心。写作提纲要反映出文章的基本思路、段落层次等。

4. 综合知识测试

用人单位采用笔试方式时,可能只进行单一的专业考试,也可能专业考试、命题作文、心理测试综合应用。国家公务员考试就是一个明确的例子。近年来,国家公务员录用考试的笔试科目为:《综合知识》、《行政职业能力倾向测验》和《写作》。

（二）笔试的准备

1. 注重平时知识的积累

良好的笔试成绩来自于平时的努力学习，来自于在校期间知识的积累。在校学生应把握好学习的良好机会，并注意经常"温故知新"，即应做到学有专攻，也应不断扩大学习领域，扩展自己的知识面，形成扎实的知识功底，这样在笔试时才能信心十足，得心应手。

2. 分析命题方向

求职笔试的内容大部分是与招聘单位有关联的知识，同时也与所求的职务、职业联系甚多。例如，参加一般公务员的考试，涉及法律、政治、行政学、公文写作等方面内容。另外，应试者可以购买值得信赖的出版社发行的"求职考试问题集"作为参考，并分析出题方向，这有助于笔试内容的准备和思路的整理，但不可将希望寄托在"猜题押宝"上。

3. 笔试前全面科学复习

复习已学过的知识是笔试准备的重要方式。一般说来，笔试都有个大体的范围，可围绕这个范围翻阅一些有关的图书资料。有些课程内容，因学过时间已久，可能淡忘，经过简单的复习，有助于恢复记忆。

4. 保持良好的状态

求职笔试不同于高考。临考前，一要适当减轻思想负担，二要保证充足的睡眠，三要适当进行一些问题活动，从而使高度紧张的大脑得到放松休息，以充沛的精力去参加考试。

（三）笔试的答题技巧

笔试成绩的高低，不仅与自己的实际水平和考前复习有关，还与自己的答题技巧有关。要灵活掌握答题技巧，就应该有良好的考试心理状态，要了解考试的特点，了解各类考试题目的特点和解答各类题目的方法，以充分反映自己已掌握的知识，充分发挥自己的真实水平。

考试的心理要做到适度紧张和适度放松相结合。没有一点紧张情绪，抱无所谓或松散的心情，就不会正确对待、全力以赴。过于紧张，情绪慌乱，更考不出最佳成绩。只有适度紧张，情绪稳定，认真审题，努力回忆学过的知识，先易后难，迅速答题，才能考出最佳成绩。

有了良好的考试心理状态，还要掌握下列方法和技巧。

1. 先易后难，科学答卷

笔试题目多，内容多，又要限时答卷，因此必须合理安排答题时间。拿到试卷后，首先应统阅一遍，了解题目的多少和难易程度，以便掌握答题的深度和速度，然后按照先易后难的原则排出答题顺序，先做相对简单的题，最后再攻做难题。这样就不会因为攻做难题费时太多，而没有时间做会答的题。

2. 卷面整洁，字迹清楚

答卷时，要做到字迹清楚，卷面整洁，格式、标点正确，不写错别字。一份字迹清晰、整洁的试卷，给人以赏心悦目的效果；否则，书写过于潦草、字迹难于辨认则会影响考试成绩。因为求职笔试不同于其他专业考试，用人单位有时往往"醉翁之意不在酒"，他们并不特别在意应试者考分的稍许高低,而是从卷面上观察求职者是否具有认真的态度、细致的作风,这对被录用的可能性有较大的帮助。

3. 积极思考,正常发挥

在求职笔试中,回答一些客观试题应该正确和严谨,而对于主观性问题,就应该适当地展开和发挥,以充分展示自己的个性和创造性。例如,有些试题的设计是从理论和实践两个方面检查考生的基础知识的技能,并以综合运用为主,检查考生的实际水平和学习灵活性。回答这类问题时就要积极思考,努力回忆学过的知识,并进行联想,将已学过的内容相互联系起来比较分析,积极思考,找出正确答案。

4. 掌握题型,答题精细

常见的笔试类型包括填空题、问答题、选择题、应用题和作文题等。答题时要了解各科考试的特点,熟悉每种题型的答题方法,防止出现不必要的差错。

(四)求职笔试案例

◆ **案例 1: 新华社总社新闻研究所笔试题** [7]

一、填空

1. 十六届六中全会通过(　　)的若干问题重大决议。
2. 今年是新华社(　　)周年,作为国家通讯社,它的主要任务是(　　)。
3. 新华社除了传统报道外,还有(　　)、(　　)、(　　)等多种报道形式。
4. 银监会通过(　　)决议,允许外国银行在华开展(　　)业务。
5. (　　)月(　　)日是记者节。
6. 国务院委托(　　)监管外国通讯社在华信息发布,外国通讯社不得在华发展(　　)用户。
7. 新华社著名记者穆青的著名报道任意写出两则(　　)、(　　)。
8. 新华社所办报刊任意写出四种(　　)、(　　)、(　　)、(　　)。

二、改错

一篇讲昆明花城的短文,改错别字。

三、根据材料改写一篇 600 字左右的消息,附写 300 左右的小短评。

一篇关于冥王星被除出太阳系九大行星之列的科技文章。

四、简答,任选两道

1. 谈谈你对坚持正面报道为主方针的理解。
2. 美国报业近 10 年来持续下滑,请分析其原因。
3. 长尾理论对新闻传媒的影响和启示。
4. 以你熟悉的一个报纸为例,谈谈它的报道思路、办报特点和竞争优势等,以及如何进一步提高和发展的建议。

五、论述

1. 任选一道作答

(1)在网络时代,你认为新闻采访应该坚持的原则有哪些?要实现这些原则,我们在新闻采编管理方面应做到哪些?

(2) Google 高价购买某视频网站,谈谈你的认识。

2. 谈谈你的性格特点、潜力优势,以及进入研究所后的研究规划和个人设计。

六、翻译(英译中)

一篇关于美国报业发行量下滑的文章。

❖ **案例 2 :《第一财经日报》笔试题及部分剖析** [8]

一、填空题(20 分)

1. "报道一切适于报道的新闻"是 _____ 的口号;

纽约时报

2. 橙红报纸是 _____ 的首创;

金融时报

3. 前不久一位澳籍华裔经济学家过世,他是 _____,他针对发展中国家较强的模仿能力,提出 _____ 概念,以说明发展中国家的弱点;

杨小凯,跛足式改革(或者后发劣势)

4. 报道到大陆投资的台商时,不应称"外方",应称 _____ ;

台资,台方,或台湾地区投资者

5. 国内赴美上市企业股票的市值排序(用"<"或">"或"="号),网易 ___ 新浪;UT 斯达康 ____ 亚信;盛大 ____ 携程;

6. 保监会主席、证监会主席、银监会主席、央行行长都是谁 _____ ;

吴定富,尚福林,刘明康,周小川

7. 消费价格指数的简称是 _____ ;

CPI

8. WTO 成员国的说法错误,应称 _____ 或 _____ ;

WTO 成员,或 WTO 成员方

9. 亚太经合组织的"21 个成员国"的说法错误,应称 _____ 或 _____ ;

21 个成员,或 21 个成员方

10. GE 是 _____ 公司的英文缩写。

通用电气

二、简答题(5 分,5 分,15 分)

1. 如果就"宏观调控初见成效"这一选题采访,请列出五个采访对象(组织或个人),并逐条说明理由。

2. 请说出你目前最想采写的一个选题,并说明理由。

3. 请说出财经日报与周报、综合日报财经版在内容上的不同。

三、写作题(20 分)

给出一篇有关央行提高存款准备金率的新闻稿,请写一篇 400 字左右的消息,并加标题。

四、评论题（5分，30分）

给出了一篇银行监管新办法的新闻述评，请加标题；并从另一个角度（银行）写一篇500字左右的评论。（作者的理解是，这篇评论要有建设性，因为要求是写从银行角度讨论应该怎么办。）

补：这篇文章的原文标题是"监管新政策冲击中国银行业"。供参考。

点评：

虽然这次考试偏重金融，也只是想探探各位应试者对财经知识的底牌，未必是以"知识分"录取。因为有些东西是能够补回来的，但另一些东西（比如分析能力，对不熟悉领域资料的解读能力，写作能力，文笔等）是短期内很难培养出来的。我个人认为，这主要是为下一轮培训做准备（摸底）。

二、面试的种类和内容

（一）面试的特点

面试是在事先设计好的场景下，通过招聘者与求职者双方面对面地观察、交谈等双向沟通方式，以考评求职者的素质特征、能力状况及求职动机。面试不同于日常的观察、考察，也不同于一般性的口试及面试。面试有以下几个明显的特点。

1. 面试以谈话和观察为主要方式

在面试中，主要是求职者针对招聘者提出的问题进行回答，在回答的过程中，招聘者通过对求职者面部表情、体态、语言、语速和语气等的观察分析，来判断求职者的自信心、反应力、思维的敏捷性、性格、情绪、态度、胆魄和创新精神。

2. 面试是一个双向沟通的过程

在面试的过程中，求职者并不是完全处于被动的状态。招聘者可以通过观察与谈话来评价求职者；求职者可以通过交谈进一步了解自己应聘的单位及职位等有关情况，也可以通过招聘者的行为来判断招聘者的价值判断标准，以决定自己是否来接受这一份工作。

3. 面试内容的灵活性

面试内容因求职者的个人经历、背景和应聘的岗位，以及在面试过程中的表现不同而具有一定的灵活性。因此，求职者既要做好充分的面试准备，又要注意在面试过程中的灵活应对。

4. 面试对象的单一性

面试形式虽然多种多样，但不管怎样，招聘者不是同时面向所有求职者的，而是逐个提问，逐个测评。即使在面试中引入辩论、讨论，招聘者也是逐个观察应聘者的表现。

（二）面试的基本形式

面试给招聘单位和应聘者提供了进行双方交流的机会，能使招聘单位和应聘者之间相互了解，从而使双方更准确地做出聘用与否、受聘与否的决定。各个招聘单位所采用的面试形式虽各不相同，但一般来说，都离不开以下几种形式。

1. 个别面试

此种形式一般为一个应聘者与一个面试人员面对面地进行交谈。这有利于双方建立较为亲密的关系，加深相互了解。缺点是：只有一个面试人员，决策时难免有偏颇。

2. 小组面试

通常是由两三个人组成面试小组对各个应聘者分别进行面试。面试小组成员由人事部门和其他专业部门及管理人员组成，从多种角度对应聘者进行考察。这种方式有利于提高判断的准确性，克服个人偏见。

3. 成组面试

通常由面试小组同时对几个应聘者进行面试。这种面试形式一般都安排有素质测试、特长测试和智能联系等活动。招聘单位就是采用这种较为客观的方法对应聘者的能力、性格、特长进行衡量，对应聘者的逻辑思维能力、解决问题的能力、协调人际关系的能力和领导能力等进行测试，以找到合适的人选。

4. 无领导小组讨论

"无领导小组讨论"是招聘单位经常采用的一种方式。其操作方式为让一定数量的一组应聘者在既定的背景之下围绕给定的问题展开讨论。所谓"无领导小组讨论"就是说，参加讨论的这一组应聘者在讨论的问题情境中的地位是平等的，其中并没有哪一个人充当小组的领导者。而考官并不参与讨论的过程，他们只是在讨论之前向应聘者介绍一下讨论的问题，给他们规定说要达到的目标以及时间限制，等等。无领导小组讨论的目的主要是考察应聘者的组织协调能力、领导能力、人际关系的意识与技巧、想象能力、对资料的利用能力、辩论能力以及非语言的沟通能力等，同时也可以考察应聘者的自信心、进取心、责任感、灵活性以及团队精神等个性方面的特点及风格。

（三）面试的种类

按照提问的方式划分有如下几种方式。

（1）模式化面试。由主试人员根据预先准备好的询问题目、程序和步骤，逐一发问。其目的是为了获得有关应试者全面、真实的材料，观察应试者的仪表、语言表达能力等。

（2）问题式面试。由主试人员提出相关问题，应聘者在规定的时间内拿出解决的方案。其目的是为了观察应试者在特殊环境中的表现，以判断其分析问题、解决问题的能力。

（3）非引导式面试。主试人员随意性地与应试者交谈，让应试者自由地发表议论，尽量活跃谈话气氛，在闲聊中观察应试者的知识面、能力、谈吐和风度等。

（4）压力式面试。由主试人员有意识地对应试者施加压力，针对某一问题做一连串的发问，不仅问得具体详细，还会追根问底，直至还会"故意刁难"，有意刺激应试者，看应试者在突如其来的压力下能否做出快速而正确的反应和判断，以观察其机智程度和应变能力。

（5）综合式面试。由主试人员通过多种综合考察应试者多方面的才能。如用外语同应试者谈话以考察其外语水平，让应试者写段文字以考察其书法，让应试者讲一段课文以考察其演讲能力等。

以上几种面试是根据面试的种类划分的。在实际面试过程中，主试人员可能只采取一种面试方式，也可能同时采取几种面试方式。

三、面试前的准备工作

每一个求职者都必须以正确的态度认识面试,高度重视面试。重视面试就必须在面试前进行充分的准备,全面细致的准备是成功的一半。面试前的准备工作主要包括以下几个方面。

(一)了解用人单位及招聘人员的情况

面试时主试人员提出的问题,往往与用人单位、招聘者本人、用人单位拟招聘职位等有关。因此,求职者在接受面试前应尽可能了解以下信息:

(1)用人单位基本情况,如单位性质、隶属关系、企业规模、经营范围、经济效益和发展前景等。

(2)招聘人员的情况,如职务、性别、年龄、个性、爱好等,以利于与主试人员沟通。

(3)所要谋求的工作岗位的基本情况,以利于在面试过程中不失时机地根据自己的特长和优势进行论述。

(二)可能要求职者回答的问题准备

面试前,对面试过程中用人单位的招聘人员可能向你提出的问题做充分的准备,这些问题可能包括你的自我介绍、工作和学习的成就、爱好兴趣、家庭情况、对学校生活的感受、人际关系、社会经验以及对特定问题的看法等。另外,对被聘用后的打算、工作安排、福利待遇等问题也是常常会被提及的。对于这些问题,毕业生应做一个书面答案,答案要切题、简短、实事求是,还要有理有据、有礼有节。尽管不同的用人单位和主试者所提问的问题不同,但是大体提出什么问题仍是有一定规律可循的。这些问题通常包括以下几类。

1. 教育培训类的问题

你从哪所学校毕业?什么院系?简单介绍一下你的专业,你喜欢的功课是什么?为什么?简要谈一下你的毕业论文或毕业设计,你的学习成绩怎样?在班上排第几名?等等。

2. 求职动机类的问题

你的志向是什么?你为什么来本单位应聘?你对应聘职位有哪些期望?你在工作中追求什么?等等。

3. 相关经历类的问题

大学期间担任过什么职位?你是如何胜任的?你觉得学历和工作经验哪个更重要?你参加过哪些社会活动?你在哪个单位实习?时间多长?承担什么工作?你在工作中遇到什么困难?等等。

4. 未来计划和目标类的问题

假如你被录用,你准备怎样开展工作?有什么设想?如有其他的工作机会,你怎么看待?你打算沿着这条职业道路走下去吗?进入我们单位你打算干几年?你是否确定了在我们单位的奋斗目标?等等。

(三)自己将要提问的问题准备

面试是双向交流的,面试中毕业生的提问也十分重要,因为它能表明你已经知道什么,你在关心什么,让人觉得你真的在关心且很在意用人单位的发展情况。比如:公司的文化背景、将来的就职于培训计划、何种人在公司干得好、公司的进一步发展计划等。

面试时要提问的问题,在准备时一定要注意:第一,把问题限制在询问应聘单位职位的范围内,即只能询问有关用人单位发展与待聘岗位的事,避免提出那些引起对方猜疑和反感的问题,更不能介入到用人单位的矛盾中去,在招聘告示、单位介绍中已有的内容、主试者已经介绍过的内容不要提问;第二,回避敏感性的问题,如工资、福利等个人要求;第三,不要问特别简单或者复杂的问题,因为简单的问题显得你无知,复杂的问题又有故弄玄虚为难主试者之嫌。

(四)面试资料的准备

毕业生在面试时大多数与用人单位初次接触,彼此了解甚少,况且在求职前尚未拿到毕业证书,这就需要毕业生通过具体的材料推荐自己,并向用人单位展示自己在校学习阶段的基本情况。因此,在面试前要做好自荐材料的准备工作。自荐材料一般包括以下几个方面的内容。

1. 学习成绩证明材料

包括成绩单、英语和计算机等级证书等。

2. 荣誉证书

如三好学生、优秀学生干部、优秀团员、优秀团干部、优秀毕业生等证书,以及各种社会实践活动,各种竞赛活动的证书等。

3. 成果证明材料

如获得的发明专利证书和正在申请的专利材料,在报纸、期刊杂志上发表的文章、论文,出版的专著或者读物,有一定价值的科研成果报告等。

4. 证明自己具备某方面素质和能力的其他材料

如汽车驾照、技能鉴定证书、歌曲大赛获奖证书等。

5. 个人简历、求职信、推荐书等

求职信是最重要的自荐材料,因为它概括了求职者的全面情况,而且又在一定程度上直接表现了求职者的个人素质。如文字表达能力,书写水平等。

在做好自荐材料之后,还必须将个人的有关情况,如个人简历、性格、能力、爱好、特长等,反复阅读,使之烂熟于心,以使自己在面对主试者时胸有成竹,对答如流。

(五)面试技巧

1. 表达技巧

面试场上的语言表达艺术标志着一个人的成熟程度和综合素质。准确、灵活、恰当的语言表达,是面试的关键环节。语言表达技巧有两个方面的要求:一是要做到表达清楚准确,通俗易懂;二是要做到动听,富有吸引力。面试者应注意以下几点。

(1)简明扼要。面试中的交谈,不同于平时闲聊,它要求用最少量的话语传递尽可能多的信息。通常要注意三个问题:一要紧扣提问回答;二要克服啰唆重复的语言;三要避免使用口头禅。

（2）通俗朴实。应试者的语言要通俗易懂，朴实无华。否则，主试者可能因听不懂而无法理解你谈话的内容，从而影响对你的了解和评价。同时，片面追求语言的新奇华丽，过分雕琢，也会给人以炫耀的感觉，容易让人产生反感。

（3）语言含蓄、幽默。谈话时除了表达清晰以外，适当的时候可以插进幽默的言语，使谈话增加轻松愉快的气氛，也会展现自己优雅的气质和从容的风度。尤其当自己遇到难以回答的问题时，机智幽默的言语会显示自己的智慧，有助于化险为夷，并给人以良好的印象。

（4）注意听者的反应。求职面试不同于演讲，而是更接近于一般的交谈。在交谈中，应随时注意听者的反应。比如，若听者心不在焉，则可能表示他对这段话没有兴趣，你得设法转移话题；侧耳倾听可能说明自己音量太小，难以听清；皱眉、摆头可能说明自己言语有不当之处。根据对方的这些反应，又要适时地调整自己的语言、语气、语调、音量、修辞，包括陈述内容。这样才能取得良好的面试效果。

2. 回答问题的技巧

（1）把握重点，条理清晰。一般情况下，回答问题要结论在先，论述在后，先将自己的观点表达清晰，然后再做叙述和论证。长篇大论，让人不得要领，则会显得你逻辑思维混乱，思辨能力不足。

（2）讲清原委，避免抽象。主试人提问总是想了解一些应试者的具体情况，切不可简单地以"是"或"否"作答。针对所提问题的不同，有的需要解释原因，有的需要说明程度。不讲原委、过于抽象的回答，往往不会给主试者留下好的印象。

（3）有个人见解和特色。主试人接待应试者很多，相同的问题问若干遍，类似的问题也要听若干遍。因此，主试人会有乏味、枯燥之感。只有具有独到的个人简介和特色的回答，才会引起对方的兴趣和注意。

（4）知之为知之，不知为不知。面试遇到自己不知、不懂、不会的问题时，回避闪烁、默不作声、牵强附会、不懂装懂的做法均不可取。诚恳坦率地承认自己的不足之处，反倒会赢得主试人的信任和好感。

3. 提问的技巧

（1）提出的问题要视主试者的身份而定。面试前你最好弄清主试者的职务，要知道主试者是一般工作人员，还是哪一级别的负责人。要视主试者的职位来提问题，不要不管主试者是什么人，什么问题都问，搞得主试者无法回答，引起主试者对你的反感，如果你想了解求职单位共有多少人、主要业务方面的问题，就不要向一般工作人员提问，而要向单位负责人提问。

（2）应试者通常可提出的问题。一般情况下，应试者可向主试者提出以下几个方面的问题：

一是单位性质、上级部门、组织结构、人员结构、成立时间、产品和经营状况等；

二是单位在同行业中的地位、发展前景、所需人员的专业及文化层次和素质要求；

三是单位的用人方式、内部分配制度、管理结构、经济效益和社会效益等。

（3）要注意提问的时间。要把不同的问题安排在谈话进程的不同阶段提出。有的问题可在谈话一开始提出，有的可以在谈话进程中提出，有的则要放在快结束时提出。不要毫无目的地乱提出，更不可颠三倒四反反复复提那么几个问题。因此在谈话之前，要将所要提的问题一一列出,按照谈话进程编出序号,反复看几遍,以便在谈话时头脑清醒,知道提问的顺序。

(4) 要注意提问的方式、语气。有些问题,可以直截了当地提出来,如贵单位的人员结构,贵单位的岗位设置等。有些问题,则不可直截了当地提出,而要婉转、含蓄一点,如求职单位职工收入情况和自己去了以后每月有多少收入等问题,而应该婉转地问:"贵单位有什么奖惩条例、规定?"等这些问题清楚了,自己对照一下可能会知道有多少收入。另外在询问时,一定要注意语气,要给人一种诚挚、谦逊的感觉。千万不可用质问的语气向对方提出,这样会引起反感。

(5) 不提模棱两可、似是而非的问题。特别是提及与职业、专业有关的问题,一定要切记,不要不懂装懂,提出幼稚可笑的问题,因为从提问中可以看出提问者的知识水平、思维方式和个人价值等。

由于谈话的对象、时间、地点、目的不同,提出问题应注意的事项不可能一一列举。总之,应试者要重视提问技巧的学习和运用,这对选择职业影响极大,不可马虎。

4. 面试中常见的问题及回答技巧

在面试中,主试人常常会问到一些常见的问题,如果能够事先了解这些问题,并且懂得如何回答这些问题,那么就可以使自己在面试中发挥自如。虽然不同的主试人所问的问题各不相同,但是有一些是比较常见的。

(1) 请简单介绍一下你自己。这个问题是用人单位在给应试者创造一个自我推荐、自我介绍的机会。主试人的用意在于:一是让应试者从最熟悉的自己谈起,可相对放松;二是全面了解应试者的情况,尤其是个人素质;三是考察应试者的语言表达能力和逻辑思维能力,看能否在几分钟内简明扼要地介绍自己的主要情况。在作自我介绍时应注意以下几点。

一是事先准备两分钟的回答,前一分钟谈有关的事项,后一分钟谈有哪些能力使你具备胜任这份工作的条件。

二是自我介绍要注意避免流水账般地谈生平经历,一定要谈对用人单位有用的东西,要让对方知道,你能给公司带来什么样的好处。在这里你充分展示自己的才能和过去已取得的成就,而这种展示应与应聘岗位有一定的关联性。

三是自我介绍能否抓住对方的注意力,还在于信息的编排顺序。最先介绍的应是自己最得意、最想让对方记住的事情,然后再按重要、次重要、一般重要的顺利排列下去。这种阶梯式的排列方式不但能条理清晰、先声夺人,紧紧抓住对方的注意力,还能使你不至于因为时间所限而遗漏了最精彩的内容。

(2) 你为什么要应聘这份工作。此类问题主要是用人单位想了解、考察应试者的动机和愿望。回答时应从用人单位的发展前景和有利于为单位多做贡献,能够发挥自己的聪明才智等方面回答。让主试人认为你喜欢这份工作是因为你具有他们所要求的技能,而不是那份工作能给你带来的收益。如果能达到这种效果,主试人自然另眼相看。

(3) 请谈谈你的工作经验。大学生普遍是从学校到学校,除了一些简短的社会实践外,还谈不上有什么经验。没有经验的大学生在回答面试问题时注意多强调自己的工作能力和专业知识,强调这些知识和能力能够适应所应聘的工作岗位。如可以这样回答:"我今年毕业,对这项工作还没有什么工作经验。但是根据在学校时所学的知识,以及我在假期社会实践的体验,我自信有能力做好这项工作。"对一些有社会工作经验的人,则应多谈与这项工作有关的工作经历,如从事过的工作种类、使用过的仪器设备、对专业的认识等,强调这些经验对所应聘的工作有积极作用。

(4)你有哪些特长爱好或者具备什么资格证书。一个人的兴趣、爱好、特长,能显示他的多方面才能和素养。用人单位比较喜欢有业余爱好的人,这样的人除了比别人多一种技能外,更重要的是,他们往往有进取心,有发散性的思维等。因此,对这个问题的回答要直接真实,不可过分谦虚,可适当地介绍自己在文娱、体育、书法、美术等方面的业余爱好和成绩,如某项特长与应聘工作有关,可以谈得详细些,因为这项爱好可能对应聘工作有所帮助;若自己确实没什么突出的爱好特长,一般也不应回答什么业余爱好也没有,可谈谈自己比较喜欢什么,比较爱好什么,以免给人以呆板的印象。另外,各项技能的资格证书如大学四、六级证书、计算机等级证书等,都是为用人单位所喜欢见到的。因为任何一个单位总希望自己的员工是一个多方面优秀、复合型的人才。

(5)请介绍一下你的优点。主考官一般想通过这类问题了解应聘人能否对自己做出正确、客观的评估。因为不能正确评估自己的人,往往也不会正确评价自己的工作。

一是参加面试前,你应对个人的优缺点有所认识,必要时也可以听听家人或者朋友的评价。

二是最忌讳的是态度无所谓。比如:"我也没有什么优点,也谈不上什么缺点,我这个人嘛,一般就是了!""谁还没个缺点?我有是有,可一时也讲不清,管他呢!"——这样的回答,容易给人不真诚、玩世不恭的感觉,让人觉得此人难以委以重任。

三是优点可以大大方方地讲出来,但不能无中生有,若能列举出简短的例子则效果更佳;缺点只要不是致命的或者应聘岗位无法容忍的,都可以用一种自我反省的语气说,态度越诚恳,越会赢得对方的好感。

(6)你择业考虑的主要问题是什么。回答时应该注意多谈谈自己所应聘的那份职业对自己的事业有利的一面,谈一下单位的氛围能够发挥自己的专业特长,符合自己的志向和兴趣。凡是与物质利益有关的条件,如工资、福利、环境等,最好少谈,即使主试人问到这个问题,也要把握好分寸,适可而止,不要让主试人觉得你脑子里只想着钱。一般可回答自己认识到待遇问题是次要的,而且要相信用人单位会按国家政策和单位制度办事,一般来说,随着对单位的贡献逐渐增多,报酬和待遇也会慢慢提高。

(7)你能为我们做些什么贡献。回答时可以先说说你的能力、知识、经验和为人处世的原则,如果他们要求具体地谈,你可以从所学专业知识、身体素质、对工作的认真态度、吃苦钻研能力、对事业的追求等方面做进一步的介绍。

(8)这份工作压力很大,你能承受得了吗?在主试人提出这个问题时,不要急于表示什么压力也不怕,先请主试人进一步说清楚这种压力指的是什么。因为,也许这种压力真的很沉重,也许你不希望承受这种压力。如果是这两种情况中的一种,那么可不必直接说出,可以委婉告诉对方,你在压力之下会表现得更突出,压力对你不会构成问题,你有多种方法承受压力。如果能有你经历过的承受压力的实力那就更好。有一位应聘某公司的大学生,当主试人问到这个问题时,他回答说:"我觉得没有压力就无法提高。"

(9)你要求的薪酬是多少?用人单位在有了初步意向后,有时会对求职者提出薪酬问题,回答这样的问题要注意以下几点。

一是面试前可了解一下本行业工作大致的薪酬范围与需求状况,以便有个"参照点"。如果说低了,你可能会失去一个获得较高薪酬的机会,还会让单位以为你没有什么真本事;如果说得过高了,人家会以为你"狮子大开口"。在回答时可以用一些模糊的字眼,比如"我听别人说这个职位的薪资水平一般在多少范围之间",这样无论说对答错,都是源自"道听途说",而非本人的想法,类似的模糊字眼还有"恐怕"、"大概"等,总之不能一口咬定或用具体的数字。

二是如果你真的不知道大概的薪酬范围,也不能说:"你看着给就是了。"你可以巧妙地回答:"我愿意接受贵单位的薪酬标准,不知按规定这个岗位的薪水是多少?""我可以回去打听一下吗? 薪酬的问题好商量。"

三是别忘了询问对方的奖金,或是有没有公积金、医疗保险、失业保险、养老保险,这就是人们常说的"总收入",因为有的单位确实工资不高但福利很好。

5. 应对面试中尴尬情况的技巧

人际关系难免会出现尴尬或者碰到困难,虽然你小心防备,但在面试这种重要又紧张的场合,这类情况仍很容易出现,求职者若不能镇静自如、沉着应对,往往会影响自己的整个面试的表现,甚至前功尽弃,导致面试失败。所以,预先了解一下面试过程中可能出现的几种尴尬场面,准备好应对办法,可以增强面试信心。

(1) 紧张。在一般情况下,因为面试成败对一个人的事业前途可能影响极大,又是在陌生地方被陌生人盘问,所以产生诚惶诚恐、患得患失之情是很正常的。一点点紧张有利于你集中注意力,使面试技巧得到充分运用,但如果过分紧张慌乱、语无伦次,不但会给招聘者留下坏印象,还可能无法集中注意力回答问题,因此必须学会控制。

第一,防止紧张的最佳办法是心理准备要充分。要做到知己知彼,消除紧张心理,不要把应试的得失看得太重要,以保持良好的心态。实际上,自己的竞争对手也同样可能会紧张,同样可能会因出错而尴尬。所以,最有效的心态就是抱着无所谓的态度,"没有什么了不起的,大不了再找一次,反正比这好的单位多得是。"

第二,带一个事先整理得井井有条的文件包,包内放一些有关工作的资料,以备面试中使用。例如,在考官提出某个问题时,可以回答:"关于这个问题,我已经做了某些设想,请过目。"这样就可以尽量减少与考官的正面语言接触,消除一些紧张心理。另外,还可以带一张报纸或一本书,预备等候时翻阅。人在等待时最容易产生紧张心理,这时如果你全神贯注地看报纸、看书或看杂志,一来可以解除等候的不安,二来可以显示自己的素质。

第三,进入面试场所前,如体察到了自己的紧张情绪,可以做几次深呼吸,深呼吸是减少紧张的有效办法。

第四,不要抢着回答问题,求职者在听完问题之后,不妨稍等两三秒钟再徐徐开口,这样可以先思考清楚,也可以给人留下稳重、善于思考的印象。要不时留心自己说话的速度,看是不是因为紧张而讲得太快。对于一些一时难以回答的问题,可以用比较委婉的语气避开,努力创造出一种轻松融洽的气氛。避开不会答、答不好的问题,也是一种诚实机智的表现。其实有些问题(包括一些怪题)并非只有一个正确答案,自己根据自己的理解而自信理智地回答也未尝不可,不必一遇到难题就紧张得不知所措,如果在面试过程中,发现自己说错了一些话,不妨等到双方都比较轻松的时候再补救。

第五,如果真的紧张得严重,难以控制,最明智的办法就是适当地表白自己的紧张心理,坦白地告诉招聘者。例如说:"对不起,我确实太紧张。"或者说:"可否让我稍微静一下,再回答您提出的问题?"通常招聘者都会同情你,并因你的真诚留下了好印象,这也有利于你释放和调整自己的紧张情绪。

(2)语误。人在紧张的场合最容易脱口而出讲错话。例如,明明申请的是甲单位的职务,却误说为乙单位,或者称呼招聘者时把他们的姓氏、职务张冠李戴了。经验不足的求职者碰到这个问题时,往往懊悔不已,心慌意乱,接下去的表现更为糟糕。有些求职者发觉自己说错话后会停下来默不作声或伸舌头,这些都是不成熟、不庄重的表现。明智的应对办法是保持镇静,假如说错的话无碍大局,也没有得罪人,可以若无其事,专心继续应对,切不可耿耿于怀,因为一个单位不会因为一次小错误而放过一个合适的人才,而且招聘者也会谅解你因为心情紧张而出的错。假如说错的话比较严重,或会得罪人,应该在合适的时间更正并道歉。出错之后弥补自己的过失需要很大的勇气和技巧,招聘者通常会欣赏求职者的坦白态度和打圆场的高明手法,说不定还会因此博得好感。

(3)沉默。招聘者可能无意或有意不做声,做长时间的沉默。如果是故意的,往往是想考验求职者的反应。在这种情况下,求职者很可能会不知所措,说出一些不该说的话,对自己不利。应对沉默的最好办法是预先准备一些合适的话或问题,在这个时候提出来,也可以顺着先前的谈话内容,继续谈下去。

(4)遇到不懂的问题。即使你对有关的科目、事务、学问有相当认识,仍然会在面试过程中碰到不懂的问题。如果你硬着头皮乱说一通,掩饰自己的无知,这是下策。因为资深的招聘者很可能继续追问下去,求职者乱说只会出洋相,他即使不追问,也是心中有数。还有些求职者企图回避问题,东拉西扯讲别的事情想混过去,这也是非常不明智的。最明智的应对措施是坦白承认:"我不懂","对于这个问题,我确实不清楚,看来今后得加强这方面知识的学习"。没有人全知全能,什么都精通,你态度诚恳,反而会得到招聘者的好感。

(5)遇到了不明白的问题。有时候在面试过程中,招聘者提出的问题,应聘者不明确他的真正意图,可以请求对方重复一次。可是有时即使再问一次,还是没有办法抓住问题的核心,但你不能当面指出"您的问题很模糊,我不知道您想问什么",而是最好婉转一点表示自己不大明白问题要求哪一方面的答案,尝试给出最可能接近的资料,例如询问"不知道您想知道的是不是这个"之类。或者,在做回答时记住一个基本原则:坦诚回答,积极面对,委婉回答对方的问题,比如:"您问的问题在我之前学习和工作的领域中很少涉及,所以我平时也只是略有听说,基本处于不知道的状态,不过我这人有个"毛病",遇到自己不会的问题时,总会一心想着去把它弄懂、学会,不然心里就不踏实。我以前在工作中也遇到过不会的问题,但我努力钻研,虚心学习,很快就掌握了。"

四、求职面试案例分析

张同学大学求职意向首选是四大国际会计师事务所,经过层层筛选,他如愿进入普华永道和安永华明的最后一轮面试,也就是要去见事务所的合伙人。能在数千大军中走到见合伙人这一步相当不易,然而,在见合伙人的时候,他特别紧张:在见普华永道的合伙人时,他叫错了合伙人的名字,并且临走时把包忘在了合伙人的办公室里;在见安永华明的合伙人时,由于是英文面试,他重复一个英文单词数遍,惟恐对方听不清楚,直至那位合伙人亲自打断并说明他已经明白了张同学的意思,他才明白该适可而止。结果是两家国际一流的会计公司都在最后面试时将他拒之门外。

李同学面试中信集团总部时,面试官问他对中信了解多少。他想了半分钟然后说:"我接到面试时还没来得及查看中信的资料,所以不太了解。"面试官对他说:"我们招人自然希望他能了解中信。你还是回去再多了解了解吧。"

赵同学在面试中国人民银行岗位时,面试官问他为什么想来中国人民银行。赵同学心里想到:还不是因为你们的待遇好。但是碍于不方便直接说这样的话,他一时没了主意,磨磨唧唧中,和中国人民银行说了再见。

点评:

从上面的案例中可以看出张同学精神紧张,缺乏自信,跌倒在自己最想去的公司前;赵同学和李同学对用人单位缺乏了解,回答不出常规问题。要想在面试中脱颖而出,给招聘人员留下深刻的印象,就要克服紧张,建立自信。要想自信,就必须知己知彼,对自己和用人单位都有客观的认识。求职应聘,是一个了解自己、了解用人单位,向用人单位展示自己能力与素质的面对面的接触过程,只有做好了充分的准备,才能用特色和真才实学为自己铺就成功之路。

第三节　求职礼仪

职业礼仪是在人际交往中,以一定的约定俗成的程序、方式来表现的律己、敬人的过程,涉及穿着、交往、沟通、情商等内容。从个人修养的角度来看,礼仪可以说是一个人内在修养和素质的外在表现;从交际的角度来看,礼仪可以说是人际交往中适用的一种艺术,一种交际方式或交际方法;是人际交往中约定俗成的示人以尊重、友好的习惯做法;从传播的角度来看,礼仪可以说是在人际交往中进行相互沟通的技巧。学生求职礼仪主要针对面试而言,是迈向求职的第一步。[9]

例如,你知道怎样与人正确交换名片吗? 这主要涉及以下几方面的知识。要清楚放名片的位置,一般名片都放在衬衫的左侧口袋或西装的内侧口袋,名片最好不要放在裤子口袋;要养成检查名片夹内是否还有名片的习惯,以免在需要换名片的时候,找不到名片而倍加尴尬;上司在场时不要先递交名片,要等上司递上名片后才能递上自己的名片;名片的递交方法:将各个手指并拢,大拇指轻夹着名片的右下方,使对方好接拿;名片的拿取方法:拿取名片时要用双手去拿,拿到名片时可轻声念出对方的名字,以让对方确认无误,如果念错了,要记得说"对不起";拿到名片后,可放置于自己名片夹的上端夹内;同时交换名片时,可以右手递交名片,左手接对方的名片。收到名片后,不要无意识地玩弄对方名片,也不要当场在对方名片上写备忘的事情。一般不要伸手向别人讨要名片,必须如此时,应以请求的口气,说"您方便的话,请给我一张名片,以便日后联系"等类似的话。

面试礼仪

礼仪在人际交往中是必不可少的,尤其在正式场合,在交往双方不是非常熟悉的情况下,就显得更重要。面试是比较正式的场合,求职者更应懂得讲究礼仪的重要性,它直接影响主考官对求职者印象的好坏。毕业生应该注意面试的基本礼仪。

(一)面试的基本礼仪

1. 准时赴约

参加面试应按约定的时间前往,最好提前5到10分钟到达面试地点,以表示求职的诚意,给对方以信任感,同时也利于调整自己的心态做一些简单的准备,以免仓促上阵,手忙脚乱。同时,面试前不要提前到达太早,提前时间最好不要超过15分钟。因为,一方面,提前太长时间到达也会被认为没有时间观念;另一方面,过早进入状态会影响进场的发挥,保持自己思维的活跃也是非常重要的。为此,求职者一定要牢记面试的地点,最好提前去一趟,一来可以观察熟悉环境,二来便于掌握路途往返时间,以免因一时找不到地方或中途耽误而迟到。如果迟到,一定要向对方说明原因,以求得谅解,给对方以信任感。

到达面试地点在场外等候时,要注意记忆悬挂的"企业理念"、标语等,如果在面试过程中能引用一两条,会给考官留下"对企业上心"的极佳印象。

2. 入场

进入面试现场不要紧张,如门关着,应先敲门得到允许后再进去。敲两次较为标准,且用力要适中,太轻或者太重都不合适。当办公室门打开时,要有礼貌地说声:"打扰了",然后转过身去正对着门,用手将门轻轻合上,切勿进门后从背后随手将门关上,然后向室内考官表示来意。如果办公室里有几个人,其中一个给你介绍其他人时,你应该点头致意或主动问候,并努力记住每一个人的姓名、职务,当对方伸出手后,你要及时与之握手,握手时要用力,忌主动伸手。

3. 入座

进入主考官的办公室,一定要先敲门再进入,等到主考官示意坐下再就座。如果有指定的座位,坐在指定的座位上即可。如果没有指定的座位,可以选择主考官对面的位子坐下,这样方便与主考官面对面地交谈。千万别反客为主,面谈还没有开始就先丢一分。

4. 集中注意力进行倾听

谈话时,要注意聆听主考官的问题,不要随便打断主考官说话。这样既礼貌,又能抓住问题的要点和实质。如果遇到不明确的部分,可说:对不起,某部分我未听清楚。主考官通常会进一步稍加解释。这样既能搞清楚问题,又能给对方留下虚心诚恳的好印象。同时在回答主考官的问题时,不要东张西望、心不在焉,眼光要注视对方。如果主试者有两位以上,那么回答谁的问题,目光就移向谁。

5. 举止要文雅,谈吐要文明

越来越多的招聘者将大部分注意力集中在应聘者的行为举止上,例如,首先,要以友善的态度对待接待人员,不要贸然与之聊天,以防影响他们的工作,接待人员对我们有好评自然无害,但一个差的评价将损害无穷;其次,应聘者与主考官谈话时,不要抽烟或嚼口香糖,不要不停地看手表或者窥视室内的摆设,更不要盯视主考官桌面上的材料;再次,回答主考官的问题,吐词要清楚,声音不要太大或者太小,答语要简洁、完整,忌用口头语回答问题,不要夸夸其谈,语速要适中,注意内容,不要给考官留下只知其一,不知其二的印象。

6. 把握时机,适时提问

面试的时间大约在 20 分钟左右,如何在这短短的 20 分钟内有效地展示自己的才华,怎样充分利用这段时间使双方从互不认识到感兴趣。求职者不仅要认真倾听,而且还要学会适时提问的技巧,如:"我这样理解,您认为如何?""您能否介绍一下这个职位的工作范围?""能否请您谈谈公司未来几年有什么发展大计?"等,以显示出你对新工作的重视和关心。

7. 面试结束,礼貌告辞

面试成功与否,都要礼貌告退。当面试结束,主试者若当场录用你,说明面试成功,理应表示感谢;若主试者没有任何表态,则说明还需进一步考察,不要急于让对方答复,还应礼貌告退;即使主试者发出不录用的信息,也不能表现出气愤的样子,或者出言不逊,没有礼貌。不管结果如何,都应有礼貌地告别,感谢对方给了一次面试机会,要面带微笑、善始善终,给对方留下一个美好的印象。

(二)服饰礼仪

在求职过程中,恰当的服饰会给人留下良好的第一印象,服饰方面最起码的要求为得体、整洁。大学生求职面试是处于一个非常严肃、庄重的场合,在服饰方面要注意朴素大方、庄严整洁,着重突出职业特点。同时要符合社会大众的审美观,不要穿奇装异服。具体来讲,男性和女性的装束要求又有差异。

1. 男大学生服饰礼仪

(1)服装。男大学生以穿深色或色调柔和、款式稳健的西服套装为宜,不要穿宽大的运动衣;衬衣一般以色调明朗、柔和为宜,如白色、浅色;领带与西装的颜色对比不要太强,主色调一致,要给人富有生气、落落大方的印象。

(2)鞋袜。鞋子要干净、光亮、稳健,穿西装最好配皮鞋,鞋帮要高,但不要太时髦;袜子不要高于小腿,与上衣相同颜色为佳,不要穿鲜亮颜色或者花格子袜子。

(3)修饰。应保持头发干净,梳理整齐,但不要给人油光发亮、湿淋淋的感觉;发型宜简单、朴素、稳重大方,不要留鬓角;胡须最好刮干净,不要留人丹胡、络腮胡。男生一般不要涂脂抹粉,以免给人留下不正经的印象。另外,要注意头屑、指甲、袖口等细小问题。

(4)装饰。除了佩戴手表、领带外,无需其他饰物,简单为宜。

2. 女大学生服饰礼仪

(1)服装。以朴素、得体的裙装或套装为宜,天气冷时,西装或其他短外套比较合适;不要穿运动装、牛仔裤、T恤,以免使人感觉不够庄重,更不能穿透明的薄纱裙或吊带的服饰;服饰外观要大方美观,颜色和谐,整洁、得体,同时应与自己所应聘的岗位相符合。

(2)鞋袜。在穿鞋方面也有讲究,总的原则是与整体相协调,在颜色和款式上与服装相配。面试时,不要穿长而尖的高跟鞋。中跟鞋是最佳选择,既结实又能体现职业女性的尊严。同时,女士还要注意,无论你的腿有多么漂亮,都穿长筒袜,不能露腿。袜子不能脱丝,要注意选择合适的颜色,如肉色等。为了保险起见,应在包里放一双备用袜子,以便脱丝时能及时更换。

(3)修饰。要保持端庄、干净,要特别注意表现脸部的轮廓,头发要整洁而不失自然;指甲要干净、整洁,修剪得体,长度适中,最好不用指甲油;化妆应以表现年轻女性的气质为佳,根据自己的长相特征,突出优点,减少乃至消除弱点为目的;略施淡妆,不要浓妆艳抹或者香气扑鼻,更不能给人以妖艳轻浮之感。

(4) 装饰。初出校门的学生应以简单、优雅、大方为主,除了手表以外,最多戴一枚戒指或者一条项链就足够了。手袋大小适中,式样颜色应与其他饰物相宜。室外佩戴的变色镜、太阳镜,在室内应摘下,否则给人趾高气扬、目中无人的感觉。

3. 肢体语言

(1) 正确的肢体语言。在谈话中,身体要轻微前倾或者在椅子上往前欠一下身子,介于只坐在椅子的边缘和全部躺靠在椅背之间,这样表明你很有热情和对话题的关注;不要吝啬微笑,当然合不上嘴的大笑也是没有必要的,不妨在听面试官发言中适当地微笑,表明你在认真地听话,而且对他的发言表示认同。点头可以和微笑同时进行,但是需要注意的是,点头的姿势不是简单的一个动作,对不同意见的认可程度用不同的点头力度来表示;运用适当的手势来强调你发言的要点,虽然在面试中连说带比划对谈话效果没什么好处,但是偶尔用恰当的手势来强调你要特别提起的某个问题或者事件,则可以更加引人注目,加深对方对此事的印象。

(2) 不正确的肢体语言。主要包括:衣服的口袋里装满东西,其中一些可叮当作响;谈话之间,手指不停地敲打桌面,胳膊或者手掌在椅子的扶手上不断地滑动;摆弄自己的头发、衣角、手表,摸耳朵、胡子或者揪鬓角、睫毛;面部神经抽动,嘴部不自然地抽动;咬、抠指甲盖,绞扭双手;等等。

4. 正确面对主考官

面试是一项专业性和目的性都很强的工作,但由于每个主试者的性格各异,兴趣不同,处事方式大相径庭,对问题的看法也不尽相同,因此,求职者在面试时要根据不同类型的主试者采用相应的策略参加面试。

(1) 文明礼貌,不卑不亢。大学毕业生在面试时,应懂得起码的社交礼仪,无论面对何种类型的主试者都应注意礼貌,但也不能过分热情。有些应试者为了达到被录取的目的,对主试者大献殷勤,对招聘者极尽吹捧,个别人甚至达到了丧失人格的地步,这样的应试者,成功的机会很少,任何单位都希望挑选一些有作为、能为单位发展做出贡献的人,谁也不愿接受溜须拍马、卑躬屈膝的人。

(2) 因人而异,区别对待。主试者在公司的身份不同,他的用人标准和价值观念也会大相径庭,因此,面对不同的主试者,就应采取不同的面试策略和方法。如果主试者是技术类主管,他就可能注重专业知识和技能;如果主试者是认识类主管,则他注重应试者的团队精神、处事能力和应急能力。为了取得面试的成功,求职者应事先了解主试者的身份,再采取相应的措施。

第一,面对"谦虚亲切"的主试者。这类主试者,表面上谦虚可亲,容易交往,实际上他们做事严谨,洞察力敏锐,即使你想掩饰内心的不安,伪装平静地谈话,也会被他们识破。对此,应试者必须保持警惕,诚心诚意地谈出自己的想法,绝不要一味地迎合主试者,更不要妄自尊大。求职者采取的策略是:他谦虚,你比他更谦虚。

第二,面对冷冰冰的主试者。这类主试者一般性格内向,比较固执,但他们坚持原则,对人的考察方式一板一眼,对人的评价以书本中的条条框框为准。对此,你只需按部就班地发挥,便可取胜。

第三,面对慢吞吞的主试者。对慢吞吞的主试者一定要耐住性子,说话保持温和谦虚的口气,耐心、仔细、周全地回答问题,最好不要发问,少些辩驳。在证据上、表达方式上尽量地配合他,千万不要走神或有倦意的神态,只有这样,求职者才能打动这类主试者的心。

第四,面对喋喋不休的主试者。虽然说话多的主试者会放松对求职者的观察与把握,但求职者一定不能懈怠,或者流露出不耐烦的神情。此时,你需要聆听,不插话,除非他向你提问,自己不要另起话头。让主试者充分说话,尽情表达,兴趣盎然。这样,你多半会被录取。

参 考 文 献

[1] 曾湘泉 . 研究报告:破解大学生就业难在哪里 [J]. 高校发展动态,2010(4).

[2] 刘小龙、谈君 . 求职之舞篇,毕业生求职手册 [M]. 北京:中国宇航出版社,2003:71-72.

[3] 应聘教师英文求职信 [EB/OL]. 考试吧:中国教育培训第一门户,2010.http://www.exam8.com/qiuzhi/jianli/qiuzhixin/201011/1689352.html.

[4] 简历模板:人事主管 [EB/OL]. 智联招聘:求职指导,2010.http://article.zhaopin.com/pub/view/181855-25520.html.

[5] 什么是笔试 . 百度百科 [EB/OL],http://baike.baidu.com/view/539219.htm.

[6] 面试 . 百度百科 [EB/OL],http://baike.baidu.com/view/63405.htm.

[7] 新华社总社新闻研究所笔试题 [EB/OL]. 爱博人力资源网,2009.http://www.abler.cn/Employment/28863.html.

[8] 《第一财经日报》笔试题及剖析 [EB/OL]. 爱博人力资源网,2009.http://www.abler.cn/Employment/29855.html.

[9] 学生求职礼仪 [EB/OL]. 互动百科,http://www.hudong.com/wiki/%E5%AD%A6%E7%94%9F%E6%B1%82%E8%81%8C%E7%A4%BC%E4%BB%AA.

第七章
就业权益保护

 **本 章 要 点**

　　本章通过介绍大学毕业生求职中常见的侵权和违法行为,让大学毕业生认知如何签订就业协议与劳动合同,如何处理违约责任与劳动争议及社会保险等方面的内容,从而保障自身的就业权益。

　　毕业生求职过程中会遇到许多侵权和违法行为,毕业生和用人单位也会由于劳资关系而引发劳动争议。由于毕业生刚刚步入就业行列,对就业权益保护内容知之甚少,就业权益很容易被侵犯,因此大学生有必要了解就业权益保护的相关内容,以便在规范自身就业的同时能够更好地通过法律手段保障自身的就业,确保自身能够安全、成功地就业。

第一节　求职中常见的侵权和违法行为

　　当前,大学生就业难已成为一个社会热点问题。高校的不断扩招直接导致毕业生数量逐年递增,毕业生的就业形势相当严峻。在严峻的就业环境下,很多高校毕业生为了能够找到一份工作,往往忽视对自身权益的保护。企业通常也会利用毕业生急于就业的心态提出许多不合理要求,直接或间接侵害毕业生的权益。因此作为弱势群体的毕业生在就业时应该全面了解自己在求职过程中可能会遇到的侵权行为,及时地发现问题和寻找解决的措施,以确保顺利地就业。

　　随着中国各类企业的不断增多,以欺诈为目的的企业也相应增加,企业的求职陷阱也不断涌现。很多大学生由于刚刚踏入社会,无法很好地认知企业现状,容易遭遇各式各样的求职陷阱。央视《东方时空》对 12 463 名大学生进行了调查,调查结果显示有 55% 的人在求职过程中遇到过求职陷阱。当上当受骗后,有 49% 的人选择"忍气吞声",15% 的人会"向有关部门反映",只有 10% 的人"起诉维权"。这一现象在揭露企业设置求职陷阱,侵犯劳动者合法权益的同时,也揭示了另外一个社会问题——毕业生的维权意识不强。当毕业生在求职过程中遭受侵犯时,他们往往不知道该如何维护自身权益。

　　作为一个应届毕业生,在面对就业的紧要关头,只有全面了解自身就业权益,掌握企业求职过程中可能会遇到的侵权与违法行为,寻找到解决违法行为的途径,才能够保证顺利地就业。

一、毕业生就业权益内容

毕业生作为毕业生就业的一个重要主体,享有多方面的就业权益。毕业生需要并且必须了解自身就业权益。只有全面了解自身就业权益,才能在求职过程中判断自身就业权益是否遭受侵犯,以便采取必要措施保障自身就业权益。毕业生的就业权益包含以下几个方面。

(一)获取就业信息的权利

获取全面的就业信息是确保毕业生成功就业的前提和关键。[1]毕业生只有全面地获取就业信息,才能充分了解用人单位的具体情况。只有充分了解用人单位的规章制度和择人标准,毕业生才能够根据自身需求寻找到适合自身发展的用人单位。

对于毕业生的就业信息权,详细的解释应当包括如下几个方面:一是信息公开,即所有的用人信息需向全体毕业生公开,确定毕业生能够平等地获取就业信息。二是信息及时,即毕业生获取的信息要及时、有效,用人单位不能将已经过时或者毫无价值的信息传递给毕业生。三是信息必须全面,毕业生有权获取全面、准确的就业信息,以便深入地了解用人单位的具体情况,确保毕业生能够根据自身素质选择合适的用人单位。

(二)接受就业指导的权利

毕业生有权通过学校接受就业指导,学校有责任开办相关的就业指导机构,安排专业指导人员对毕业生进行全面的就业指导。指导内容包括:让毕业生充分了解国家制定的就业政策和措施;提高毕业生在就业方面的相关技巧,增强毕业生的应聘能力;通过多渠道让毕业生准确把握用人单位的有效信息;引导毕业生根据国家规定、社会需求及自身喜好确定一系列适合自身发展的择业标准等。

毕业生在接受学校无偿就业指导的同时,也可以根据自身需要选择其他社会有偿的就业指导机构,以确保能及时准确地了解和掌握最有效的讯息,确保良好就业。

(三)被推荐权

毕业生作为学校的就业主体,学校有责任推荐部分优秀毕业生到合适的用人单位。高校就业工作的一个重要职责是向用人单位推荐适合它们的毕业生。学校的推荐在一定程度上会影响用人单位对毕业生的取舍。

学校在推荐毕业生的时候应当尽量做到以下几个要求:一是如实推荐,即推荐毕业生时应当遵守实事求是的原则,根据毕业生的具体实情向用人单位介绍、推荐。二是公正推荐,学校推荐应该做到公正、公开、公平的原则,确保每个毕业生都能够有被推荐的机会。三是择优推荐,学校可以根据毕业生的在校表现情况,在不违背公正、公开、公平的原则的基础上,适当地择优推荐,这样能确保推荐的成功率。

（四）自主选择权

根据国家有关规定,实行招生并轨改革的高校毕业生,在国家就业方针、政策指导下可以自主择业。毕业生可以根据国家就业方针政策的指导,自主地选择自己喜欢的行业。学校和用人单位无权将个人意志强加给毕业生。任何强加行为都是侵犯毕业生选择权的行为。

（五）公平待遇权

每个毕业生在就业过程中都应当享受公平的待遇。用人单位应当对所有毕业生一视同仁,在录用毕业生时,应当坚持公正、公平的原则。学校在推荐学生进入用人单位时,应当全面了解用人单位是否做到给予毕业生公平的待遇。当前由于各项配套措施滞后,完全公平的就业市场尚未真正形成,用人单位录用毕业生还不同程度地存在不公平、不公正的现象。

（六）违约及求偿权

毕业生、学校、用人单位三方签订就业协议后,任何一方不得擅自毁约。若遇到用人单位无故解约,毕业生有权要求其履行就业协议;若用人单位不愿履行该协议,毕业生应该采取措施要求用人单位承担相应的违约责任,支付违约金。

二、招聘过程中常见的侵权与违法行为

毕业生求职过程中,最先和用人单位直接接触就是在用人单位的招聘过程中。然而企业在一开始招聘过程中的某些行为就会侵害毕业生的合法权益。因此毕业生在求职过程中要事先了解用人单位在招聘过程中会做出哪些侵犯毕业生权益的行为,以便毕业生能够提前采取措施保障自身合法权益。毕业生在企业的招聘过程中会遇到以下几个方面的侵权行为。

（一）各种歧视行为

1. 性别与外貌歧视

性别歧视是一种最常见的歧视行为。随着社会的进步,国家相关法律出台,性别歧视在一定程度上得到了缓解,但是并不代表没有性别歧视。当今的性别歧视主要是隐性存在于毕业生的求职过程中,女大学生毕业后难找工作的现象已经是一个不争的事实。虽然大多数企业没有在招聘简章上明显地标注出不招聘女生,但是企业在面试和录用过程中还是对性别会有所倾向。外貌歧视又可以分成身高歧视和容貌歧视。很多用人单位在招聘要求中对身高也做出了硬性规定,没有达到身高要求的连简历都无需投递。其实排除那些因工作性质需身高的要求外,其余那些与工作能力无任何关系的身高规定是不可取的。某名牌大学金融学硕士小康,品学兼优,不过身高只有 1.60 米。在他的求职过程中身高成为他无法迈过的门槛。他的求职意向是要去银行,在递完简历后,对方对他表现出很大的兴趣。可等到约见时,对方一看他的身高就高兴不起来了。结果是双方谈几分钟之后,对方就直言:单位有要求,男性的身高不能低于 1.70 米,否则单位不会接收。另外很多用人单位在发布招聘信息时明确标明

了"形象好"、"气质佳"的字眼。用人单位在发布该信息时已经对应聘者产生了一种歧视行为,该行为已经损害到毕业生的权益。

2. 学历与经验歧视

当今,很多企业在看重学历的同时又看重毕业生是否有一定的工作经验,这对于应届毕业大学生而言是很难同时达到的两种要求。有的用人单位要求应聘者必须是指定学校毕业的学生,如若不是,一概不予考虑。用人单位在招聘中往往看不到那些低学历,但能力强和素质高的毕业生。这对于具有相同学历的毕业生而言是十分不公平的。另外,从中国目前的现状看,中国大多中小企业都希望招聘到有工作经验的人,因为他们认为招聘到有工作经验的人,企业无需花费很大的成本去培训员工,同时也能够在较短的时间内看到回报。然而企业若招聘一位没有经验的应届毕业生,就需要投入相当资金在员工的培训上,加之中小企业的员工培训机制在一定程度上还处在不健全的状态,所以招聘一位没有工作经验的应届毕业生需要花费大量的人力、财力及物力,并且需要较长的时间才能收到成效。因此"具有相关工作经验"的字眼频繁地出现在招聘信息上是必不可少的条件。在用人单位提供的岗位中大部分有明确要求求职者必须具有 1 年至 3 年的工作经验,不少企业还要求这种"工作经验"必须与应聘岗位相关。

3. 地域歧视

目前,中国许多用人单位都偏向于招聘具有本地户籍的毕业生,具有本地户籍的毕业生在一定程度上具有比较广泛的资源。许多大学生在求职过程中经常会遇到一些地域歧视问题,经济发达的大城市户籍的大学生在本地求职时就明显优于其他城市来的大学生。同一个省份的大学生,省会城市户籍的大学生比地级市或者乡镇户籍的大学生具有就业优势。甚至有些城市公务员和事业单位招考都有规定非本地生源和本地户口禁止报考的情况。

(二)部分企业在招聘中存在欺诈现象

1. 用人单位时常发布虚假的招聘广告

大学生刚毕业,由于缺乏对社会的了解,容易受到虚假招聘广告的欺骗。大多数毕业生涉世未深,都期待自己能够找到一份体面的工作,一些非法单位正是抓住了大学生对自己职业定位过高的心理,堂而皇之地设置了一些徒有虚名的招聘信息。例如有的不法单位采用高薪诱惑毕业生,当毕业生到该公司就职时,公司采取一系列手段对毕业生进行剥削,强迫毕业生做出违法行为。部分企业总是会通过虚假的招聘广告做宣传,吸引毕业生到该企业工作。很多毕业生会受到许多诱人的、不真实的招聘信息的诱惑,做出不明智的选择,最终掉入企业的就业陷阱里,使自身权益遭受损害。

2. 收取不合理的培训费及押金

收取不合理的培训费及押金是有些不法用人单位谋求利益的一种最直接、最快速的手段。该现象经常发生在一些就业服务中介上。现阶段,一些不法分子会通过开设就业服务中介来谋取利益,他们在为毕业生提供就业介绍的服务前,向毕业生收取一定金额的介绍费和押金。然而,该不法分子收取押金和介绍费后并没有做到为毕业生介绍好的岗位,解决毕业生的就业问题。另外,当毕业生进入一些不正规的企业时,企业也会以各种理由向毕业生收取押金,或者是借助培训的名义向毕业生收取相关的培训费用。当培训结束后找各种理由辞退该毕业生,并以各种借口不归还押金。这些行为都属于违法行为,毕业生应该高度警惕此行为,杜绝此类现象发生在自己身上。

3. 提供虚假的公司状况材料

当毕业生进入公司面试时,必须准确把握该公司的具体状况。现在,有些公司为了扩大自身影响力,通过各种媒体途径宣传公司,将公司功能放大。毕业生在应聘过程中不能单纯地通过广告去了解该公司的情况,应该根据自身的观察和周围朋友的评价来判断该企业是否是自己理想状态中的企业,进入该企业是否会对自己的发展产生良好的推动作用等。

4. 招聘过程中警惕传销

传销是我国明确规定禁止的一项行为。但是,目前在我国有不少传销组织和传销人员在进行非法活动,毕业生一不留神很可能就会被迷惑进入传销的行列。一旦进入传销行列,就会被控制起来,甚至被逼迫从事一些非法活动。因此毕业生应该在就业前多了解有关传销的内容,一旦发现自己所面试的公司属于传销性质的,要知道用法律武器维护自身权益。

三、录用过程中的侵权行为

毕业生通过面试,能够有机会进入企业工作。但是进入企业工作不代表自身权益不被侵犯,因此毕业生应该十分小心和谨慎。了解在录用过程中会遇到哪些侵权行为是毕业生的又一大课题。

(一)不签订和延迟签订劳动合同

2008 年 1 月 1 日,中国开始实施新的《劳动合同法》,对劳动合同条款做出了比原来的劳动法更加明确的规定。劳动合同是一种书面合同,是一种具有法律效力的合同。通常所说的口头合同、格式合同、单方合同等都是非法劳动合同。劳动合同法有规定:用人单位自用工之日起即与劳动者建立劳动关系。建立劳动关系,应当订立书面劳动合同。已建立劳动关系,未同时订立书面劳动合同的,应当自用工之日起 1 个月内订立书面劳动合同。然而,很多企业只是口头地与劳动者约定劳动合同,并未做出书面的劳动合同。这种行为属于违法行为。劳动合同作为维护劳动者基本权益的评判依据,毕业生应该好好充分利用劳动合同来维护自身权益。当毕业生在进入企业工作时,用人单位必须及时与毕业生签订合同,若用人单位不签订劳动合同或者延迟签订劳动合同,毕业生通过劳动合同法来维护自身的合法劳动权益。

(二)试用期的各种侵权和违法行为

1. 试用期过长

2008 年 1 月 1 日开始实施的《劳动合同法》中明确规定:劳动合同期限 3 个月以上不满 1 年的,试用期不得超过 1 个月;劳动合同期限 1 年以上不满 3 年的,试用期不得超过两个月;3 年以上固定期限和无固定期限的劳动合同,试用期不得超过 6 个月。同一用人单位与同一劳动者只能约定一次试用期。以完成一定工作任务为期限的劳动合同或者劳动合同期限不满 3 个月的,不得约定试用期。然而,用人单位往往没用按照劳动合同法的相关规定来制定劳动合同的条款,约定的试用期时间也常常超出了国家规定的范围。有些用人单位将试用期与大学毕业生的见习期混淆,将见习期的有关规定生搬硬套到试用期上。构成对毕业生权益的侵害。

2. 试用期的工资待遇过低,劳动者在试用期中遭受剥削

《劳动合同法》中有明确规定:劳动者在试用期的工资不得低于本单位相同岗位最低档工资或者劳动合同约定工资的80%,并不得低于用人单位所在地的最低工资标准。然而有些用人单位的试用期工资标准却远远低于该规定。刚从某交通职业技术学院汽车系毕业的小倪,应聘到某汽车修理厂工作,单位以他刚毕业,经验不足为由,约定3个月试用期,试用期内每个月的工资为300元,转正后工资为1 200元,而小倪为了保住这份工作,只能接受条款。按照法律规定,小倪的试用期工资标准本应不低于960元,然而小倪却接受了300元1个月的试用期工资。此试用期工资严重违反劳动合同法的规定,小倪可以通过法律途径维护自身的合法权益。

3. "只试用,不录用"的恶意侵权行为

劳动合同法有规定:在试用期内被证明不符合录用条件的,用人单位可以解除劳动合同。许多用人单位往往利用该劳动合同法中的规定,在试用期结束时,找出许多不足以解雇劳动者的理由来解雇劳动者,例如说劳动者在试用期内考核不合格,劳动者身体素质过低,劳动者时间观念不强,等等。企业通过利用试用期的廉价劳动力来获取高额的利润。

毕业生在就业过程中处在弱势的状态,因此毕业生在就业前,只有充分了解自身的就业权益,了解在就业过程中可能会遇到的侵权和违法行为,才能够更好地就业。

第二节 就业协议与劳动合同的签订

毕业生在开始筹划就业到完成就业的过程中,需要签订两份重要的书面协议:一份是就业协议,一份是劳动合同。就业协议的签订可以作为编制毕业生就业计划和毕业派遣的依据。劳动合同的签订则是毕业生与用人单位明确劳动关系中权利与义务关系的协议。两份书面协议对毕业生顺利、安全地就业发挥至关重要的作用。因此毕业生在毕业之前应当全面了解就业协议和劳动合同的内容、作用及其签订过程中需要注意的事项,以便在今后的就业中确保自身权益不会遭受企业的侵犯。

一、就业协议

(一) 就业协议的含义和作用

经过供需见面和双向选择,毕业生与用人单位达成就业意向后一般需要签署就业协议。就业协议俗称三方协议,是由教育部门统一制订的,具有民事合同性质的一种书面协议,该书面协议旨在明确毕业生、用人单位和学校在毕业生就业工作中的权利和义务。就业协议应当遵循主体合法和平等协商原则。就业协议书一式三份,毕业生、用人单位和学校三方签署后各执一份。

就业协议的作用有如下几点。一是书面的协议能为毕业生与用人单位确立劳动关系提供重要的依据。二是毕业生就业主管部门可根据就业协议的签订情况,制定相关的就业计划和完成毕业生的派遣工作。三是以书面形式明确毕业生、用人单位及学校在就业活动中的权利和义务。对毕业生来说,就是要承诺如实向用人单位介绍自身情况,并愿意到用人单位工作;用人单位签署同意并盖章后,表示同意接收毕业生,用人单位需要为毕业生办理相关的接收手续;学校需核实毕业生的信息,以确保其真实有效,并将签订就业协议的毕业生列入建议就业方案,办理有关就业手续。[2]四是就业协议为学校的就业情况的统计提供了最准确的依据。学校可以根据签订的就业协议判定该学生是否就业。

(二)就业协议的主要内容

签订就业协议时,毕业生应该充分了解和认识就业协议的内容,确保自己不会盲目签订就业协议,从而保障自身就业权益。就业协议主要包括以下四方面内容。

1. 毕业生的基本情况

就业协议的第一方面内容是毕业生的基本情况,在该协议中,毕业生需要让用人单位了解自身情况,需要如实填写以下内容:毕业生的姓名、性别、政治面貌、所在学校及所学专业、培养方式、学历、学制、健康状况,具体家庭住址等。

2. 用人单位的基本情况

作为毕业生,应该充分了解用人单位的基本情况,包括用人单位的名称、性质、经营项目、联系人、档案接收部门,以及用人单位对毕业生的要求和使用意图等。只有充分了解这些情况,毕业生才能在签订就业协议时清楚地把握该企业是否能促进自身的发展。

3. 用人单位和毕业生协商意见

这主要包括明确毕业生的工作地点、工作岗位、档案接收单位、户口转入地址、基本待遇、违约处理及其他约定。三方协议可以在备注中约定这些具体事项,两方协议可以直接在协议条款中约定。[3]在该意见中,毕业生需要注意的是用人单位的签名和盖章,确保用人单位的所有情况都属实。

4. 学校意见或鉴定

学校作为大学生就业的工作部门,应当如实向用人单位介绍毕业生的情况,做好毕业生的推荐工作。当毕业生和用人单位签订协议后,学校应当对双方的信息进行核实和审查,以确保毕业生和用人单位双方的信息都准确无误。学校在确认后需要填写学校的推荐意见,加盖学校的公章。经过三方的签字盖章,就业协议才正式生效,毕业生才能纳入就业计划中。

(三)就业协议的签订原则

毕业生与用人单位通过双向选择,达成就业意向后,双方需要签订就业协议书。在签订就业协议时,双方都应当遵循一定的原则。

1. 主体合法原则

签订就业协议的当事人必须具备合法的主体资格。就业协议是毕业生、用人单位和学校三方共同签订的协议,因此需要具备合法的主体资格也是针对三方当事人而提出的。对毕业生而言,毕业生必须具备毕业资格,只有毕业生取得了毕业资格,该协议才具有法律效力,才能对毕业生发挥应有的保护作用。对用人单位而言,用人单位必须具有从事各项经营或管理活动的能力,并且应该具有能够为毕业生提供良好就业环境、提供晋升发展的空间及提供合理劳动报酬的能力。同时单位应有录用毕业生计划和录用自主权,否则会造成毕业生随意解除协议而无须承担违约责任的现象。对学校而言,作为一个协调用人单位和毕业生的一种重要机构,学校应该保证毕业生获取的用人单位信息是全面且有效的,同时学校为用人单位提供的毕业生信息也应该是真实有用的。

2. 诚实信用原则

诚实信用原则是市场经济活动的一项基本道德准则,也是现代法治社会的一项基本法律规则。就业协议当事人在签订就业协议时必须做到诚实信用,严格杜绝弄虚作假的行为。毕业生、用人单位和学校必须尽量做到信息的互通。在签订就业协议前,必须认真核对相关的信息,确定三方提供的信息准确、真实和有效。签约各方都应当树立契约神圣、诚实信用的意识,慎重签署就业协议,严格地履行就业协议相关内容,自觉维护自身信誉。

3. 平等协商原则

平等协商原则要求协议三方中任意一方必须做到平等对待其他两方。协议三方具有平等的法律地位,其中一方不得将自身意愿强加给另一方。学校不得用行政手段强迫毕业生到指定单位工作(不包括有特殊情况的毕业生),用人单位也没有权利要求毕业生在签订就业协议时缴纳过高数额的风险金、保证金。虽然就业协议中可以有三方约定和协商的内容,但该协商内容必须严格遵守法律规定,且应当在三方都没有受到任何压迫的情况下表示同意签订才能生效。现阶段,大学毕业生处在弱势群体的地位,在签订就业协议时可能会遇到强加意愿的行为,因此毕业生应该正确地认识自身合法的法律地位,了解自身所具有的权利和义务,保证自己在签订就业协议时不处于被动地位。

(四)就业协议订立的步骤及程序

一般的就业协议订立需要经过两个步骤,即要约和承诺。

1. 要约

毕业生带着学校统一印制的就业推荐表(最好是复印件)参加各地供需见面会或人才招聘会。毕业生如发现有适合自身发展的企业,可在见面会上留下自己的就业推荐表或相关材料,也可事后向相关单位寄发书面的材料,用人单位收到毕业生材料后,会对毕业生进行考察,用人单位若觉得该毕业生符合企业招聘的要求,会表示同意接收并将回执寄到高校毕业生就业工作部门或毕业生本人,应为要约。

2. 承诺

毕业生收到用人单位回执或通过其他方式得到用人单位答复后,可以进一步了解该用人单位,发现该单位的确是自己理想中的单位时,毕业生可到学校毕业生就业工作部门领取就业协议书,与用人单位签订协议,即为承诺。

这两方面的步骤针对的是大部分情况,但是在应聘中存在各式各样的问题,仅仅通过这两方面的步骤往往不能很好地签订就业协议。毕业生在签订就业协议时,可以此步骤为参考,结合自身情况落实就业协议问题。毕业生应当及时与学校就业指导中心老师联系,有问题时及时提出,通过老师的指导和帮助解决就业问题。

就业协议签订的程序：第一，毕业生在就业协议书上填写个人的基本情况。第二，将就业协议书送达用人单位处，用人单位如实地填写单位基本情况，并且在协议上注明档案的存放部门（若有户口迁移的，需要填写户口迁移地址）。第三，双方核对基本信息，确保信息无误后双方协商签署意见。第四，用人单位如需经过上级部门同意，必须由上级部门签署录用意见。第五，双方签署意见后，送达毕业生所在学校，学校对信息再次核实，确保信息无误后加盖学校公章，签署学校意见。第六，学校就业部门将签订就业协议留下一份作为档案保存，并将其列入就业方案中，其余两份由毕业生和用人单位各执一份。

（五）毕业生在签订就业协议过程中应当注意的事项

1. 毕业生在签订就业协议时，应当注意维护自身的合法权益

了解用人单位具体情况至关重要，毕业生在签订就业协议前应当主动通过各种途径了解用人单位的具体真实情况。该情况包括用人单位的背景、工资福利待遇、工作地点、工作环境、岗位要求、公司的发展前景等。只有充分了解用人单位才能准确衡量企业是否规范，才能为毕业生签订就业协议提供准确参考。在与用人单位签订就业协议时，毕业生应该就约定的条款进行反复商榷，保证约定条款是法律认可的且是有效的。这样才能够为毕业生就业提供法律保障。

2. 毕业生在填写自身材料应当保证不弄虚作假，要将自身真实的情况如实地告知用人单位

这些材料包括在校期间的学习状况、学校和社会经历、奖惩、政治面貌、相关考试证书、自身身体情况等。如果毕业生因为隐瞒自身情况而导致就业协议是在蒙骗的状态下签订时，该就业协议将失去法律效力，用人单位也可以采取相应的措施，维护用人单位的利益。

3. 解除就业协议的条款应该事先约定

毕业生就业协议一旦签订，就赋予了法律效力，对当事人就具有约束力，若一方随意解除，则要承担相应的法律责任。如果有些大学生有出国或者是考研继续深造的打算时，应该在签订就业协议的时候与用人单位约定解约的条款。条款一旦成立，毕业生依约解除协议就无需承担相应的违约责任。

4. 注意与劳动合同衔接

就业协议与劳动合同是保障毕业生良好就业的两大依据。就业协议在前，劳动合同在后。为避免在与用人单位签订劳动合同时发生劳动争议，毕业生在签订就业协议时应该尽可能地与用人单位协商将劳动合同中的主要条款体现在就业协议中，并且约定在签订劳动合同时该条款也要体现在劳动合同里。

二、劳动合同

（一）劳动合同的定义、特征及作用

劳动合同，又称劳动协议，是指劳动者与用人单位之间确立劳动关系，明确双方权利和义务的协议。劳动合同的签订是为了保障劳动者与用人单位之间的合法权益，维护正常的劳动关系，为解决劳资纠纷提供充分的法律依据。

劳动合同具有以下特征。第一,劳动合同具有诺成性,只要劳动者与用人单位意思表示一致劳动合同皆可成立。第二,劳动合同的主体具有特定性,即主体双方分别为劳动者和用人单位。第三,劳动合同也是一种双务性合同。劳动者与用人单位都必须在享有一定权利的同时履行相关义务。第四,劳动合同具有有偿性,劳动者一方面向用人单位提供劳动,同时也向用人单位取得劳动报酬等劳动力再生产费用。第五,劳动合同是最大的诚信合同,该合同的建立依赖于双方当事人的高度信任。第六,劳动合同往往涉及第三人的物质利益关系。

劳动合同的主要作用如下。一是保障劳动者的合法权益。当今,劳动者与用人单位相比,在各个方面都处于弱势地位。国家通过颁布《劳动合同法》,要求劳动者与用人单位签订劳动合同,其目的在于保障处于弱势地位的劳动者,以使劳动者能够安全、良好地就业。二是用书面的合同来约束劳动者与用人单位各方面的劳动行为。劳动者与用人单位签订劳动合同,是通过书面性的合同使劳动者与用人单位的劳动关系更加法制化,使双方在劳动行为的各方面更加规范化。在保障劳动者的劳动权益不被侵害的同时,在一定程度上通过合同约束劳动者的行为;在规范用人单位的各项用工条款的同时,保护用人单位的合法利益。三是通过合同能够更加轻松地解决劳动纠纷。劳动合同是在双方共同意愿达成一致的情况下签订的,当遇到劳动纠纷时,可以参照订立劳动合同的相关条款来处理劳动纠纷,做到有法可依,有据可查。

（二）劳动合同的主要内容及签订劳动合同的注意事项

一份完整而规范的劳动合同是确保劳动者良好就业的前提。然而,许多毕业生由于缺乏对劳动合同的了解,随意签订劳动合同,最终导致自身利益遭受损失。深入了解和学习劳动合同的条款及相关规定是每个大学毕业生必须完成的首要功课。毕业生应该充分了解劳动合同中必要的条款及在签订劳动合同时需要注意的事项。

劳动合同中必须包含以下必备条款。1. 订立合同的双方当事人的基本信息:用人单位的名称、住所和法定代表人或者主要负责人与劳动者的姓名、住址和居民身份证或者其他有效身份证件号码。2. 劳动合同期限。3. 工作时间、工作地点、工作内容和休息休假。4. 劳动报酬。5. 社会保险。6. 劳动保护、劳动条件和职业危害防护。7. 法律规定应当纳入劳动合同的其他事项。

在签订劳动合同时,劳动者需要注意以下几个问题。1. 确认劳动合同中的必备条款是否齐全,如未齐全,不能够随意签订劳动合同。2. 确认该用人单位是否依法确立,能够承担相应的民事责任,了解该用人单位是否按时支付劳动报酬,缴纳相关的社保费用。3. 劳动合同内的试用期时间与报酬的条款是否符合劳动合同法的相关规定。4. 深刻认知无效劳动合同。当在违反劳动法律、法规订立的劳动合同及在欺诈、胁迫手段下订立的劳动合同都是无效劳动合同。5. 看清劳动合同中的约定条款。约定条款必须做到合理合法,并且确保当事人双方都能够了解接受该条款。

三、用联系的观点看待就业协议与劳动合同

就业协议和劳动合同是毕业生从毕业到就业必须签订的两份书面合同。两份合同在保

障劳动者合法权益方面都将做出重要的贡献。它们有一定的联系,同时也有不同之处。了解就业协议和劳动合同的差异有利于我们掌握正确的维权方式。

(一)就业协议与劳动合同联系

1. 两者归属范畴相同

就业协议和劳动合同都属于合同范畴。就业协议依据教育部颁发的部门规章和《合同法》签订;劳动合同依据《劳动法》、《劳动合同法》和《合同法》签订,两者都符合合同的特征:是一种双方民事法律行为,[4]都受到法律的约束。

2. 就业协议和劳动合同都是为保护劳动权益而设定的

毕业生作为劳资双方中较为弱势的一方,其合法权益经常受到伤害,因此法律要求毕业生和用人单位签订就业协议和劳动合同就是要通过法律手段来保护劳动者,规范用人单位的用工。

3. 签订的主要主体一致

就业协议与劳动合同签订的主要主体都是毕业生和用人单位。就业协议虽然由毕业生、用人单位、学校三方签署,但学校的签署仅仅是作为一个鉴证,学校扮演的是一个中间者的身份,合同中责任和义务的主体还是毕业生与用人单位。

(二)就业协议与劳动合同的区别

1. 两者签署时间不同

一般来说是就业协议在前,劳动合同在后。就业协议在毕业生毕业前已经签订好,这样能够保障毕业生顺利到岗就业;劳动合同一般在毕业生毕业后签订,通过劳动合同能够保障毕业生的就业权益。

2. 处理争议时依据的法律不同

处理就业协议引发的争议是通过民法通则和合同法,而处理劳动合同引发的争议则应当使用劳动法律法规。

3. 签订内容不同

就业协议可规定毕业生的自身情况、就业意向、用人单位同意接收、学校审核派遣等,一般可不涉及具体的劳动关系。而在劳动合同中,必须依法明确劳动合同期限、工作内容、劳动保护、劳动条件、劳动报酬、劳动纪律、合同终止条件以及违反合同的责任等必备条款,劳动权利义务关系更为明确。

第三节 违约责任与劳动争议

毕业生一旦与用人单位签订就业协议和劳动合同,法律就对双方产生了约束力。毕业生和用人单位都应当按照合同规定的内容规范来执行。双方中任何一方违反合同规定,都要承担相应的法律责任。劳动争议也会由于违约行为的存在而产生。因此大学生在签订就业协议和劳动合同时就应当准确地了解自身具有的权利和必须承担的义务。同时也需要了解用人单位的责任和义务。以便自身能在不触犯到法律的前提下保障自身权利。

一、针对就业协议产生的违约责任

（一）毕业生签订就业协议后违约需要承担的责任

随着我国高校的不断扩招，每年应届毕业生人数不断增多，人才市场上供大于求的现象普遍存在，严峻的就业形势导致很多毕业生萌生许多不正确的想法。许多毕业生往往为了找到好的工作利用就业协议先确定一个用人单位保底，一旦发现该单位不理想或是找到更理想的单位，则抛弃前者，构成违约。毕业生在违约时需要承担的责任应当分成两方面展开说明：一种是在签订就业协议时，未与用人单位就协商意见中约定违约的情况，毕业生违约只需要支付一定的违约金，该违约金尚未有比较系统且全面的标准。另一种情况是在签订就业协议时，毕业生与用人单位就违约金进行了协商并敲定，最终体现在就业协议的协商意见中，毕业生在该情况下违约需要向用人单位支付合同上签订的违约金。

毕业生随意违约会对学校、用人单位造成不良的影响，用人单位会对该学校所有的学生都持有一个不好的观点——随意性过强，没有任何的约束性。用人单位也会因为毕业生就业协议的解除而遭受损失。因此毕业生在决定签订就业协议时必须考虑清楚，一旦签订就业协议后就不要有违约的情况发生。

（二）用人单位签订就业协议后需要承担的责任

用人单位相对于毕业生而言，是处于较为优势的一方，因此用人单位在签订就业协议后，发生违约的现象普遍高于毕业生。因为随着高校毕业生人数的急剧增多，大多数用人单位不愁找不到好的应届毕业生。在签订就业协议过程中用人单位若是未与劳动者就协商条款中约定违约责任的话，用人单位在违约后也只需赔偿少量的违约金。因此，在签订劳动合同时，高校毕业生一定要记得和用人单位约定好相关的违约责任，以确保自身的合法权益。

二、针对签订劳动合同产生的违约责任

（一）毕业生签订劳动合同时违约需要承担的责任

《劳动合同法》就是为了保障劳动者的合法权益，同时对劳动者的权利和义务也做出了相关的规定。劳动者需要在了解自身权利的同时履行自身的义务。毕业生在签订劳动合同后如果想要辞职应该做到如下要求：一是在试用期过程中，劳动者若发现该企业无法满足自身的工作需求，毕业生需要在 3 个工作日前递交书面辞职，方可解除劳动合同；二是在毕业生已经转正后需要辞职的话，需要提前 30 日以书面形式通知用人单位。

劳动者与用人单位签订了合同时也签订了保密协议或者竞业限制后，如发生违约现象给用人单位造成损失时，劳动者应该承担责任，赔偿用人单位损失。

案例：离职员工违反保密协议法院判赔 3 万违约金

叶某是某技术公司员工,双方签合同时还附签了一份《员工保密协议书》(以下简称"保密协议"),约定了相关保密内容。叶某辞职后,违反该保密协议去了该技术公司的竞争单位工作。事件具体过程如下。

2007年,叶某与某技术公司签订劳动合同,并签订了附件《员工保密协议书》。该保密协议约定了该公司每月应向叶某支付的保密金数额,并约定在解除或终止劳动合同后2年内,叶某不得到与该公司生产或经营同类产品、从事同类业务的有竞争关系的其他单位工作,也不得自己开业生产或经营同类产品、从事同类业务。保密协议中还约定,若叶某在竞业限制期内,违反竞业限制义务,应返回公司支付的全部竞业限制经济补偿金并承担3万元违约金。

2009年3月,叶某与该技术公司解除劳动关系。随后公司向叶某出具了《竞业限制通知书》,要求叶某严格按照保密协议约定条款,执行竞业限制义务,并向叶某支付了7 920元的竞业限制经济补偿金。但2010年1月至4月,叶某到另一家与原技术公司经营范围存在竞争的公司工作,并隐瞒这一情况。技术公司认为叶某违反合同约定,以侵权为由,向劳动争议仲裁委员会申请仲裁。叶某对仲裁裁决不服,起诉到锦江法院。叶某认为,自己既不是企业高层管理人员,也不是高级技术人员,不属于《劳动合同法》中关于竞业限制范围的人员,不应承担违约责任。法院审理认为,叶某与技术公司签订竞业限制条款,双方应按此约定履行义务,对叶某的解释,法院不予支持。按照约定,叶某在2年内到与技术公司同类的竞争单位工作,应承担违约责任,故做出以下判决:

该法院判叶某退还公司支付的经济补偿金7 920元,并支付违约金3万元。[5]

因此毕业生一旦与用人单位签订了保密协议或竞业限制的话,就应当按照合同规定认真履行,否则将受到法律的制裁。

(二)用人单位签订劳动合同后违反劳动合同规定应当承担的责任

1. 用人单位在签订劳动合同时需要注意以下几个问题

(1)关于劳动合同的签订问题。用人单位一旦与劳动者建立劳动关系,就应当与劳动者签订劳动合同。已建立劳动关系,未及时订立书面劳动合同的,应当自用工之日起1个月内订立书面劳动合同。若用人单位与劳动者在用工前订立劳动合同的,劳动关系自用工之日起建立。

(2)用人单位无法解除劳动合同的情况。从事接触职业病危害作业的劳动者未进行离岗前职业健康检查,或者疑似职业病病人在诊断或者医学观察期间的;在本单位患职业病或者因工负伤并被确认丧失或者部分丧失劳动能力的;患病或者非因工负伤,在规定的医疗期内的;女职工在孕期、产期、哺乳期的;在本单位连续工作满15年,且距法定退休年龄不足5年的;法律、行政法规规定的其他情形。

2. 当用人单位与劳动者签订劳动合同后,用人单位应当按照劳动合同规定严格履行

一旦违反了规定,用人单位应当承担相应的责任。下面对用人单位违约需要承担的责任做简单介绍。

(1)有关试用期约定不符合劳动合同法要求的情况。用人单位违反劳动合同法规定与劳动者约定试用期的,由劳动行政部门责令改正;违法约定的试用期已经履行的,由用人单

位以劳动者试用期满月工资为标准,按已经履行的超过法定试用期的期间向劳动者支付赔偿金。

(2) 关于扣押身份证和押金需要承担的责任。用人单位违反劳动合同法规定,扣押劳动者居民身份证等证件的,由劳动行政部门责令限期退还劳动者本人,并依照有关法律规定给予处罚。

用人单位违反劳动合同法规定,以担保或者其他名义向劳动者收取财物的,由劳动行政部门责令限期退还劳动者本人,并以每人 500 元以上 2 000 元以下的标准处以罚款;给劳动者造成损害的,应当承担赔偿责任。[6]

(3) 对于用人单位需要支付补偿金和赔偿金的情况。当用人单位未按照劳动合同的约定或者国家规定及时足额支付劳动者劳动报酬时,劳动行政部门将责令限期支付足额的劳动报酬,限期内未支付的将责令用人单位按应付金额 50% 以上 100% 以下的标准向劳动者加付赔偿金。

当用人单位支付给劳动者的工资低于当地最低工资标准时,劳动行政部门将责令其补足差额。若用人单位未补足的话,劳动者有权提出用人单位按应付金额 50% 以上 100% 以下的标准向劳动者加付赔偿金。

当用人单位安排加班却不支付加班费时劳动者也可要求用人单位支付一定标准的赔偿金。

当劳动者和用人单位解除或者终止劳动合同,未依照劳动合同法的规定向劳动者支付经济补偿时,需要以应付金额 50% 以上 100% 以下的标准向劳动者加付赔偿金。

(4) 用人单位会受到行政处罚或者被追究刑事责任的情况

当用人单位以暴力、威胁或者非法限制人身自由的手段强迫劳动,违章指挥或者强令冒险作业危及劳动者的人身安全,侮辱、体罚、殴打、非法搜查或者拘禁劳动者,劳动条件恶劣、环境污染严重,给劳动者身心健康造成严重损害都要受到行政处罚,情节严重的需要追究其刑事责任,赔偿劳动者经济损失。

三、劳动争议

(一) 劳动争议的概念

劳动争议(又称劳动纠纷),是指劳动法律关系双方当事人即劳动者和用人单位,在执行劳动法律、法规或履行劳动合同过程中,就劳动权利和劳动义务关系所产生的争议。劳动争议的主体双方为:一方是企业(机关、企事业单位、社会团体),另一方是职工(个人或集体)。若争议只发生在行政领导与行政领导之间,企业员工与企业员工之间或者是工会与职工之间的话,该争议不属于劳动争议。以下争议皆属于劳动争议的范畴:1. 因确认劳动关系发生的争议;2. 因订立、履行、变更、解除和终止劳动合同发生的争议;3. 因除名、辞退和辞职、离职发生的争议;4. 因工作时间、休息休假、社会保险、福利、培训以及劳动保护发生的争议;5. 因劳动报酬、工伤医疗费、经济补偿或者赔偿金等发生的争议;6. 法律、法规规定的应依照《企业劳动争议处理条例》处理的其他劳动争议。

（二）发生劳动争议的成因

1. 劳动关系利益矛盾和冲突不断激发，这是产生劳动争议的最根本原因

在市场经济的作用下，企业以利润最大化为出发点，而劳动者追求的是自身价值的最大实现，若不能协调好两者之间的关系，就会使劳资双方在利益上产生矛盾，形成冲突。由于一些企业过分重视自身利益，往往忽视劳动者的相关劳动权益，做出的某些规定和行为在一定程度上损害劳动者的合法权益。该规定和行为直接引发劳动关系不稳定与不和谐，劳资矛盾不断激化将进一步地引发劳动争议。

2. 企业管理缺乏合法性、规范性和有序性

引发劳动争议的另一个重要原因在于企业管理问题。企业合法、有序和规范的管理可以保证员工依法办事；企业管理办法若不符合法律规定，将导致员工的合法劳动权益受到损害。现阶段很多企业管理者对于企业的管理缺乏规范性和法制性，企业没有按照劳动合同法的相关规定制定、建立和完善该企业内部规章制度，造成企业在管理过程中表现出随意性、无序性、盲目性。企业在管理上直接或间接地表现出违法性，直接侵犯到劳动者的合法权益，导致劳动争议的产生。

3. 劳动者在市场上处在弱势地位

随着高校不断扩张，高校毕业生数量也逐步上升，加之农民工不断涌现，此类现象直接导致劳动力市场供过于求，劳动关系力量对比明显不平衡，劳动者的弱势地位不断凸显，企业不会担心找不到合适的雇员，因此往往轻视或损害劳动者的合法权益。由于劳动者处于弱势地位，当遭受轻微侵害时，很多劳动者会选择忍气吞声。一旦劳动者遭受到的侵害超出了自我的底线，劳动者就会采取措施保障自我权益。劳动争议将不可避免。

4. 企业管理者法律意识不强

我国是一个法治国家，在我国做任何事情都要保证做到有法可依，有法必依。然而许多企业管理者法律意识淡薄，在管理过程中不遵守法律程序，采取不订立、拖延签订劳动合同的方式来侵犯和损害劳动者利益。

5. 劳动行政部门监管职能的缺失

劳动监察是政府运用行政职权对劳动关系进行调整的重要手段，也是维护劳动者合法权益的重要途径。受现行法律条件的制约，劳动行政部门的行政执法权力相对较弱，强制性手段和措施有限，难以对违法的用人单位形成较大的威慑力，用人单位违法空间较大，而违法成本较小，这也导致在劳动就业上的违法现象屡禁不止。

6. 劳动立法有待进一步完善

虽然我国在 2008 年 1 月 1 日正式实行的新劳动合同法比原有的劳动合同法更加完善和合理，但是新劳动合同法对事实劳动关系、违约赔偿等事项仍缺乏明确的规范和可操作性，在具体法律责任的规定上也还存在一些漏洞，而且法律条款在正式的实施过程中缺少相应的配套制度，一些涉及劳动关系运行的重要领域尚无相应的法律予以规范。另一方面，有关劳动争议纠纷涉及法律、法规、规范性文件过于庞杂，常出现相互规定矛盾或者冲突情况，导致对权利人的权益得不到有效维护。正因为如此，有些用人单位会特意去钻法律和政策的空子，侵害劳动者的合法权益。

7. 工会组织维护职工合法权益的职能没有充分地发挥

工会指基于共同利益而自发组织的社会团体。工会组织成立的主要意图是保护劳动者的合法权益,当劳动者的合法权益受到侵害时,工会可以代表劳动者与雇主进行谈判,通过工会的力量给企业施加压力,以使企业做出的行为不至于侵害劳动者的合法权益。我国工会是中国共产党领导的职工自愿结合的工人阶级群众组织,是党联系职工群众的桥梁和纽带,是国家政权的重要社会支柱,是会员和职工权益的代表。但是,由于受各种因素的影响,各级单位中的工会组织维护职工合法权益的职能受到各种条件的制约,在组织工人活动、推行平等协商、集体合同制度等方面的能力还比较欠缺,难以完全适应职工维权的需要。

(三)劳动争议的几种类型

劳动争议按不同标准分类,主要有以下一些类型。

1. 按照劳动争议的主体多少划分成个人争议和集体争议

个人争议,主要针对争议主体少而言的,一般争议主体在 3 人以下的劳动争议称为个人争议。同理,集体争议需要满足当事人超过 3 人的情况。

2. 按照劳动争议性质可划分为权利争议和利益争议

权利争议是指对现行法律、法规、劳动合同所规定的权利,在实施或解释上所发生的争议;利益争议是指在集体协商时双方因订立、续订或变更劳动合同条款而产生的争议。

3. 按争议事项及内容划分,可以分为以下几种争议

(1)因事实劳动关系引发的争议。劳动者一旦进入企业工作,虽未与公司签订正式的劳动合同,但已与企业建立了一种事实劳动关系,就应当受到相应的保护。然而企业会以还未签订正式的劳动合同为由,不支付劳动者劳动报酬。

(2)劳动合同内容争议。当劳动者与用人单位在签订劳动合同时,有些用人单位往往会利用劳动者不了解自身权益,在附加条款中签订一些违法的事项,如生死合同、保证合同等。因此劳动者和用人单位最终会因为劳动合同内容而引发劳动争议。

(3)用人单位拖欠、扣发劳动者的工资、不为劳动者缴纳相应的社会保险费而引发的争议。用人单位都是以盈利为目的的,在企业的生产经营中只为追求自身利益,无视劳动保障的法律、法规,经常性地拖欠、扣发劳动者的劳动报酬,有的用人单位甚至不为劳动者缴纳国家规定的相关的社会保险。

(4)劳动者辞职引发巨额赔偿及侵犯商业秘密所产生的劳动争议。随着我国企业的不断增多,人才流动率也不断上升。劳动者在流动的过程中往往会涉及盗取商业机密的事件,同时劳动者也会因为在不恰当的时间辞职而引发巨额赔偿的事件。这些事件都会引发劳动争议。

(四)解决劳动争议的途径

劳动争议发生后,当事人可以通过四种途径——自行和解、调解、仲裁、诉讼进行解决,以实现自身合法权益的维护。这四种途径在存在着一定的先后顺序,一般而言,发生劳动争议时,最先寻求的方式是自行和解,若自行和解不成功,才找相关的调解机构进行调解,若调解不成功,劳动者可以提出劳动仲裁,若对仲裁不满意的话,劳动者可以直接提起诉讼,或者劳动者可以跳过调解这一环节直接提出仲裁。

自行和解是指劳动双方当事人,在法律允许的范围内,通过平等协商,互相让步,协调双方的关系,以消除双方的矛盾,达成一致意见,以求得争议的解决。自行和解是最简单的解决劳动争议的一种方式,争议双方无需经过多种程序来达成一致意见。[7]这种方式针对的主要是一些比较简单的、矛盾没有明显凸显的、只要双方能够坐下来协商就能够解决的争议。

调解是指调解委员会对企业与劳动者之间发生的劳动争议,在查明事实、分清是非、明确责任的基础上,依照国家劳动法律、法规,以及依法制定的企业规章和劳动合同,通过民主协商的方式,推动双方互谅互让、达成协议、消除纷争的一种活动。[8]劳动争议的调解机构是劳动争议调解委员会。调解中双方应该遵循自愿的原则,只有在双方都愿意调解的情况下才能进行调解。在调解过程中,调解委员会应当查明真相,分清是非,调解的程序应当合法。

仲裁一般是由地方劳动争议仲裁委员会进行的,该仲裁委员会是国家授权的专门为解决劳动者纠纷而开设的机构。其目的在于帮助劳动者与用人单位解决劳动纠纷。

当劳动者或用人单位对仲裁机构作出的裁决不服时,不服的一方可以在法律规定的期限内,持劳动争议仲裁判决书向有管辖权的法院提出诉讼申请。通过法院的再次裁决保障自身劳动权益。

第四节　社会保险的相关知识

作为刚刚毕业的大学生,应当知道在签订劳动合同时要注意企业是否会为毕业生办理社会保险。了解社会保险的相关情况对于毕业生而言是有突出意义的。只有了解社会保险的定义,作用及其要求才能够在工作中不会因为得不到相关的保障而使自己陷入生活的困境。

一、社会保险概述

(一)社会保险的定义及特征

社会保险,是指国家通过立法确立的、以保障劳动者权利为目的的社会和经济制度。社会保险设立的出发点是为解决劳动者在年老、患病、失业、工伤、生育中遇到的经济问题。社会保险能够为劳动者提供相关的保障措施,解决劳动者在暂时失去劳动岗位、丧失劳动能力或因疾病造成损失时的相关经济问题。

社会保险主要包括以下要素。第一,社会保险在我国是社会保障制度的一大块内容。社会保障制度由社会保险、社会救助、社会福利三大块内容组成,其中社会保险属于核心的社会保障制度。第二,社会保险针对的对象主要是劳动者,并且是强制实行的,被保险人没有选择的余地。第三,社会保险主要是以保障劳动者为目的设立的,其设立的意图是为那些因暂时或者永久丧失劳动能力或者失业人员在遇到经济困难时提供必要的、最基本的生活保障。第四,社会保险能为劳动者承担部分经济损失的风险。

社会保险主要有以下几个特征。

1. 强制性

社会保险是国家以立法形式强制推行的社会保障项目中的一种,社会保险内容的实施都应当在法律的调控下进行。在法律规定的范围内,每个劳动者都必须参加社会保险。社会保险由政府设立的相关社会保险机构组织实施,劳动者及其家属都享有法律赋予的这项社会保险的权利。社会保险通过强制执行可以减少随机和偶然性带来的影响。

2. 互济性

社会保险强调的是国家、用人单位和个人三方的共同责任。社会保险通过法律的形式向全社会有缴纳义务的单位和个人收取社会保险费,建立社会保障基金,并在全社会统一用于帮助被保障对象,同时各项社会保险基金可以从统一基金中互相调节。[9]

3. 福利性

国家强制要求劳动者参加社会保险,是为了保障劳动者的基本生活,社会保险并非以营利为目的,它能够为劳动者提供最低收入保障。社会保险以社会效益为目的,目标在于预防社会风险。社会保险实际上是国家给予全体劳动者的一种福利。同时,国家还会根据被保险人的具体情况为被保险人提供各种社会服务,如职业康复、职业介绍、医疗护理等,从而保障劳动者的就业。

4. 公平性

公平是社会保险固有的特征,公平分配是宏观经济政策的目标之一,社会保险作为一种分配形式具有明显的公平性特征。实行社会保险能给暂时或者永远失去劳动能力及有劳动能力但没有工作岗位的劳动者提供物质帮助,这可以使社会的收入差距逐步缩小,从而体现社会的公平。

5. 保障公民的基本权利

社会保险能够保障人们的基本生活,能够为劳动者在失去劳动能力或者收入中断的特殊状态下提供必要的物质帮助,从而维护社会的稳定。同时社会保险具有自我保障性,劳动者都具有缴纳保险费的义务,劳动者缴纳部分保险费实际上是将自身的财产投放到一个指定地点让其升值的一种现象,当劳动者遇到财政危机时,可以及时地取出该资金,从而保障自身的物质生活。

（二）社会保险的主要功能

1. 社会保险能够作为社会稳定器,具有稳定社会功能的作用

无论在任何时代、任何社会制度下,社会成员的老、弱、病、残都是无法避免的客观的社会现象。社会成员也会因为某种原因遭遇风险,当风险事故发生时,许多人会因为灾害损失或者是丧失收入无法维持基本家庭生活而产生逆反心理,为社会不安定埋下伏笔。国家基于该方面考虑,要求劳动者都参加社会保险,通过社会保险保障劳动者的基本生活,从而防止社会的不安定。所以社会保险又可称为社会的"稳定器"。

2. 社会保险有利于促进社会公平

国家通过强制征收社会保险费用,将其聚集成社会保险基金,并对社保基金进行合理的运营投资,保证社保基金的保值增值。在我国,由于人们在文化、劳动能力等各方面都会有差异,导致收入差距。国家通过社保基金的再分配,能够对低收入的劳动者给予一定的保险津贴,保证低收入家庭能够摆脱经济困境,从而在一定程度上减少收入差距,促进社会公平。

3. 社会保险有利于保证劳动生产力再生产的顺利进行

社会保险中的工伤和失业保险,都是对劳动者因工伤导致丧失或者部分丧失劳动能力时以及在面临失业时遇到的困境而做出的一种补助性的措施。通过社会保险基金的补助,能够保证劳动者在因公负伤后有充分的时间和资金进行医疗调理,为接下来的再生产做好充分准备。通过社会保险,劳动者可以在失业时不至于因为生活过度困难而影响其他方面的事情,例如寻找好的工作。确保劳动者能够在较短的时间内有充沛的精力投入到再生产中。

4. 社会保险有利于推动社会进步

社会保险具有互助的特点,且具有互助合作、同舟共济的精神。社会保险通过收取劳动者用能力获取的收入的一部分作为积累资金,并通过集聚社会保险基金,能够促进社会成员的均衡消费,确保他们具有一定的社会购买力。实行统一的社会保险制度,有利于不同地区、不同企业之间劳动力的流动,从而实现产业结构的调整,支持经济发展。

(三)社会保险与商业保险的区别

随着我国社会经济的不断发展,中国的商业保险也不断增加,各种险种接踵而来。尽管商业保险不断普及,但始终无法替代社会保险的作用。因此大学毕业生在就业时,应该注意区分社会保险和商业保险,这样才能不被企业利用而做出侵害自身权益的事情。

商业保险是指通过订立保险合同运营,以营利为目的的保险形式,由专门的保险企业经营:商业保险关系是由当事人自愿缔结的合同关系,投保人根据合同约定,向保险公司支付保险费,保险公司根据合同约定的可能发生的事故因其发生所造成的财产损失承担赔偿保险金责任,或者当被保险人死亡、伤残、疾病或达到约定的年龄、期限时承担给付保险金责任。[10]

社会保险与商业保险的主要区别如下。

1. 保险的性质不同

社会保险是国家为了保障劳动者基本生活而制定的一项社会政策,属于政府行为;然而商业保险是一种商业行为,主要是保险公司为了获取利润,为社会群体提供的需要缴纳较高保险费用的一种保险。商业保险的险种繁多,保障项目各异,但是缴纳的费用整体较高。

2. 保险的对象不同

社会保险针对的对象仅仅是社会劳动者;商业保险的对象没有任何局限性,只要你愿意缴纳一定的保费,并且你达到参保资格就可以参保。

3. 保险资金的筹集方式不同

社会保险的保费由国家、集体、个人三方共同承担,个人承担的费用相对较低;商业保险的保费全部由投保人缴纳,投保遵循自愿的原则。

4. 保险基金的管理不同

社会保险基金由国家委托专业的管理机构进行统一管理运营,国家对其有监管的权利;

商业保险的投资运营主要是保险公司自主运营,属于一种商业运营行为。

5. 经济目的不同

社会保险是不以盈利为目的的一种,旨在保障劳动者的基本生活,保证社会和谐稳定,促进经济的增长、推动社会的进步;商业保险以盈利为目的,创办保险公司的主要目的就是为了获取高额利润。

6. 保障水平不同

社会保险旨在保障人们的基本生活,确保人们不会因为过低收入而引发社会动乱;商业保险更多的是针对有一定经济基础的人展开的,目的是为了满足人们特定的需求,如车险、住房险、责任险等。

7. 保险关系建立的依据不同

社会保险是国家为保障劳动者权益建立的,是国家对劳动者应尽的义务,属于劳动立法范畴;商业保险处于一种商业行为,其保险关系是经济立法范畴。

二、社会保险的五大险种及相关内容

(一)养老保险

1. 养老保险的概念

养老保险是社会化大生产的产物,是社会保障制度的重要组成部分,是社会保险五大险种中最重要的险种之一。随着人口老龄化的加深,养老保险的地位也不断地凸显,其作用也不断扩大,所谓养老保险(或养老保险制度)是国家和社会按照一定的法律和法规,为解决劳动者在退休后的基本生活问题而制定的一种社会保险制度。其主要针对的对象就是达到解除劳动义务年龄界限或因年老丧失劳动能力而退出劳动岗位的老年人。养老保险中的一个重要特点是:养老保险金只有在劳动者退休后才能享有。

2. 养老保险的缴费比例

毕业生签订劳动合同时需要落实该企业是否会为劳动者办理社会保险。在落实是否办理的同时,毕业生应该准确地了解各类险种的缴费比例。

法律规定,保险费采取的是按月缴纳的方式,员工每月缴纳自身工资总额的8%,单位承担员工工资总额的12%。员工自身缴纳的保险费将直接划入个人账户中,单位缴纳的将作为统筹基金保存着。员工可以根据需要随时取出个人账户中的资金。但是获取统筹基金必须满足达到退休年龄,并且缴纳的保费年限满15年。

(二)医疗保险

1. 医疗保险的概念及其特点

医疗保险是为补偿疾病风险所带来的经济损失而设立的一种社会保险制度。职工因疾病、负伤、生育等需要医疗费用时,由社会或企业提供必要的医疗服务、物质帮助及经济补偿的社会保险制度。医疗保险也是国家强制执行的一个社会保险的险种,由国家、企业和劳动者共同筹集基金,确保劳动者不会因为患病严重无资金治疗而影响正常的生活。

医疗保险与其他社会保险的险种相比有两大特殊性：一是医疗保险属于一种短期性和经常性的险种，由于疾病的发生往往带有随机性和突发性，因此在医疗保险的保障上也要满足随机性和突发性；二是由于疾病发生的频率高，导致医疗费用难以控制。

2. 医疗保险的缴费比例

医疗保险相对于养老保险而言，缴纳的保费数额相对减少。劳动者每月需要缴纳个人工资总额的 2%，单位承担该员工工资总额的 8%。

（三）失业保险

失业保险，主要针对适龄劳动人口中有能力且有意愿去就业的社会成员而言的。劳动者由于某种非本人原因失去劳动岗位，无法维持正常的生活，国家和社会通过立法强制实行并建立基金来为劳动者提供物质帮助，以确保劳动者在失业期间能够保障自身生活的一种社会制度。失业保险的最主要功能是保障失业人口的基本生活。失业保险的显著特点就是短期性，因为当劳动者失业时间一旦超过某个界限，国家将把其纳入社会救助体系中。失业保险缴费的比例如下：个人承担每月工资的 1%，单位承担 2%。

（四）工伤保险

1. 工伤保险的概念及主要原则

工伤保险亦称职业伤害保险，是指劳动者在职业劳动中或者在规定的特殊情形下，因遭受意外伤害、患职业病暂时或者永久丧失劳动能力或者死亡时，劳动者本人或者其遗嘱能够依法从国家或社会获得一定物质补偿以保证其基本生活所需的社会保险制度。[11] 工伤保险最重要的两大原则是：一是无责任补偿原则，即对于工伤的补偿是不追究其责任在谁，只要界定为工伤，劳动者都可以获取一定的经济补偿；二是个人不缴费原则，即工伤保险的所有保费是用人单位直接缴纳的，不需要劳动者缴纳任何保费。

2. 如何界定是否为工伤

工伤保险中如何界定工伤最关键。随着我国社会保障的不断完善，对工伤的界定也越来越明晰清楚。工伤可以分成两大块内容：急性工伤和慢性工伤（或称职业病）。所谓的急性工伤是指劳动者在工作过程中因意外事故导致的人体器官和身体机能的损害。慢性工伤是指因工作环境和工作性质引起的职业病。

2004 年 1 月 1 日开始实行的工伤保险条例中第十四条明确规定了职工有下列情形之一的，应当认定为工伤：（1）在工作时间和工作场所内，因工作原因受到事故伤害的；（2）工作时间前后在工作场所内，从事与工作有关的预备性或者收尾性工作受到事故伤害的；（3）在工作时间和工作场所内，因履行工作职责受到暴力等意外伤害的；（4）患职业病的；（5）因工外出期间，由于工作原因受到伤害或者发生事故下落不明的；（6）在上下班途中，受到机动车事故伤害的；（7）法律、行政法规规定应当认定为工伤的其他情形。

第十五条对视同工伤的情况做了以下规定：（1）在工作时间和工作岗位，突发疾病死亡或者在 48 小时之内经抢救无效死亡的；（2）在抢险救灾等维护国家利益、公共利益活动中受到伤害的；（3）职工原在军队服役，因战、因公负伤致残，已取得革命伤残军人证，到用人单位后旧伤复发的。

（五）生育保险

1. 生育保险的定义及特点

生育保险是国际上保护妇女权益的通行办法。生育保险是妇女的一项特殊保障权利，是在妇女因生育子女而暂时丧失劳动能力时，国家通过立法给予妇女的经济、物质补偿和医疗保健的一种社会政策。我国生育保险待遇主要包括两项：一是生育津贴，用于保障女职工产假期间的基本生活需要；二是生育医疗待遇，用于保障女职工怀孕、分娩期间以及职工实施节育手术时的基本医疗保健需要。

生育保险有相对于其他险种没有的特点：（1）享受生育保险的对象主要是女职工，因而待遇享受人群相对比较窄；（2）享受的主体需要满足一定的条件，一是享受对象必须是合法婚姻者，二是妇女生育必须符合国家计划生育政策；（3）生育保险待遇有一定的福利色彩。该种福利是对妇女的特殊生理状态的一种照顾。

2. 生育保险目前存在的问题

目前在我国，许多企业并没有为女职工缴纳生育保险费。因为在生育保险中，劳动者不需要缴纳保险费用，所有费用由企业承担。由于这一特殊原因，导致女性劳动者在求职过程中受到歧视，有些用人单位不招女大学生，或者只招收已经结婚生了孩子的女性。我国现行的生育保险制度存在以下几个问题：一是法制建设滞后，立法程度低，法律在生育保险上对企业的约束力过低；二是各地区发展不平衡，没有进行统一的管理；三是支付方式不规范，并且其保障的水平也过低。

三、新《社会保险法》的亮点解读

2010年10月28日，在中华人民共和国第十一届全国人民代表大会常务委员会第十七次会议上通过《中华人民共和国社会保险法》。该法将于2011年7月1日开始实行，这是最高立法机关首次就社保制度进行立法，该部法律的颁布标志着中国的社会保障事业进入了另一个新的发展局面，同时也为社会保险的实施提供了强有力的法律保障。《中华人民共和国社会保险法》的设计充分体现了以下六大亮点。

（一）统筹层次提高，保障能力增强，确立了"全国统筹"目标

目前，我国基本养老保险基金逐步实行全国统筹，其他社会保险基金逐步实行省级统筹。该社会保险法的确立将进一步提高统筹的层次，增强保障能力，保障参保人员的合法权益。

（二）养老、医疗、失业保险将实现异地"漫游"

该法对养老、医疗、失业三大保险项目的跨地区统筹做出了相关的规定：个人跨统筹地区就业的，其基本养老保险、医疗保险和失业保险关系可随本人转移，缴费年限累计计算，切实做到保障劳动者的合法权益。

（三）大龄人员有资格参加养老保险

国家对大龄人员的政策中指出大龄人员无法实行养老保险。男45岁以上、女35岁以上还未就业的人员，无法参加养老保险。因为该年龄的参保人员在还未缴纳满15年保费前就退休了。新出台的社会保险法对大龄人员原来的政策做出了调整，法律规定参加基本养老保险的个人，达到法定退休年龄时累计缴费不足15年的，可以缴费至满15年，也就是可延期退休，并可按月领取基本养老金，通过调整解决了这部分人的养老保障问题。

（四）异地就医可方便结算

该法律规定：社会保险行政部门和卫生行政部门应当建立异地就医医疗费用结算制度，方便参保人员享受基本医疗保险待遇。通过该规定能够使劳动者减少相应的就医麻烦，节省许多为报销医疗费用手续而耽误的时间。

（五）对用人单位不依法参保缴费的相应处罚做出了明确的规定

法律规定：用人单位不办理社会保险登记的，由社会保险行政部门责令限期改正；逾期不改正的，对用人单位处以应缴社会保险费数额1倍以上3倍以下的罚款，对其直接负责的主管人员和其他直接责任人员处500元以上3 000元以下的罚款。对欠缴社会保险费的，法律强化了对用人单位的强制措施。对用人单位未按时足额缴纳社会保险费的，可以责令限期缴纳或者补足，并按日加收5/10 000的滞纳金；逾期仍不缴纳的，处以欠缴数额1倍以上3倍以下的罚款。

（六）被征地农民可获社会保障

社会保险法第九十六条规定：征收农村集体所有的土地，应当足额安排被征地农民的社会保险费，按照国务院规定将被征地农民纳入相应的社会保险制度。通过该规定能够使农民在被征地后保障农民的基本生活。

参考文献

[1] 刘珂. 大学生职业发展与求职方略 [M]. 济南：山东人民出版社，2005：199–213.

[2] 李妍. 就业协议书——为毕业生护航 [J]. 中国大学生就业，2009（24）：40–41.

[3] 罗明晖，龙健飞. 大学毕业生就业指南 [M]. 湖北：华中师范大学出版社，2005：123.

[4] 丁亮. 浅析就业协议与劳动合同的联系与区别 [M]. 企业家天地·下旬翻，2009（5）：72.

[5] 牛莉. 离职员工违反保密协议法院判赔3万违约金 [EB/OL]. 网易新闻. 2010-11-10. http://news.163.com/10/1110/05/6L3RE8VA00014AED.html.

[6] 李国光. 劳动合同法教程 [M]. 北京：人民法院出版社，2007：684–685.

[7] 王磊. 撑起合同保护伞 [M]. 北京：中国建材工业出版社，2005：28.

[8] 郑自文，朱昆. 农民工法律援助指南——劳动争议 [M]. 北京：中国经济出版社，2004：47.

[9] 史潮. 社会保险学 [M]. 北京：科学出版社，2007：9.

[10] 商业保险 [EB/OL]. 百度百科. http://baike.baidu.com/view/53362.htm.

[11] 朱崇实. 社会保障法 [M]. 厦门：厦门大学出版社，2004：177.

[12] 李婕. 福建再曝疑似内定招聘，应聘者背景待揭开 [EB/OL]. 中国青年网 .2010-11-29.http://news.youth.cn/gd/201011/t20101129_1412684.htm.

[13] 王忠祥. 我国就业歧视的现状表现形式及其成因探析 [J]. 出国与就业：就业教育，2009（11）：10–12.

[14] 赵永乐，王培君，方江宁，王颖. 劳动合同管理与劳动争议处理 [M]. 上海：上海交通大学出版社，2006.

[15] 张桂香. 当代大学生隐性就业歧视及反思 [J]. 琼州学院学报. 2006，17（3），48–49.

[16] 常凯. 劳动保障与劳资双赢——《劳动合同法》论 [M]. 北京：中国劳动社会保障出版社，2009.

[17] 110 法律咨询网. 被告人王函夏、高伟光、杨志刚侵犯商业秘密案 [EB/OL].

第八章
职业适应与发展

本章要点

本章以培养大学生职业道德为基点,阐述了职业道德的含义、内容及培养方式,并具体分析了影响职业成功的因素以及初入职场时应注意的几个问题,对大学生更好地适应与发展职业具有重要的借鉴意义。

大学毕业生处于挥别母校、步入职场的人生重要转折期,如何正确树立职业道德观,顺利实现从学生到职业人的角色转变,尽快掌握职场本领和工作技能,为未来人生事业的发展打下良好的基础,自然成为他们迫切想了解和需要掌握的重要内容。

第一节 职业道德培养

❖ 案例:藏族群众心中的格桑花

尼玛拉木,女,33 岁,藏族,中国共产党党员,云南省迪庆藏族自治州德钦县云岭乡邮政所邮递员。曾获全国邮政系统先进个人、全国城镇妇女巾帼建功标兵、全国五一劳动奖章、全国交通运输系统劳动模范、第十九届全国十大杰出青年、首届全国道德模范提名奖等荣誉。自 1999 年参加工作以来,尼玛拉木心系群众,徒步在雪山峡谷邮路上穿梭了 20 余万公里,取送邮件无数,从来没有延误过一个邮班,也没有丢失过一封邮件,被誉为“藏族群众心中的格桑花”。尼玛拉木所走的邮路在白马雪山和梅里雪山的峡谷地带,总长 350 公里,海拔高差 2 000 多米,一天之内数次感受低温严寒和高温酷热。这段邮路大部分是悬崖峭壁间的羊肠小道,经常遇到飞石、滑坡和泥石流,很少有人敢走。尽管条件十分艰苦,并且凶险重重,但尼玛拉木在这条邮路上一走就是 10 多年。她服务的几十个村寨中,有一条邮路要通过波涛汹涌的澜沧江。由于条件所限,过江通道只有一条锈迹斑斑的溜索。在那命悬一线的细细溜索上,随时都有可能发生各种意外,尤其是雨天,溜索太滑刹不住车,经常会撞在对岸挡墙上。可是为了乡亲们能及时收到信件和报刊,尼玛拉木冒着危险 10 多年间在这条溜索上来回 1 200 余次。在取送邮件的路上,尼玛拉木时常被飞石击伤,在过溜索时被江对岸的木桩撞疼,但她始终风雨无阻,无怨无悔。产后才 20 天,她就把孩子托付给母亲照看,背起邮包又走上了邮路。2008 年 1 月雨雪冰冻灾害肆虐的时候,她不顾个人安危,冒着雨雪把 100 多封第二代身份证特快专递如期送到了红坡村的乡亲手中。有些群众住在深山里出门不容易,便托付她稍带上一些急需的日用品,她从没多收过群众一分钱。

可以说,尼玛拉木在平凡的岗位上所取得的成绩与她兢兢业业、任劳任怨的职业道德、职业精神是分不开的。正是她的无怨无悔、埋头苦干,才赢得了人民群众的认可和赞许,在平凡的工作岗位上做出了不平凡的业绩。古人云:"才者,德之资也;德者,才之帅也。"可以说,良好的职业道德是取得职业成功的基石,是大学毕业生走向职场、取得成功的前提条件。

一、职业道德的含义

职业道德是指人们在特定职业活动中所应遵循的职业行为准则和规范的总和。不同的行业都具有其自身活动发展的客观规律,不同职业人员在特定的职业活动中会形成特殊的职业关系,包括职业主体与服务对象之间的关系、职业团体之间的关系、同一职业团体内部人与人之间的关系,等等,从而形成了不同职业的道德规范,即职业道德。同时,职业道德也是一定社会经济关系所决定的社会意识形态,是与阶级道德或社会道德密切联系的。职业道德始终是在阶级道德和社会道德的影响制约下存在发展的,任何一种形式的职业道德都不同程度体现着阶级道德和社会道德的要求。阶级道德或社会道德也要通过具体的职业道德形式表现出来。

二、职业道德的内容

在任何时代,职业道德都是当时社会或阶级的道德在各种具体职业活动中的具体表现。在当前全面建设小康社会的历史进程中,必须深入持久地开展以为人民服务为核心、以集体主义为原则的社会主义道德教育,大力倡导以爱岗敬业、诚实守信、办事公道、服务群众、奉献社会为主要内容的职业道德。

(一)职业道德的核心:为人民服务

为人民服务是马克思主义世界观、人生观、价值观的集中体现,是中国共产党的一贯宗旨和社会主义国家的主导价值观念,理应成为中国特色社会主义事业的价值导向和各个行业职业道德的核心。

1. 为人民服务是社会主义道德建设的根本出发点和根本目的

经济基础决定上层建筑。社会主义制度是以公有制为主体、多种所有制经济共同发展的经济制度,社会主义的本质是解放生产力和发展生产力,消除剥削,消除两极分化,最终达到共同富裕。因此,社会主义道德建设不能忽视广大人民群众的根本利益。

2. 为人民服务是社会主义市场经济完善发展的内在需要

社会主义市场经济是法制经济和道德经济的结合体。一方面,社会主义市场经济建设的根本目的是提高人民群众的生活水平,这就需要推动生产力发展,创造足够的就业岗位,使人民在物质上富足、在精神上充实。另一方面,社会主义市场经济的健康发展需要强有力的思想道德保障和巨大的精神动力,只有这样才能克服市场经济自身无法克服的盲目性、自发性等不足,消除市场经济带来的消极影响。

3. 为人民服务是社会主义职业道德实现先进性和广泛性相统一的要求

在社会主义社会,我们要发挥共产党员和先进分子的模范带头作用,倡导公而忘私、勇于献身的共产主义道德品质,实现道德的先进性。同时,要重视道德的广泛性,普通劳动者只要诚实劳动、忠于职守、公平交易、按劳取酬、履行公民义务、热心社会公益事业,也是为人民服务。要从社会主义初级阶段的现实出发,把社会主义道德的先进性要求和广泛性要求结合起来,逐步引导人们追求更高的道德目标。[1]

(二)职业道德的原则:集体主义

集体主义主张个人从属于社会,个人利益应当服从集体、国家利益的一种思想理论和精神。集体主义原则的核心是正确处理集体和个人的关系,是社会主义职业道德的核心原则,主要包括三个方面内容:一是强调集体利益高于个人利益;二是在保障国家和集体利益的前提下,实现个人利益与集体利益的有机结合的原则;三是当个人利益与集体利益发生矛盾的情况下,一方面要求社会、国家尽量考虑个人正当合理的利益需要;另一方面要求个人利益服从社会整体利益,其目的是保证大多数人民群众的个人利益的实现和满足。

集体主义原则贯穿于社会主义职业道德发展的全过程,对人们在一切社会关系中的行为,具有普遍的指导作用和约束力;在职业道德规范体系中居于主导地位,对其他一切行为准则具有重大影响作用。作为社会主义事业的建设者和参与者,要正确把握集体利益与个人利益的辩证统一关系,既认识到国家、集体的发展和价值的实现是个人利益价值实现的基础,又认识到个人利益是国家集体利益的源泉,从而在职业生涯中正确处理好集体和个人、整体和个体的关系。

(三)职业道德基本规范

职业道德规范是一定社会中的从业者在职业生活中应遵循的基本职业行为准则,是职业道德基本原则的具体展开和集中体现。《公民道德建设实施纲要》明确指出:"要大力倡导以爱岗敬业、诚实守信、办事公道、服务群众、奉献社会为主要内容的职业道德规范,鼓励人们在建设中做一个好的建设者。"

1. 爱岗敬业

爱岗敬业是社会主义职业道德的基本要求之一,是职业道德的首要标准。爱岗就是从业者热爱自己的工作岗位,热爱本职工作;敬业就是要用恭敬严肃的态度对待自己的职业,勤勤恳恳,忠于职守。爱岗与敬业是有机统一体,爱岗是敬业的前提,敬业是爱岗的升华,是爱岗情感的行为表现。

爱岗敬业,首先要做到"干一行,爱一行",正确对待自己所从事的职业,努力培养对所从事职业的幸福感、荣誉感,尽心尽力履行自己的岗位职责。其次要有刻苦钻研的精神,要将知识的优势迅速融入到本岗位的业务技能中,在熟悉业务技能的基础上,更好地为企业、为社会服务,真正将爱岗敬业落到实处。再次是正确认识爱岗敬业与岗位流动的关系,人才合理流动有利于劳动力资源的优化配置,爱岗敬业并非要求人们始终从事一种职业,而是强调不论在何种工作岗位上,都能热爱和珍惜自己所从事的职业,干好本职工作。

2. 诚实守信

诚实守信是中华民族的传统美德,是做人的根本。诚实就是忠诚老实,不讲假话。守信就是信守诺言,讲信誉,重信用,切实履行自己应承担的义务。诚实是守信的基础,守信是诚实的具体表现。诚实守信既是职业生活中从业者对社会、对人民所承担的职责,也是人们在职业活动中处理人与人之间关系的道德准则。

诚实守信,首先要做到心诚自律。"诚"和"信"是内心和外部行为合一的道德修养境界,只有通过内心的修为,才能在无人监督、无人强制的情况下也能始终坚持诚实守信。其次要在职业活动中做到信守诺言、言行一致。比如,在从事经营活动时诚实劳动,合法经营,不以假乱真,把优质的产品和服务给予消费者;在市场交易中,应认真履行合同,做到一诺千金等。总之,诸如此类良好的职业道德行为会为自己赢得声誉和发展机会。

3. 办事公道

办事公道是职业道德的基本准则之一。做公正的人,办公道的事历来是从业者所推崇的道德目标。办事公道要求从业者在从事职业活动、处理各种利益关系时,坚持实事求是、客观公正的立场和态度,本着为双方或多方共同利益着想的原则,做到不偏不倚,办事公正、公开、公平、合法、合理、合情。

办事公道,首先要追求公平正义的意识。在社会主义市场经济条件下,每个市场主体不仅在法律地位上是平等的,在人格尊严和合法权益上也是平等的,都应当相互尊重、平等互惠。对具体从业者来讲,不论是否存在服务职位、民族阶层等各种差异,都应一视同仁。其次要与从业者的岗位要求相结合。各类职业活动一般都有一定的原则以及政策指导和规范,从业者不能随意变通,徇私舞弊。公职人员要忠于职守,勤奋敬业,廉洁奉公,不徇私情,办事要出于公心,不以个人好恶处事论事;企业从业者要遵守纪律,钻研技艺,秉公办事,不谋私利;科技从业者要热爱科学,追求真理,立志献身,探求真知,造福人类。

4. 服务群众

服务群众是社会主义职业道德的目标指向,它是职业行为的基本要求。服务群众要求从业者在职业活动中要全心全意为人民服务,要虚心、耐心、热心、真心,积极为群众排忧解难。

服务群众,首先要正确认识服务与被服务的关系。在社会主义社会,每个从业者都是群众中的一员,既是为他人服务的主体,又是他人服务的对象;每个人都有享受他人职业服务的权力,又承担为他人提供职业服务的义务。在正确认识两者关系的基础上,提升服务群众的观念,不仅仅把服务他人作为谋生的手段,更要将其作为实现自身价值的重要途径,进而全心全意为人民服务。其次要尊重他人利益。由于每一个从业者具有服务者和被服务者的双重角色,因此在工作中都应该感谢他人,尊重他人,为他人合法利益着想,尊重他人也是尊重自己,维护他人合法利益,也是维护包括自己在内的每位劳动者的利益。再次是要方便他人,为他人提供优质服务,尽力为他人排忧解难。总之,在职业活动中,要把方便留给他人,把困难留给自己,这是服务他人的应有之义,而服务他人在不断地延伸,必然形成"无数个服务他人的总和",这便是服务群众。

5. 奉献社会

奉献社会是社会主义职业道德的最高要求,是为人民服务和集体主义职业道德原则的最集中体现。奉献社会要求各种行业的从业者要把自己的全部聪明才智和力量投入到工作中,努力为社会、为国家多做贡献,为社会整体长远的利益多做考虑。

奉献社会,首先要发扬无私奉献的精神。随着社会主义市场经济体制的不断完善发展,市场的机制制度在激发从业者积极性、创造性方面发挥了应有的作用,有效促进了社会生产率的提高,但与此同时也会造成个人对功利的片面追求,甚至造成极端利己主义和享乐主义的蔓延。为此要充分发挥社会主义制度的优越性,树立和发扬无私奉献的精神,控制从业者追求上的偏差,调节人与人之间的冲突,从而营造和谐争先的经济发展环境。其次要立足岗位做奉献。三百六十行,行行出状元。每个从业者无论从事什么职业,无论在什么岗位,都要以岗位为立足点为社会做贡献,只有这样才会把奉献落到实处,才会形成由每个从业者在自己职业岗位上创造的工作业绩汇聚而成的巨大社会创造力,进而为社会的发展进步做出应有的奉献。[2]

三、职业道德的培养

职业道德的培养是对从业者的职业观念及行为进行培育、修正和完成的过程,是把职业道德原则和规范自觉贯彻落实到所从事的职业活动中,从而树立良好的职业道德意识,养成良好的职业道德行为习惯的过程。从伦理学角度讲,个体职业道德要经历他律、自律和价值目标形成三个时期。个体职业道德的最终形成要靠对个体的培养教育和自我修养来完成。

(一)在学习中塑造优秀的职业道德人格

职业道德人格是从业者个人职业道德行为和品质的统一体,是对从事某种职业的个人的人格道德规定。职业道德人格不是与生俱来的,而是必须通过不断地学习、修为、完善日益形成的。在当前社会主义现代化建设进程中,胡锦涛提出的社会主义荣辱观体现了社会主义道德建设的客观要求,是从业者塑造优秀职业道德人格的必修课。必须通过对荣辱观的学习,把社会主义思想道德和法律要求转变为内在的人格品质修为,把"八荣八耻"变为自己的行为标准指导职业活动。必须以荣辱观的学习促进正确职业价值观的树立,在岗位活动中不为个人得失斤斤计较,不向挫折屈服,不为冲突而忧虑,热爱自己的本职工作,积极努力做出成绩。必须以先进人物为学习榜样,将榜样的力量转化为自身前进的动力。清洁工人时传祥"宁肯一人臭,换来万户香"的崇高精神至今广为流传;钟南山等一大批医务工作者,不顾自身可能被传染的危险,奋战在"非典"第一线的动人事迹备受崇敬。

(二)在实践中养成良好的职业道德行为

职业道德行为是从业者在一定职业道德意识、情感、观念影响下所采取的自觉职业道德活动,它是职业道德规范、职业道德意识、职业道德人格转化为职业道德活动的具体表现。实践是主观见之于客观的桥梁,是实现这种转变、养成良好职业道德行为的唯一途径。在校期间,要积极地通过专业实践、社会实践的"实验场"、"大熔炉",认识体验本职业道德内涵,并达到认识专业、走进职场、培养职业感情的目的。进入职场后,要充分认识职业道德行为的重要作用与意义,不以善小而不为,从身边做起,工作上主动、热情、耐心、周到,善于倾听不同的声音,善于发现和正视自身的不足和缺点,主动接受大家的监督。良好职业道德行为能比较全面、综合、客观地反映从业者职业道德品质的状况,一旦形成,就会产生一种稳定而强大的力量,并使从业者终身受益。

（三）在修为中提升个体的职业道德境界

职业道德境界是从业者通过职业道德学习、教育、实践后所达到的职业道德觉悟程度、所形成的职业道德情操水平,是对优秀职业道德人格、良好职业道德行为中优秀精神内核的整合提升。重视自身道德修养是中国传统思想尤其是儒家思想的重要内容,许多老一辈革命家也十分重视自身道德修养。刘少奇的《论共产党员的修养》一书曾是共产党员进行思想道德修养的教材,陈毅曾用"应知学问难,在乎点滴勤。尤其难上难,锻炼品德纯。"感慨道德修养的重要性。"内省"和"慎独"是职业道德境界修为和提升的重要方法。

"内省"即对自己内心的审视,是通过内心省察检讨,使从业者的言行符合职业道德标准的要求。古人云:"吾日三省吾身。""内省"一要善于解剖自己、正确认识自己,大胆正视自己的不足;二要敢于反躬自问,自我批评,自我检讨;三要有决心改过,扬长避短,不断提高自身的职业道德修为。"慎独"是指一个人独处,并在没有外界监督的情况下,也能恪守道德要求,不做任何对不起良心和公众的事情。"慎独"是儒家推崇的自我修身方法,提倡个人修身,并要建立在自觉和诚心的基础上。我国古代东汉时期的廉吏杨震,在上任的路上力拒送金之人:"天知、地知、我知、子知,何谓无知?"至今仍为美谈。"慎独"既是一种修身方法,也是一种崇高的道德境界,标志着一个人的职业道德修养已达到高度自觉的状态。"慎独"不是"作秀",而是对高尚职业道德境界的追求,为此,要将"慎独"贯穿于个人修身的全过程,提倡自我约束、自我监督和自我教育的方式,使从业者在职业道德修养中具有高度自觉和坚定的信念。[3]

❖ 测试:职业价值观的自我测试

下面有 25 道题,代表 13 项工作价值观,每题有 5 个备选答案,请根据自己的实际情况或想法,选择一个答案:非常正确计 5 分;比较正确计 4 分;一般正确计 3 分;不太正确计 2 分;很不正确计 1 分。

（1）你的工作必须经常解决新的问题。

（2）你的工作能为社会福利带来看得见的效果。

（3）你的工作奖金很高。

（4）你的工作内容经常变换。

（5）你能在你的工作范围内自由发挥。

（6）你的工作能使你的同学朋友非常羡慕你。

（7）你的工作很有艺术性。

（8）你的工作使你感觉到你是团体中的一分子。

（9）不论你怎么干,你总能和大多数人一样晋级和加工资。

（10）你的工作使你有可能经常变换工作地点、工作场所或工作方式。

（11）在工作中你能够接触到各种不同的人。

（12）你的工作上下班时间比较随便、自由。

（13）你的工作使你有不断取得成功的感觉。

（14）你的工作赋予你高于别人的权力。

（15）在工作中，你能试行一些你的新想法。

（16）在工作中，你不会因为身体或能力等因素被人瞧不起。

（17）你能从工作的成果中知道自己做得不错。

（18）你的工作经常要外出，参加各种集会或活动。

（19）只要你干上这份工作，就不会再调到其他意想不到的单位或工种上去。

（20）你的工作能使世界更美丽。

（21）在你的工作中，不会有人常来打扰你。

（22）只要努力，你的工资会高于其他同龄的人，或升级、加工资的可能性比其他工作大得多。

（23）你的工作是一项对智力的挑战。

（24）你的工作要求你把一切事情管理得井井有条。

（25）你的工作单位有舒适的休息室、更衣室、浴室及其他设备。

（26）你的工作有可能结识各行各业的知名人物。

（27）在你的工作中，能和同事建立良好的关系。

（28）在别人的眼中，你的工作是很重要的。

（29）在工作中，你经常接触到新鲜事物。

（30）你的工作使你常常能帮助别人。

（31）你在工作单位中，有可能经常变换工种。

（32）你的作风使你被别人尊重。

（33）你的工作单位的同事和领导人品较好，相处比较随便。

（34）你的工作会使许多人认识你。

（35）你的工作场所很好，例如有适度的灯光，舒适的座椅，安静、清洁的环境，宽敞的工作空间甚至恒温、恒湿等优越的条件。

（36）在工作，你为他人服务，使他人感到很满意，你自己也就很高兴。

（37）你在工作时需要组织和计划别人的工作。

（38）你的工作需要敏锐的思考。

（39）你的工作可以使你获得较多的额外收入，例如常发物、常购买打折扣的食品、常发紧俏商品的购货券、有机会购买进口货等。

（40）在工作中，你是不受别人差遣的。

（41）你的工作结果应该是一种艺术品而不是一般的产品。

（42）在工作中，你不必担心因为所做的事情领导不满而受到训斥或经济惩罚。

（43）在工作中，你能和领导有融洽的关系。

（44）你可以看见你努力工作的结果。

（45）在工作中常常要你提出许多新的想法。

（46）由于你的工作，经常有许多人来感谢你。

（47）你的工作成果常常能得到上级、同事或社会的肯定。

（48）在工作中，你可能做一个负责人，虽然可能只领导很少几个人，但你信奉"宁做兵头,不做将尾"的俗语。

(49) 你从事的那一种工作,经常在报刊、电视中被提到,因而在人们的心目中很有地位。

(50) 你的工作有数量可观的夜班费、加班费、保健费或营养费等。

(51) 你的工作体力上比较轻松,精神上也不紧张。

(52) 你的工作需要和电影、电视、戏剧、音乐、美术、文学等艺术打交道。

测试结果分析:

从价值观上将分数分项,并汇总各项得分。

(1) 利他主义,说明:工作的目的和价值,在于直接为大众的幸福和利益尽一份力。题号:(2)、(30)、(36)、(46)汇总得分(　　)。

(2) 美感,说明:工作的目的和价值,在于能不断追求美的东西,得到美的享受。题号:(7)、(20)、(41)、(52)汇总得分(　　)。

(3) 智力刺激,说明:工作的目的和价值,在于不断进行智力的操作,动脑思考、学习以及探索新事物,解决新问题。题号:(1)、(23)、(38)、(45)汇总得分(　　)。

(4) 成就感,说明:工作的目的和价值,在于不断创新,不断取得成就,不断得到领导和同事的赞扬或不断实现自己想要做的事。题号:(13)、(17)、(44)、(47)汇总得分(　　)。

(5) 独立性,说明:工作的目的和价值,在于能充分发挥自己的独立性和主动性。按自己的方式、步调或想法去做,不受他人的干扰。题号:(5)、(15)、(21)、(40)汇总得分(　　)。

(6) 社会地位,说明:工作的目的和价值,在于所从事的工作在人们的心目中有较高的社会地位,从而使自己得到他人的重视与尊重。题号:(6)、(23)、(32)、(49)汇总得分(　　)。

(7) 管理,说明:工作的目的和价值,在于获得对他人或某事物的管理支配权,能指挥和调遣一定范围的人或事。题号:(14)、(24)、(37)、(48)汇总得分(　　)。

(8) 经济报酬,说明:工作的目的和价值,在于获得丰厚的报酬,使自己有足够的财力去获得自己想要的东西,使生活过得较为富足。题号:(3)、(22)、(39)、(50)汇总得分(　　)。

(9) 社会交际,说明:工作的目的和价值,在于能和各种人交往,建立比较广泛的社会联系和关系,甚至能和知名人物结识。题号:(11)、(18)、(26)、(34)汇总得分(　　)。

(10) 安全感,说明:不管自己能力怎样,希望在工作中有一个安稳的局面,不会因为奖金、加工资、调动工作或领导训斥等经常提心吊胆、心烦意乱。题号:(9)、(16)、(19)、(42)汇总得分(　　)。

(11) 舒适,说明:希望能将工作作为一种消遣、休息或享受的形式,追求比较舒适、轻松、自由、优越的工作条件和环境。题号:(12)、(25)、(35)、(51)汇总得分(　　)。

(12) 人际关系,说明:希望一起工作的大多数同事和领导人品较好,相处在一起感到愉快、自然,认为这就是很有价值的事,是一种极大的满足。题号:(8)、(27)、(33)、(43)汇总得分(　　)。

(13) 变异性,说明:希望工作内容经常变换,使工作和生活显得丰富多彩,不单调枯燥。题号:(4)、(10)、(29)、(31)汇总得分(　　)。

得分最高的前三项:(1)　　(2)　　(3)

得分最低的后三项:(1)　　(2)　　(3)

从得分最高和最低的三项中可以大致看出你的价值观的倾向,在选择职业时就可以加以考虑,例如做码头工人、建筑工人、矿工等,收入很高,但是比较辛苦,如果你倾向于收入高,而不在乎轻松舒适与否，那么选择这一类职业是比较合适的；如果你比较看重社会交际，而不怎么在乎社会地位，那么当一个营业员、推销员、列车员、售票员或旅行社、宾馆的服务人员是比较合适的。总之，一个人的价值观在选择职业时起着很重要的作用，只有客观地认识它，正确地摆正它的位置，才能在升学或就业时做出合理的选择。

同时，我们还应该认识到，个人的价值可能是不同的。如果能很好地认识自己和他人的价值观，将有助于搞好人与人之间的关系，进而发展友谊。例如，你的同事比较看重独立性，而你却很喜欢指挥别人，在你们的相处中，你就应该注意分寸，凡是你希望他（她）做的事，尽量用建议或讨论的口气。又如，你的同事比较看重荣誉和他的赞扬，而你却倾向于获得成就，你们在完成某一项任务时都很努力，一旦有了成就，你看到了已经很满足了，而根据你的同事的价值观，你应该努力为他（她）创造条件，使其受到同志们和领导的赞扬，如果有立功受奖的机会，你应该主动谦让。这不属于投其所好，而是同心同德，想人之所想，共同做好工作。

（资料来源：杨一波．战胜职场——大学生就业指导．北京：清华大学出版社，2007.）

❖ 阅读：2010，他们感动中国

2月14日，北京的春天已悄悄来了。春风中，中央电视台"感动中国"2010年度人物颁奖盛典隆重举行，给人们的心灵带来一股暖意。

视国家利益重于一切的科学泰斗钱伟长、信义兄弟孙水林和孙东林、玉树不会忘记的康巴铁汉才哇、家中几乎一贫如洗却资助180多名特困生的好人郭明义、冲入泥石流救起23条生命的军人王伟、扎根草原42年的上海医生王万青、冲入火海救出5名孩子的平民王茂华和谭良才、三栖尖兵何祥美、资助了37名贫困学生的"洗脚妹"刘丽、患绝症后仍拼命工作的警察孙炎明，成为2010年度温暖与震撼的力量源泉。还有三个群体获得了特别奖：8位维和英烈、K165次列车乘务组和中国志愿者群体。

每一年颁奖盛典的播出，都是举国上下难以平静的时刻。2010年的《感动中国》，第9次唱响了"让整个民族为之动容的精神史诗"。不少观众表示，他们是含着眼泪看完节目的，"《感动中国》是一部唱响时代主旋律的经典之作"，"《感动中国》表现的是一个国家的精神脊梁，也表现出一个国家级媒体的责任感。"

感动源自传统美德的召唤

"感动中国"的总策划在接受采访时表示，展现社会主义核心价值观、弘扬爱国奉献的民族精神是"感动中国"人物评选活动的宗旨。

正是秉承这个宗旨，2010年辞世的科学泰斗钱伟长也进入了《感动中国》获奖者的序列。钱老的伟大不仅在于他在科学上所取得的成就，更因为无论顺境逆境，他都始终保持一颗对祖国无限忠诚热爱的赤子之心。

来自草原的曼巴王万青，40多年前就从大城市奔赴草原，把自己的一生全部投入给当地牧民。虽然只是一位赤脚医生，但是在他的身上有一种先天下之忧而忧的真实的传统知识分子情怀。

还有"信义兄弟"孙水林、孙东林，他们虽然只是名不见经传的小包工头，却从打工做起，深深感念农民工的疾苦，立志决不欠薪。即使在兄长遇难的时候，弟弟也擦干泪水，接力还薪。出于对传统的尊敬，诚信的力量在他们身上势不可挡，即使在死亡面前也决不退步。

尤其是来自厦门的"洗脚妹"刘丽，80后的她，从贫困的农村来到城市，自己刚刚达到温饱，就担负起数十名孩子的教育经费。对于善良的炽烈追求，来自她的内心，也来自她早年在农村的艰苦生活经历。

让泰斗级大科学家与平凡小人物同处一个舞台，享受同样的荣誉，是因为他们身上所体现出来的忠诚、善良、诚信和献身精神，是我们中华民族的灵魂。可见，民族魂是一个民族伟大优良传统在民间、在人民内心深处的坚实存在，因为其真，因为其平实，所以最能催人泪下，最能深入人心。而这种超越一切阶层、身份差异，把属于一个民族的精神财富以一个单纯的角度聚集在一台节目中，奉献给观众，这正是《感动中国》多年积累下的最为宝贵的经验。

感动源自生死抉择的震撼

除了具有共性的永恒价值，"感动中国"还十分注重人物的年度特征。

2010年是特别的一年，风雷激荡。玉树地震，舟曲泥石流，各种灾难接踵而来。在突发事件中，一个人做出的选择绝非偶然，而是内心绵延不断的责任感在瞬间的爆发。

青海玉树的地震成为2010年人们无法忘却的疼痛。藏族基层干部才哇在赶赴救援的路上，听说家中有五位至亲在地震中遇难，但是他目睹眼前的废墟，不忍离去，毅然留下来救援，并快速组织村民自救。

在甘肃南部发生的舟曲泥石流事件中，武警战士王伟坚守岗位，第一时间投入救援，未能顾及家人，致使500米距离之外的妻子和未出世的孩子在灾难中失去生命，留下永远的悲痛。他的故事让很多听众落泪。

在陕西K165次列车遭遇垮桥事故中，列车乘务组表现出良好的职业素质，甘冒奇险，无一退缩，在15分钟内井然有序地指挥撤离了1 300多名乘客，在车厢坠入洪水之前，保证了全部旅客的生命安全。正在附近的各方人员也迅速赶来伸出援手，联手把一场威胁人民生命财产的灾难降低到最低限度。

才哇、王伟和K165列车组，还有王茂华、谭良才等多位人物，处于不同岗位，来自不同民族，但是他们在重大突发事件中表现出惊人的一致：在突发的灾难面前，他们不怕危险，勇于担当，以群众和集体为大，却无暇顾及个人利益。他们的作为，是社会主义核心价值观在当下最直接的具体呈现，纷繁的社会交响中，人们听到了有力的音符。

《感动中国》在针对重大事件题材时，特别注意甄别整理，选择其中具有可视性，并隐含强烈主旋律精神内容的故事和人物。只有这样，才能让一个节目在今天这样一个信息多样化的时代，奏响时代的强音。

感动源自社会责任的担当

《感动中国》每年一度，梳理过去一年生活中的精神榜样。但是在新闻之外，也会深度关注社会生活中出现的具有推广意义的新的精神取向。

自本世纪初期开始登上我国社会舞台的志愿者，成为越来越有影响力的民间群体，2010年，玉树地震、上海世博、广州亚运三次重大事件中，我们都能看到志愿者活跃而且成熟的身影，他们成为国家行政力量之外的有力补充。在这些志愿者身上，我们发现了一种自觉帮助他人、改善社会，不求私利与报酬的宝贵理念，这是一种依据个人自由意志和兴趣自发形成的全新的利他精神。

《感动中国》敏锐地发现了这种潮流中正在崛起的公民意识和公益心，并以特别致敬的方式给予肯定和表彰，以感动的名义推动这种志愿者精神影响更多的人，推动它成为社会主义精神文明的重要组成方面。为此，他们在颁奖典礼上精心设计了一个环节，属于志愿者的奖杯，在人群当中传递。它如同一个邀请，让人们也成为志愿者中的一员。让它带着大家的温度，一个接一个地向下传递。

此外，2010 年还有一件不能忘却的事——海地地震灾难中我国有 8 位维和警察英勇殉职。这成为震动世界的重大新闻，各国媒体纷纷报道，并称誉中国在世界事务中所体现出的大国责任，国家对于维和英烈魂归故里也赋予最高礼遇。《感动中国》向 8 位维和英烈予以特别致敬，就是希望更多国人借此了解自己的祖国正在崛起，勇于承担大国责任，并为此付出了宝贵代价。

为当代中国人谱写真实生动的心灵历史，在泪水之外让观众收获更多的鼓舞，这是《感动中国》一直孜孜以求的目标。它做到了。"相信看过的每个人都会有一种真实的圣洁感，就像一次思想上的升华，一次精神上的沐浴，一次心灵上的充电，撼人心魄，催人奋进！"海地维和部队的杨乾坤警官如是说。

（资料来源：http://opinion.news.cntv.cn/20110216/110035.shtml。）

❖ 师生互动思考题

1. 结合所学专业了解自己未来可能所从事的相关职业的职业道德规范和职业素质要求。

第二节　影响职业成功的因素

❖ 案例：吴斌与他的创业团队

吴斌，男，武汉某大学经济与管理学院 2007 级硕士研究生。本科期间，吴斌就读武汉某大学医学院。在临床实习中，吴斌常常目睹到病人因伤口所带来的巨大痛苦。于是，他暗下决心，一定要研究出一种理想的新型辅料，既要减轻创伤给人带来的痛感，又要解决疤痕难消的难题。2005 年 6 月，吴斌牵头组建了"纽绿特"创业团队，并研制出以甲壳素为主要成分的"纽绿特活性敷料"。这种新型辅料采用了崭新的"吸水保湿疗法"，实验证明，新疗法比老疗法使伤口愈合时间缩短了 2~3 天，具有无疤痕修复、快速愈合、无需换药等特效。2005 年 10 月，他的团队参加了第五届全国"挑战杯"大学生创业计划竞赛，一举获得了大赛金奖。他们研发的产品还申请了 4 项国家发明专利。将临床医学的务实严谨与经济管理的求变灵活相结合，扎实地学习医学知识、深入地探索科研创新，是吴斌大学期间的奋斗目标，将知识转化为生产力则成为他的团队实现理想的执著追求。2007 年 6 月，在一位民营企业家的投资下，武汉一家生物科技有限公司在东湖高新开发区正式注册成立。通过前期完善的临床试验，吴斌公司的产品已显现出良好的发展前景。共青团湖北省委实施的"青年创业支援计划"将"壳聚糖生物医用敷料"作为首批省级扶持项目,提供资金扶持,并引入 IYB (Youth Business International) 模式,组织专家对这家生物科技有限公司进行人力资源、财务管理、物流、技术等方面的全面系统培训。公司规模也将从现有的 20 多人扩增至 100 人左右。吴斌说,创业的路上有数不尽的艰难险阻,但是,越是艰难就越能坚定他走下去的决心。

机会总是垂青于有准备的人。正确的目标、坚定的信心、扎实的知识基础,使吴斌在机会来临时能牢牢抓住机会,也为他自己的成功创造了机会。影响职业成功的因素有很多,既有诸如社会条件、创业环境等外在因素的影响,也有个体目标、信心等内在因素的影响。外因总是通过内因起作用,况且外在因素往往是个体难以改变的,所以作为初入职场的大学毕业生,要想取得成功,必须从个人内在因素入手,正确认识成功,进而树立目标、增强自信、做好准备、走向成功。

一、正确认识成功

要想取得成功,首先要正确认识成功,树立适合自身的成功观。在谈到成功时,人们往往和"功名"、"利禄"、"财富"联系在一起,在学期间看成绩,从业以后看名利。特别是在市场经济蓬勃发展的今天,财富从某种意义上成了成功的代名词。那么,究竟什么是成功呢? 成功涵盖了多方面的内容,不同的人有着不同的诠释。

原微软中国研究院院长、中国创新工场董事长兼首席执行官李开复,在语音识别、人工智能、三维图形和国际互联网媒体等领域取得了重大研究成果,享有很高的声誉,他的人生经验和治学精神在我国青年中,尤其是青年大学生中引起了广泛的关注和认同。他认为:成功就是做最好的自己。他认为,人生最遗憾的莫过于轻易放弃了不该放弃的东西,或是固执地坚持不该坚持的。所以要有勇气改变可以改变的事情,有胸怀来接受不可改变的事情,用智慧来分辨两者的不同。成功说白了就是做最好的自己。

新东方教育科技集团创始人俞敏洪,从提着浆糊瓶沿街贴招生广告的教师,到所创办公司在纽约证交所上市的亿万富豪,这样传奇的人生经历只用了 13 年的时间就实现了。俞敏洪认为,经历过生活考验和成功与失败反复交替的人,最后终成大器;没有经历生活的大起大落,但在技术方面达到了顶尖地步,比如学化学的人最后成为著名化学家,这也是成功。

英国政论家、历史学家埃米尔·赖希 (Emil Reich) 在《生命中的成功》中谈到"生命中的成功,不仅包括你的职业和收入,而且包括你的家庭、友谊、个人健康,还有精神的、智力的及情感的发展"。他认为"成功的三个常量"是"健康的身体"、"健康的道德情操"和"健康的经济状况"。

成功学创始人戴尔·卡耐基 (Dale Carnegie) 的接班人、成功学代表人物之一——拿破仑·希尔 (Napoleon Hill),著有《成功规律》、《思考致富》以及《人人都能成功》等风靡世界的畅销书。希尔把自己归纳的成功法则称为"PMA 计划",这个计划的核心几乎可以用"积极的心态"加以概括。希尔还把"积极的心态"具体分解为确定的目标,多走些路,正确的思考,高度的自制力,领导才能,自信,迷人的个性,创新精神,热忱的性格,专心致志,合作品格,冷静地对待失败,永葆进取心,恪守时间,身心健康,良好的习惯等 17 个成功的原则。

为此,成功没有统一固定的标准,而是一个多元的概念。成功更强调的是人的一种积极进取的心态,一种为实现符合自身人生目标而努力奋斗的体验和过程。在成功的视野里,健康、经济的独立自由、家庭的和谐、心灵的宁静以及自我价值的实现等,都是很重要的。

二、影响成功的因素

成为一个成功职业者,是每个人的想法和希望。大学毕业生刚走向社会,迈上人生职业旅途,更是如此。影响成功的因素很多,以下主要从个体内在因素角度提出影响成功的七个方面的因素。

(一)正确的目标

美国总统罗斯福的夫人与萨尔夫将军有这样一次对话。罗斯福总统的夫人在本宁顿学院念书的时候,打算在电讯业找一份工作,以补助生活。她的父亲为她引见了自己的一个好朋友——当时担任美国无线电公司董事长的萨尔夫将军。将军热情地接待了她,并认真地问:"想做哪一份工作?"她回答说:"随便吧。"将军神情严肃地对她说:"没有任何一类工作叫'随便'。"片刻之后,将军目光逼人,以长辈的口吻提醒她说:"成功的道路是目标铺出来的。"

可见,目标对于成功来讲有着举足轻重的作用。目标是成功的载体,没有目标,就谈不上实现目标,也就谈不上成功。目标是努力的方向,只有设计并确定了明确的目标,你才可以集中你所有的时间和精力,向这个方向发起攻击。目标也是前进的动力,有了明确的目标,并把这种目标根植于你的思想之中,进而转化为你追求成功的潜意识,时时推动你的行为。邓亚萍的成功,也是在于她有着正确的目标,打球时就有着当世界冠军的梦想,到清华大学就读后就一心想着做一名合格的大学生,并沿着目标的方向不懈努力,取得了一次又一次的成功。

当然,个人在制定目标时首先要做到切合实际:一是要符合自身的兴趣、爱好、特点、专长,这样更易于实现目标;二是要符合事物发展的客观实际,要讲究科学。其次,目标的制定要具备理想性、价值性,要与现实情况有 定的距离,要通过个人的不懈努力和孜孜追求才能达到,对自己、对社会,甚至对人类要有较大的贡献。再次,目标的制定要具有发展性,要分清终极目标与当前目标、长期目标与阶段目标的关系,注意目标的补充、调整、修正,而不能一根筋走到底。

(二)积极的心态

著名心理学家亚伯拉罕·哈罗德·马斯洛(Abraham Harold Maslow)认为,心态若改变,态度跟着改变;态度改变,习惯跟着改变;习惯改变,性格跟着改变;性格改变,人生就跟着改变。希尔为了完善成功学,遍访了诸如钢铁大王安德鲁·卡耐基、总统罗斯福等美国504个成功名人,他认为,积极的心态是正确的心态,正确的心态总是具有正性的特点,例如忠诚、正直、希望、乐观、勇敢、创造、慷慨、容忍、机智、亲切和高度的通情达理。他指出,具有积极心态的人总是怀有较高的目标并不断奋斗,以达到自己的目标。心态是人们情绪和行为所具有的固定倾向。心态对于我们的学习、工作和生活有着很大的影响,它既可以发挥促进的作用,让人心情愉悦、精神焕发,对前途充满信心;也会形成阻碍作用,让人垂头丧气、精神不振,感觉前途灰蒙蒙,干什么都没有兴趣。因此,积极的心态是一笔巨大的精神财富,会让人更好地发挥潜力,提高效率;会让人正确面对失败、困难和问题,在更短的时间内从不良影响中走出来;会让人以更大的热情和激情投入工作,实现目标。

积极心态的保持需要正确的心态调节方法。在从事工作的过程中,难免会遇到挫折、困难、委屈等影响心态的消极因素。此时就需要有一些适当的方法来排解不良情绪,如在发怒时可以做做户外运动,在情绪低落时可以去逛逛街、听听音乐、唱唱歌,感觉压抑孤寂时可以找你信得过的亲人、朋友、同学聊聊天,等等。待情绪稳定以后,再好好思考一下为什么会出现这样的情况,这样就有利于从业者积极心态的维护和保持。

(三)坚持的精神

日本松下电器公司总裁松下幸之助出身贫寒。他年轻时到一家电器工厂去谋职,工厂人事主管看着面前的小伙子衣着肮脏,身材瘦小,觉得不理想,信口说:"我们现在不缺人,你一个月以后再来看看吧。"这本来是一种推辞,没想到一个月后,松下真的来了。那位负责人又推托说:"过几天再说吧。"隔了几天,松下又来了。如此反复多次,主管只好直接说出自己的态度:"你这样脏是进不了我们工厂的。"于是松下立即回去借钱买了一套整齐的衣服穿上再次面试。负责人见他如此实在,只好说:"关于电器方面的知识,你知道得太少了,我们不能要你。"不料两个月后,松下再次出现在人事主管面前说:"我已经学会了不少有关电器方面的知识,您看我哪方面还有差距,我一项项来弥补。"这位人事主管紧盯着态度诚恳的松下看了半天才说:"我干这一行几十年了,还第一次遇到你这样来找工作的。我真佩服你的耐心和韧性。"正是松下这种不轻言放弃的精神打动了主管。他得到了这份工作,并通过不断努力,逐渐成为电器行业非凡的人物。没有"坚持",松下不仅谋不到职业,当然也不可能创下电器行业的世界名牌。

我国宋代大文豪苏轼说过:"古之立大事者,不惟有超世之才,亦必有坚忍不拔之志。"成功的路不可能是平坦大道,也不可能是一蹴而就的。大凡事业有成者都是坚持的结果,这个坚持不是对一件事情而言,而是对成功信念的坚持,只有这样才能在追求成功目标的过程中百折不挠、矢志前行,用一句流行的话讲就是"不抛弃、不放弃"。事实上,成功不是看你跌倒了多少次,而是看你最后一次有没有办法再站起来。一个真正的成功者,在于他是否为了实现自己的理想目标不断坚持、不懈努力。对于一个成功者的欣赏,不仅应该去体会他坚持奋斗的历程,而且应该体会他跌倒后重新站起来的悲壮和勇气,这些是更加让人动容的。

(四)独到的眼光

李嘉诚成功的经验是,要善于发现一个领域的未来趋势,在每一项决策策略实施之前都必须做到这一点。当开始实施进攻的时候,要确信有超过 100% 的能力。1984 年,国际著名投资家吉姆•罗杰斯(Jim Rogers)在外界极少关注的奥地利股市暴跌到 1961 年的一半时,他经过实地考察认定买进股票的机会到来了,并大量购进了奥地利企业的股票、债券。第二年,奥地利股市起死回生,奥地利股市指数在暴涨中上升了 145%,罗杰斯大有所获,因此美名远扬,被人敬称为"奥地利股市之父"。李嘉诚和罗杰斯成功的经验很简单:独到的眼光。

比尔•盖茨(Bill Gates)曾说过:"知识和人脉固然重要,但更重要的是要具备独到的眼光。"独到的眼光说通俗一点就是独到的见解,是对事物趋势更准确的把握,对事物内在规律更深刻的认识,对事物特点更深入的挖掘。只有具备了独到的眼光,才能看到别人看不到的东西,才能把握住别人没有把握住的机会,从而占领先机,取得成功。具有独到的眼光,首先要有良好的知识储备,包括相关领域的知识、本行业的基本情况、相当的工作经验和积累,等等,只有具备了这些知识底蕴,才有可能对事物的规律、趋势做出正确的判断,才有可能高人一筹。其次,独到的眼光要与良好的决策力、执行力相结合,就是要有将想法落实的勇气和胆量,不能有前怕狼后怕虎的犹豫。无论知识多么渊博,判断多么准确,如果缺乏胆识,缺少加以实施的勇气和决断,一切都只是设想而已。

(五)情商优秀

在美国业界流行着这样一句话:"IQ(智商)决定录用,EQ(情商)决定提升"。EQ 是 Emotion Quotient 的简称,是近年来心理学家们提出的与智力、智商相关的概念,主要指人在情绪、情感、意志、性格、耐挫力等方面的品质。1995 年,美国作家丹尼尔·戈尔曼(Daniel Goleman)以通俗的方式向大众介绍了情商的概念。他认为,人生的成功是情商和智商并驾齐驱的结果。人的情感智商"包含了自制、热忱、坚持自我驱动,自我鞭策的能力"。在他看来,情商优秀的人,情绪自控能力强,情感丰富而稳定,注意力集中持久,人格和谐完整,意志力强,社会交往能力和适应能力良好,更容易取得成功。

事实上,智商和情商都是成功不可或缺的条件,只不过在当今这个竞争日趋激烈、人际关系复杂的社会中,更需要从业者有一种综合平衡协调的能力,更需要优秀的情商。在我们的身边,不乏高智商者做出令人发指的行为。诸如国内某著名电机系学生刘某,为了验证"笨狗熊"的说法能否成立,先后两次把掺有火碱、硫酸的饮料,倒在了北京动物园饲养的狗熊身上和嘴里,造成 3 只黑熊、1 只马来熊和 1 只棕熊受到不同程度的严重伤害。这名大学生年仅 21 岁,已通过研究生考试。上述 3 种动物被《濒危野生动植物种国际贸易公约》列为国际一级保护动物。再如马加爵事件,2004 年 2 月 23 日,马加爵竟因被同学怀疑打牌时作弊而生出杀机,用钝器杀死同宿舍的四位同学。为此,在现代社会中,情商的重要性已日益凸显,是一个追求成功者必备的素质之一。[4]

(六)珍惜时间

华罗庚说,时间是由分秒积成的,善于利用零星时间的人,才会做出更大的成绩来。鲁迅说,节省时间,也就是使一个人的有限的生命更加有效,而也即等于延长了人的生命。时间对于一个人来讲,是最为宝贵的资源,一逝不复返。人的职业生涯从某种意义上讲就是和时间赛跑,看谁能更好地利用时间,更好地在有限的时间中创造出更有价值、更有意义的业绩。在职场中,一个经常迟到,或者效率低下的人,往往被人看成是能力低下、不尊重别人、责任感缺乏的人,多与成功无缘。

珍惜时间,就要做时间的主人,努力安排好工作、学习、休息、娱乐的时间,善于根据人体的规律科学安排时间,在状态最好、效率最高时做最重要的事情,以取得事半功倍的效果。要善于利用零碎的时间,例如在等车、上下班时,看杂志、听广播等,甚至可以做一做伸懒腰等简易运动,让等待不那么无聊,反而成为享受。要善于集中精力做一件事,提高时间使用的效率,不要在看书时想着工作,在工作时又考虑下班后的事情,这样看似忙忙碌碌,实际是在浪费时间。要克服等待和拖拉的惰性习惯,当天能完成的事当天一定要完成,不能"明日复明日",最终将"万事成蹉跎"。

(七)健康体魄

俗话说,身体是革命的本钱。拥有健康的体魄既是实现人生目标、走向成功的根本,也是成功的应有之义。刚刚毕业的大学生正处于身体最强壮、精力最旺盛的时期,往往忽视自己的健康,这是不可取的。健康的体魄来源于良好的习惯,包括营养饮食、定期运动以及心理健康等。

首先要增强自我保健意识。注意按时吃饭,自觉遵循早吃饱、中吃好和晚吃少的原则,合理搭配三餐营养,平衡膳食,多吃碳水化合物、奶类及新鲜蔬菜和水果,少吃油腻、甜食和盐类,补充维生素和矿物质;饭后半小时后做轻微活动;少抽烟不酗酒,减少不必要的社会应酬。其次要增强加强体育锻炼意识。至少选择一项自己感兴趣的体育项目坚持长期锻炼,养成良好的体育锻炼习惯。同时掌握一些简易的健身动作,如护颈操、眼保健操等,在工作的间隙加以锻炼。再次要关注自身的心理健康。从业者由于受工作环境、担负的责任、职务升降、人际关系等种种因素的影响,普遍存在心理压力大的现象,这是造成身体健康出现问题的关键因素之一,也是很多疾病产生的原因。因此要通过各种机会调适心情,了解自身的心理情绪状态,避免出现心理上的不健康。

❖ 测试:测测你的 EQ

共 33 题,测试时间 25 分钟,最大 EQ 为 174 分。
以下题目如果你已经准备就绪,请开始计时。
第 1～9 题:请从下面的问题中,选择一个和自己最切合的答案,但要尽可能少选中性答案。

1. 我有能力克服各种困难:(　　)
A. 是的　　　　　　B. 不一定　　　　　　C. 不是的
2. 如果我能到一个新的环境,我要把生活安排得:(　　)
A. 和从前相仿　　　B. 不一定　　　　　　C. 和从前不一样
3. 一生中,我觉得自己能达到我所预想的目标:(　　)
A. 是的　　　　　　B. 不一定　　　　　　C. 不是的
4. 不知为什么,有些人总是回避或冷淡我:(　　)
A. 是的　　　　　　B. 不一定　　　　　　C. 不是的
5. 在大街上,我常常避开我不愿打招呼的人:(　　)
A. 从未如此　　　　B. 偶尔如此　　　　　C. 有时如此
6. 当我集中精力工作时,假使有人在旁边高谈阔论:(　　)
A. 我仍能专心工作
B. 介于 A、C 之间
C. 我不能专心且感到愤怒

7. 我不论到什么地方,都能清楚地辨别方向:(　　)

A．是的　　　　　　　　B．不一定　　　　　　　C．不是的

8. 我热爱所学的专业和所从事的工作:(　　)

A．是的　　　　　　　　B．不一定　　　　　　　C．不是的

9. 气候的变化不会影响我的情绪:(　　)

A．是的　　　　　　　　B．不一定　　　　　　　C．不是的

第 10～16 题:请如实选答下列问题,将答案字母划出。

10. 我从不因流言蜚语而生气:(　　)

A．是的　　　　　　　　B．介于 A、C 之间　　　C．不是的

11. 我善于控制自己的面部表情:(　　)

A．是的　　　　　　　　B．不太确定　　　　　　C．不是的

12. 在就寝时,我常常:(　　)

A．极易入睡　　　　　　B．介于 A、C 之间　　　C．不易入睡

13. 有人侵扰我时,我:(　　)

A．不露声色　　　　　　B．介于 A、C 之间　　　C．大声抗议,以泄已愤

14. 在和人争辩或工作出现失误后,我常常感到震颤,精疲力竭,而不能继续安心工作:
(　　)

A．不是的　　　　　　　B．介于 A、C 之间　　　C．是的

15. 我常常被一些无谓的小事困扰:(　　)

A．不是的　　　　　　　B．介于 A、C 之间　　　C．是的

16. 我宁愿住在僻静的郊区,也不愿住在嘈杂的市区:(　　)

A．不是的　　　　　　　B．不太确定　　　　　　C．是的

第 17～25 题:在下面问题中,每一题请选择一个和自己最切合的答案,同样少选中性
答案。

17. 我被朋友、同事起过绰号、挖苦过:(　　)

A．从来没有　　　　　　B．偶尔有过　　　　　　C．这是常有的事

18. 有一种食物使我吃后呕吐:(　　)

A．没有　　　　　　　　B．记不清　　　　　　　C．有

19. 除去看见的世界外,我的心中没有另外的世界:(　　)

A．没有　　　　　　　　B．记不清　　　　　　　C．有

20. 我会想到若干年后有什么使自己极为不安的事:(　　)

A．从来没有想过　　　　B．偶尔想到过　　　　　C．经常想到

21. 我常常觉得自己的家庭对自己不好,但是我又确切地知道他们的确对我好:(　　)

A．否　　　　　　　　　B．说不清楚　　　　　　C．是

22. 每天我一回家就立刻把门关上:(　　)

A．否　　　　　　　　　B．不清楚　　　　　　　C．是

23. 我坐在小房间里把门关上,但我仍觉得心里不安:(　　)

A．否　　　　　　　　　B．偶尔是　　　　　　　C．是

24. 当一件事需要我作决定时,我常觉得很难:(　　)

A．否　　　　　　　　B．偶尔是　　　　　　　C．是

25．我常常用抛硬币、翻纸、抽签之类的游戏来预测凶吉：(　　)

A．否　　　　　　　　B．偶尔是　　　　　　　C．是

第26～29题：下面各题，请按实际情况如实回答，仅须回答"是"或"否"即可，在你选择的答案下画"√"。

26．为了工作我早出晚归，早晨起床我常常感到疲惫不堪：

是　　　　　否

27．在某种心境下，我会因为困惑陷入空想，将工作搁置下来：

是　　　　　否

28．我的神经脆弱，稍有刺激就会使我战栗：

是　　　　　否

29．睡梦中，我常常被噩梦惊醒：

是　　　　　否

第30～33题：本组测试共4题，每题有5种答案，请选择与自己最切合的答案，在你选择的答案下画"√"。

答案标准：1，2，3，4，5分别代表从不、几乎不、一半时间、大多数时间、总是。

30．工作中我愿意挑战艰巨的任务：1-2-3-4-5

31．我常发现别人好的意愿：1-2-3-4-5

32．能听取不同的意见，包括对自己的批评：1-2-3-4-5

33．我时常勉励自己，对未来充满希望：1-2-3-4-5

参考答案及计分评估

计分时请按照记分标准，先算出各部分得分，最后将几部分得分相加，得到的那一分值即为你的最终得分。

第1～9题，每回答一个A得6分，回答一个B得3分，回答一个C得0分。计(　　)分。

第10～16题，每回答一个A得5分，回答一个B得2分，回答一个C得0分。计(　　)分。

第17～25题，每回答一个A得5分，回答一个B得2分，回答一个C得0分。计(　　)分。

第26～29题，每回答一个"是"得0分，回答一个"否"得5分。计(　　)分。

第30～33题，从左至右分数分别为1分、2分、3分、4分、5分。计(　　)分。

总计为(　　)分。

点评：

近年来，EQ逐渐受到了重视，世界500强企业还将EQ测试作为员工招聘、培训、任命的重要参考标准。

在我们身边，有些人绝顶聪明，IQ很高，却一事无成，甚至有人可以说是某一方面的能手，却仍被拒于企业大门之外；相反地，许多IQ平庸者，却反而常有令人羡慕的良机、杰出不凡的表现。

为什么呢？最大的原因，乃在于EQ的不同！一个人若没有情绪智慧，不懂得提高情绪自制力、自我驱使力，也没有同情心和热忱的毅力，就可能是个"EQ低能儿"。

通过以上测试，你就能对自己的EQ有所了解。但切记这不是一个求职询问表，用不着有意识地尽量展示你的优点和掩饰你的缺点。如果你真心想对自己有一个判断，那你就不应

施加任何粉饰。否则，你应重测一次。

测试后如果你的得分在 90 分以下，说明你的 EQ 较低，你常常不能控制自己，你极易被自己的情绪所影响。很多时候，你容易被激怒、动火、发脾气，这是非常危险的信号——你的事业可能会毁于你的急躁。

如果你的得分在 90 ~ 129 分，说明你的 EQ 一般，对于一件事，你不同时候的表现可能不一，这与你的意识有关，你比前者更具有 EQ 意识，但这种意识不是常常都有，因此需要你多加注意、时时提醒。

如果你的得分在 130 ~ 149 分，说明你的 EQ 较高，你是一个快乐的人，不易恐惧担忧，对于工作你热情投入、敢于负责，你为人更是正义正直、同情关怀，这是你的优点，应该努力保持。

如果你的 EQ 在 150 分以上，那你就是个 EQ 高手，你的情绪智慧不但不是你事业的阻碍，更是你事业有成的一个重要前提条件。

（资料来源：曲振国. 大学生就业指导与职业生涯规划. 北京：清华大学出版社，2008.）

✦ 阅读

青春的光辉，理想的钥匙，生命的意义，乃至人类的生存、发展……全包含在这两个字之中……奋斗！只有奋斗，才能治愈过去的创伤；只有奋斗，才是我们民族的希望和光明所在。

——马克思

每个人都有一定的理想，这种理想决定着他的努力和判断的方向。在这个意义上，我从来不把安逸和快乐看成是生活目的本身——这种伦理基础，我叫它猪栏式的理想。照亮我的道路，并且不断地给我新的勇气去愉快地正视生活的理想，是善、美和真。

——爱因斯坦

成功的人，都有浩然的气概，他们都是大胆的，勇敢的。在他们的字典上，是没有"惧怕"两个字的，他们自信他们的能力是能够干一切事业的，他们自认他们是个很有价值的人。

——戴尔·卡耐基

如果知道光阴的易逝而珍贵爱惜，不作无谓的伤感，并向着自己应做的事业去努力，尤其是青年时代一点也不把时光滥用，那我们可以果断地说将来必然是会成功的。

——聂耳

在艰苦中成长、成功之人，往往由于心理的阴影，会导致变态的偏差。这种偏差，便是对社会、对人们始终有一种仇视的敌意，不相信任何一个人，更不同情任何一个人。爱钱如命的悭吝，还是心理变态上的次要现象。相反地，有气度有见识的人，他虽然从艰苦困难中成长，反而更具有同情心和慷慨好义的胸襟怀抱。因为他懂得人生，知道世情的甘苦。

——南怀瑾

对搞科学的人来说，勤奋就是成功之母。

——茅以升

良好的开端，等于成功的一半。

——柏拉图

所谓青春,就是心理的年轻。

——松下幸之助

❖ 师生互动思考题

　　1. 结合本节所学,谈谈大学期间如何培养自身的就业创业素质?

第三节　初入职场应注意的问题

❖ 案例:不要忽视细节

　　在美国,职场人士中都流传着这么一个真实的故事。在华尔街,某A在一家上市公司里工作,他们部门有个内勤是一个很勤劳能干,也很得领导和大家喜欢的小姑娘,但是她特别喜欢开玩笑。有一次,经理突然安排了一个让她督促大家写工作汇报的任务,大家都很着急和头疼,那个小姑娘却开玩笑说:“你们先写着,如果经理不再催的话,我们就都别提醒他了。”当时大家都觉得是一句玩笑话,一笑了之,没有当真。但是不知怎么的,话却传到了经理的耳朵里。从那以后,她在经理心目中就被深深打上了投机取巧、应付工作的烙印,结果可想而知,她最终不得不默默离去。

　　从这个例子我们可以看出,工作时候的一言一行都至关重要。走进职场,就标志着一个新的人生阶段的开始。在学校,你的身份是学生,可以随意玩笑,不拘小节;步入职场,作为一个职场人士,就有了特定的角色扮演和要求。离开了十几年熟悉的校园步入职场,需要每个大学毕业生迅速转变角色,适应新的岗位和环境。

一、重新定位

　　大学毕业生从校园走进社会、走入职场,是人生道路上的关键转折点,是一个人社会角色的重大转换,具有标志性的意义。实践证明,凡能被单位认可、更容易收获工作成果和喜悦的人,大多是从学生到职业人社会角色转换比较好、比较快的人。因此,初入职场的毕业生,首先要尽快克服各种不适应的现象,静下心来,认真思考,重新认识自己,给自己重新定位。

(一) 你不是大学生了

　　从大学生圆满完成学业走向社会的某个工作岗位的那一刻起,你的学生时代就画上了句号。就读的大学有没有名气,大学期间是否有出众表现,是不是受欢迎的学生干部等曾经让你十分关注的问题,都将随着职场生涯的开始而渐渐淡去。即使你的学校没什么名气,即使你在大学期间表现平平淡淡,那也无妨,因为单位把你录用已经说明了他们的选才标准。事实上,许多企业在择才时,对一个大学毕业生是学生会主席还是部长并不关心,关键是不要给人留下一个书呆子的印象。面对角色转换和要求转变,刚出大学校门的毕业生一定要有充分的心理准备,能够以积极自信的心态应对各种考验和意想不到的事情,实现顺利就业并有一个好的开始。随着经济社会的不断发展进步,企业和用人单位的人才观也发生了极大变化,他们在关注学历、文凭的同时，更关注能力、水平。为此，是否具有真才实学，是否能为企业带来效益，将是衡量你工作业绩的新标准。

（二）认识自己的新角色

大家都知道，找工作难，找到工作后把工作做好更难。因为成为职业人以后，生活节奏会明显加快，四点一线的简单校园生活将让位于匆忙紧张的工作；工作压力会显著增加，各种在学校中没有见到过的新情况、新问题会给个人心理造成很大负担；人际关系会更加复杂，处理人际关系将成为初入职场的你的"必修课"。美国佛罗里达大学的管理学教授丹尼尔·费德曼（Daniel Feldman）对大学环境和工作环境作了比较，具体如下见表8-1：

表 8-1　大学环境与工作环境

大学文化	工作文化
1. 弹性的时间安排	1. 更固定的时间安排
2. 你能够逃课	2. 你不能缺工
3. 更有规律、更个别的反馈	3. 无规律和不经常的反馈
4. 长假和自由的节假休息	4. 没有暑假，节假休息很少
5. 对问题有正确答案	5. 很少有问题的正确答案
6. 教学大纲提供清晰的任务	6. 任务模糊、不清晰
7. 分数上的个人竞争	7. 按团队业绩进行评估
8. 工作循环周期较短：每周1到3次班级会面，每学期为17周	8. 持续数月或数年的更长时间的工作循环
9. 奖励以客观性标准和优点为基础	9. 奖励更多的是以主观性标准和个人判断为基础
你的教授	**你的老板**
1. 鼓励讨论	1. 通常对讨论不感兴趣
2. 规定完成任务的交付时间	2. 分派紧急的工作，交付周期很短
3. 期待公平	3. 有时很独断，并不总是公平
4. 知识导向	4. 结果（利益）导向
大学的学习过程	**工作的学习过程**
1. 抽象性、理论性的原则	1. 具体的问题解决和决策制定
2. 正规的、结构性的和象征性的学习	2. 以工作中发生的临时性事件和具体真实的生活为基础
3. 个人化的学习	3. 社会性、分享性的学习

（资料来源：高桥大学生就业指导. 北京：清华大学出版社，2006.）

此外，成为职业人以后，角色的要求也发生了变化，如社会责任增大，责任履行的好坏将影响到个人、单位甚至整个领域；个体独立性增强，不仅是经济上独立，并且工作上方方面面的问题都要自己独立承担；对个体的要求增多，行业行为规范、职业道德规范以及技术操作规范等都要认真遵守执行。总之，职业人的角色要求作为职场新人的你必须明白自己的社会责任、岗位职责，绝不能产生工作已经落实可以松口气的念头。强烈的事业心、高度的责任感、积极向上的姿态、认真严谨的作风、忠厚坦诚的品性、独立工作的能力、开拓创新的精神，是任何单位、任何时候都需要的。

二、珍惜第一份工作

初入职场都是从第一份工作开始的,而第一份工作往往是大学毕业生实现角色转变最为关键的时期。有研究表明,步入职场的第一份工作的职业水平是个人在其职业生涯中最终所能达到的职业水平的最佳预测因素。虽然人才管理流动机制的进步给人们提供了越来越多的自由选择职业的机会,但对第一份工作的选择往往是经过多方考虑、平衡、努力以后所做出的决定,是主观考虑和客观条件、个人意愿和单位选择综合作用的结果。同时,该工作是否适合个人、职业前景是否具有发展潜力、对该职业是否有兴趣等问题也只有在认真工作以后才会有更深入的了解。当前,有一部分大学毕业生就业后仍心神不定,常常发牢骚,抱怨自己的工作不好;有的大学毕业生到一个工作岗位后没多久就跳槽,有的甚至一年之内跳几次槽,到哪个岗位都感到不如意。出现这样的情况,往往是因为他们将职业满足感与是否找到所谓的好工作联系在一起,而不是将重心放在能把工作做得有多好上,这是非常不可取的。

为此,大学毕业生在确定选择该工作以后,就要珍惜自己的第一份工作,忠于职守,努力工作,在工作中不断培养自己的兴趣,尽力把工作做好。假如你就算是抱着先就业再择业的态度从事第一份工作的,你也不妨试着培养自己的职业兴趣,或许你会逐渐产生兴趣,最起码也要从中体验一下初入职场的感觉和变化,学习这份职业先进的管理理念和经验之道,为今后择业跳槽积累经验。即使你打算将第一份工作作为一个跳板,也不要不负责任、肆意妄为,这样既有损自己的职业形象,也不利于良好职业道德和职业操守的养成。应该认识到,如今是人才竞争的时代,也是企业与人才共赢的时代,初入职场的大学毕业生不能只是做"自己的生涯赢家",而是要同时做企业认同的"职场赢家"。

三、留下良好的第一印象

在心理学中,首因效应也叫"第一印象"效应。第一印象是在短时间内以片面的资料为依据形成的印象。心理学研究发现,与一个人初次会面,短短45秒钟内就能产生第一印象。这一最先的印象对他人的社会知觉产生较强的影响,并且在对方头脑中形成并占据着主导地位。我们通常讲的先入为主、晕轮效应、定势效应等,都是第一印象效应的作用。为此,大学毕业生走上工作岗位,给别人留下良好的第一印象非常重要。

(一)衣着整洁得体

穿衣打扮象征着你对别人的尊重。毕业生报到上班的时间一般是夏季,即使你奔波千里汗流浃背,也不能穿着拖鞋背心出现在新领导同事面前。所穿衣服不一定名贵时髦,但一定要干净、合体,颜色图案搭配要协调,要符合自己的身份。根据工作性质和环境的不同,着装要有所区别,例如男士在文职部门工作,最好西装革履,而不宜穿个性时髦和过于休闲的服饰。

(二)时间观念强

一个管理严格、富有效率的团队十分讲求时间观念。时间就是效率,就是效益。初到单位的大学毕业生一定要树立很强的时间观念，对于报到时间、约谈时间、会议时间等都要严格遵守，不能有差一两分钟没关系的念头。尤其是报到第一天，一定要留有足够的时间空间，以防止路上塞车等可以克服的原因而造成迟到。

（三）礼貌谦逊

初到新单位，既要礼貌谦逊、彬彬有礼，又要热情大方、富有朝气，最大程度展现出当代大学生应有的素质。对于工作中已掌握的技能或内容，也不能掉以轻心，万一失手会显得办事不沉稳；对于完全陌生或一知半解的工作内容环节，一定要虚心请教。当然，请教要掌握一个度，既要在确认依靠自己确实无法解决的问题后再行请教，又要避免为了面子不敢请教，以免在实际工作中产生适得其反的效果。

（四）认真完成交办的第一件工作

参加工作以后，认真完成交办的第一件工作尤为重要，因为这不仅仅是工作岗位的具体任务，更是对你工作能力的一次检验。做好第一件工作的主要瓶颈是没有经验，为此要领会意图，理清思路，认真谋划，考虑周全。尤其要把握好如下几个环节：一是领导意图或工作要求要听清、听全面，不能只听大概、大约，这个环节若失之毫厘，整个工作必将谬之千里；二是要充分考虑完成任务所需要的条件和可能遇到的困难，包括对每个细节的考虑，要有对特殊情况的处理预案等；三是遇事要沉着冷静，对于不可预见的情况要善于补台，将不良因素产生的不良影响控制在最小范围之内。

四、主动踏实工作

初涉职场的大学毕业生常戏称自己在单位里"吃的是杂粮，干的是杂活，做的是杂人"。从表面上看，刚刚上班时每天都在做诸如打水、扫地、打字、复印这样的琐事，确实让人感觉是干杂活的。但你深入想一想，由于你刚刚上班，领导一般不会给你安排过多具体的工作，只是要求你熟悉工作，此时你利用闲暇时间做一些力所能及的事，比如悄悄给没纸的复印件加纸，主动给送水公司打电话给饮水机换水，等等，这些事情不但是情理之中的事，更表明了自己主动踏实工作，从小事做起的工作姿态。同时，你在做这些事情的时候，大家都是看在眼里、记在心里的，给大家留下印象，有利于你更好更快地和大家打成一片，融入到新环境中去。许多职场经验都表明，对那些不起眼或者不很重要的工作，如果你都能认真主动地完成，那么你很快就会被领导"看中"。因为在领导眼里，能把"小儿科"当回事并认真做好的员工肯定是敬业并有责任感的，这样你离获得施展才华的机会就不远了。为此，刚刚参加工作的你要放下架子，虚心向同事请教；要多做实事和小事，少一点高谈阔论；要多听、多看，增进友谊，融入集体。[5]

五、建立和谐的职场人际关系

美国北卡罗来纳州"创意领导力中心"的研究员在开展了对数百个高管人选筛选的案例

后,得出结论:被视为成功的高管人员要具备两个条件:第一,为组织实现出色绩效;第二,人际关系良好,尤其是同下属之间。和谐的人际关系可以尽快地消除与新环境、新同事之间的陌生感和孤独感,使人心情愉悦,提高效率;可以营造一个宽松的工作环境,彼此鼓励认可,工作有激情,可以增进团结互助,有利于形成团队的合力。职场上流传着"三分做事,七分做人"的说法,可见职场中的人际关系是十分重要的。

(一)职场人际交往的原则

人际交往是指人与人之间通过一定方式进行接触,从而在行为和心理上发生相互影响的过程。人际交往是一门艺术,在职场人际交往中要注意遵循以下几个原则。

1. 真诚待人

真诚待人是人际关系得以深化和维系的保证。在交往中能坦诚相见,抱着友善的态度和动机,才能相互了解、相互接纳、相互理解,才能在思想感情上发生共鸣,在心理上产生信任感和安全感,使交往关系得到巩固和发展。刚到新的单位,要学会真诚对待每一个人,对于职位文化水平低的人不能自恃清高,对于强有力的竞争对手不能互相看不起对方。在交往中要学会尊重他人的人格、生活习惯、权力地位、情感兴趣以及隐私,等等。

2. 严己宽人

严己宽人就是在人际交往中应严于律己,宽以待人。严于律己就是对自己高标准、严要求。在出现问题矛盾时,要理智克制,要先从自身找原因;要有大肚量,对于自己的过失要勇于承担责任,不推脱。严于律己有利于在人际交往中以良好的形象、良好的个性品质去吸引人,产生人际亲和力。宽以待人就是对他人宽宏大量、豁达大度,不在非原则性问题上斤斤计较,对人不苛刻刁蛮,能够以德报怨。对别人的言语和行为过失要豁达宽容,多一些安慰少一些指责,多一些谅解少一些埋怨,从而营造良好的工作环境和氛围。同时,应注意严己宽人不是是非不分、包庇袒护、一味退让。

3. 协同共赢

人际交往以需要满足为出发点和归宿点。如果交往双方都能自觉地满足对方的需要,实现共赢,这往往就能深化和延续交往关系。如果一方只从利己出来,只求索取不思给予,交往就难维系。因此,在人际交往中,必须遵循协同共赢的原则,相互帮忙、互相关心、互相支持,这样就能满足双方各自的需要和利益,能增进双方的联系和感情。

4. 是非分明

在人际交往中要设定法律道德的底线,对于不涉及法律道德的非原则性问题应当谦逊礼让,对于违法乱纪和不道德的言行,应当是非分明,坚持原则,敢于批评斗争。应该深刻认识到,对别人错误言行的规劝批评,是爱护他人的表现,最终会得到大家的理解和拥护;相反,放弃原则,迁就苟同他人的错误,或听之任之、包庇纵容,则是对其不关心、不爱护的表现。那种"明哲保身"、"哥们义气"、为私情而弃公理、为私利而弃道德、为保己而弃原则的行为,是与社会的正义、道德、法纪所不相容的。

(二)职场人际交往的技巧

在职场人际交往沟通中,仅有良好的交往愿望是不够的,还要掌握成功沟通的艺术和技巧。

1. 待人主动

要有主动待人、主动交往的意识，不要给人距离感。例如一天刚刚上班时的问候，见面时的招呼等，虽然都是微小的细节，却能给人主动热情的印象，为打造良好的人际关系奠定情感基础。需要注意的是，待人主动要分场合，要注意言语的分寸，否则将适得其反。

2. 善于倾听

倾听是对人的一种尊重。在职场复杂关系以及紧张工作节奏中，大家时时会有一些调侃以活跃气氛，有一些牢骚以宣泄不满，有一些意见以表达观点。对于职场新人来讲，首先要做一个忠实的听众，哪怕你对这些话题一点都不感兴趣，也尽量以目光、肢体的动作予以恰当的回应，这样会赢得对方的好感，以后会更愿意与你交往。

3. 学会幽默

幽默是人际交往中的润滑剂。成功的幽默往往会体现出你热爱生活、积极阳光的心态。在适当的场合、适当的时候，用幽默的语言赞美别人的着装、发型、情绪等方面的特点，往往对人际关系的打造会起到意想不到的效果。

4. 注意细节

在职场人际交往中的一些细节往往被人们所忽略，但其在人际关系的建立中却有着特殊的作用，尤其要引起职场新人的注意，如要注意电话礼仪，选好通话时间，拨打或接听电话要使用敬语，对于别人的短信通知或祝福要及时得体地回复等。

5. 尊重上级

在职场与同事的人际关系中，有一种特殊的人际关系，那就是上级与下级的关系。作为下级，要与领导这一特定的群体建立友好和谐的关系，要做到尊重上级，多借助与领导接触交流的机会表现自己，自觉地服从工作安排，力争圆满完成领导交代的任务；对于确实难以完成的任务，要尽可能地维护领导的威信，不要当众拒绝，而要事后解释。服从安排，尊重上级是十分必要的，但切不可表现出唯领导命令是从，有事没事大献殷勤，对同事的态度却大相径庭，这样极易引起大家的反感和排斥，也是上级不希望看到的结果。同时也要避免出现因紧张拘谨或怕别人风言风语而不愿意和领导直接接触，这样就失去了很多让上级了解你的机会，从而也失去了很多施展才华的机会。

此外，处理职场人际关系还要防止两个误区：一是把建立职场人际关系看成是决定性的因素，从而将"和谐的人际关系"作为自身发展的唯一一筹码，把主要精力耗费在人际关系网的经营上；二是忽视人际关系的地位和作用，认为自己只要干好本职工作就行了，何必要看别人的脸色，毫不在乎和别人的关系。总之，职场中的人际沟通交往是一门复杂的、高级的艺术，只有在人际交往沟通中不断学习总结，才能得以升华和提高。[6]

六、坚持终身学习

终身学习的理念古已有之，如"活到老，学到老"、"三人行，必有我师"等。终身学习是一种持续发展知识、技能和态度的过程，强调个人在一生中能持续地学习，以满足个人在一生中各个时期、各个阶段的各种学习需求。终身学习是 21 世纪的生存概念，是通过一个不断的支持过程来发挥人类的潜能的概念。它激励并使人们有权利去获得他们终身所需要的全部知识、价值、技能与理解，并在任何任务、情况和环境中有信心、有创造地愉快地应用它们。[7]

（一）终身学习是实现可持续发展的根本途径

大学毕业生要想取得职业的成功，在注意以上因素以外，从工作的第一天起就要注意培养自身的可持续发展的能力，要培养对现有知识的转化力、对新知识的学习力、对新问题的研究力和解决力，这样才能避免在未来的职业生涯中出现"江郎才尽"的现象，才能拥有可持续的发展动力和后发力。要培养可持续发展的能力，最关键的是要树立终身学习的理念。随着社会主义市场经济的不断完善和发展，未来经济的发展也更加多变、更加难以预测，从而相应地增加了人与人之间的竞争性。要在就业市场中成为具有竞争力的竞争者，实现个人职业生涯的可持续发展，就必须不断学习。

（二）终身学习有助于防止知识老化

一个人无论在大学时期的知识多么丰富，若干年后，都会有知识更新、充实的问题，以及工作创新与知识老化的问题。这就迫切要求职业人转变过去学习与工作分离的状态，努力做到在干中学，在学中干。要加强对本行业传统的、现有的以及新兴的知识或技能的学习，善于摸索掌握规律，努力成为本行业的行家里手；要关注本行业的最新发展动态，了解科技、管理等前沿知识理论在本行的运用发展，并从中寻求创新点与增长点；要加强自身职业能力的培训，时刻注意开发自己的职业能力，使自身的发展平台不断拓展。总之，一个成功的职业人必须不断地学习才能跟上科技成果的步伐，保持自身发展的领先位置，从而实现职业生涯的持续发展。

（三）终身学习有利于提升职业满足感

人的需要是多层次的，既有基本的生存、生理需要，也有高层级的精神价值方面的追求。同样，对于职业人来讲，从事某项工作既是谋生、满足生活的需要，又是获得精神满足、实现自我价值的高层次需要。终身学习能够使从业者更有意义地生活，有价值地生存，使每一个人能够享受美好的人生。在终身学习观念的引导下，从业者不要仅囿于从事具体繁杂工作，而必须有意识地去评价反思自己的职业选择、职业兴趣，探求职业行为与自我提高、自我发展之间的关联，并通过职业潜力的不断开发、职业能力的不断提高，最终实现职业生涯发展与自我需求满足的双赢。正如美国著名管理学大师彼得•圣吉所言，真正的学习已不仅止于知识的充实与技能的进展，而在于能深入人之所以为人的核心意义。经由学习，我们得以重新认识这个世界和我们的关系；透过学习，我们再次扩展了我们的创造力，而这正是生命中最宝贵的部分。[8]

❖ 测试：人际关系测量

这是一份大学生人际关系行为困扰的诊断量表，一共有 28 个问题，请你根据自己的实际情况，逐一对每个问题做"是"或"否"的回答。为了保证测验的准确性，请你认真作答。

1. 关于自己的烦恼有口难开。

2. 和生人见面感觉不自然。

3. 过分地羡慕和忌妒别人。

4. 与异性交往太少。

5. 对连续不断的会谈感到困难。

6. 在社交场合,感到紧张。

7. 时常伤害别人。

8. 与异性来往感觉不自然。

9. 与一大群朋友在一起,常感到孤寂或失落。

10. 极易受窘。

11. 与别人不能和睦相处。

12. 不知道与异性如何适可而至。

13. 当不熟悉的人对自己倾诉他(她)的生平遭遇以求同情时,自己常感到不自在。

14. 担心别人对自己有什么坏印象。

15. 总是尽力使别人赏识自己。

16. 暗自思慕异性。

17. 时常避免表达自己的感受。

18. 对自己的仪表(容貌)缺乏信心。

19. 讨厌某人或被某人所讨厌。

20. 瞧不起异性。

21. 不能专注地倾听。

22. 自己的烦恼无人可倾诉。

23. 受别人排斥,感到冷漠。

24. 被异性瞧不起。

25. 不能广泛地听取各种意见和看法。

26. 自己常因受伤害而暗自伤心。

27. 常被别人谈论、愚弄。

28. 与异性交往不知如何更好地相处。

计分标准:选择"是"的加 1 分,选择"否"的给 0 分。

结果解释:

如果你的总分在 0～8 分,那么说明你在与朋友相处上的困扰较少。你善于交谈,性格比较开朗,主动关心别人。你对周围的朋友都比较好,愿意和他们在一起,他们也都喜欢你,你们相处得不错。而且,你能从与朋友的相处中,得到许多乐趣。你的生活是比较充实而且丰富多彩的,你与异性朋友也相处得很好。一句话,你不存在或较少存在交友方面的困扰,你善于与朋友相处,人缘很好,能获得许多人的好感与赞同。

如果你的总分在 9～14 分,那么,你与朋友相处存在一定程度的困扰。你的人缘一般,换句话说,你和朋友的关系并不牢固,时好时坏,经常处在一种起伏之中。

如果你的总分在 15～28 分,那就表明你与朋友相处的行为困扰比较严重,分数超过 20 分,则表明你的人际关系行为困扰程度很严重,而且在心理上出现较为明显的障碍。你可能不善于交谈,也可能是一个性格孤僻的人,不开朗,或者有明显的自高自大、讨人嫌的行为。

不要希望你所决断的事情还会发生错误,也不要希望你与别人的交流别人都会满意。一个人总有犯错误的时候,重要的是能够接受新的观点,随时改变你的意见。

(资料来源:曲振国.大学生就业指导与职业生涯规划[M].北京:清华大学出版社,2008.)

❖ 阅读:毕业生就业创业相关网站

新职业 http://www.ncss.org.cn/
中国大学生创业网 http://www.chinadxscy.com/
创业中国 http://www.icycn.com/
中国大学生网 http://www.chinaue.com/
中国高等教育学生信息网 http://www.chsi.com.cn/

❖ 师生互动思考题

1. 结合实际谈谈你对"终身学习"的看法。

??? 习题或思考

1. 什么是职业道德?
2. 结合实际谈谈正确的目标对于成功的重要意义?
3. 结合自身实际谈谈如何增强大学毕业生的人际交往能力?

📖 参 考 文 献

[1] 李仁山.大学生职业道德教育与就业指导[M].北京:首都经济贸易大学出版社,2006:140–145.

[2] 赵麟斌.大学生职业生涯规划与就业指导[M].北京:北京大学出版社,2008:83–89.

[3] 陆红,索桂芝.大学生职业生涯规划与职业素质培养[M].大连:东北财经大学出版社,2009:107–116.

[4] 戈尔曼.情感智商[M].狄文秀,等,译.上海:上海科学技术出版社,2008.

[5] 高桥.大学生就业指导[M].北京:清华大学出版社,2006:198–203.

[6] 蔡红建,等.把握前程—大学生就业与发展[M].北京:北京交通大学出版社,2008:325–351.

[7] 高志敏.关于终身教育、终身学习与学习化社会理念的思考[J].教育研究,2003(1):79–85.

[8] 王一凡.基于职业生涯发展视角中的终身学习[J].成人高等教育,2007(3):11–13.

第九章
大学生创业教育

 **本 章 要 点**

　　本章通过介绍大学生创业所需的精神和必备的素质,创业准备和一般创业过程,以及关于扶持大学生创业的政策等方面内容,引导大学生制定目标,明确方向,激励大学生敢于先行先试走自主创业之路。

　　大学生是最具创新、创业潜力的群体之一,对大学生进行创业教育,能够使其深刻理解创业本质,树立正确的就业观和创业意识,提升创业成功率以实现创业理想。

第一节　创业精神与创业素质

❖ **案例:屡败屡战实现创业之梦**

　　28 岁的徐胜广出身于山东的一个山村,有着异乎同龄人的成熟和敏锐,他常常会冒出与别人不同的想法。正是这种不同使他从大学时就走上了与同龄人不同的路。

　　大学入学时,因为家庭困难,他靠每天打扫教师办公室赚取一点生活费。生活的艰难让20 岁的徐胜广每天清晨就开始打工。这一段不同寻常的"打工史"令他既感激,又感悟:"我不愿意一辈子打工"。

　　2001 年,当别的同学或苦读或忙于游乐时,大学二年级的徐胜广就已有了创业的念头,并马上付诸行动。创业的路并不如想象中那么简单。他一开始开过家教班,后来又看中了大学校园的文具消费需求,经营起了文具批发,却因为合伙人解散而失败;后来又在某新开的商场经营饰品买卖,但却因为资金问题又以失败告终。

　　屡次创业失败,使徐胜广明白了创业需要商业经验、资金、项目、团队,缺一不可。因此,徐胜广暂时停止了创业,开始求职路,以求获得重新创业的时机。

　　徐胜广的求职路比创业路顺畅得多。毕业后,徐胜广到广东一家企业管理咨询有限公司,从最基层的电话接听员干起,一直做到部门经理。在公司的工作稳定下来,不安分的徐胜广又开始琢磨起自己未实现的创业梦。他先在一家超市内开设了流行饮品店,从而开始了自己的又一次创业之路。

　　小试牛刀成功后,他陆续创办了三家公司,一间是广州和勤企业管理咨询有限公司,成为外资银行在中国内地的公关公司;另一间是广州和利投资咨询有限公司,准备作为阳光私募基金的基地。第三间是广州绿动环保科技有限公司,以引进国际上最先进的环保技术,用于中国内地的污水处理和空气质量改善。作为三家企业的管理者,他旗下的广州绿动环保科技有限公司借助广州亚运会契机宣传绿色亚运、无烟亚运环保理念,更因为向亚运会捐赠 200 万元的空气净化产品而风头正劲。

"我不希望我的命运掌握在别人手里,我要把命运掌握在自己的手里,所以饿死也不打工。"这就是徐胜广在创业路上"打不死"的真正动力。

——摘自《广州日报》2010 年 11 月 9 日 AII3 版

一、创业精神

所谓"创业",即创立基业,也就是开拓和创造一份属于自己的事业和成就。创业的故事每天都在发生,每个创业者成功的背后都有着鲜为人知的艰辛历程,当人们要寻找是什么使创业者能克服各种困难成就了今天的辉煌时,创业精神必然是其中不可缺少的一个重要因素。

(一)创业精神的含义

1. 关于创业精神

最初很多人把创业当做开工厂、办企业,但这只是创业的狭义上的概念,广义上认为人即便处于平凡的岗位,只要不断开拓新局面,确立个人的事业也属于创业。同样,人们对最早出现于 18 世纪的创业精神的理解亦有不同看法,它的含义随着时代的发展而不断演化。以下是一些学者关于创业精神的观点。

20 世纪的经济学家约瑟夫·熊彼特专门研究了创业者创新和积极追求进步所能带来的动荡和变化。熊彼特将创业精神看成是一股"创造性的破坏"力量,即原有的经营方式被新的、更好的方式所摧毁。

管理学专家彼得·德鲁克(Peter Drucker)认为创业精神适用于所有人类活动,并将熊彼特的理论推进了一步,称创业者主动寻求变化,把变化视为正常和健康的现象,"他们一般不去主动创造变化,而是一直在寻找变化、适应变化,并把变化作为发展的机会。"[1]

新古典经济学的奠基人马歇尔则认为,创业家的精神是一种个人特征,包括"果断、机制、谨慎和坚定"、"自力更生、坚强、敏捷有进取心"以及"对优越性的强烈渴望"。

许多经济学家都认为,创业精神是创造就业机会和刺激经济增长的一个重要因素。政府因而可以采取各种优惠措施,鼓励人们不畏风险创建新企业。

2. 创业精神的定义

创业精神即主观上表现在创业者在创业实践中所拥有的思想、观念、个性、作风或方法理念等,客观上表现在发现和把握商机,无论如何受到资源的制约,都能努力通过创新,从无到有地创造和建立某些事物以满足社会需求、创造价值的活动过程。

它包括两个方面的含义:第一是精神层面,代表一种有创新内容的办事和思考方式;第二是实质层面,代表一种"寻求和把握机会,组织资源建立新事物,进而创造出新的市场价值"的过程。也就是说,那种仅仅停留在人们头脑中被认同的有关创业的思想观念和方法,并不能称之为创业精神,它必须通过创业者在创业实践中表现出来,成为创业过程中的一种基本态度,才能称之为创业精神。

创业精神一般可分为个体的创业精神和组织的创业精神。所谓个体的创业精神,是指以个人力量,在目标愿景的引导下,从事创新活动,从而创造出一个不同于过去的新局面;而组织的创业精神则存在于一个组织内部,以群体的力量追求共同愿景,从事创新活动,共同打造出充满活力的组织新面貌。

(二)创业精神的体现

创业精神的载体是人,它是通过人在具体的实践中表现出对待各种事物的人生态度,这种态度使创业者敢于面对困难和挑战,甚至激烈的竞争,为达成功而矢志不渝、敢为人先。此种创业精神可以从以下几个方面来体现:

1. 自信心

自信心即相信自己有能力和条件去开创未来生活和事业的信念。每个人的能力、所处的社会地位、所受到的教育水平都不相同,但是健康的自信使人相信自己的价值,即使处于劣势那也只是暂时的,只要自己付出足够的劳动和努力,就能取得相应的成绩(包括金钱、荣誉、地位等),就能追求一心所向往的幸福,这种机会对每个人来说都是平等的。创业者尤其需要自信,因为创业的过程中有更多变化和许许多多性质不同的困难,如果没有信心的支持,随时都可能被困难击倒,导致半途而废。因为如果连自己都没有信心的话,很少人会对你有信心,那么创业局面将陷入困境。有一个关于英国公爵威灵顿和拿破仑的故事,威灵顿在卡特勒布拉战役中败给拿破仑后落荒而逃,在一农舍的草堆上看见一只蜘蛛在风雨中织网,不畏艰难,屡次被风雨摧残后终于结好了网,威灵顿深受鼓励,重整旗鼓,在滑铁卢击败了战争神话拿破仑。威灵顿的胜利并不在于神灵附体,而是自信心赋予了他积极主动的精神态度,而不是坐以待毙。因此,在创业的过程中,自信能够使你勇敢地面对生活、迎接挑战,从容地应对不同的人际关系和处理各种问题。自信心应贯穿于创业生活的始终。

2. 独立性

人都要学会独立生存,这里不单指个人自然生命的存在和延续,主要是指具有主体意识的个人独立生活、自主创造人生价值的能力。"在家靠父母,出门靠朋友,工作靠国家,发展靠关系"这种传统观念使大学生在就业过程中充满依赖性,盲目地推崇这种观念易导致创业者在创业中缺乏主动性,更愿意等待安排,依靠他人。而现代化激烈竞争中求生存的创业者,要求具有独立的人格,不仅要具有良好的生活自理能力,而且要有善于进行独立思考和独立行动的能力,不受传统和世俗偏见的束缚及舆论和环境的影响,根据个人的需要并结合社会的需要来设计和规划自己的未来,进而选择自己的生活道路并采取相应的行动。独立自主应该是当代大学生具有的个性取向,这种独立性要求大学生能凭借自己的智慧和双手,自力更生,通过努力奋斗,建立起自己生活和事业的基础。

3. 进取心

人类如果没有进取心,将永远停留在一个水平上。进取心是一种不满足于现状,不断朝新的目标前进的心理状态。正因为人类具有积极进取的精神,才能不断推动着社会的发展和科学技术的进步。一个国家,只有拥有进取心,才能开放门户,接纳新生事物;不抱残守缺,才能敢冒风险寻求变革、寻找强国富民之路,与其他国家齐头并进,但不能因为积贫积弱而处于被动挨打的地位。对于现代创业者而言,进取心是一种不甘平凡的野心,正如士兵要有当将军的野心才算是好士兵,所以,只有拥有强烈的进取心,才能有改变现状的动力,不断接受新事物的出现,寻找并肩作战的合作伙伴,勇于向未知领域进军,努力学习进步,提升自己的能力。

4. 责任感

没有人能怀疑责任感的重要性,它已经是对现代公民的一个基本要求。不管在工作还是生活中,有责任感的人能够对自己做出的事情负责,能够不遗余力地完成属于自己的任务。有责任感的人绝不是信奉个人主义的自私自利者,而是具有广泛的人文关怀,这种关怀充分表现在对国家、对社会、对他人的道义责任和法律责任上。在社会生活中履行这种责任能促进人与自然、人与社会的和谐发展。有责任感的人无论是员工还是自主创业者都将会有一种主人翁的态度,能够吃苦耐劳,克服各种负面情绪,脚踏实地地务实工作,自觉主动地做好分内分外一切有益的事情,这样才可能取得事业的成功。拥有责任感的创业者是通过建立自己的实业、提供高质量的产品和服务、取得市场和消费者真诚的信赖和认可来保证企业的生命力,而不是投机取巧、钻一些政策的空子。一个好的企业家尤其要有社会责任感,甚至与人们共享发展的成果,这样才能遵守法律,不会置人民的利益不顾而进行恶性竞争或者仅仅唯利是图地追求财富。

5. 冒险精神

创业是一项具有风险的事业,需要有冒险精神。我国改革开放的事业如果没有冒险精神,能否有今天的社会主义建设新局面还不得而知。曾经有人问一个农夫是不是种了麦子,农夫说因为担心下雨没有,那个人又问是否种了棉花,农夫说因为担心虫子吃也没种,于是那个人问农夫种了什么,农夫答:"什么也没有种,我要确保安全。"从这则寓言可知,一个不愿冒风险的创业者,就像农夫一样,到头来将一无所有,这体现了冒险精神的重要性。比亚迪创始人王传福也认为,冒险精神给比亚迪初期的发展带来了举世瞩目的成就。在今天开放的全球化世界中,经营企业的随机性和偶然性更大,如果商机出现而不敢大胆采取行动,就会丧失成功的契机,所以,在变幻莫测难以确定的环境里,冒险精神就成了获取成功最宝贵的资源。要知道大凡成功的创业者都不是那种只知道勤勤恳恳工作,对别人言听计从,追求过安稳生活的人。当然,当今社会所倡导的冒险精神不是盲目地跟进,而是经过深思熟虑,综合各种信息后做出"有所作为的风险"和"无所作为的风险"的判断,是一种智慧的选择。

(三)创业精神对于大学生创业的作用

创业精神是一种积极的思想观念和意志,是从事创业活动的意志和力量来源,在实践中只要有利于为创业者提供生生不息的动力就算是创业精神的实质体现,大学生拥有创业精神对创业活动具有重要作用。

第一,创业精神是大学生创业欲望和创业冲动产生的基本保证。有创业的欲望和冲动说明大学生拥有创业的梦想,而创业精神则决定了是否敢于选择创业,通过实践去实现创业之梦。当今大学生就业历来是一个热点问题,教育部召开的 2011 年全国普通高校毕业生就业工作会议显示:2010 年的毕业生人数比 2009 年增加 20 万人,2011 年普通高校毕业生为660 万人,人数逐年递增使就业形势趋于复杂化。[2] 党和国家实施"以创业带动就业",认为创业是就业机会不断增加的新的源泉。但是中国新闻网在广东一所学院进行调查,发现近 70%

的大学生没有创业意向,认为现在大学生较缺乏创业冒险精神。有没有冒险精神是大学生对创业产生观望态度的重要原因。另外,据一份调查显示:大学生创业成功率仅2%到3%,意味着大学生创业几乎都要遭遇失败。[3] 面对如此创业困境,大学生是否因整体成功率低而不敢轻易创业,其个人理想会不会因此改变方向,创业精神在其中起着重要的导向作用。

第二,创业精神是使大学生创业信念一以贯之的情感支撑。创业信念是指在创业实践中激励、支持人们行为的那些自己深信不疑的一种个性意识倾向,具有一定的情感色彩。这种信念能够引导创业的发展。因为它是一种无形的精神力量,好比运动员在强烈的信念支持下时往往能超越自身,创造奇迹,取得佳绩。当创业者的事业碰到了困境时,这种创业精神表现为坚定的信念促使其"穷则思变",充分发挥主观智慧,凭着其对创业的理解,以深厚的感情和热情正视危难局面,最后攻克难关,摆脱困境,转危为安,取得创业成果。当创业者企业走上正轨,取得了一定的成就时,更需要创业精神。管理学大师德鲁克在分析企业的创业精神和创新时认为,成功对创业精神来说是一种障碍,因为成功的企业往往被认为"健康",没有官僚主义、繁文缛节、自满等令企业衰退的恶症。所以在当前这个急剧变革的创业时代,要成为成功的创业者必须克服障碍,保持创业者的警惕意识,使企业具有创业精神,保持创新与活力。

（四）创业精神的培养

古往今来,纵观许多成功者皆历经磨难,创业维艰,正如中国古语所云"宝剑锋从磨砺出,梅花香自苦寒来"。创业精神不是天生的,也不是创造出来的,而是经过长期积淀形成的结果,必须由创业者有意识地去奋斗取得。

大学生无论怎样求职创业,都应努力结合自身条件培养创业精神。一是借助校园文化的影响。校园文化是学生成长的外部环境,在校大学生可接受校园良好创业氛围的熏陶,大学生应重视学校开设的有关职业规划与就业的课程,选择有针对性的创业思想教育课程,如参加有关创业的讲座、舆论宣传、社团协会、具有创造性的学科活动、科技活动,或虚心与有创业经历的同学交流经验等。二是有意识地进行自我培养。大学生在制定自身的职业生涯规划时,应根据自身的能力特质和未来职业需求制订创业精神培养计划,通过学习实践培养与时俱进的创业精神。三是借助榜样的力量。大学生应向有创业经历的前辈学习,学习不是单纯的模仿,而是由衷地敬佩其在创业的过程中体现出的精神意志,并以此为榜样激励自己,化为己用。例如,毛泽东早年读书时关心人民疾苦,关注国家前途和命运,在长沙求学期间,他把全部精力放在学习、工作和体育锻炼上,他不仅冒着倾盆大雨逆风飞奔登上岳麓山顶,还经常不惧风雨在湘江冬泳以及下乡进行农村调查和社会实践,这种精神是个人培养创业精神的典型。

二、创业素质

每一个有志于自主创业的大学生都渴望在创业中打造出一片属于自己的天地,创业者能够创业成功,固然离不开创业精神的支撑,但并不能证明只要有创业精神创业就一定能取得成功,因为市场是无情的,创业是一项高水平的就业,创业的成功是各方面因素共同作用的结果,所以想要取得创业成果,创业者必须接受市场全方位的考验,其中创业素质也是一项关键因素。美国心理专家约翰·勃劳恩曾说："尽管创业的技巧是通过学习获得的,但是某些具备创业素质的人占有了先天条件。"[4] 可以说,创业素质是创业活动顺利展开的基本保障,大学生创业应具备良好的基本素质。

（一）创业素质的内容

1. 创业意识

人能够超越其他动物的原因是人有主观意识的存在,确保了人有目的地参与改造世界的活动。创业也离不开意识的参与,创业意识对创业具有能动作用。创业意识是指大学生对创业实践的正确认识、理性分析和自觉选择的心理过程,包括需要、兴趣、动机、理想和世界观等心理成分。

首先,大学生要在认清当前的严峻形势下,树立正确就业创业观,明确创业是生存和发展的手段之一。根据马斯洛需要层次论,不同层次的需要激发了个人行为动机的产生,创业的需要取决于创业者的社会状况、社会地位和阶层等社会性的条件,如果没有创业的需要,就不可能产生创业行为,也就不可能形成更高层次的创业意识。这里创业的需要表现在满足物质生存要求等低层次需要上,如以"不想替别人打工,寄人篱下"为创业动机,而更高层次的创业意识则表现在创业是青年人自立自强、实现理想的重要途径上,是有意识地通过自己的双手去创造美好人生的强烈的创业需要,即创业理想。创业理想主要是一种职业或事业理想,通过创业实现自己所追求的人生价值,如比尔·盖茨中途辍学创立微软公司,或者大学生立志成为一个成功商人,这些创业理想会形成创业者创业的强大动力,其创业行为就会充满生机和活力。

其次,创业意识着力培养一种创新意识。创业本身就是一种创新,创新是一个民族进步的灵魂,是社会发展进步的动力。它是在社会实践中表现出来的重视、追求和主动开展创新活动的兴趣、欲望和思想观念,是人们进行创业活动的内在动力。创新意识是创业者必须具备的素质。在市场经济环境下,照搬别人的创业成功模式,成功的希望很渺茫,即使成功也不可能有大的突破。要想创业成功,最重要的是走别人没有走过的路,而走别人没有走过的路,就要勇于开拓进取,就要有创新精神和创新意识。

2. 创业品质

大学生不管就业和创业都属于初出茅庐,都不可能是一帆风顺的。创业路上充满了困难和挫折,作为创业者承担着事业的兴衰存亡,需要承受的压力往往比一般人要更多,所以需要自主创业的大学生具备优良的创业品质。

（1）优秀的人品。成功的创业者都必须具有优秀的人品,包括以下几个方面:一是要诚信,阿里巴巴创始人马云在《赢在中国》点评创业时说:"一个创业者最重要的,也是你最大的财富,就是你的诚信。"创业者务必要诚实守信,做人做事讲求信誉,必要时放弃部分利益来确保行业可持续发展空间;二是要公平,做事公平公正,值得他人信赖;三是要胸襟豁达,有远见卓识,强调认同和理解,不为眼前的蝇头小利所动;四是要自制,在实际工作生活中善于控制自己的情绪、约束自己的一言一行,促使自己执行任务的决定和克制消极情绪及冲动行为,不随意发脾气。

（2）健康的身心。创业所需要的身心素质表现在:精力充沛,头脑清醒,乐观自信,富有理想,能吃苦耐劳,有紧迫感,行为协调,具有创造热情,并且易于相处。拥有健康身心的人通常能与人保持良好的关系,可以提高工作效率,有利于工作的顺利展开。

(3) 依靠团队。创业从来都不是一个人单打独斗,一般来说,一个团队的力量往往要大于个人能力的简单相加,创业者必须通过合作使创业团队更加具有凝聚力和战斗力。

3. 创业能力

创业能力是能够影响创业活动效率、促使创业活动顺利进行、创业目标顺利实现的综合性能力。创业也属于从事某种职业活动,因此在本书第三章第二节中所列举的具有可迁移性的通用职业能力同样适用于创业实践过程,如:创业者不得不与各种行业及各部门的人打交道,以获取能量、信息、材料和某些人的支持,需要人际交往能力;管理能力是创业者计划、组织、控制、协调、领导整个组织的必备条件;随着市场的瞬息万变,创业者必须不断开发新产品和新技术,以保证自己的事业获得可持续发展,创新能力是必要的;知识更新日新月异,过去获得的知识不可能长期有效,要想紧跟时代的步伐,必须有终身学习能力;另外,表达能力、沟通能力、决断能力、应变能力等都是创业过程中需要应用的实际能力。如果大学生根据自己所学的专业选择行业进行创业,那么掌握熟练的专业技能就是一种最基本的创业技能了,即使不是自己对口的行业,那么也需要踏踏实实、刻苦勤奋地学习和钻研自己所创行业需要的专业技术能力,才能确保创业活动的有效展开。

此外,如果大学生创办公司、企业,相当于与市场最接近的就业,所以需要拥有更有利于创业取得成功的特殊能力。第一,收集信息的能力。现在是信息爆炸的时代,有用的信息收集为确定创业方向提供了有效的帮助。第二,市场判断能力。市场判断能力是指创业者的商业敏感性,对各类信息和新生事物有敏锐的商业眼光,是在瞬息万变的市场中把握机遇、发现商机的重要前提。第三,策划能力。通过创造性的思维,挖掘产品和服务项目的概念,深化其主题,使产品拥有内涵和特色。大学生创业,一般不具备资产优势和经验优势,要想在激烈的竞争中,赢得竞争优势,不可忽视这一创业能力的培养。

4. 创业知识

人类社会已步入知识经济时代,知识成为一种资本。在创业的过程中,人才培养、市场开拓、法律咨询、财务管理等,都是创业者必须接触到的内容。没有一定的知识积累,很难经营管理好自己的事业。要想处理好各方面的关系,需要包含以下几个方面的较为完善的知识结构。

一是人力资源管理知识。企业有员工,就会涉及员工的管理问题。如果想有所成就,就不能凭感觉来管理和激励员工。需要把科学的知识运用到管理实践中,使员工和公司融为一体。这一知识能有效地开发人力资源,如人员的甄选录用和合理配置使用、教育和培训、如何制定科学的管理制度以调动员工的工作积极性等。

二是营销知识。经济利益的产生和增长都借助于产品的销售,因此都离不开市场营销。营销知识包括市场供需状况调查和预测,产品和服务的定价,如何把握消费者的消费观念和心理,如何降低销售风险应对竞争,利用广告拓宽销售渠道,等等。创业者要开拓市场必须具备一定的营销知识,并掌握一定的谈判技巧。

三是法律知识。在法制社会,企业的一举一动都与法律有关,如选择企业的形式时,涉及企业法、公司法;签约时,要懂合同法;创立品牌时,要知晓商标法;在经营过程中还可能碰到反不正当竞争法、消费者权益保护法等,创业者既受法律的保护也受法律的约束。因此,创业者应该掌握和了解与创业活动相关的法律法规和制度条例,有利于守法经营和维护自身权益。与创业相关的法律法规主要包括《公司法》、《合同法》、《公司登记管理条例》、《税法》、《劳动法》、《票据法》、《合伙企业法》、《商标法》、《消费者权益保护法》等。

四是财务知识。创业活动离不开创业资金的筹集和资本运转,任何一家企业都要涉及现金的流入流出、成本核算、税收缴纳、投资分析、股利分配等,这些都反映出了企业的各方面状况。因此,应该了解和掌握一些财务知识,包括货币金融、银行信贷、成本预算与资金核算、账务管理、外汇汇率、会计审计等方面的知识。虽然在实际中,一些具体事务可以由会计、出纳专门处理,但能看懂财务报表是最基本的创业素养,因为财务报表能反映企业的经营状况和发展趋势。

五是其他知识。创业活动是一项复杂性、综合性的特殊实践活动,需要创业者掌握比较全面的知识。除上述几种知识外,需要掌握的创业知识还很多,包括有关服务行业的基本知识、公关和交往知识、有关贷款和各项政策优惠方面的信息、人文基础知识,等等。这些综合知识都需要大学生根据现实需要储备或者在实践中积累补充,并根据实际情况熟练运用。

(二)提升创业素质的一些实践平台

大学生创业成功与否在很大程度上依赖其创业素质的高低,高素质的大学生为创业成功率提供基本的保障。创业素质的培养是一个漫长的过程,伴随着大学生成长的整个过程。有志于创业的大学生应通过实际生活积累创业经验,不断培养创业意识,提高创业能力,学习创业知识。以下是有效提升创业素质的一些途径。

1. "挑战杯"中国大学生创业计划竞赛

大学生的创业活动,始于20世纪80年代初美国高校兴起的创业计划大赛。它借用风险投资的运作模式,要求参赛者组成优势互补的竞赛小组,提出一项具有市场前景的技术、产品或者服务,并围绕这一技术、产品或服务,以获得风险投资为目的,完成一份完整、具体、深入的具有商业价值的创业计划。如今创业计划大赛已成为风靡全球高校的重要赛事。我国的"挑战杯"中国大学生创业计划竞赛的首届赛事于1999年在清华大学举行,目前由团中央、中国科协、教育部、全国学联共同联合主办。从2000年开始到2010年,以每两年一届的格局,"挑战杯"中国大学生创业计划竞赛先后由上海交通大学、浙江大学、厦门大学、山东大学、四川大学、吉林大学依次承办六届赛事,成为中国大学生"科技奥林匹克圣会"。竞赛采取学校、省(自治区、直辖市)和全国三级赛制,分预赛、复赛、决赛三个赛段进行。

"挑战杯"中国大学生创业计划竞赛旨在大力实施"科教兴国"战略,努力培养广大青年的创新、创业意识,造就一批符合未来挑战要求的高素质人才。大学生以此为科技活动的载体,促进了高校产学研结合,有利于培养复合型、创造性人才,在全国高校掀起了创新、创业的热潮,对提高大学生的创业意识和创业能力具有重要的作用。经过几年的市场洗礼,曾参与竞赛的大学生所创办的公司有失败的也有成功的,失败者为后来的创业者提供了经验教训,而成功者逐渐走向成熟。由此可见,竞赛是考验大学生创业素质的一种重要体现,通过竞赛这种形式能增加大学生的创业经历,有效提升创业者的创业意识和创业能力。

2. KAB创业教育项目

KAB(Know About Business)创业教育项目已在全球30多个国家开展。其核心内容是国际劳工组织为培养大学生的创业意识和创业能力而专门开发的课程体系。该课程一般以选修课的形式在大学开展,学生通过选修该课程可以获得相应的学分。共青团中央、全国青联与国际劳工组织合作，自2005年8月起在中国大学中开展KAB创业教育（中国）项目（简称"KAB项目"）。这是共青团中央、全国青联通过国际合作推进中国创业教育发展的一项尝试。截至2009年年底，KAB项目在近600所高校培训了师资，在341所高校开设《大学生KAB创业基础》，在56所高校创设KAB创业俱乐部，8万余名学生参加了学习实践。[5] KAB创业俱乐部围绕创业教育主题不以营利为目的展开实践活动，活动的内容包括企业家访谈、企业走访实习、商业计划书竞赛、模拟企业活动、创业项目推荐等。

KAB创业教育项目是为适应创新、创造的时代要求，通过教授和操练有关企业和创业的基本知识和技能，使大学生了解企业，帮助大学生对创业树立全面的认识和体验，切实提高其创业意识和创业能力，培养有创业和创新精神的青年人才。由KAB创业教育（中国）研究所发布的《创业教育中国报告（2010）》中揭示其所进行的《创业教育效果评估》调查显示：92.23%的大学生认为创业教育对创业很有帮助。其中国际劳工组织KAB大学生创业教育项目培训师王艳茹认为，创业教育可以通过对创业活动的影响而产生福利改善效应。[6]

3. 创业孵化基地和创业服务网

大学生创业孵化基地是各地充分利用大学科技园、经济技术开发区、高新技术开发区、工业园区等资源建立的，为具有较强创业愿望和浓厚创业兴趣的大学生提供创业教育和指导的创业实习基地。它对学校没有经验的大学生进行孵化，重点进行创业政策解读、创业技能培训、市场前景调查、创业项目研究、模拟创业实践等活动。它对于塑造企业文化、营造创业氛围，使大学生尽快掌握创业技能，做好创业准备，对大学生提升创业成功率具有重要意义。此外，教育部计划开通"大学生创业服务网"，要求各地和高校要依托创业网，广泛挖掘创业项目和创业信息，开展创业培训、政策咨询、创业实训，提供项目开发、开业指导等服务，对大学生采集创业信息、提升创业素质、使创业顺利进行具有重要作用。

条条大路通罗马，以上提及的几种途径绝不能说是提升创业素质的最佳途径，大学生创业应充分发挥主观能动性，在实践中不断摸索方法提高自身的创业素质，勇往直前。

✦ **师生互动思考题**

1. 结合自己的个性特征，谈谈自己对创业的看法？

第二节　创业准备及一般创业过程

✦ **案例：一个"大叔"的创业经验**

一个网名为"大叔"的暨南大学2009届毕业生以不无调侃的语气在新浪和猫扑上发布创业经验总结帖，引起很多网友关注。"2009年6月30号那天，我毕业了，也就是那天，我失业了。还是那天，我这个一天到晚逃课去进货的学生，戴上了一顶光鲜的帽子——大学生创业。""我摆过地摊……在饭堂前面做过演讲来鼓舞士气；最困难的时候甚至动过念头，上女厕所旁边卖卫生巾……"据"大叔"介绍，自己之所以决心创业，一方面是由于求职失败，另一方面是家里可以负担创业资金。他告诫大学生，创业首先要具备风险意识和承受风险的能力,在选择项目和构建团队方面也要相当谨慎。在市场摸爬滚打了半年后,"大叔"的创业思路逐渐清晰起来,确定了创业方向,并通过淘宝、网站、下游分销商,建立起销售网络。"今年(即 2010 年,编者注)3 月,淘宝店刚开,订单就火爆起来,单日客流量在 504,比很多钻石级卖家都要高,下游分销商也发展到 10 家。""大叔"介绍说,现在,他坐在自己的工作室里,团队有 13 个人,有自己的拳头产品,一切向好。

然而,根据大量数据显示,在校园里,真正动手实践、打造出一支志同道合的团队、写出一份严谨的创业方案的学生却并不多。

——摘自中国网新闻中心 2010 年 4 月 2 日

一、创业准备

创业准备是创业者在开展创业活动前所进行的一系列相关条件和因素的准备。战场上讲究不打无准备的仗,商场如战场,前期准备工作越充分,创业过程中所走的弯路就能越少,也越容易走向成功。

（一）创业的心理准备

大学生创业具有一些共同点:涉世未深,缺乏创业实践经验,经济实力薄弱,创业起步阶段必然较为艰难,创业前景具有极大的不确定性,可能有意外的成功也可能要经历一败涂地的风险,因此如果决心创业,就应做好良好的心理素质准备。

1. 要有吃苦的心理准备

无数创业成功者的经验告诉我们,创业从来不是能够一步登天,好高骛远也是不切实际的,而是要脚踏实地,经过艰苦奋斗的过程。创业者不同于普通上班者,朝九晚五兼有周末休息,在创业初期创业的人要想增强竞争力必须比别人花更多的时间在事业上,因此没有固定的时间,加班更是一种常态,要对长时间连续负荷工作有思想准备,此外还意味着不能花很多的时间在家庭生活上,得承受家人抱怨的痛苦。尤其是白手起家者,什么脏活累活都要自己乐意去干。

对于创业者来说,吃苦是一种美德,吃苦与事业成功有莫大的关联,"嚼得菜根者则百事可做" [7]。多数成功企业家的案例给人的启示都是"吃得苦中苦,方为人上人"。越王勾践能成就一番霸业离不开卧薪尝胆的精神;新东方创始人俞敏洪成功的背后是曾经不畏严寒提着浆糊刷墙,贴小广告。大学生创业,缺乏资金、资源以及没有市场都不是最困难的,最可怕的就是没有吃苦耐劳的精神,因为害怕吃苦必然享受不到苦尽甘来时的"甜"。

2. 要有不畏艰险的心理准备

人生旅途难得一帆风顺,创业路上更不容易有一马平川的风景。创业也比一般的就业要承受更大的压力,对工薪阶层来说,公司垮了可以另谋职位,而对于创业者来说,稍有不慎,就可能毁掉整个事业。打工者更多的是执行好自己的任务,而创业者必须考虑市场、公众、定位、营销、管理,等等,与人方面要拓展社会关系,与物方面要推广项目产品,过程充满了挑战,可能会有各种不可避免或意想不到的困难和挫折,有的人在困难和挫折中沉沦下去,而有的人却在失败和挫折中振作起来。当事业处在逆境时,创业者往往更需要百折不挠、坚持不懈的毅力和意志,保持一颗永远向上的进取心,而不是三心二意、知难而退或者虎头蛇尾、见异思迁。创业过程是一个长期的过程，如果没有坚忍不拔之志，终将一事无成。以现在领导学的观点来看，西游记里唐僧能到达西天取得真经，不全因孙悟空等人的保驾护航，若唐僧作为领导人是个害怕艰险的人，即使路上孙悟空再神通广大，真经也取不回来。大学生作为领头羊进行自主创业意味着在走自己从未走过的路，是一段艰难的旅程，创业意志坚定与否决定了创业者碰到困境时是否是继续前行还是半途而废。

3. 要做好失败的心理准备

一次营销决策的失误，一次小型的财务危机，抑或一次上门推销产品失败，甚至一着不慎满盘皆输的情形，在市场上都是常有的事。一时的失败有可能成为大学生创业路上的绊脚石，会在一定程度上打击到创业者的自信心，使其一蹶不振放弃创业持久战，转而追求平稳的生活。创业者应该正确认识到创业过程中遇到的问题，如果失败后能认真分析和总结，找到自己的弱点和不足，吸取经验教训，人生就没有永远的失败，不屈不挠地坚持才是胜利。创业者策划经营项目、推广产品、参与市场竞争时，也应事先做好全面规划，成功固然是目的，但是失败也应在计划之中，失败后如何应对弥补，是创业者要做的思想准备。

（二）做好市场调查

市场调查，又称市场调研、研究，是指创业之初，为了避免盲目性，运用科学的方法有目的、有计划地收集有关产品生产、供求关系的资料与数据，并进行必要的整理和分析。

1. 进行市场调查的原因

第一，有利于创业机会的把握。创业机会是能为经济活动引入新产品、新服务、新原材料、新市场或新组织方式的一种情况。善于把握机会对创业者进行创业活动是有事半功倍的效用的，有时幸运的创业者只要能把握一次创业机会，一生都将因此而改变。社会经济的不断发展以及市场竞争的日趋激烈，创造出了越来越多的创业机会，但创业机会稍纵即逝，不会随便就进入人们的视野，能不能发现和捕捉，成为大学生创业能否成功的关键。培养和提高自身发现创业机会的能力，需要创业者不断深入市场进行调查研究，通过了解市场需求状况，把握市场的变化规律。

第二，有利于创业项目的选择。好的开始是成功的一半。创业项目的选择对创业活动的成败至关重要，是整个创业活动的重要环节。一个独具特色、构思新颖的创业项目不仅经得起市场的检验，还能够为社会创造出更大的财富和价值。创业项目的初步选择一般多凭个人的经验、兴趣、阅历和对社会的感性认识而做出的，不仅要全面了解其可行性、发展前景以及风险的大小，做出科学合理的选择，还需要进行周密的市场调查。

2. 市场调查的内容

市场调查的内容主要包括以下几个方面。

（1）市场环境调查。市场环境调查主要包括政治环境调查、经济环境调查、社会文化环境调查、科学环境调查和自然地理环境调查等，主要调查市场的购买力水平，经济结构，国家方针、政策和法律法规，风俗习惯，科学发展动态，气候等各种影响因素。

（2）市场需求调查。市场需求调查主要包括消费者需求调查、消费者收入调查、消费结构调查、消费行为调查，主要调查消费者为什么购买、购买什么、购买频率、购买时间、购买数量、购买方式、购买习惯和购买后的评价等。

（3）市场供给调查。市场供给调查主要包括产品生产能力调查、产品实体调查等，具体调查某一产品市场可以提供的产品数量、质量、功能、型号、品牌，生产供应企业的情况等。

（4）市场营销因素调查。市场营销因素调查主要包括产品、价格、渠道和促销的调查。产品的调查主要有了解市场上新产品开发的情况、设计的情况、消费者使用的情况、消费者对其评价、产品生命周期阶段、产品的组合情况等。产品的价格调查主要有了解消费者对价格的接受情况，对价格策略的反应等。渠道调查主要包括了解渠道的结构、中间商的情况、消费者对中间商的满意度等。促销调查主要包括各种促销活动的效果，如广告实施的效果、人员推销的效果、营业推广的效果和对外宣传的市场反应等。

（5）市场竞争情况调查。市场竞争情况调查主要包括对竞争企业的调查和分析，了解竞争企业的产品、价格等方面的情况，调查对手采取了什么竞争手段和策略，做到知己知彼。

3. 市场调查的方法

进行市场调查的方法一般可通过社会调查和经验判断的方法。

（1）社会调查法。社会调查法可分为直接调查和间接调查。直接调查，即指直接与可能的消费者接触，询问潜在需求者对产品或服务的感受、评价，此种调查可通过书面、电话或面对面等方式进行；另外，也可直接用实验的方式，在特定的范围内展开对消费对象的调查，通过具有针对性的观察以获得相应的信息。间接调查，即通过发调查问卷表、广告宣传、报纸期刊、会议资料、调查报告等方式收集资料，借以分析市场状况；也可采取抽样调查和全面调查等方法收集信息。

（2）经验判断法。向熟悉情况的专家、朋友、政府部门等咨询情况，如请咨询机构的有关专家做市场预测，在条件许可的情况下，亦可采取座谈会、个别请教和德尔菲法等方式听取专家意见；也可直接参加技术展览会、展销会等了解供需信息，了解感兴趣项目的市场需求和发展前景。

（三）准备创业计划

创业计划是有关创业的想法，形式以创业计划书来体现。创业计划书是在经过科学的调查、研究、分析以及搜集整理相关资料的基础上，关于创办企业的发展方向和经营思路的具体设想，以书面的形式确定创业项目及其发展现状、发展潜力和前景。一份科学合理的创业计划书应该包括企业的战略及规划、市场分析、营销计划、机会及风险、财务计划等，它的意义在于有利于寻找合作伙伴、获得资金以及其他政策的支持，也将成为创业过程中的行动指南，在创业前必须做好充分的准备。鉴于创业计划对于创业具有重要作用，本书第十章第二节将单独对创业计划书进行论述。

（四）筹集创业资金

企业必须依靠资金的支撑才能得以运转和经营。创业启动资金是创业者必须考虑的重要问题，如果没有足够的资金，即使再优秀的大学生也无法开展创业活动。一般来说，创办私营企业必须具备以下三个方面的资金条件：一是固定资金，它是以货币形式表现的固定资产的价值，包括垫支于厂房、建筑物、机器设备和运输工具等主要生产资料上的资金；二是流动资金，是指用于支付给劳动对象和其他全部费用的资金；三是作为私营企业登记注册的资金数额,也就是国家所承认的私营企业的所有财产的货币表现,称之为注册资金,注册资金应与实有资金相一致,银行贷款、借款不能作为私营企业的自有资金注册。大部分大学生还不具备较多的资本积累,无法实现完全由个人提供自主创业的资金,可以通过以下几种渠道筹集资金。

1. 自筹资金

处于起步阶段的创业者,贷款还款能力有限,一般不适合通过银行信贷方式进行资金筹集,相当一部分要依赖自有资金,这样的好处是若手中持有自有资本能确保创业者在创办有限责任公司时可掌握实际控制权。自筹资金的主要来源是向创业者的家人、亲戚、朋友、同学、同事等比较亲近或信赖的人借款。

2. 合伙入股

许多企业在创业初期,资金都是靠几个或十几个创业者共同出资合作进行创业的,称之为合作入股。这是当前部分创业者比较乐于接受的筹集方式,特别是对于高新技术创业者来说。这种形式不仅可以从多渠道筹集资金,还可以充分发挥团队的优势作用。合伙入股需要处理好的问题是明确投资份额,做到投入与收益成正比,保证公平公正。

公司规模发展到一定的程度,当经营状况良好又需要大量再投入资金时,可以采取员工入股。当企业经营状况不太理想时,员工合伙入股也是可行的资金筹集方式,此时要共渡难关,公司经理人员和员工可在避免破产或职工失业问题上达成共识,采取员工入股,这是一种同舟共济的方式。

3. 银行贷款

贷款是最直接最为传统的筹款方式。银行贷款分为抵押和担保贷款、信用贷款等多种形式。抵押和担保贷款是指通过向银行提供抵押物或者由第三者提供的担保来获得银行贷款。信用贷款是凭借借款人的信誉发放的贷款,无需其他担保。由于此种贷款风险较大,只适合具有稳定正当收入、无不良信用记录、有一定合作关系的企业和个人。银行在个人申请贷款方面非常严格,对于刚创业的大学生,在银行贷款审核部门看来几乎不具备偿还能力,所以大学生一般不用这种方式申请贷款。

当前,为了支持大学生创业,国家各级政府出台一系列自主创业申请银行贷款的优惠措施,如大学生可向银行申请创业贷款。创业贷款是一种专项贷款,是指因创业或再创业需要,具有一定生产经营能力或已经从事生产经营活动的个人向银行提出资金需求申请,经银行认可有效担保后予以发放的款项。它区别于小额度的信用贷款,因为根据个人的偿还能力和有效资源情况,符合条件的借款人可获得单笔最高 50 万元的贷款支持;对创业达一定规模或成为再就业明星的,还可提出更高额度的贷款申请。根据银行现行规定,创业贷款的期限一般为 1 年,最长不超过 3 年。

在我国不同省份或地区,为响应国家号召鼓励和扶持大学生自主创业,根据当地不同的就业形势,亦推出了高校毕业生小额担保贷款或者小额贴息贷款。这些都是能够帮助大学生创业的有效的资金筹集方式。

4. 风险投资

所谓风险投资,是指对处于创建期和成长期的高科技企业进行股权或债权投资,并由具有专业知识的风险投资家参与经营管理,以期获得较高报酬率的一种投资行为。风险投资市场在国外已发育成熟,如微软、DEC、苹果等一批著名企业,最初是由风险投资扶持的。现在创业者利用自身技术和创新优势寻找风险投资已经成为一种潮流,创业者通过此种方式可以筹集到自己创业所需要的资金以保证企业的经营和运转。在第一届"挑战杯"中国创业计划大赛中获得一等奖的视美乐科技发展有限公司创业计划就曾获得上海第一百货公司250万元的风险投资。近年来在中国日益发展的天使投资,也属于风险投资的一种,它是指富有的个人出资协助具有专门技术或独特概念的原创项目或小型初创企业,进行一次性的前期投资。国内某些高校为了贯彻落实科学发展观,培养创业人才,已设立创业"天使资金",无偿资助有条件的大学生、硕士生和博士生创业。风险投资获得的前提是有一份完美有价值的创业计划书。

除此之外,租赁、信用卡透支、寻求战略联盟、充分利用国家对高新技术领域的优惠政策等手段也是有效筹集创业资金的途径,大学生准备创业时可以根据自身的实际情况和需要选择筹集资金的渠道。

二、一般创业过程

一般意义上讲,创业就是创办新的企业。企业的创立就是一个动态的过程,从创业准备开始,机会的识别、创业计划到成立企业,直至最后运行成功或是失败,这一创业过程随着时间推移不断演进,总体上看也是一个完整的过程。每个企业的发展历程是不同的,但创业活动的开展,都要经历一个从无到有、从小到大的成长过程。

(一)组建创业团队

创业团队是由才能互补、责任共担、愿为共同的创业目标奋斗的人组成的特殊群体,他们相处愉快,有着共同的愿景,乐于为达成高品质的目标而一起工作。在科学技术飞速发展的现代化社会中,任何个人的知识和能力都是有限的,仅凭个人的力量很难去应对创业过程中的复杂局面,面对这种现实,越来越多的人选择团队创业,尤其是高新技术领域,必须有各种不同的人员才能拥有足够的技能、能力和资源来共同面对激烈的竞争环境。俗话说得好,"三个臭皮匠,顶上一个诸葛亮",在创业活动中创业团队的组建对创业活动的成败发挥着重要的作用。可以说,一个团结、高效的创业团队是创业成功的保障,而一个组织涣散的创业团队更容易在困难来临时溃不成军。所以,要组建一个团结有效率的创业团队应该具备以下几个条件。

1. 正确的团队观念

有正确的团队观念才可能成为一个优秀的团队,因此,必须树立正确的团队观念。首先,作为团队的成员都应有开拓进取的精神,年轻人组建团队是为了开辟新的领域,开拓新的市场,开发新的产品或服务,为此要求每个成员都应是积极向上的。其次,整个团队应该具有高度的凝聚力,每位成员处在一个共同体中,应是共进共退、有福同享、有难同当的,这样才能形成团队的行动合力。再次,团队中每个成员应具有诚实守信、坦诚相待的优良品质,不弄虚作假、尔虞我诈,能互相体谅,克服反抗和抵触的情绪,这既有利于团队的团结和稳定,又有利于维护产品和服务的质量。最后,团队观念要求成员把创业活动真正作为一项事业来做,而不单单是赚钱的工具,在追求个人利益时能优先为企业的整体利益着想,使企业成为实现自我价值的平台。

2. 树立共同的目标

当代新管理大师彼得·圣吉在其著名的《第五项修炼》中提出要"建立共同愿景",共同愿景是一个团体中所有成员都真心追求的愿景,是真诚分享的彼此相同的心愿,同时也反映了个人的意愿,如此的共同愿景才能促使成员真诚主动地奉献,成为人们心中深受感召的力量。创业过程中创业团队树立共同的目标对团队的良性发展具有积极的促进作用,如果每个成员都有明确的共同目标,并能把它作为自己的奋斗目标,为了实现目标而不懈努力,那么必将促进团队的团结、稳定,提升团队的凝聚力,提高团队的工作效率,使团队成员的行动协调一致。因此,组建团队应该是建立有共同目标和共同愿景的、认同团队将来要努力的目标和方向的创业团队。

3. 建立团队的管理机制

合理的团队管理机制是创业团队保持团结和谐、高效稳定的制度保障。要建立公平的利益分享机制,利益的纠纷往往是导致团队不和或走向解散的重要因素,因此要建立机制妥善处理各种权利和利益的关系,做到分工明确,也可落实责任,将权、责、利有机结合,以公平为原则进行利益的分配;要建立合理的管人制度,建立良好宽松的文化,体现年轻有活力的创业群体;同时也要有具体的管理规章制度,用合理的制度规范组织,才能使成员懂得自我控制和愿意为自己的行为负责;要建立顺畅的沟通渠道,工作中遇到问题需要互帮互助是必要的,成员有冲突和不同意见都是不可避免的,这就需要建立团队成员间互相沟通的渠道,使成员通过沟通达到交换信息、共享资源、消除误解的目的。

4. 建立优势互补的团队

在团队成员的选择上,需要有开发技术的人,有负责管理企业的人,有开拓市场的人,有懂得融资和财务运作的人,这样团队成员的知识结构便趋于合理化了。合理的知识结构使团队成员在创业的过程中能分工协作,应对团队面对的各种不同的难题。实践证明,团队成员的知识结构越合理,创业成功的机会就越大。所以,创业者在组建团队时应选择相互间优势互补的成员。

(二)创业模式选择

大学生创业,要进行正常的生产经营活动,必须依法设立企业或公司。按照我国法律,可以个体工商户、个人独资企业、合伙企业、有限责任公司、股份有限公司等形式开展创业活动。企业创办的形式不同,其设立的条件、经营特点各不相同,且它们并不是一成不变的,可以随着经营规模的扩大和成熟,选择更适合企业健康发展的形式。大学生创业应在分析自身创业资源的基础上,比较不同模式的经营特点和设立条件选择合适的模式。

1. 个体工商户

根据《中华人民共和国民法通则》第 26 条规定,公民在法律允许的范围内,依法经核准登记,从事工商业经营的,为个体工商户。个体工商户可分由个人经营和家庭经营。个人经营的,以个人全部财产承担民事责任;家庭经营的,以家庭全部财产承担民事责任。此外,个体工商户也可以以个人合伙形式经营,即由 2 个以上公民自愿共同出资组成,共同劳动经营,但从业人数需要限定在 8 人以内。

个体工商户的设立是所有类型企业中设立条件最为简单的一种,根据法律有关政策,其申请人为自然人,如城镇待业青年、社会闲散人员和农村村民是申请经营的主要对象。个体工商户只能经营法律、政策允许个体经营的行业,如工业、手工业、建筑业、交通运输业、商业、饮食业、服务业、修理业及其他行业。

2. 个人独资企业

个人独资企业是指依法在中国境内设立,由一个自然人投资,投资个人拥有财产所有权,投资人以其个人财产对企业债务承担无限责任的经营实体。独资企业至今仍广泛运用于商业经营中,是一种很古老的企业形式,其典型特征是个人出资、个人经营,风险由个人自担以及自负盈亏。根据独资企业法第 8 条的规定,设立独资企业须具备以下五个方面的条件。

(1) 投资人只能是中国公民。个人独资企业属于自然人企业,因为个人独资企业中的"人",只能是自然人。同时,这一法定条件意味着自然人之外的法人、其他组织不能投资设立个人独资企业。

(2) 有合法的企业名称。独资企业的名称应当与其责任形式及所从事的行业相符合。企业的名称应遵守企业名称登记管理规定。例如在登记主管机关辖区内不得与已登记注册的同行业企业名称相同或者近似,即企业只许使用一个名称。独资企业的名称中不得使用"有限"、"有限责任"字样。

(3) 有投资人申报的出资。设立个人独资企业可以用多种形式出资,如以货币方式出资,也可以用实物、土地使用权、知识产权或者其他财产权利出资,对于采取非货币形式出资的,应将其折算成货币数额。投资人申报的出资额,应当与生产经营规模相适应,投资人可用家庭共有财产作为个人出资,也可用个人财产出资。

(4) 有固定的生产经营场所和必要的生产经营条件。生产经营场所包括企业的住所和与生产经营相适应的处所。住所是企业的法定地址,作为主要办事机构存在。

(5) 有必要的从业人员。个人独资企业和个体工商户有所不同,个人独资企业的企业名称必须合法,以企业的名义开展经营活动,而个体工商户则是以业主个人的名义对外从事经营活动,它的规模一般比个体独资企业要小。

3. 合伙企业

合伙企业,按照我国《合伙企业法》规定,是指由自然人、法人和其他组织依法在中国境内设立的,由两个或两个以上的合伙人订立合伙协议,为经营共同事业,共同出资、合伙经营、共享收益、共担风险,并对合伙企业债务承担无限连带责任的营利性组织。当企业出现经营失败、资不抵债时,每个合伙人都要按照入股比例以自己的家庭财产进行赔偿。它的设立必须具备以下条件。

(1) 有两个以上都是依法承担无限责任的合伙人。单个公民不能设立合伙企业。合伙人应当是具有完全民事行为能力的人。法律、行政法规规定禁止从事营利性活动的人,不得成为此类企业的合伙人。

(2) 有合伙人具体的出资。合伙人出资的形式可以是货币、实物、土地使用权、知识产权或者其他财产权利。在全体合伙人协调一致的情况下,合伙人也可以用劳务出资。

(3) 有合伙企业的名称。作为市场主体之一,合伙企业应有自己的名称。企业名称应当使用汉字,依次由字号、行业或者经营特点、组织形式组成;民族自治地区的企业名称可以同时使用本民族自治地方通用的民族文字。

（4）从事合伙经营的必要条件是有固定的经营场所。

（5）有两个以上的公民为设立合伙企业而签订的合伙书面协议。

4. 有限责任公司

有限责任公司，是指由一定人数的股东共同出资组建、每个股东以其出资额为前提对公司承担有限责任、公司以其全部资产对债务承担责任的企业法人。以下是设立有限责任公司的条件。

（1）有在 2 人以上、50 人以下范围内的法定股东人数。

（2）股东出资达到法定资本最低限额。根据《公司法》规定，为了防止滥设公司，保障社会经济秩序的稳定，有限责任公司的注册资本最低限额为：以生产经营或商品批发为主的公司不少于 50 万元人民币；以商品零售为主的公司不少于人民币 30 万元；科技开发、咨询服务性公司不少于 10 万元。特定行业的有限责任公司注册资本最低限额需高于前述所定限额的，由法律、行政法规另行规定。

（3）公司章程由股东共同制定。有限责任公司的章程是公司股东依法订立的规定公司组织和活动原则、经营管理方法等重大事项的文件，是确定股东权利义务的依据，也是公司的行为准则。

（4）要有公司名称和符合有限责任公司要求的组织机构。应在名称中标明有限责任公司，不得选用法律禁止使用的名称，依法设立股东会、董事会、监事会。

（5）有固定的生产经营场地和必要的生产经营条件。

有限责任公司组织结构设置比较灵活，设立的程序相对简单，是当今最普遍的公司制企业。

5. 股份有限公司

由一定人数以上的发起人设立的，全部资本由等额股份构成的，并通过发行股票或股权证筹集资本，股东以其认购的股份对有限公司的债务承担有限责任并享有相应的权利的公司，我们称之为股份有限公司。公司作为企业法人，以其全部财产对其债务承担所有责任。设立此类型公司必须具备以下条件。

（1）发起人符合法定人数。发起人至少为 5 人，其中必须有过半以上在中国境内有住所；国有企业改建为股份有限公司的，发起人可少于 5 人，但方式应当采取公开募集设立。

（2）发起人认缴和社会公开募集的股本达到法定资本最低限额。股份有限公司注册资本的最低限额为 1 000 万元人民币。若注册资本最低限额需高于前述所定限额的，需由法律、行政法规另行规定。

（3）股份发行、筹办事项需符合法律规定。股份有限公司的设立，必须经过国务院授权的部门或者省级人民政府批准。

（4）发起人制定公司章程，并经过创立大会通过。

（5）有公司名称，建立符合股份有限公司要求的组织机构。

（6）有固定的生产经营场所和必要的生产经营条件。

股份有限公司有严密的设立程序和组织机构，刚创业的大学生一般不具备成立此种形式企业的资格，但若所创企业逐步发展壮大之后，达到既定条件便可转变为该类型公司，使得企业朝着更加规范化、市场化的方向发展。

（三）经营地点选择

与其他任何事情一样,大学生创业不仅讲究"天时"、"人和",也要充分考虑"地利",若创业地点选择得好,创业也会得心应手。所以,无论以何种形式来创办企业,选择一个固定的生产经营场所是创业者不得不考虑的重要问题,生产经营场所的选择合理与否直接影响创业者经营活动的好坏。当前,随着市场经济的深化发展,全国各地市不断设立各式各样的开发区、工业区、科技园等经济发展区域,不但为创业者提供了良好的创业环境,而且政府各部门还配了相关的创业优惠政策。因此,这些特殊的经济区域可以成为大学生优先考虑的经营地点。但是,经营地点的选择并不能一概而论,大学生创业者还需根据具体问题具体分析的原则,根据不断变化的情况审时度势,在综合分析各种形势和环境因素的情况下选择合适的创业地点。一般来说,经营地点的选择受到了以下几种因素的影响。

1. 市场因素

市场因素可以从顾客因素和竞争对手因素来考虑。从顾客的角度看,对于一些行业,客流量和顾客的购买力决定着企业的业务量,特别是对零售业和服务业来说。所以选择经营地点应充分考虑顾客的实际需求状况和消费水平。从竞争对手方面来看,一类是选择同行业聚集地,同行成群有利于聚集人气,如服饰一条街、小商品市场、家电市场、花鸟市场等;另一类是反其道而行之,"别人淘金我卖水",不直接与竞争对手发生关系,到他们中间去做好相关服务工作也是一种有利可图的选择。

2. 创业项目因素

创业项目的不同也影响着创业者对经营地点的选择。例如开小吃店必须是选择在人口聚集的地方,服装店最好在繁华闹市里开业,旅馆地点可设在客流量比较大的车站附近。如果一个好的创业项目找不到合适的经营地点,恐怕只会困境重重。

3. 个人因素

有的人喜欢选择自己的家乡、社区或者离亲朋好友较近和自己较熟悉的地区。这种做法的好处是,一方面熟悉周边环境、周围消费群体及其购买力和喜好,了解交通状况和周边基础设施;另一方面创业者在熟人圈子里有良好的关系资源可以利用,可以提高创业的成功率。但这种做法的不利之处是受到地域的局限,限制购买力。

4. 其他因素

除了上述因素外,物业因素、资源因素、价格因素、所在地政策环境等都会对创业活动的经营地点选择产生较大的影响,作为优秀的创业者,应该善于结合市场调查、创业计划等做出科学合理的选择,避免盲目性。

（四）申请登记注册

创业者创办的企业要想正式宣告成立,投入运营,必须完成相关手续的办理,即按照法定程序进行申请登记注册。企业的登记注册,是建立企业的正常市场准入制度,由企业先进行登记申请,企业登记机构进行审核批准。它是对企业的法人资格或营业资格依法进行确认的过程,具有法律效力,企业在核定的登记事项的范围内,从事生产经营,依法享有民事权利,承担民事义务,受到法律保护。

可从两个方面来认识设立企业登记注册的过程。一是申请人提出登记注册申请。申请人或者其委托的代理人可以采取直接到企业登记场所和邮寄、传真、电子数据交换、电子邮件等方式提交申请,并在规定时日内提交符合法定形式的申请原件材料。创办不同的企业形式,登记时所需提交的材料、证件有所不同,大学生创业者应依据相关法律、法规和条例进行准备。二是登记机关核准登记注册。企业登记注册机关对符合条件的材料或申请予以受理,发出《受理通知书》或《收取材料收据》。由审核人员对申请人提交的登记证件、材料进行审核。在企业登记机关的法定代表人或者授权的人员核准通过申请后,企业登记机关予以颁发营业执照。当企业领取营业执照后,应按规定到银行开户,再到税务机关办理税务登记。此外,申请特殊许可经营项目,依照法律、行政法规、国务院决定向审批机关提出申请,经批准后,凭批准文件、证件向企业登记机关申请登记。

企业登记注册,可分为企业法人登记注册事项和企业经营登记注册事项。企业法人登记注册事项主要有:名称、住所、经营场所、法定代表人、经济性质、经营范围、经营方式、注册资金、从业人数、经营期限、分支机构等。企业经营登记注册事项主要有:名称、地址、负责人、经营范围、经营方式、经济性质、隶属关系、资金数额等。

❖ 师生互动思考题

1. 创业之前,我们需要准备什么?

第三节　大学生创业的扶持政策

❖ 案例:优惠政策激发创业激情

25岁的渠少军来自河北,2010年仍就读于四川某美术学院。2007年年初,他和朋友共同成立了"我善手绘"工作室,致力于个性手绘和创意设计,服务范围从酒店壁画、企业文化墙、餐厅主题墙到家居生活,如儿童房、电视墙、卧室、家具手绘等。

"我们在创业队伍中,根本名不见经传。"虽说该工作室目前的收益还不错,但渠少军说,自己和同伴们毕竟还只是未毕业的学生,在社交、人脉以及市场拓展等方面,都有很大的局限。

"但是现在两江新区成立,为创业者尤其是对我们这些创业新人来说,无疑是提供了一个很好的平台。"渠少军说,两江新区享有的一系列优惠政策,可以极大地刺激创业者的热情。如按15%税率征收企业所得税,给创业人员减轻了很大的成本负担;产业投资基金和贷款等优惠政策等,更是为创业者们在筹资、融资方面提供了绝佳的资金保障。

基于两江新区的一系列优惠政策,渠少军和同伴们都打算将两江新区作为他们未来的主战场,将"我善手绘"打造成知名品牌。

——重庆晚报数字报 2010 年 6 月 21 日第 31 版

一、国家积极扶持大学生自主创业

20 世纪 90 年代改革毕业生分配制度后,我国高校毕业生走向社会,就业政策进一步放宽,国家鼓励大学生自主择业。随着高校扩招人数逐年增长,我国就业形势愈加严峻,大学生"就业难"问题凸显。大学生就业问题的解决对于建设人力资源强国和创新型国家、着力保障和改善民生、促进教育与经济社会协调发展具有重要意义,因此党和国家高度重视高校毕业生的就业问题。

党的十六大报告提出,"引导全社会改变就业观念,推行灵活多样的就业形式,特别鼓励自谋职业和自主创业",鼓励劳动者树立创业精神和开展创业活动。与十六大报告相比,十七大报告中所讲的创业思想得到进一步的创新,创造性地提出了"以创业带动就业"的思想。在十七届五中全会中通过的"十二五"规划建议中也提出,实施更加积极的就业政策,鼓励自主创业。2010 年的《国家中长期教育改革和发展规划纲要 (2010—2020 年)》和《国家中长期人才发展规划纲要 (2010—2020)》也指出要实施人才创业政策以及着力提高学生的创业能力。创业作为扩大就业的一项发展战略,成为攸关我国社会经济发展的民生问题。

国家大力支持创业,通过创业创造更多的就业岗位,并将其作为一项战略任务来部署落实。针对大学生的就业问题,我国各部门积极贯彻党和国家的有关精神,从各方面考虑出台多项政策扶持大学生自主创业:

2000 年教育部制定支持大学生休学创业的政策,"允许大学、研究生 (包括硕士、博士研究生) 休学保留学籍创办高新技术企业,增强提高学生创业意识和实践能力。"[8] 教育部每年都发文通知做好普通高等学校毕业生就业的工作,加大对高校毕业生创业的政策扶持力度。

国家不仅重视创办高科技企业的大学生,并且对创办一般行业的大学生也予以实质性的优惠政策。根据国务院指示,2003 年国家工商总局出台优惠政策支持对从事个体经营的大学生免收多项费用。

2009 年国务院办公厅发布通知,高校毕业生创业可享受免收行政事业性收费、提供小额担保贷款、享受职业培训补贴、享受更多公共服务等四项优惠政策,鼓励和支持高校毕业生自主创业。

2010 年人力资源和社会保障部发文决定组织实施"大学生创业引领计划",目标是:"2010—2012 年,三年引领 45 万名大学生实现创业。""有创业愿望并具备一定条件的大学生都得到创业培训,准备创业的大学生都得到创业指导服务。"[9]

近年来,国家一系列创业扶持政策的出台,对激发大学生的创业热情、掀起大学生创业潮起到推波助澜的作用,不断有大学生走上创业之路。

二、国家关于大学生创业的优惠政策

国家积极支持"以创业带动就业",让创业成为就业机会不断增加的源泉。一方面鼓励高校积极开展创业教育和实践活动,培养学生的创业意识和创业能力,另一方面在社会上也采取各项优惠政策,帮助大学生创业。以下是大学生创业可享受的一些优惠政策。

（一）工商管理优惠政策

凡应届高校毕业生从事个体经营的，除国家限制的行业（包括建筑业、娱乐业以及广告业、桑拿、按摩、网吧、氧吧等）外，自工商部门批准其经营之日起，3年内免交登记类、证照类和管理类等各项行政事业性收费。从事个体经营的高校毕业生免交的具体收费项目主要包括以下几类。

（1）法律、行政法规规定的收费项目，国务院以及财政部、国家发展改革委（含原国家计委、原国家物价局、下同）批准的收费项目。

1）工商部门收取的个体工商户注册登记费（包括开业登记、变更登记、补换营业执照及营业执照副本）、个体工商户管理费、集贸市场管理费、经济合同鉴证费、经济合同示范文本工本费。

2）税务部门收取的税务登记证工本费。

3）卫生部门收取的民办医疗机构管理费、卫生监测费、卫生质量检验费、预防性体检费、预防接种劳务费、卫生许可证工本费。

4）民政部门收取的民办非企业单位登记费（含证书费）。

5）劳动保障部门收取的劳动合同鉴证费、职业资格证书费。

6）公安部门收取的特种行业许可证工本费。

7）烟草部门收取的烟草专卖零售许可证费（含临时的零售许可证费）。

8）国务院以及财政部、国家发展改革委批准的涉及个体经营的其他登记类和管理类收费项目。

（2）各省、自治区、直辖市人民政府及其财政、价格主管部门批准的涉及个体经营的登记类和管理类收费项目。

（3）从事个体经营的高校毕业生，应当向工商、税务、卫生、民政、劳动保障、公安、烟草等部门的相关收费单位出具本人身份证、高校毕业证以及工商部门批准从事个体经营的有效证件，经收费单位核实无误后按规定免交有关收费。

（二）创业贷款优惠政策

（1）各国有贸易银行、股份制银行、城市贸易银行以及有前提的城市信用社要为自主创业的各大高校毕业生供给小额贷款。在贷款过程中，简化程序，供给开户以及结算便利，贷款额度在5万元左右。对合伙经营或组织起来就业的，可按规定适当扩大贷款规模，从事当地政府规定的微利项目的，可按规定享受贴息扶持。

（2）贷款利率按照中国人民银行发布的贷款利率确定，担保无上限额为担保基金的5倍，担保期限与贷款期限相同。

（3）大学毕业生在毕业后两年内自主创业，需到创业实体所在地的本地工商部门办理业务执照，注册资金（本）在50万元以下的，可以允许分期到位，首期到位的资金不得低于注册资本的10%（出资额不得低于3万元），1年内实际缴纳注册资本如追加至50%以上，余款可以在3年内分期到位。如有创业大学生家庭成员的不变收入或有效资产供给相应的联合担保，信誉杰出、还款有保障的，在危害可控的基础上可以适当加大发放信用贷款，并可以享受优惠的低利率。

（三）财政税收优惠政策

为扩大就业，鼓励以创业带动就业，经国务院批准，2010 年财政部、国家税务总局出台支持和促进就业的有关税收政策如下：

对于高校毕业生人员从事个体经营（除建筑业、娱乐业以及销售不动产、转让土地使用权、广告业、房屋中介、桑拿、按摩、网吧、氧吧外）的，在 3 年内按每户每年 8 000 元为限额依次扣减其当年实际应缴纳的营业税、城市维护建设税、教育费附加和个人所得税。纳税人年度应缴纳税款小于上述扣减限额的，以其实际缴纳的税款为限；大于上述扣减限额的，应以上述扣减限额为限。此规定的税收优惠政策的审批期限为 2011 年 1 月 1 日至 2013 年 12 月 31 日，以纳税人到税务机关办理减免税手续之日起作为优惠政策的起始时间。税收优惠政策在 2013 年 12 月 31 日未执行到期的，可继续享受至 3 年期满为止。下岗失业人员再就业税收优惠政策在 2010 年 12 月 31 日未执行到期的，可继续享受至 3 年期满为止。

除此之外，税收优惠政策根据具体不同的行业还有不同的规定。

1. 企业所得税优惠

高校毕业生创办企业被省科技厅、省财政厅、省国税局、省地税局认定为高新技术企业后，减按 15% 的税率征收企业所得税，税收优惠执行时间从当年的 1 月 1 日算起。

高校毕业生创办符合条件的小型微利企业减按 20% 的税率征收企业所得税。符合条件的小型微利企业是指从事国家非限制和禁止行业，并符合下列条件的企业：(1) 工业企业，年度应纳税所得额不超过 30 万元，从业人员不超过 100 人，资产总额不超过 3 000 万元；(2) 其他企业，年度应纳税所得额不超过 30 万元，从业人数不超过 80 人，资产总额不超过 1 000 万元。

企业从事下列项目的所得，免征企业所得税：蔬菜、谷物、薯类、油料、豆类、棉花、麻类、糖料、水果、坚果的种植；农作物新品种的选育；中药材的种植；林木的培育和种植；牲畜、家禽的饲养；林产品的采集；灌溉、农产品初加工、兽医、农技推广、农机作业和维修等农、林、牧、渔服务业项目的；远洋捕捞。

企业从事下列项目的所得，减半征收企业所得税：花卉、茶以及其他饮料作物和香料作物的种植；海水养殖、内陆养殖。

创业从事环境保护、节能节水项目的所得，自项目取得第一笔生产经营收入的年度起，第一年至第三年免征企业所得税，第四年至第六年减半征收企业所得税。

2. 企业增值税优惠

企业增值税的优惠有如下几条：(1) 大学生直接从事种植业、养殖业、林业、牧业、水产业生产的，其销售自产的初级农产品免征增值税；(2) 大学生销售古旧图书免征增值税；(3) 大学生创办动漫企业，对属于增值税一般纳税人的销售其自主开发生产的动漫软件，按 17% 的税率征收增值税后，对其增值税实际税负超过 3% 的部分，实行即征即退政策。退税数额的计算公式为：应退税额 = 享受税收优惠的动漫软件当期已征税款 - 享受税收优惠的动漫软件当期不含税销售额 ×3%。动漫软件出口免征增值税。

（四）其他方面的优惠政策

1. 补贴方面

(1) 自主创业的高校毕业生招用本省户籍高校毕业生，签订 1 年以上期限劳动合同并按规定缴纳社会保险费的,可按实际招用人数在相应期限内给予社会保险补贴和岗位补贴,补贴期限最长为 3 年。

(2) 自主创业的高校毕业生本人可同等享受就业困难人员灵活就业社保补贴政策,补贴期限最长为 3 年。

(3) 大学生创办的各类企业,2009 年起,在新增加的岗位中当年新招用已登记的就业困难人员和高校毕业生就业,签订 1 年以上期限劳动合同并为其缴纳社会保险的,单位缴费部分按实际招用人数给予全额社会保险补贴。补贴标准按单位应为所招人员缴纳的养老、医疗、失业、工伤、生育保险费计算,个人应缴纳的养老、医疗和失业保险费仍由本人负担。补贴期限原则上不超过 3 年;国家和省有特殊规定的,可按规定延长社会保险补贴期限。

(4) 高校毕业生从事个体经营领取《营业执照》的,给予其应缴纳的社会保险费金额 60% 的社会保险补贴,补贴期限最长不超过 3 年。

(5) 劳动保障部门对有创业愿望的高校毕业生定期开展 SYB(创办你的企业)免费创业培训,每月不少于一期。创业培训补贴标准每人 1 200 元。

2. 针对运营管理方面

企业运营管理方面的创业优惠政策相对于贷款优惠和税收优惠政策来说,并没有受到大多数大学生创业者的关注,甚至有的自主创业大学毕业生根本不了解这一优惠政策。这方面的优惠政策如下。

(1) 员工聘请和培训享受减免费优惠。对大学毕业生自主创办的企业,自当地工商部门批准其经营之日起 1 年内,可以在政府人事、劳动保障行政部门所属的人才中介服务机构和公共职业介绍机构的网站免费查询人才、劳动力供求信息,免费发布招聘广告等。这一点有助于在创业初期获得相关行业所需求的人才资源。能够帮助自主创业的大学毕业生以最低代价,更容易地获取所需专业人才。

(2) 参加政府人事、劳动保障行政部门所属的人才中介服务机构和公共职业介绍机构举办的人才集市或人才、劳务交流活动时可给予适当减免交费;政府人事部门所属的人才中介服务机构免费为创办企业的毕业生以及优惠为创办企业的员工提供一次培训和测评服务。

3. 其他

(1) 有创业意愿的高校毕业生可享受公共就业服务机构提供的项目推介、开业指导、融资服务、跟踪扶持、政策咨询等一条龙服务。

(2) 高校毕业生自主创办企业进入创业服务中心孵化的高新技术产业化项目,对其所占适当的开发用房面积,其房租第一年全额免收,第二年减半收费,第三年按 70% 收费。

三、了解创业扶持政策的意义和渠道

政策的出台要针对解决现实社会的问题,对促进事物的发展起到推动作用。相对于一般创业人员来说,大学生创业,由于缺乏社会经验和一定的启动资金,面临着更大的风险,创业扶持政策所带来的价值不仅仅要在经济上给予优惠,最重要的意义还是要让想创业者敢于创业,让已创业者成功创业。大学生可以通过多种渠道了解国家和地方的创业扶持政策。

（一）创业扶持政策具有重要意义

一项教育部的报告显示，我国 97 家比较早的学生企业，赢利的仅占 17%；学生创办的公司，5 年内仅有 30% 能够生存下去。《全球创业观察（GEM）2006 年中国报告》中也指出，中国的创业活动在全球中非常活跃，但中国的创业环境有待于改善。中国在提出以创业带动就业战略时，出台各项政策扶持对于改善创业环境的作用显而易见，宽松的创业环境对于解决中国社会就业难问题、缓解就业压力是有帮助的，也激活了中国市场经济中的创新力量，使中国的经济发展更具活力。

对大学生而言，费用减免等优惠政策降低了大学生进行创业的门槛，鼓励更多的大学生成功参与创业。扶持大学生创业的贷款政策既可加速大学生手中持有的科技成果或专利技术转化，快速解放科学技术这一生产力，使科技成果或专利获得更多的市场机会，同时也可解决一部分具有自主创意项目的大学生创业资金短缺的问题。特别是那些由大学生自主开发的规模小、创意新、生存于市场缝隙中的经营项目，由于其能够填补市场空白，创业成功率较大，帮助这部分大学生解决部分资金，其意义不仅在于从物质上解决了大学生创业的难题，更从精神上对大学生创业形成激励，激发大学生的创业意识，培育大学生创业的市场氛围。同时也激发了大学生创业的激情，促使他们踊跃走上创业之路，通过自主创业来完成个人职业生涯，发挥职业能力，参与社会经济建设。大学生充分了解并享受创业扶持政策，利用政策给予的便利，可以使创业少走许多弯路，达到事半功倍之效。

（二）了解创业扶持政策的渠道

不少大学生因为不了解、不熟悉政府扶持政策，走了许多弯路，遇到了一些挫折，甚至无意中违反了一些规定招致处罚。因此，大学生要走创业之路，就要有意识地主动追寻有益于自己事业发展的创业扶持政策。大体而言，可以从以下几个途径去了解。

一是上政府公网查询。现在政府一发布政策就将其放置公网，并印发政府公报，作为新时期政府信息公开的平台，实行电子政务。大学生要注意定期到政府公共服务网上浏览检索，看看是否有新政策出台或者有无项目申报通知。

二是委托政策服务公司或信息咨询公司。有些政策服务公司或咨询公司与政府有关部门关系密切，比较关注政策变化，不仅了解政策，也知道如何建议大学生合理利用政策所给予的优惠。寻求政策服务公司的帮助，需要支付一定的中介费，但由于创业机会稍纵即逝，大学生若能因此及时抓住机遇致使创业成功的话，那么有意义的支出就是必要的。

三是注意与有关部门保持密切的联系。每一家企业都要与一些政府部门打交道，大学生初出社会也不例外，要注意配合与大学生创办企业经常打交道的政府部门的工作，并注意定期向这些部门咨询相关政策。例如能与政府部门保持密切的关系，及时咨询到政府政策的变化，充分加以利用，必能寻求创业活动的更快发展。

四是有意识地培养自己的政策意识。通过电视新闻、报纸、商业杂志和有关信息资料，及时听取或记住各种政策信息，碰到有关问题时应向有关部门咨询清楚。

五是在条件允许的情况下，要求专人负责收集与工作有关的政策信息，及时跟踪政策的变化。

❖ 师生互动思考题

1．谈谈如果自主创业,需要哪些方面的创业政策的扶持或帮助?

🔅 习题或思考

1．可从哪些方面提高自身的创业素质?
2．创业之前,我们需要准备什么?
3．如何了解大学生的创业扶持政策?

📖 参 考 文 献

[1] 葛玉辉,李肖鸣,申舒萌.大学生创业测评[M].北京:清华大学出版社,2010.
[2] 黄俊毅,沈华玉,胡潇文.大学生职业生涯规划[M].北京:清华大学出版社,2010.
[3] 孙长缨.当代大学生就业研究[M].北京:高等教育出版社,2008.
[4] 高建伟,丁德昌.就业指导与创业教育[M].北京:中国传媒大学出版社,2007.
[5] 彼得·德鲁克.创业精神与创新[M].北京:工人出版社,1983.
[6] 关于实施大学生创业引领计划的通知.人社部发[2010]31 号.
[7] 腾讯·大成网.大学生创业面临多重艰难选择.
http : //cd.qq.com/a/20101110/000238.htm.
[8] 中国创业教育网.KAB 创业教育(中国)项目简介.
http : //www.kab.org.cn/content/2010−06/18/content_2969082.htm.
[9] 中国青年报.创业教育中国报告(2010).首次发布.
http : //zqb.cyol.com/content/2010−03/29/content_3156196.htm.

第十章
大学生创业实务

 **本 章 要 点**

　　本章将从大学生创业的 SWOT 分析入手，帮助大学生从自身出发，了解自主创业的机遇与风险，在此基础上编写符合自身素质、满足自身需要的计划书，并在借鉴中外大学生成功创业的案例的基础上，实现大学生自主创业的理想，完成大学生自主创业的规划。

　　当代大学生成长于改革开放的推进期，被人们认为是时代的"弄潮儿"，他们怀着满腔的热情，热血沸腾地参与社会建设和改革，冀望在对社会与人生的双重价值追求中发出振聋发聩的最强音。尤其在社会主义市场经济日趋完善的今天，他们中不少人更是愿意投入自主创业的大潮中，希望用自己的聪明才智来描绘和开拓自己的未来。

　　然而，目前我国大学生创业存在着创业市场压力增大、创业教育不深入不系统、社会保障机制不健全、舆论引导不到位等突出问题。解决大学生创业难问题，必须强化创新、创业意识，教育大学生树立正确的创业观；加强创业教育，着力构建创业教育新模式；政府鼓励支持，正确引导；完善社会保障机制，加强舆论引导，为大学生创业创造良好的社会环境和舆论氛围。

第一节　大学生创业的 SWOT 分析

　　目前，我国正处于社会转型的关键时期，"知识失业"、"教育过剩"的现象出现在一些行业和地区，另外高校每年都在不断扩招，毕业人数年年增加，所有这些问题就集中表现为"大学生就业难"。在此背景下，2008 年人力资源和社会保障部等部门联合制定的《关于促进以创业带动就业工作的指导意见》中提出，"促进以创业带动就业，有利于发挥创业的就业倍增效应，对缓解就业压力具有重要的现实意义。"在此政策带动下，我国掀起了一股大学生创业的浪潮。然而，创业的启动资金、经营风险以及大学生在经验、团队协作、企业管理等方面的不足，使得很多大学生在自主创业的道路上处处碰壁。为此，本节以 SWOT 理论分析大学生的创业态势、策略抉择，以期为大学生创业提供一些参考和指导。

一、SWOT 分析

SWOT 分析,是市场营销中的一个专业术语,本节着力从竞争优势(Strength),竞争劣势(Weakness),机会(Opportunity)和威胁(Threat)四个角度出发分析大学生创业的环境,让大学生创业者正确地识别自身的优势与劣势因素、所处外部环境的机会与威胁因素,并发挥优势,抓住机会,克服不足,回避威胁,这对最终实现自身的目标具有重要的意义。

(一)SWOT 分析的原理

SWOT 分析法又称为态势分析法,它是由旧金山大学的管理学教授于 20 世纪 80 年代初提出来的,是一种能够较客观而准确地分析和研究一个单位现实情况的方法。S (Strength)指内部的优势,W (Weakness)指内部的劣势,O (Opportunity)指外部环境的机会,T (Threat)指外部环境的威胁。其中 S 和 W 主要用来分析内部条件,O 和 T 主要用来分析外部条件,运用 SWOT 分析,必须对 S、W、O、T 这四个因素有一个辩证的认识,并在进行抉择时综合考虑。

(二)SWOT 分析的应用

在全面、系统地分析了 S、W、O、T 四个基本因素之后,就可以得到一个战略决策平面,形成四个战略决策象限。如图 10-1 所示,各种不同的战略对策方案实际上可以分为四种策略,即 S—O 策略、W—O 策略、S—T 策略、W—T 策略(如图 10-1 所示)。个体或单位根据本身的具体情况进行分析,探寻不同条件下应该采取的对策和办法。

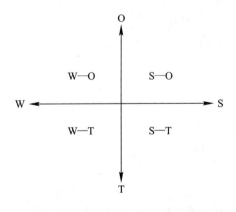

图 10-1　SWOT 战略决策平面和四种策略示意图

二、大学生创业的态势分析

随着知识经济时代和高等教育大众化阶段的到来,大学毕业生的数量剧增,就业日益严峻,一些大学生选择了自主创业的道路,大学生创业是大学生就业的一种新途径、新形式。为适应大学生自主创业这一新形势,除了加强和改进大学生的创业教育,提高大学生的创业意识和创业能力外,还应帮助他们分析自身优势和劣势,分析外部机会和威胁,提高他们创业的成功率。

（一）大学生自身的优势（S）

Strength 是指大学生创业群体相对于其他创业群体所特有的优势。大学生知识层次较高，是一个知识和智力都相对密集的群体，具有较强的专业能力，最大的优势是知识资源、年轻有活力、勇于拼搏。除此之外，大学生普遍还有如下优点：对事物较有领悟力，接受新鲜事物快，有些东西一点即通，自主学习知识的能力强，易接受新鲜事物；自信心较足，对认准的事情有激情去做；思维普遍活跃，不管是敢不敢干、至少是敢想；运用 IT 技术能力强，能够在互联网络上搜寻到许多信息等。具体将这些优点总结如下。

1. 富有朝气，充满激情

大学生有着年轻的血液、蓬勃的朝气，他们对自己的未来充满着希望，对自身价值的实现怀有期待，他们用满腔的激情投入到事业的发展中去，他们有着"初生牛犊不怕虎"的精神，精力充沛、敢想敢干，渴望有一番属于自己的事业。这种强烈的挑战自我、实现自我的激情是迎接挑战、克服困难、百折不挠的精神动力。加之绝大部分大学生尚未成家，家庭负担小，心中牵挂少，能以更大的经历投入到创业中去。充沛的精力，满腔的激情和接受挑战、克服困难的勇气是大学生创业取得成功的重要资本之一。

2. 知识丰富，技能完善

大学生群体接受过高等教育，具有较完善的知识结构和从事行业的相关知识，较之其他创业群体，具有较强的创业能力。"用智力换资本"是大学生创业的特色和必然之路。通过大学阶段的学习，一方面，大学生掌握了一定的专业知识和专业技能，为大学生在相关行业创业打下了一定的基础。专业知识是一种与创业目的直接联系和发挥作用的知识体系，它是大学生创业的前提，并在创业活动中发挥着重要的作用，特别是从事高新技术方面的创业，更是以扎实的专业知识为依托。纵观近年来在高科技领域取得创业成功的创业者，大多具有深厚的专业知识。另一方面，大学生了解和掌握了大学生创业的一般常识、管理知识、会计常识、税收知识、法律常识、营销知识等方面的知识，在大学生开展的创业活动过程中会起辅助和促进作用。例如，若大学生了解和掌握了一定的管理知识，在创业活动过程中可以通过计划、组织、控制、激励和领导等环节更有效地协调人力、物力和财力，有效地调节人与人之间的关系，以更好地达到创业成功的目标。

3. 不断学习，引领创新

"杰里米"的创始人克劳斯提醒打算创业的年轻人时说："要成为行业中的创新者，而不是一成不变的模仿者。"通过在校期间的学习，大学生不仅获得了较全面的基础知识和扎实的专业知识，还掌握了科学的学习方法和研究方法等，这为大学生接受新知识奠定了良好的基础，使得大学生能更快地接受新事物，有的甚至成为潮流的引领者。大学生的学习能力也演绎着大胆怀疑、大胆想象、敢于创新、勇于创新的精神，引领着大学生创业者通过技术创新、市场创新、产品创新、制度创新、管理创新、观念创新等方面来把握技术、把握市场的机会，甚至来创造创业机会，开展创业活动。创新是创业的基础，大学生的创新活动使得创业机会不断涌现，多数机会型创业都是基于对创新活动带来的机会的把握而开展创业活动的。因此，大学生具备较强的学习精神，持续不断的学习动力以及大胆创新的能力是高校毕业生自主创业的优势和基础。

4. 利用网络，掌握信息

当今社会是信息社会，谁能掌握相关信息，谁就能更有效地挖掘创业机会；谁能占有信息优势，谁就能在这个行业发展中获得优势。大学生创业群体相对于其他创业群体，对网络的运用能力更强。一方面，大学生能够更有效地利用网络寻找所需的资料和使用电子支付手段等，另一方面，大学生有较强的 IT 运用能力，更能把握网络经济、虚拟经济等新经济形态所带来的创业机会，有效利用网络资源创业。利用网络资源创业使大学生创业活动突破时间和空间的束缚，为大学生创业提供更广阔的平台。

（二）大学生自身的劣势（W）

Weakness 是指大学生创业群体相对于一般创业群体进行创业活动时本身存在着的不足。最常见的导致企业失败的原因是经验不足，而经验的缺乏又必然会导致对潜在风险的忽视和对退出机制设计的缺失。大学毕业生涉世未深，在财务、产品或服务开发、制造、分销渠道开发、营销计划准备等方面的经验几乎为零，对商业规则也不了解，很难对市场形式的瞬息万变准确把握。另外，大学毕业生在本科和硕士研究生阶段很难接触到高校中的核心技术，同时，高校的技术也大多停留在基础研究阶段，能够在短期内实现产业化的数量较少，因此，很难在技术创新行业有所突破。可以说，工作经验缺乏和风险意识不足是大学生创业者自身劣势之所在。

1. 创业经验不足

大学生创业经验的不足是其劣势的所在。大学生从小到大都是从学校到学校的发展途径，处于"象牙塔"内，涉世不深，对于社会中的人情世故所知甚少。在创业之初对开展活动所需的各要素考虑不周，往往盲目乐观，只看到成功的例子，而对创业过程中可能遇到的困难和失败却没有充分的心理准备，一旦遇到问题，往往束手无策。纸上谈兵也是目前大学生创业中普遍存在的问题，不少大学生创业者不习惯对其产品或项目做市场调查，而是进行理想化的推断，缺乏第一手的市场信息，也就无法有效地分析市场未来的发展方向；对市场的分析、判断、处理等能力还很欠缺；对公司不具备完整的管理体系，往往找不准项目，经不起市场的考验。

2. 创业资金缺乏

"巧妇难为无米之炊"，资金缺乏是制约大学生创业的主要"瓶颈"。创业项目往往需要一大笔启动资金，而大学生融资渠道单一，基本仅限于银行贷款、自筹资金、民间借贷等传统方式，许多大学生都苦于缺乏创业启动资金而放弃了创业的梦想。大学生刚从校园生活中走出来，可以说大部分毕业生基本上都是身无分文。面对创业所需的资金，除了少数大学生创业者有家庭支持并从家庭和亲朋好友处筹得创业资金外，大多数大学生创业者都将遇到资金的难关。虽然有些机构设立了大学生创业基金，但对于庞大的大学生创业群体，创业基金的数量显得微不足道。没有创业启动基金，再好的创意也难以转化为生产力。

3. 创业能力欠缺

急于求成、眼高手低、创业技能欠缺是大学生创业过程中普遍存在的问题。大学生虽然掌握了一定的理论知识，但终究缺乏必要的合作精神、组织能力、实践能力、协调能力、沟通能力和经营管理能力，对市场营销等缺乏足够的认识，很难立刻胜任企业经理人的角色。而且很多大学生把 IT 业、高科技业作为大学生眼中的创业金矿，而不屑于从事服务业或技术含量较低的行业,以至于容易起点太高而容易失败。

4. 创业项目盲从

俗话说:"选对池塘钓大鱼","良好的开端是成功的一半",很多大学生在创业初期经常出现盲从的现象,他们所做出的创业选择,不是建立在对经济定位良好把握的基础上,而是在创业的热潮中人云亦云,导致在项目的选择上出现偏差;也有许多大学生缺乏相应的经验和能力难以找到合适的创业项目,更有些大学生创业者存在眼高手低的现象,以致不少大学生因创业项目不合适而导致创业失败。

5. 创业精神缺失

当今大学生大多是"80 后"、"90 后",是成长在改革开放的新一代,良好的家庭物质环境和部分家长的溺爱使得有些大学生从小到大缺乏吃苦的生活经历,而创业的过程是一个艰苦奋斗的过程,很多成功的创业者都有过"吃馒头、喝凉水"的经历,因此,缺乏吃苦精神和艰苦奋斗精神也成为了大学生创业的劣势。

(三)大学生创业的机会(O)

Opportunity 是指外部环境中有利于大学生自主创业的各种因素。近年来,为支持大学生创业,国家出台了一系列鼓励大学生自主创业的优惠政策,涉及融资、开业、税收、创业培训、创业指导等诸多方面。为了促进以创业带动就业,人力资源和社会保障部、发展和改革委员会、教育部等十余个部门共同制定了《关于促进以创业带动就业工作的指导意见》,其中涉及放宽市场准入、改善行政管理、强化政策扶持、拓宽融资渠道等诸多方面,为大学生创业提供了优惠的外部环境。

1. 经济健康发展

根据国家统计局对国内生产总值的统计数据,从宏观经济环境上看,自改革开放以来,中国经济保持着高速增长的态势,市场每年都在不断地扩张壮大中,经济的"高速增长"意味着经济模式是不固定和海纳百川的,也意味着市场变化和产品的更新换代快,体现出市场的变化性和宽容性,给创业者带来更多的创业机会。因此,对于大学生特别是那些跃跃欲试的大学生创业者来说,一个经济快速、健康发展的环境是其创业的好机会,应该好好把握。

2. 科学技术进步

在知识经济初见端倪的时代,科学技术是第一生产力已经得到了全社会的普遍认同,科学技术的飞速发展,知识创业观念的逐步形成,为大学生创业提供了更好的途径。知识已经被看成了生产力中最活跃的决定因素,是提高劳动生产率和实现经济高速增长的驱动器。因此,掌握了先进科学技术、劳动技能和专业知识及具备各种优良品质的大学生们,无疑会在知识创业中占尽先机,同时网络技术的发展、网络用途的多元化和电子商务的不断发展及网络的不断普及应用,无疑为大学生利用网络创业提供了更多的创业机会。

3. 政府支持引导

政府对创业的支持和引导是大学生是否选择创业的一个重要的"风向标",在一定程度上影响着大学生自主创业的积极性,影响着大学生个人能力和潜能的发挥。党的十七大报告中明确提出以创业带动就业,这是大学生创业的最好机遇,当前工商、税务、卫生等部门对应届大学生创业实行了多项优惠政策,如免息的小额贷款等。同时,为了鼓励和支持大学生创业,国家及地方政府还努力为大学生创业提供各方面的服务,如强化创业培训、建立创业服务体系、推介创业项目、建立创业孵化基地、提供用工服务等,为大学生创业营造良好的外部环境。

(四)大学生创业的威胁(T)

Threat是指外部环境中不利于高校毕业生自主创业的各种影响因素。面对竞争日益激烈的人才市场,人才需求趋向饱和,劳动力市场供大于求,加之市场机制还不完善,国家宏观调控存在触及不到的地方,市场秩序混乱,这对于刚走出校门还没有太多社会经验的大学生来说是最大的创业威胁。同时个人身体健康隐患、家庭不稳定因素、糟糕的财务状况及还款压力等都是潜在的威胁。

1. 大学生创业氛围不浓

随着改革开放的推进和社会主义市场经济的发展,大学生自主创业的文化环境已经得到了改善,但大学毕业生在开展创业活动的过程中仍然受到一些不和谐因素的影响。传统的"学而优则仕"、"轻商贱利"等观念,使人们对商业行为的创业有着鄙视的眼光,不愿尝试开拓式的创业。另外,高校创业教育的不足而导致大学生自主创业知识和能力的欠缺,以及高校为提高就业率的统计数据而导致重就业、轻创业的态度等方面都凸显了大学生自主创业的文化氛围不够浓厚。

2. 政府服务效能不高

各级政府在为大学生提供创业指导、为大学生创业整合社会资源服务等方面不够完善,相应服务机构不够健全,影响了大学生创业的效率和质量。近年来,虽然各级政府出台了很多优惠政策,但在实际操作中,政府的服务意识不到位、服务效能不高。具体表现在政策的制定和落实不到位、政府的政策宣传不到位、政府创新服务不够、缺乏灵活性和创新性、中介服务滞后,这样既不利于政府机关职能转变到位,也不利于创业环境的改善。

3. 资本市场不够成熟

目前我国的资本市场不够成熟,创业投资处于起步阶段,风险投资资金不充足,信息服务行业欠发达,各种资讯机构不齐全,导致创业融资困难,尤其是小型企业的融资,再加之整个金融组织缺乏民营商业化银行,信用中介服务体系滞后等因素,直接制约大学生创业。由于融资渠道不顺畅,许多大学生缺乏自主创业的启动资金,使得不少优秀的创业计划难以进行。

4. 社会诚信道德缺失

人无信不立,业不信不兴,社会无信不稳。在当前的信用经济时代,大学生创业不仅需要有宽松的政策和健全的法制环境,更迫切需要一个良好的社会诚信环境。没有诚信,人与人之间则不能建立良好的关系,社会诚信的缺失是创业最大的障碍之一。

5. 电子系统不够完善

目前我国电子支撑系统不够完善,不能及时向创业者提供各种行业、技术、经济和政策等创业信息。信息资源的开发、信息基础设施的建设、信息技术应用的推广不到位、政府网上服务的内容不够丰富、服务功能单一,且政务资源整合力度、信息共享和业务协同程度不够,从而影响了创业信息的充足性、畅通性和便利性。

6. 创业教育发展缓慢

我国的创业教育起步晚且发展速度缓慢,尚未形成成熟的创业教育体系。大学生不能系统地接受创业教育和锻炼,不能掌握较强的产业技能,这也是导致我国大学毕业生创业成功率一直比较低的原因之一。

三、大学生创业的策略抉择

通过上面的分析可知,当代大学生创业本身存在着优势和劣势,同时也面临着良好的机遇和挑战,依据 SWOT 分析理论,为大学生创业提供了四种策略,即 S—O 策略,W—O 策略,S—T 策略,W—T 策略。

(一)S—O 策略

S—O 策略,即发挥优势、利用机会。这种策略是以抓住机遇、发挥优势为主线的进攻型策略。符合此策略的大学生既有很强的自身优势,又拥有良好的外部环境。因此,大学生应该在创业过程中既要充分发挥自身冒险精神、创新精神和扎实的专业知识等优势条件,又要借助国家鼓励创业的优惠政策,选择专业对口、市场前景好的项目进行创业。

(二)W—O 策略

W—O 策略,即利用机会、克服劣势。符合这种策略的大学生拥有较好的外部环境,但自身存在社会经验不足、创业资金较少和创业技能缺乏的劣势。因此在创业过程中,要充分认识到自身的劣势,并根据实际情况不断进行调整以弥补自身的不足,抓住机遇,充分利用国家和各级政府部门的相关政策,选择对自己有利的行业进行创业。

(三)S—T 策略

S—T 策略,即利用优势、挑战威胁。符合这种策略的大学生自身优势明显,但创业外部环境不够成熟。大学生在创业决策时要对不利环境进行深入的分析,尽量回避创业威胁所带来的不利影响,充分发挥自身扎实的专业知识和突出的创新能力,实现创业梦想。

(四)W—T 策略

W—T 策略,即克服劣势,回避威胁。这种策略是既把外部威胁和内部弱点看得较重,对环境带来的机遇和自身优势并不看好,而采取退避三舍的保守型策略,符合此策略的大学生自身存在很多不足,同时外部环境存在威胁。因此,要积极进行自我规划,尽量克服自身劣势,规避外部环境的风险和威胁,通过多种方式积累经验、知识和才干,通过考研或出国深造等途径暂缓就业,或者先就业再创业,选准落脚点后创造出一片真正适合自己的新天地。

四、大学生创业的教育对策

大学生创业不仅受自身因素的作用,也受到外界环境的影响,我们可以把影响大学生创业的环境因素归于三个方面:社会、家庭和学校。要有效地培育大学生的创业意识、提高大学生创业的成功率,社会、学校、家庭都应该相互配合,发挥相应的作用。从社会和学校这两个层面而言,培育大学生的创业意识应该从以下四个方面采取措施。

（一）充分发挥政府作用，营造良好的大学生创业环境

大学生创业需要一个良好的外部环境，而良好环境的营造离不开政府功能的充分发挥。政府应进一步完善各项政策，减少大学生创业的后顾之忧；应在现有政策的基础上，逐步放宽相关政策的限制条件，尽可能简化相关行政审批程序，为大学生创业提供更好的外部环境；应尽可能地完善创业资金保障措施，可以在设立专项基金的同时，进一步搭建信用平台和融资平台，鼓励风险投资企业增加对学生创业的资金和技术支持等。同时，应加大创业的宣传力度，增强学生的创业意识，可以通过建立创业论坛、创业网站等方式定期发布各行业的最新信息，大力宣传自主创业的成果，为大学生创业指明方向，增强其创业的信心。

（二）加强市场对大学生创业的扶持与指导，拓宽大学生创业的门路

大学生创业在本质上是经济活动，同时也是一个与市场互动的过程。然而，目前大学生在创业过程中往往缺乏对社会尤其是对市场的了解，因此推动双方的接触和了解也是必要的。要让企业走进学校，学生走进企业。要加强企业与学校之间"互换人才"，学校请成功人士指导大学生创业，企业给优秀学生提供到企业学习的机会。资金问题是大学生创业过程中的一大难题，仅靠政府扶持资金，只能解一时燃眉之急，大学生创业需要向社会融资。可以建立双向信用平台，充分利用资源，拓宽融资渠道。同时也要加强市场中介力量，完善中介机构。目前，市场中介的发展情况不容乐观，与生产力促进中心、各类科技企业孵化器等快速发展的情况相比，为科技与金融结合服务的中介机构发展则较慢。因此，加强市场中介作用，完善中介机构，势在必行。

（三）在高校大力开展创业教育，培育大学生的创业精神

创业教育是培育大学生创业意识、提升大学生创业能力的重要途径。美国早在20世纪80年代就开设了创业教育的本科专业，而我国高校长期以来对大学生创业教育的认识不足，创业教育学科基础薄弱，相应的教育体系尚未形成。在少数开设了创业教育课程的高校（多数是以选修课的形式），创业教育的途径也比较单一，内容亦较为陈旧，使学生未能真正受益。高校应该在大学生创业教育中发挥更大的作用，要更新创业教育理念，逐步建立完整的创业教育体系，从创业内涵、创业素质、创业心理和创业实例等多个方面对在校大学生进行系统的创业教育。一方面，把创业教育纳入课程教学当中，逐步开设相应的创业教育课程；另一方面，也可以邀请成功创业的企业家、风险投资者等走进校园，向大学生们传授创业的知识和经验。

（四）积极开展创业实践，增强大学生的创业实践能力

大学生创业除了要接受一定的创业教育培训外，还需要积极地参与创业实践。首先，高校可以通过校园中的课外科技文化活动为大学生提供创业实践机会。学校可以通过开展"创业计划竞赛"、"创业论坛"、"模拟创业"等形式的活动调动大学生了解创业、参与创业的积极性。在已经开展的活动当中，"挑战杯"创业计划竞赛已经具有了一定的影响力。这项竞赛要求参赛者组成优势互补的竞赛小组，提出一项具有市场前景的技术、产品或者服务，并围绕这一技术、产品或服务，以获得风险投资为目的，完成一份完整、具体且深入的创业计划。其次，

在学校就业指导的基础上开展创业辅导。目前高校对就业指导非常重视,普遍都成立了"大学生就业指导中心",负责对大学生进行就业培训,并为用人单位招聘大学生提供各种方便。今后,学校可以在就业指导的基础上,专门对有创业意向的学生进行有针对性的创业辅导,帮助他们确立创业项目,把握市场机会,并为他们最终注册成立公司提供各种辅导和便利。

"长风破浪会有时,直挂云帆济沧海。"准备创业或正在创业的大学生们,请拿出你们的勇气和才智,在认真分析了创业的 SWOT 态势后,找到自己的落脚点,做出适合自己的计划,并运用扎实的专业知识,调动灵活的协调力,启动创业基金,利用政府相关优惠政策,大胆地向梦想靠近,终有一天会达到成功的彼岸。

第二节　创业计划书的设计与编写

据权威数据显示,21 世纪将会有越来越多的大学生走上自主创业的道路,年轻人将成为未来创业的主体。受全球经济发展的影响,我国目前处于创业的活跃期,有志于自主创业的人越来越多,这些创业者的面孔也日趋年轻,更为可喜的是,越来越多的高等学校的毕业生加入到自主创业的大军中去,成为创业洪流中最引人注目的亮点。联合国教科组织在"面向 21 世纪教育国际研讨会"上指出,21 世纪的青年不仅要接受传统意义上的学术教育和职业教育,还应该拥有第三本教育护照——创业能力。目前,我国大多数省市大学生每年都举办大学生创业大赛,绝大部分内容就是从制定一份创业计划书开始的。

创业计划书是创业者为了实现创业梦想而进行事先规划的书面概要,包括了业务的选择、业务的特色、业务的实现阶段等一系列指导创业者不断奋斗的标示,同时也给创业者提供了衡量市场价值和业务拓展的参考。一份实用且完整的创业计划书,需要耗费很大的人力和物力,而且计划书往往是一个公司和企业的宪章性业务文件。计划书的成功与否是未来创业成败的关键。本节将从计划书的概念和要素、内容、作用、注意事项、模版等方面予以简要说明。

一、创业计划书的概念和要素

创业计划书是用以描述与拟创办企业相关的内外部环境条件和要素特点,为业务的发展提供指示图和衡量业务进展情况的标准。通常创业计划是市场营销、财务、生产、人力资源等职能计划的综合。因此,一份完整实用的创业计划书要能够展现公司的形象和特点,必须出现与众不同的特色和视点,要能迅速灵活地捕捉市场商机,在艰难的融资渠道上打开突破口,在激烈的市场竞争中找到自己的立足点。

(一)创业计划书的概念

创业计划书又称商业计划书,是指创业者将具有市场前景的技术产品或服务概念用风险投资的运作模式呈现给投资方,一份完整的创业计划书应包括企业概述、业务和业务展望、风险因素、投资汇报与退出战略、组织管理、财务管理、人力资源管理等方面内容。创业计划书的质量,往往会直接影响创业发起人能否找到合作伙伴、获得资金及其他政策的支持。

（二）创业计划书的要素

不管创业计划书有多少模本，它一定有一个规范，有一定的章节，有一定的不能缺少的因素，在这里介绍六个 C。

第一是 Concept（概念），在计划书中要写明你卖的东西是什么，要让别人清楚知道。

第二是 Customers（顾客），就是东西要卖给谁，谁是顾客。顾客的范围要很明确，比如说认为所有的女性都是顾客，那 50 岁以上的女性可以用吗？5 岁以下的女性也是你的客户吗？要把年龄界限界定清楚。

第三是 Competitors（竞争者），需要问你的东西有人卖过吗？是否有替代品？竞争者跟你的关系是直接的还是间接的？等等。

第四是 Capabilities（能力），要卖的东西自己懂不懂？譬如说开餐馆，如果师傅不做了找不到人，自己会不会炒菜？如果没有这个能力，至少合伙人要会做，再不然也要有鉴赏的能力，不然最好是不要做。

第五是 Capital（资本），资本可能是现金，也可以是有形或无形资产。要很清楚资本在哪里、有多少，自有的部分有多少，可以借贷的有多少。

第六是 Continuation（永久经营），当创业成功后事业进入发展期时，就要考虑将来的发展方向以及如何做大做强等计划。

创业的时候掌握了这六个"C"，随时检查、随时按照要求做调整更正，就不会遗漏。

二、创业计划书的内容

一本创业计划书往往包括三大部分。第一部分是事业本体的部分，就是事业的主要内容。计划完本体的部分后，接下来的第二部分就是与财务相关的数据，比如预测有多少营业额，成本如何、利润如何，为此未来还要支付多少的资金周转等。第三是补充文件，比如说有没有专利证明、有没有专业的执照或证书、或者是意向书、推荐信等。通常一本计划书这样写下来容量较大，所以要在前面写一份摘要，摘要只要一页就好。一般章节安排如下。

（一）计划摘要

计划摘要浓缩了创业计划书的精华，因此被列在创业计划书的最前面。计划摘要涵盖了计划的要点，以求一目了然，以便读者能在最短的时间内评审计划并做出判断。计划摘要一般要包括以下内容：公司介绍，主要产品和业务范围，市场概貌，营销策略，销售计划，生产管理计划，管理者及其组织，财务计划，资金需求状况等。

在介绍企业时，首先要说明创办新企业的思路，新思想的形成过程以及企业的目标和发展战略。其次，要交代企业现状、过去的背景和企业的经营范围。在这一部分中，要对企业以往的情况做客观的评述，不回避失误。中肯的分析往往更能赢得信任，从而使人容易认同企业的创业计划书。最后，还要介绍一下创业者自己的背景、经历、经验和特长等。创业者的素质对企业的成绩往往起关键性的作用。创业者应尽量突出自己的优点并表示自己强烈的进取精神和务实态度，以给投资者留下一个好印象。

摘要要尽量简明、生动，特别是要详细说明创业企业的不同之处以及获取成功的市场因素。如果对方了解将要合作的产品和事项,摘要仅需 2 页纸就足够了。如果投资者对合作的产品和服务了解不多,摘要就可能要写 20 页纸以上。因此,有些投资家就依照摘要的长短来"把麦粒从谷壳中挑出来"。

（二）产品（服务）介绍

在进行投资项目评估时,投资人最关心的问题之一就是,风险企业的产品、技术或服务能否以及在多大程度上解决现实生活中的问题,或者,风险企业的产品（服务）能否帮助顾客节约开支,增加收入。因此,产品介绍是创业计划书中必不可少的一项内容。通常,产品介绍应包括以下内容:产品的概念,性能及特性,主要产品介绍,产品的市场竞争力,产品的研究和开发过程,发展新产品的计划和成本分析,产品的市场前景预测,产品的品牌和专利。

在产品（服务）介绍部分,创业者要对产品（服务）给出详细的说明,这些说明既要准确,又要通俗易懂,使不是专业人员的投资者也能看明白。一般而言,产品介绍都要附上产品原型、照片、功能、市场预测、发展前景等。产品（服务）内容的介绍要具体到位,但应该注意,创业者所做的每一项承诺都是"一笔债",都是一种压力和负担,都需要付诸行动予以兑现。因此,创业者要牢记,与投资家所建立的是一种长期合作的伙伴关系,为寻求资金支持,可以做出承诺,但也要量力而行,切忌过于乐观、过高估计自身实力。一旦过度承诺,就会为今后的合作带来麻烦和纠纷,甚至会使整个创业计划陷于被动,无法实施。

（三）人员及组织结构

有了产品之后,创业者第二步要做的就是组成一支有战斗力的管理队伍。管理的好坏,直接决定了创业企业经营风险的大小。而高素质的管理人员和良好的组织结构则是管理好企业的重要保证。因此,风险投资家会特别注重对管理队伍的评估。

企业的管理人员应该是互补型的,而且要具有团队精神。一个企业必须要具备负责产品设计与开发、市场营销、生产作业管理、企业理财等方面的专门人才。在创业计划书中,必须要对主要管理人员加以阐明,介绍他们所具有的能力,在本企业中的职务和责任,过去的详细经历及背景。此外,在这部分创业计划书中,还应对公司结构做一简要介绍,包括:公司的组织机构图,各部门的功能与责任,各部门的负责人及主要成员,公司的报酬体系,公司的股东名单,包括:认股权,比例和特权,公司的董事会成员,各位董事的背景资料。

（四）市场预测

当企业要开发一种新产品或向新的市场扩展时,首先就要进行市场预测。如果预测的结果并不乐观,或者预测的可信度让人怀疑,那么投资者就要承担更大的风险,这对多数风险投资家来说都是不可接受的。

在创业计划书中,市场预测应包括以下内容:市场现状,竞争厂商概况,目标顾客和市场,本企业产品的竞争地位,产品价格和特点等。风险企业对市场的预测应建立在严密、科学的市场调查基础上。风险企业所面对的市场,本来就有更加变幻不定的、难以捉摸的特点。因此,风险企业应尽量扩大收集信息的范围,重视对环境的预测和采用科学的预测手段和方法。创业者应牢记的是,市场预测不是凭空想象出来的,对市场错误的认识是企业经营失败的最主要原因之一。

（五）营销策略

企业经营中最富挑战性的环节是营销,影响营销策略的主要因素有:

(1) 产品的特点;

(2) 消费者的构成;

(3) 企业自身的状况;

(4) 市场环境方面的因素;

(5) 营销成本和营销效益的因素。

在创业计划书中,营销策略应包括以下内容:

(1) 营销渠道的选择;

(2) 营销队伍的管理;

(3) 促销计划和宣传;

(4) 价格定位和决策。

（六）制造计划

创业计划书中的生产制造计划应包括以下内容:产品制造和技术设备现状、新产品投产计划、技术提升和设备更新的要求、质量控制和质量改进计划。在寻求资金的过程中,为了增大企业在投资前的评估价值,创业者应尽量使生产制造计划更加详细、可靠。一般地,生产制造计划应回答以下问题:企业生产制造所需的厂房,设备情况如何,怎样保证新产品在进入规模生产时的稳定性和可靠性,设备的引进和安装情况,谁是供应商、生产线的设计与产品组装是怎样的,供货者的前置期和资源的需求量,生产周期标准的制定以及生产作业计划的编制,物料需求计划及其保证措施,质量控制的方法是怎样的,相关的其他问题。

（七）财务规划

财务规划需要花费较多的精力来进行具体分析,其中就包括现金流量表,资产负债表以及损益表的制备。流动资金是企业的生命线,因此企业在初创或扩张时,对流动资金需要有预先周详的计划和进行过程中的严格控制,损益表反映的是企业的赢利状况,它是企业在一段时间运作后的经营结果,资产负债表则反映在某一时刻的企业状况,投资者可以用资产负债表中的数据得到的比率指标来衡量企业的经营状况以及可能的投资回报率。

财务规划一般包括以下内容:

预计的资产负债表、预计的损益表、现金收支分析、资金的来源和使用。

可以这样说,一份创业计划书概括地提出了在筹资过程中创业者需做的事情,而财务规划则是对创业计划书的支持和说明。因此,一份好的财务规划对评估风险企业所需的资金数量,提高风险企业取得资金的可能性是十分关键的。

（八）管理体系

管理体系是公司能否高效运转的重要系统之一，也是赋予投资者信心的重要因素，因此，本部分不可忽视。管理体系主要包括：公司的性质，即是否是有限责任公司等；公司的组织形式，必要时应写明公司结构；各部分明确的职责；组织创新的机制等。

（九）风险规避

这一项目指的是在创业过程中，创业者可能遭受的挫折，例如：景气变动，竞争对手太强，客源流等，这些风险对创业者而言，甚至会导致创业失败，因此，对可能风险的评估是创业计划书中不可缺少的一项。

（十）可行性评价

这部分主要说明集体创业活动涉及哪些法律条文，以及是否合乎相应的法律规定；按国家及当地政府的政策，创业活动会受何种约束或者获得什么样的政策扶持等。

（十一）风险资本退出

这部分主要说明风险投资公司在获利后将以什么样的方式退出融资企业，把资本转移到别的企业中去。

（十二）附录

计划里除了以上主要内容以外，其他的作为附录可以列在后面，主要包括：有关经历、技能、建立以及资格证书的复印件；意向书；保险报价；国家、地区有关本行业的政策法规；有关供货商的协议和条件；有关银行或其他渠道出具的贷款证明的信件；调查问卷的复印件以及调查结果。

三、创业计划书的作用

（一）把握创业思路，明确经营理念

创业者把自己的创业想法以计划书的形式详细地展现出来，这样就可以对理想的创业项目进行科学的分析和评价，能更清楚地认识到自己面临的创业机会和风险，理清自己的创业思路，有效把握机会规避风险，明确自己的创业思路和经营理念。

（二）帮助创业者有效管理企业

创业计划书在一定意义上是一个企业创立与经营的蓝本和重要参照。创业计划由于其内容广泛且具体，在实践操作中往往能够帮助创业者更好更有效地管理企业。创业计划书的内容涉及创业的类型、资金规划、各个阶段目标、财务评估、营销策略、风险评估、内部管理规划等方面。创业者可以通过创业计划书，有效地把握商机，做好产品开发、市场开拓、投资运作等一系列的宏观战略决策，又由于创业计划书的操作性很强，在企业的微观决策层面，创业计划书也提供了参照和依据。正是从这个意义上说，创业计划书保证了企业宏、微观决策的

正确,大大提高了企业的管理效率。

（三）帮助创业者获得风险投资

创业计划书是创业者获得投资和支持的凭证。一份成功的创业计划书,能够充分阐述企业的运作资源。通过 SWOT 分析,对企业所面临环境的风险和机会、优势和劣势进行详细的分析,并在此基础上对企业的行业竞争状况、经营与运作策略、商业的模式选择、商家的投资保障等以书面和数据形式清楚地展现出来,通过对企业投资价值的完美展示来吸引投资者或投资机构的支持以获得创业资金。

四、创业计划书制定的注意事项

编制一份创业计划书,就是要吸引他人资金、政策、技术的参与,而他人是否参与或支持新创企业,相当程度上取决于对你编制的创业计划书的评价。成功的计划书能够清楚地告诉对方想要知道的一切,并且给人以真实、可信、可行的感觉。从一般意义上说,成功的创业计划书,应该具备以下几个特点。

（一）关注产品

在创业计划书中,应提供所有与企业的产品或服务有关的细节,包括企业所实施的所有调查。这些问题包括:产品正处于什么样的发展阶段、它的独特性、企业分销产品的方法、企业产品的使用者、产品的生产成本、售价、企业发展新的现代化产品的计划,只有把出资者拉到企业的产品或服务中来,才能使出资者与创业者一样对产品有兴趣。在创业计划书中,企业家应尽量用简单的词语来描述每件事——商品及其属性的定义对企业家来说是非常明确的,但其他人却不一定清楚它们的含义。制订创业计划书的目的不仅是要出资者相信企业的产品会在世界上产生革命性的影响,同时也要使他们相信企业有证明它的论据。创业计划书对产品的阐述,要让出资者感到:"噢,这种产品是多么美妙、多么令人鼓舞啊。"

（二）敢于竞争

在创业计划书中,创业者应细致分析竞争对手的情况。竞争对手,他们产品的优势所在,竞争对手的产品与本企业的产品相比有哪些相同点和不同点,竞争对手所采用的营销策略,要明确每个竞争者的销售额,毛利润、收入以及市场份额,然后再讨论本企业相对于每个竞争者所具有的竞争优势,要向投资者展示,顾客偏爱本企业的原因是:本企业的产品质量好,送货迅速,定位适中等。创业计划书要使它的读者相信,本企业不仅是行业中的有力竞争者,而且将来还会是确定行业标准的领先者。在创业计划书中,企业家还应阐明竞争者给本企业带来的风险以及本企业所采取的对策。

（三）了解市场

创业计划书要给投资者提供企业对目标市场的深入分析和理解。要细致分析经济、地理、职业以及心理等因素对消费者选择购买本企业产品这一行为的影响,以及各个因素所起的作用。创业计划书中还应包括一个主要的营销计划,计划中应列出本企业打算开展广告、促销以及公共关系活动的地区,明确每一项活动的预算和收益。创业计划书中还应简述一下企业的销售战略:企业的职员来源,企业的经销方式,企业将提供的销售培训。此外,创业计划书还应特别关注一下销售中的细节问题。

(四)表明行动的方针

企业的行动计划应该是无懈可击的。创业计划书中应该明确下列问题:企业将产品推向市场的营销计划、设计生产线、组装产品、企业生产的原料、企业拥有的生产资源、生产和设备的成本、企业设备是购买还是租借、解释与产品组装,储存以及发送有关的固定成本和变动成本的情况。

(五)展示你的管理团队

把一个思想转化为一个成功的风险企业,其关键的因素就是要有一支强有力的管理队伍。这支队伍的成员必须有较高的专业技术知识、管理才能和丰富的工作经验,要给投资者这样一种感觉:"看,这支队伍里都有谁!如果这个公司是一支足球队的话,他们就会一直杀入世界杯决赛!"管理者的职能就是计划、组织、控制和指导公司实现目标的行动。在创业计划书中,应首先描述一下整个管理队伍及其职责,然而再分别介绍每位管理人员的特殊才能、特点和造诣,细致描述每个管理者将对公司所做的贡献。创业计划书中还应明确管理目标以及组织机构图。

(六)出色的计划摘要

创业计划书中的计划摘要也十分重要。它必须能让读者有兴趣并渴望得到更多的信息,它将给读者留下长久的印象。计划摘要将是创业者所写的最后一部分内容,但却是出资者首先要看的内容,它将从计划中摘录出与筹集资金最相干的细节,包括对公司内部的基本情况,公司的能力以及局限性,公司的竞争对手,营销和财务战略,公司的管理队伍等情况的简明而生动的概括。如果公司是一本书,计划摘要就像是这本书的封面,做得好就可以把投资者吸引住。计划摘要应使风险投资家有这样的印象:"这个公司将会成为行业中的巨人,我已等不及要去读计划的其余部分了。"

五、创业计划书的模版

创业计划书对成功有参照作用,成功的创业计划书是各种专业知识的融会贯通,是集体智慧的结晶,更是编制者呕心沥血、千锤百炼的产物。为了使大学生群体更清楚、直观地进行创业计划书的编制,编者特准备了几个创业项目的模板,以供大学生创业者借鉴。

例:服装店创业计划书。

人为什么会穷,机构为什么会老化?其中最关键的一个原因:来自心态上的恐惧。一是害怕失败,二是害怕成功,因为要成功就必须付出别人不肯付出的代价。

我们要成功,首先需要付出的就是低下您高昂的头,来向别人学习。只有这样,才能增加抗争苦难的智慧和力量,获得生命与生活的真本事、真知识。

时下有的人一说到做生意就想到百万千万的投资,还要请专业人士做市场调查和商业计划，其实，个人小额投资，小本生意也能赚钱，而且市场风险也较小，关键是要有一股创业热情，量力而行。踏踏实实地从小生意做起，是大多数成功商人的必由之路。在众多从事经营的个体户中，赚钱最快的当属服装个体户。

（一）概述

有人说开店的三个关键条件："第一是地点；第二是地点；第三还是地点"。由此可见店铺的开发对于本企业专卖店的成功经营所具有的深远影响。盟主和加盟商之间需要紧密配合，全方位地思考和制定开店的策略，以最有效的方式制定和执行开店规划，包括市场分析、商圈调查、选址、装修、开业筹备和开张等。所有的配备、装置和货品也都应该在规定的时间内备妥，以便争取到最快、最高的经济效益。

（二）流程

市场分析—商圈调查—选址—装修—开业筹备—开张。

1. 市场分析

（1）考虑服饰店为新店，为减少租金，减少费用，店面积少点也可以，因此决定先租 10 平方米左右的店铺即可。

（2）有两处繁华地段，但经营品牌就必须在品牌一条街。只有在此街找店铺才有商业氛围。

（3）必须是经营一家综合店，才适合当地情况，因专卖一个品牌风险较大，要涵盖二线、三线品牌、配饰等。

2. 选址

开店，是眼下极受青睐的一种投资理财方式。的确，自己开店当老板，假如经营状况比较理想，不仅可使你的财产得到有效的保值、增值，而且还能在心理上获得一份成就感。因此眼下关注和涉足开店的人已越来越多。

要开店，就不能不考虑选择店面的问题。有关专家曾经指出：找到一个理想的店面，你的开店事业也就等于成功了一半。这话一点都不为过，开店不同于办厂开公司，以零售为主的经营模式决定了其店面的选择是至关重要的，它往往直接决定着事业的成败。那么如何才能选好理想的店面呢？有开店打算的人不妨参照下列做法。

第一步：选好地段和店面。

选择经营地段要把握以下几个关键。

把握"客流"就是"钱流"原则。在车水马龙、人流熙攘的热闹地段开店，成功的几率往往比普通地段高出许多，因为川流不息的人潮就是潜在的客源，只要你所销售的商品或者提供的服务能够满足消费者的需求，就一定会有良好的业绩。

客流量较大的地段有① 城镇的商业中心（即我们通常所说的"闹市区"）；② 车站附近（包括火车站、长途汽车站、客运轮渡码头、公共汽车的起点和终点站）；③ 医院门口（以带有住院部的大型医院为佳）；④ 学校门口；⑤ 人气旺盛的旅游景点；⑥ 大型批发市场门口。

利用"店多隆市"效应。我们不妨来听一听消费者的说法：某公司的白领陆小姐是鲜花消费的大户，经常要送花篮、花束给客户和朋友，她说，除了特别着急时有可能会就近找一家花店买花,绝大多数时候都是赶到体育场路上去买,因为那里花店多,花色品种齐全,选择余地较大;在某高校任教的江女士每次要买服装,也总喜欢到东坡路、武林路等服装店密集的地方去选购,她认为店多除了款式也多之外,还可以货比三家,还起价来也比较容易。因此别担心同业竞争,一旦同业商店越开越多,就会产生聚集效应,容易扩大影响,凝聚人气,形成"商业街",生意必定比单枪匹马更容易做。

注意因行制宜。营业地点的选择与营业内容及潜在客户群息息相关,各行各业均有不同的特性和消费对象,黄金地段并不就是唯一的选择,有的店铺开在闹市区生意还不如开在相对偏僻一些的特定区域,例如卖油盐酱醋的小店,开在居民区内的生意肯定要比开在闹市区好;又如文具用品店,开在黄金地段也显然不如开在文教区理想。所以一定要根据不同的经营行业和项目来确定开店地点,要选择合适的店面,并不是越热闹的地方越好,关键是要因行制宜。

第二步:做进一步的考察。

在初步选定开店的地点后,还应做进一步的全面考察,对相关的情况做一定的调查分析后,方能决定是否最后定点于此。主要考察以下几方面的情况。

店面本身的情况:开音像制品店的小罗不久前从别人手里盘了一个店面下来,这个面积达15平方米的店面位于次繁华地段,每天的人流量也十分可观,可是租金却非常便宜,每月只要800元,小罗以为捡到了便宜,偷偷直乐。没想到,花了一万多元装修停当,隆重开张还不到一个月,一纸"拆违通知书"把他打了个满头晕。原来,上一家租户通过内部关系得知店面迟早要拆,便来了个金蝉脱壳,捞了一笔钱便溜之大吉了,剩了个篓儿让小罗来套。所以,在租店面之前,一定要对店面的情况进行一番仔细的调查了解。

有的开店者急于寻找店面,就满大街搜寻,有时还真能被他找到几家正挂着"转让"字样的店面,便迫不及待地与之谈判、交付定金甚至租金。其实这种做法是极其草率的,很容易带来一系列的后遗症。假如你真的看中了店面,最好先从侧面打听到真正的房东(即产权所有者),对其背景情况基本了解,觉得可靠后再进行接触。

一般最好直接与真正的房东谈,假如房东表示已将承包权出租,不愿再插手时,你再与现在的店主谈判也不迟。另外,一旦谈成功,也要注意必须正式签协议并要求到房产所有者那里更改租赁人姓名。

同业竞争情况主要是经营业绩的情况以及商品的价格水平。考察同一地段同类商店的经营业绩,可以初步测算出租此店面可能产生的利润状况;而考察他们的商品价格水平,是为了据此确定自己今后的商品价位。这些都是十分必要的。

"客流"就是"钱流",考察客流状况,不仅能使你对今后的经营状况胸有成竹,而且还能为你决定今后的营销重点提供科学的依据。客流状况主要考察这些内容:① 附近的单位和住家情况,包括有多少住宅楼群、机关单位、公司、学校甚至其他店家(这些店家极有可能会成为你的常客);② 过往人群的结构特性,包括他们的年龄、性别、职业等的结构特性和消费习惯;③ 客流的淡旺季状况。比如学校附近的店面要考虑寒暑假、机关和公司集中地段的店面就必须掌握他们的上下班时间、车站附近的店面应摸清旅客淡旺季的规律,这些都是你设定营业时间的重要依据。

第三步:尽快拿下看中的店面。

一旦找到理想的店面,就要当机立断,出手迅捷,尽快拿下看中的店面,否则夜长梦多,很有可能会因你的片刻迟疑而被别人捷足先登,导致错失良机。如何拿下店面?谈判自然是至关重要的。

要谈好房租价格。对于开店来说,房租往往是最大的一块固定成本,在与房东谈判价格之前,你自己心里首先应该有一个谱,先自定一个能够接受的最高价,这个价位必须是:① 你觉得自己是有把握负担得起的,尤其是在必须一笔付清数年租金的情况下,看看自己有没有给付的能力;② 预算一下,估计是有钱可赚的;③ 再向附近类似的门面打探一下,当价位也是基本一致时,说明是比较合理的。然后再依据这一自己设定的最高房租价格,比较房东给出的房租价格,权衡后进行价格谈判,就比较容易成功。

谈好缴付方式。缴付房租有多种方式,一般最常见的有按月结算、定期缴付和一次性付清三种。假如房东除了固定的月租金外,还要根据你的经营状况分享一定比率的利润,可以采用按月结算的方法,这样能及时结算,以免拖久了增加计算难度,双方都会比较满意;有的门面房定下一年或两年的租金后,其后再要续租的话,常常要按一定的比率逐年递增,这种情况最理想的租金缴付方式是每半年或一年集中缴付一次,这样一旦你有了新的店面或有转业的意向,就不会损失保证金了。

还有的店面是长期定租的,一租就是 10 年到 20 年,如果你有足够的资金,而且看好你选定的店面,也可以一次性将 10 年到 20 年的房租全部付清,这样既可免除门面半途被别人高价挖走,也能不受涨租的影响,节约不少租金,因为从长远看,门面的房租总体是呈上升趋势的。

谈好附加条件。与房东谈判,除了谈租金外,还要注意谈妥有关的附加条件,这也可以使你节省不少开支。首先,你在租房前应对店面内现有的情况,包括装修状况、设备状况等都了解清楚,然后通过谈判,要求房东在出租前对门面房进行基本的整修,如拆除原有已报废无法再利用的设备和装修,对店面的房顶、地板、墙壁做基本的修缮,添置或维修水电设施等,或者要求房东承担相应的费用,在租金中予以抵扣。

总之,要尽量争取节省开销。同时,你可以通过谈判要求免付押金。一些黄金地段的门面房押金也往往是比较可观的,虽然这钱最终是要还给你的,但如果你一直经营下去,这笔钱也就等于搁死在了那儿,对于资金紧张的创业者来说,这也是一个不小的"包袱",如果谈得好,完全是有可能卸掉的。

另外,还可以通过谈判要求延期缴付房租。尽量压低初期的租金,待一段时间生意走上正轨后,再按标准支付,并补足前期的差款。只要你言辞恳切、入情入理地分析给房东听,并能主动限定延期期限,有些通情达理的房东是会答应的,这也可以为创业初期减轻不少的经济负担。

(三)费用预算

1. 预算

(1) 投资额为 2 000 元左右做市场分析调查。

(2) 提前预付 6 个月店租金。

(3) 店租金 3 000 元 / 月,合计 6 个月店租金 18 000 元。

总计 2 万元。

2. 装修

(1)灯具、全身模特、半身模特 1 000 元。

(2)店内装饰 1 800 元(约 10 平方米)。

3. 产品首批调货 1.2 万元

三个档次,其中主要中高档占 65%,补充中档占 30%,特价品、服装配饰占 5%。

中高档次进价为 40~50 元。

中档次进价为 20~40 元。

特价,服装配饰进价为 5~15 元。

总计:20 000 + 2 800 + 12 000=34 800 元。

(四)经营效果分析

(1)经过一年的销售,基本收回投资成本,以每月月销 1 万计算(年营业总额 12 万元,除去产品成本(因产品折扣率不同,此处不详细说明)大约 6 万元,毛利为 6 万元,全年费用如下。

1)店租:3 000 元 / 月 ×12 个月 =36 000 元 / 年。

2)员工工资:1 人(导购 1 名)1 000 元 / 月 ×12 个月 ×1 人 =12 000 元,提成:3 600 元 / 年,工资总计:15 600 元。

3)工商税务等:1 800 元 / 年。

4)水电费、电话费:500 元 / 月 ×12 个月 =6 000 元 / 年。

5)广告投入:2 000 元 / 年。

以上汇总,全年费用为 2.54 万元,全年纯利为:6-2.54=3.46 万元。

(2)第二年收入计算:每月纯收入为:3.46 万元 /12 个月 =0.288 万元。

店面的成败在于管理和销售,这两个方面管理好了,那么赢利也为期不远了。

(五)专卖店管理制度

为规范专卖店管理,体现专卖店品牌形象,特别制定本管理制度。

(1)导购需按店规穿着导购服装。

(2)每天两次大扫除,早晚各一次,营业时间内保持店里、店外干净卫生。

(3)每星期二、六模特衣服更换一次,每星期一高柜货物调换一次。

(4)待客须热情、仔细、认真。

(5)请节约用电,白天开室内"外孔灯"、"壁图灯",阴天时加开"灯光模特"。每天傍晚开室内"内、外孔灯"、"灯光模特"、"室外孔灯";20∶00 至 22∶00 开"招牌射灯"。请节约用水。

(6)节约电话费,每次打电话不可超过 5 分钟。每月电话费最高限额 100 元 / 月,超过部分由导购共同承担。

(7)每天须盘点货物,若出现货品及促销品缺欠,由导购共同负担,货品按零售价赔偿,导购移交货时需检查金额及真假,若发现欠缺及假币,由导购承担。

(8)若导购辞职,须提前一个月告知,同意后方可辞职。

（六）店铺管理和导购培训（10分为满分）

店铺经营重在管理,管理重在奖惩分明,特制定如下惩罚机制。

(1) 打扫卫生不干净扣1分。

(2) 无礼貌用语扣1分。

(3) 收银单书写不全扣1分。

(4) 迟到、早退扣1分。

(5) 摆货不整齐扣1分。

(6) 模特三天换一次衣物,没执行扣1分。

(7) 高柜货物一星期调换一次,没执行扣1分。

(8) 钱币出现缺欠情况、假币情况扣1分。

(9) 不节约用电、用水、用电话扣1分。

(10) 在营业时间谈论私事、嬉戏、聊天、无执行轮流休息扣1分。

(11) 待客不认真、不热情扣1分。

(12) 每月请假次数超过3次扣1分。

注:6分为及格,若连续2个月不及格,则自动辞退。

（七）导购用语

(1) 顾客临近店里,首先致问候语"欢迎光临,请随便看看(普通话)！"

(2) 当顾客的目光停留在某一款式时,对产品的功能及款式卖点进行介绍,并建议其试用"大姐/小姐,这个款式是今年最流行的款式,具有某某优点,某某人已购买了,穿起来后特别合适,您试穿一下。"并主动询问其码数,并将货物取下来,交到顾客手中。

(3) 对顾客感兴趣的衣服提出试穿:"根据我的经验,请相信我,这个款式及颜色非常适合您,您试穿一下。"

(4) 若顾客选定某款服装,要及时赞美她的眼光好。"大姐/小姐,您的眼光真好,您选的是我们公司最畅销的款式,我将它包好。"

(5) 不要问顾客试穿后觉得怎么样,应主动说:"您穿这个款式非常合身。"

(6) 交收现金,应唱收唱付:"共收您100元,找您12元,多谢！"

第三节 大学生创业案例

每年盛夏时节,是大学生毕业的季节,是告别神圣的学府、走向万花筒般的大千世界的季节。如今,更多的大学生走向了创业之路,在这条创业的道路上,已有不少成功者的身影,如国内的池宇峰、邓伟、丁磊、王科、施振荣等;国外的比尔·休利特、戴维·帕卡德等。

众多在不同领域、不同行业创业的大学英才为后来者提供了成功的范例,他们创业时的热情,冒险与智慧都值得后来者学习和借鉴。因此,本节将介绍一些大学生创业者们的成功案例。

一、创业应有担当的精神

❖ **案例：勇于担当创企业**

　　黄森坤出生在 1981 年，是"80 后"，他 1999 年从漳州市漳浦第一中学考入福建省某大学资源与环境学院，家境贫寒的他在大学期间除了认真完成每门功课外，平时想得最多的是如何利用课余时间去打工挣钱，减轻家庭负担。家庭条件好的大学生则想着在周末、假日外出旅游，这给了黄森坤创业商机，黄森坤代理了闽侯一家漂流公司的福州学生漂流市场的开发权。榕城的学生漂流、情侣漂流、家庭漂流的概念还是他第一个包装和打造出来的。之后，他还成为校园市场开发总代理，代理过手机充值卡、MP3 和电脑等。

　　毕业后，他放弃了当公务员和留校的机会，先来到一家在业内很有名气的企业工作。黄森坤心里很清楚，他不会在这家企业干很久。他之所以选择这家企业，是因为他需要一个创业的缓冲期，以便于他找准创业的切入点。工作不到 1 年，他就与另外 2 名年轻人创办了网络公司，主打无线增值。

　　黄森坤的公司半年就实现盈利，第一年营业额就突破百万元。如今，该公司已经拥有 5 家控股子公司，1 000 万元的注册资本；获得全国性增值业务经营许可证，实现移动或电信全网接入运营，并与十几个省、20 个运营商开展充分合作。

　　案例分析： 大学生创业需要具有担当的精神，只有把创业当成一种人生必然的选择，在分析清楚自己的能力后，果断做出决定，并具有强烈的责任心，那么创业就不是梦想，成功指日可待。

二、创业应提高品牌注意率

❖ **案例：注重品牌赢利润**

　　朱莉姬和克莱格是美国 willowbee & Kent 旅行公司的创始人。公司系为旅游者提供全套服务的"旅游超市"，创立于 1997 年 12 月，1998 年的销售额是 100 万美元，1999 年已达 350 万美元。

　　克莱格、朱莉姬是一对夫妇，在介绍他俩开办的这个"旅游超市"时，克莱格说："当时，没有一家公司能提供这么广泛的服务，绝对是物超所值。"目前，该旅游公司能在一个房间里为游客提供全方位服务，包括订票、购买旅游指南和探险服，以及与旅游相关的其他事宜。

　　大学毕业后，克莱格夫妇花了 3 年时间研究旅游市场。他们频繁地参加旅游主题的会展以获取经验。"我们的目标是办一个独一无二的、有强烈视觉冲击力的旅游公司。"夫妻把自己的创意告诉了 Retall 设计公司，请他们为自己的公司做形象策划。这家著名的设计公司极少为一家小店做设计，但他们被克莱格夫妇的创意打动了，觉得这种公司定位新鲜而独特，一定能吸引许许多多的旅游爱好者，从而挣大钱，于是为他们设计了一间极富个性的店。

　　在克莱格夫妇这家旅游超市里，顾客一进门就感受到了旅游的浪漫。他们可以浏览数以百计的旅游手册,并可在交互式的电视前完成到世界各地的虚拟旅行。门口处是一个两层楼高的多媒体中心,环形屏幕上的秀色美景令人怦然心动。顾客可以一边看着酒店和游艇的录像,一边向旅游顾问咨询,勾画自己的梦之旅。这样温馨的情调,很快在旅游者当中广为传说,这种旅行社立即在美国风靡起来,并向欧洲蔓延。

点评:大学生创业在具有担当的精神的同时,更应该注重对市场的调查,并在此基础上做出相应的品牌效益,使自己的产品或公司能够赢得别人的关注,从而为企业创造更多的价值。

三、创业应有创新精神

❖ 案例:善于创新获成功

萨缪尔·科恩、杰里米·克劳斯和托马斯·希尔顿是美国杰里米冰激凌公司的创始人,生产口味独特的超级冰激凌。公司于 1997 年 6 月创立, 1998 年的销售额为 100 万美元, 1999 年销售额达 500 万美元。

克劳斯是天生的做生意者,他说:"我从小就讨厌从事一个普通的职业,因此一直没有工作。而我说过,其实我能做任何工作,甚至做冰激凌。"于是,这位宾夕法尼亚大学的学生入学后在宿舍里做起了冰激凌。不久,同校的两个伙伴科恩和希尔顿也加入了。于是,克劳斯卖掉大部分债券自己投资,并拿出他高中时挨家挨户上门推销净水器时挣的 6 万美元,和他们合伙开了这家公司。

经过市场调查,克劳斯发现,冰激凌的口味已经 20 年没有变化,他敏锐地觉察到,这为他们创业提供了一个很好的空间。他采纳了啤酒商萨缪尔·亚当斯的建议,使用啤酒酿造技术制作口味奇特的冰激凌,他与当地的乳酪厂联系,由他们提供特制的奶酪。

由于口味的创新,使这家小型的冰激凌公司很快吸引到了风险投资。结果新产品一上市就供不应求。它的风味很快就成为一种饮食时尚,风行欧美及世界各地。克劳斯谈到自己的成功时说:"我们年轻人应该是一个行业中的创新者,而不是一成不变的制造者,因为年轻的本质特征就是新异和充满朝气。"

点评:

大学生创业要注重"出路口",适时地打造与众不同的产品,这样才能为创业提供良好的空间,做到人无我有,从而赢得更多更好的发展良机,推动企业不断壮大,取得更多经济效益。

四、创业需要年轻的激情

❖ 案例:充满激情势必胜

1978 年出生在北京的张松江,如今是一家保洁服务有限公司的总经理,公司注册商标为"小管家"。尽管人们还都把他的公司称之为"家政公司",但在张松江看来,他的"小管家"从开始就已经背离了传统家政。在极短的时间内,离经叛道使得"小管家"由穷困潦倒转而获取巨额利润,并因此搭建起一个面向未来的庞大商业帝国架构。对于传统的家政行业来说,

"小管家"的成功模式所产生的影响很可能是颠覆式的。

1999年，张松江在北京某大学毕业，到择业时他才发现，自己怀里的一张大专毕业证书几乎没有任何用处。他与其他3个朋友商量，决定一起创业。他在报纸上看到一个美国品牌保洁公司招加盟商的广告。4个人就跑到那家公司去看——公司写字楼里面简直可以用金碧辉煌来形容。在对方"专业"的讲解后，他们相信了"保洁市场利润空间无与伦比"。于是，4个人立即凑了3.9万元加盟金，交给了那家公司。随即，对方给他们进行了为期两天的保洁清洗培训。

他们本来以为，像什么饭馆的招牌清洗、灯箱清洗、建筑物外墙清洗、大型油烟机清洗、中央空调清洗……商机无处不在。然而，等他们跑去谈生意时，却到处吃闭门羹，根本没人用他们。两个月过去了，他们没有找到一个客户。最初筹集的钱花光了，大家只好每人再筹集了5 000元。直到第四个月，终于等到了一位"大"客户。这位"大"客户是他们租住的那栋写字楼的经理。那位经理要求他们把这栋写字楼的地毯洗一遍。那些地毯的总面积超过3 000平方米。为此，张松江报价为每平方米3元，也就是说，活干完了应该可以拿到9 000元钱的报酬。张松江领着员工大干了一场，可等他们干完了，那位经理只给了1 500元钱，随后丢下一句："就这么多，没钱了。"

碰壁次数多了，张松江渐渐明白了保洁行业到底是怎么一回事。在原来做培训的时候，那家"美国品牌"公司告诉他们，做保洁清洗，市场的价格绝不低于每平方米10元钱。但在现实中，市场行情是每平方米1元钱。不仅如此，如果没有人脉关系，就算凭每平方米1元钱的价钱你也休想拿下一个仅有微薄利润的保洁工程。张松江郁闷到了极点，从不对家人诉苦的他，最后还是将创业的烦恼告诉了父亲。望着创业遇到挫折的孩子，父亲平静地说："没有关系，钱的事不用担心，我给你筹。"父亲的话给了张松江莫大的安慰。

当晚，张松江躺在床上，翻来覆去睡不着觉。他打开灯，随手翻开一张报纸。翻着翻着，报纸上一则广告吸引了他。那则广告说，北京的SOHO现代城推出了可移动墙壁的房屋。可移动的墙壁——所有开发商都把墙壁做成死的，他们却做成活的。这墙活了，他们的生意不就活了吗？别人的生意这样，我呢？要想有利润就得有别人没有的东西，就得把大家都认为是不能改变的固定思维模式打破。思维的闸门一旦打开，张松江再也抑制不住自己。他想到了由户外转向户内。

虽然户内保洁也有人做，但是现在的户内保洁太没有特点了。像SOHO现代城这样的高档社区，肯定需要一种更高档次的服务。麦当劳、肯德基走遍全球，凭的不就是一个严格的操作规程与标准嘛！对于保洁来说，这个标准应该是对卧室、卫生间、厨房等不同性质房屋进行分类，然后确定不同的服务标准。越想越兴奋，他把自己的想法、计划都写在了纸上，从第二天开始的十几天时间里，他进一步完善方案，然后鼓起勇气去找SOHO现代城中海物业公司的经理。那位将近50岁、有着丰富经验的物业经理被眼前的年轻人打动了。他说："每天来这里要求做我们清洗业务的人多了，但是没有一个人能够提出你这样的想法。这里的活，我交给你了。"这时，父亲筹到的10万元钱也交到了张松江手里。他把几个朋友一起合伙参股的钱退掉，然后自己注册了一家保洁服务有限公司。在SOHO现代城的地下室里开始了新的旅程。

那段日子是极为艰苦的。地下室的潮湿程度达到了早晨放一只公文包，晚上拿走的时候都会从上面往下滴水。没有椅子，他们就坐在地上，每天跟民工一样吃2.8元的饭。但是凭着年轻的激情,张松江不畏艰苦,终于成就了自己的创业梦。现在北京已经成功开拓出了一种叫做"小管家"的新家政商业模式。凭借新模式,张松江在北京,仅一个社区就年收入170万元。面对我国蓬勃发展的社区经济,"小管家"铺就的是一条"沃尔玛"式的道路,一扇虚掩的财富大门正在徐徐打开。

点评:

大学生在创业的前期都是充满了挑战和艰辛的,在遇到挫折和困难时,要有坚忍不拔和持之以恒的精神面貌,适时调整策略,增强抗压力,保持必胜的信念和继续奋斗的态度,一切困难定会迎刃而解。

五、创业需要抓住机遇

✦ 案例:抓住机遇促发展

胡启立是武汉某大学电信学院应届本科毕业生。2002年他借债上大学,在大学期间,他打工、创业,不仅还清了债务,为家里盖起了两层洋楼,自己还在武汉购房买车,拥有了自己的培训学校。

胡启立1982年出生在红安县一个普通农家,父亲在当地矿上打工,母亲在田里忙活。在胡启立3岁那年,父亲在矿上出事了,腿部严重骨折瘫痪在床,四处求医问药。3年后,父亲总算能下地走路了,可再也不能干重活、累活。为给父亲看病,家里几乎家徒四壁。胡启立的父亲不能下地干活,只得开了家小卖部,卖些日用品。胡启立小小年纪就经常跑进跑出"添乱又帮忙",也正是因为这个原因,他从小就接触到了买和卖。慢慢长大了,胡启立在商业方面开始显才。

胡启立读高中,学习成绩还不错,正在读高一的弟弟辍学外出打工,给哥哥赚学费。胡启立心里不是滋味,心中暗暗发誓,一定要考上大学,让家里人过上好日子。胡启立说,他从那时就开始规划自己的大学生活:大一好好学习,尽量多去学点东西,从大二开始,寻找机会挣钱,力争大学毕业的时候,自己能当上老板。高考时,他本打算报考一所商学院,却遭到家人的反对,好在他对电子也有兴趣,最后选择了电子信息工程这个专业。

在2002年9月,胡启立带着对大学生活的憧憬和从姑姑那里借来的4 000元学费,到大学报到。进校后,胡启立感觉大学生活比高中生活轻松多了,空闲时间也多,他利用这些空闲时间逛遍了武汉所有高校,也熟悉了武汉的环境,这为他的下一步创业打下了基础。

大学时间相对充裕,稍不注意就会养成懒散的习惯,胡启立是个闲不住的人,他决定提前走入社会,大一下学期就开始了自己的创业之路,比原定计划提前了半学期。就在2003年春季一开学,胡启立开始给一所中介机构贴招生海报,这是他找到的第一份兼职工作,并且交了10元钱会费。"贴一份0.20元,贴完了来结账。"中介递给他一沓海报和一瓶糨糊,胡启立美滋滋地开始往各大校园里跑。"贴海报,看起来容易,其实很难做。"胡启立没想到贴份海报,还要受人管,一些学校的保安轻者驱赶一下,严重的会辱骂甚至动手。3天后,胡启立按规定将海报贴在了各个校园,结账获得25元报酬。同行的几人嫌少,都退出了,而胡启立却又领了一些海报,继续干起来。不过,他心里也开始在想别的门道了。

一次,他在中国地质大学(武汉)附近贴海报时,看到一家更大的中介公司,就走了进去,在那里遇到一位姓王的年轻人。王某是附近一所大学的大四学生,在学校网络中心搞勤工俭学。几个学生商量,能不能利用网络中心的电脑和师资,面向大学生搞电脑培训。网络中心同意了,但要求学生们自己去招生。"只要你能招到生,我们就把整个网络中心的招生代理权交给你。"王某慷慨地说。胡启立想,发动自己在武汉的同学帮忙,招几个人应该是没问题,就满口应承下来。做招生宣传要活动经费,胡启立没有经验,找几个要好的同学商量,结果大家都不知道要多少钱。有的说要 5 000 元,有的说要 2 000 元,最后胡启立向王某提出要 1 800 元活动经费,没想到王某二话没说,就把钱给了他。胡启立印海报,买糨糊,邀请几个同学去各个高校张贴,结果只花了 600 元钱,净落 1 200 元。这是他挣到的第一笔钱。尽管只花了 600 元钱,但招生效果还不错,一下子就招到了几十个人。然而,这些学生去学电脑时却遇到了麻烦,因为动静搞大了,学校知道了这件事情,叫停了网络中心的这个电脑培训班。胡启立几次跑到网络中心,都没办法解决这件事情。他无意间发现网络中心楼下有个培训班,也是搞电脑培训的,能不能把这些学生送到那去呢?对方一听说有几十个学生要来学电脑,高兴坏了,提出给胡启立按人头提成,每人 200 元。非常意外地,胡启立一下子拿到了数千元钱。在 2005 年,"胡启立会招生"的传闻开始在关山一带业内传开了。一家大型电脑培训机构的负责人找胡启立商谈后,当即将整个招生权交给他。

随着这家培训机构一步步壮大,胡启立被吸纳成公司股东。但胡启立并不满足,他注册成立了自己的第一家公司———一家专门做校园商务的公司。胡启立谈起成立第一家公司的目的:"校园是一个市场,很多人盯着这个市场,但他们不知道怎么进入。成立公司,就是想做这一块的业务,我叫它校园商务。"同时,胡启立发现很多大学生通过中介公司找兼职,上当受骗的较多,就成立了一家勤工俭学中心,为大学生会员提供实实在在的岗位。他的勤工俭学中心影响越来越大,后来发展到 7 家连锁店。"高峰时,每个中心能有一万元左右的纯收入。"

在 2005 年下半年,由于业务越做越大,胡启立花 20 多万元买了一辆丰田花冠轿车,在校园和自己的各个勤工俭学点奔跑。2006 年 9 月,他又将丰田花冠换成宝马车。在给一些培训学校招生的过程中,胡启立结识了一家篮球培训学校的负责人,开始萌生涉足体育培训业务的念头。经过多次考察比较,2006 年底,胡启立整体租赁汉阳一所中专校园,正式进军体育培训。当年招生 100 余人,今年的招生规模预计是 300 人。"以前都是为别人招生,这次总算是为自己招了。"

点评:

大学生创业的过程中定会充满了机遇和挑战,不过机遇往往偏爱有准备之人,因此,要善于分析市场,善于发现良机,在良机到来之时努力争取,创业之路就会走得更加稳健和踏实。

六、创业需要有良好的协调能力

❖ 案例:良好的沟通成就所愿

卫喻凡同学是某大学机电与信息工程学院 2006 届计算机应用技术专业毕业生,在校期间,他学习努力,工作认真负责,积极参加各种校内及社会活动,兴趣爱好广泛。同时,卫喻凡同学是所在班级的班长兼团支部书记,是院团总支委员,在校期间曾经组织许多文化、科技活动,并光荣地加入了中国共产党组织。毕业后,他不甘于安逸平淡的公务员生活,积极创业,经过3年多的艰苦努力、经历了无数的曲折,终于使自己的事业有了很大的发展。现在卫喻凡同学在郑州市拥有两个公司,几十名员工,资产数百万,成为该届毕业生自主创业的典型代表。

卫喻凡同学从大学毕业时谋取了一份稳定工作,在按部就班地工作了3个月后,他想:如果一辈子这样上班,就离自己的理想太远了,自己从小的理想是自己拥有自己的公司,干自己想干的事业,而现在有很多想法还没有实现就这样按照别人的想法去生活了。于是他辞掉了稳定的工作,准备去干既不稳定又没有保障的工作。他和家人这样解释说:"别人不理解我的时候,但我知道我在干啥!当别人知道我在干啥的时候,我已经成功。"从此他义无反顾地走上了实现自己理想和价值的工作,来到了郑州市选择了跑销售业务,当时家人和亲戚朋友很不理解,感觉就是异想天开。

首先他选择了一家河南的药厂,这个厂家的产品质量和价位都还不错,应聘做一名销售代表,当时的待遇是:底薪＋提成＋日补＋电话补助。现在还清楚地记得第一个月就拿了3 228元,当时看着接近自己在原来上班岗位3个月工资的薪酬,真的很激动,打电话回家,告诉家人领工资了并且领了3 228元,家里人也没有想到他能干得如此出色。就这样风雨兼程地干着,每天晚上总结销售情况的时候,总会感到一阵阵自豪,因为这些都是自己用辛勤和汗水换来的,很多客户到现在都成了朋友,这也是意想不到的收获。当然有时候他也感觉很累,别人都在家里和家人团聚时,而他每天都忙碌在不同的地方,白天都是在车上与田间地头度过,晚上一个人在招待所总结分析一天的客户情况,为明天做好计划该去怎么做,计划自己的工作,忙碌的奔波是他每天的生活,有时候也很想放弃,但一想到自己的梦想和离开公务员岗位时的豪情壮志,又信心百倍地干起来。

直到2007年10月终于实现了自己的第一个目标(这是上大学时就产生的念头)创办了郑州市某品牌设计公司,这个公司既是自己在大学时的目标也是为了以后的目标做准备的。开始时由于对设计和印刷包装不太了解,只能聘请懂行的人帮他经营,为实现他的目标积累资金,他的目标是要创办属于自己的兽药厂,因为他热爱这个事业,对这个行业也了解。为了创办属于自己的兽药公司,在跑业务的时候他就注重跟客户和同事搞好关系,因为客户是他自己以后的销售对象,同事是他的合作伙伴来源。为了实现他的目标,卫喻凡每天忙着怎么做到让公司考核过关,让他们相信他能做好一个品牌;资金不够的情况下学着别人怎么融资,怎么去做合同,学习有关的法律法规与技术知识;同时还要说服家人支持他的工作,因为他们担心他一个人做不好,家里没有做这方面的亲戚朋友,况且需要一笔不小的资金,万一不成功就没有退路。既要忙业务的事,又要想办法让家人支持他干下去,所以他只能一天工作15个小时以上,找场地、找资金、找工人、找技术、聘请技术人员、办营业执照、安装机器设备等,经过了无数不眠之夜,经历了重重难关。

直到2008年年底他终于实现了自己的第二个目标,成立了河南某药业有限公司,创办资金110万元,公司员工62人,厂区占地面积近10 000平方米,集生产、销售为一体。为了公司良性发展,他始终坚持质量第一、服务第一,坚持为"三农"服务的原则。俗话说:君子爱财,取之有道。从生产第一天开始,他就要求从包装到产品不允许有一包次货出现,宁肯少赚钱也不赚亏心钱。由于产品定位合理、包装新颖、质量可靠,很快在经销商和养殖户中得到好评,销量也逐日上升,目前产品销售全国 20 多个省区,并且产品从销售第一包到现在没有一包退货,从而创出了自己的品牌,公司得到了很大的发展。

从卫喻凡同学的创业经历看,一个人可以没有显赫的家庭背景,没有名校的学历,没有出众的个人条件,但是要有一颗积极进取的心。成功与否很大程度在于你的努力和付出,当然很多时候不管你愿不愿意、喜不喜欢都得根据实际情况做相应的调整和改变,只有通过不断尝试摸索,通过自己的努力和不断地跟随形势才能找到一条适合自己的发展之路。

俗话说:兵无常势,水无常形。作为创业,客观地认识当前形势,主动地适应社会发展变化,既要看到困难更要看到希望和机遇,既要有期望也要有心理准备。不断进行知识与能力的储备,不要只是发牢骚和抱怨这个世界不公平,有人天生就比你好,比你有好的家庭背景,有好的客观条件,这是很正常的,不要再抱怨自己没机会,而是要自己创造条件和机遇。

作为一个普通的高职毕业生,卫喻凡能一步一步走到今天真的很不容易。物竞天择,适者生存。每个人都要学会认清自己,比如自己爱好什么,擅长什么,适合干什么,这个社会需要什么样的人,自己是不是适合这个社会,该做怎样的调整等。不管什么时候都要保持积极的心态。心理学家早就研究发现,一个人被击败,不是因为外界环境的阻碍,而是取决于他对环境的反应。前男足主教练米卢所说的"态度决定一切"就是这个意思。埋怨改变不了现实,但是积极的心态和行动可以改变一切。作为一个没有任何学历优势的专科生,或许你会认为自己不如本科生,更不如研究生,但是不要认为自己什么都比本科生、研究生差,可能在知识条件上不如他们,但是生活能力上或者适应社会的能力我们可能并不比他们差,相信只要努力就没有什么不可以,成功的机会人人都有,或许只是所选择的方式、所走的轨迹是不一样的,但是要坚信条条大路通罗马,张瑞敏说过:什么叫做不简单?能够把简单的事情天天做好,就是不简单;什么叫做不容易?大家公认的、非常容易的事情,非常认真地做好它,就是不容易。

卫喻凡同学刚做业务时很多次想放弃,但是靠信念和理想支撑让他坚持走下去,不懂的时候就学习,自己学不会就问别人、请教别人,放出去的是一声声老师,收回来的是一点一滴的经验,直到今天他对禽类的看病水平可能要比一个刚毕业的专业的禽病类的学生高,这就靠的是对事业的热爱,对知识的追求。学生要学会感恩,感恩社会给你创造机会,感恩母校和老师教会你生存和竞争,你才不会被社会淘汰,感恩家人支持你的一切,感恩伙伴给你的支持,感恩对手给你上进心,感恩阳光照亮你的心胸,感恩一切你可以感恩的,感恩你所看到的一切,你会觉得原来这个世界这么美好,自己追求成功的路上也并不孤单。要时刻不忘学习,罗曼•罗兰说过:人慢慢被淘汰的最大原因不是年龄的增长,而是学习热忱的减退。学习是一项伴随终身的最划算、最有效、最安全的投资,"良田万顷,不如薄技在身"。

点评:

在大学时,老师给学生锻炼的机会,使大家有一定的组织和协调能力;对大家进行职业生涯规划教育,这些对大家的帮助很大。学生应该珍惜在学校的每个锻炼机会,那会促进学生的成长和成熟;听老师、同学的体会,那是他们在告诉你人生的经验,教你生存的能力;珍惜同学间的情谊,到了社会你会发现那是一笔用不尽的能源;珍惜在校的分分秒秒,选好自己的目标,认真的努力,适时地调整自己的心态和情绪,成功会属于你自己。

??? 习题或思考

1. 大学生创业的 SWOT 分析指的是什么？
2. 创业计划书包含哪些内容？
3. 张松江的案例使你从中明白了什么道理？

参 考 文 献

[1] 孙淑云,石峻. 厚积薄发——跨越求知到创业的人生平台 [M]. 北京:中国时代经济出版社,2002：340.

[2] 胡文娟. 大学生就业指导 [M]. 济南:济南出版社,2005：225 ~ 227.

[3] 王官禄,王星亮,张学英. 大学生职业生涯规划与就业指导实用教程 [M]. 徐州:中国矿业大学出版社,2004：235 ~ 236.

[4] 占永琼. 大学生创业理论与实务 [M]. 上海:同济大学出版社,2009：87 ~ 90.

附录 1 国内部分地区创业扶持政策介绍

在党和国家的积极号召下,全国各省市和地区政府积极响应,贯彻规定在全国范围适用的创业优惠政策的同时,也积极制定符合当时当地形势的扶持政策,这对大学生创业活动起到了积极的推动作用。

一、福建省创业扶持政策

福建省为了进一步促进高校毕业生自主创业,由共青团福建省委联合银行开展青年创业小额贷款业务,如与邮政储蓄银行福建分行推广"绿卡青年卡",对应届大学毕业生、毕业 3 年(含)以内的往届大学毕业生从事的经营项目有固定的经营场所的每人单笔贷款额度为:商户10 万元以内,农户 5 万元以内。

对于自主创业、灵活就业的高校毕业生,人事部门所属人才中介机构 3 年内免费办理人事代理,提供落户服务。设立大学生自主创业担保基金,为需要担保的异地创业高校毕业生提供担保服务。

2009 年福建省大学生"十百千万"创业助力计划实施意见:在全省建立 10 个高校毕业生创业培训基地,扶持 100 个高校毕业生创业项目,为 1 000 名有创业意向的高校毕业生提供系统的创业辅导,组织 10 000 名高校毕业生参加创业培训。

2010 年福建省实施创业引领计划,计划至 2012 年引领扶持 6 000 名大学生实现创业,建设创业孵化基地,每年为 200 个大学生创业项目提供孵化服务。

不同地市扶持政策也有所不相同,厦门市厦门小额担保贴息贷款额度拟从原来的 5 万元提高到 8 万元,如果大学生到农村从事教育、医疗、农业技术推广行业的,注册资金最低注册资本为 3 万元,允许在 3 年内分期到位。

二、辽宁省创业优惠政策

辽宁省制定税收方面的优惠政策包括:对新办的从事咨询业(包括科研、会计、审计、税务等咨询)、信息业、技术服务的企业或经营单位,经主管税务机关批准,自开业之日起,第一年至第二年免征企业所得税。对到国家确定的"老、少、边、穷"地区新办的企业,经主管税务机关批准,可在 3 年内免征企业所得税。

随着高校毕业生就业形势的日益严峻,支持高校毕业生从事个体经营的,除国家限制的行业外,工商部门注册登记日期在其毕业后两年以内的,自其在工商部门登记注册之日起 3 年内免交各类行政事业性收费。具体项目如:卫生部门收取的中医西医专业技术资格评审费;劳动保障部门收取的就业前培训费;旅游部门收取的导游人员资格培训费、导游人员资格报名考试费;建设部门收取的城市占道费;国土资源部门收取的城市私房占地费、城市临时占地费;省政府及省财政、物价部门批准设立的涉及个体经营的其他登记类、证照类和管理类收费项目。

在贷款方面规定,高校毕业生自主创业小额担保贷款由担保机构与商业银行共担风险,担保基金单位清偿贷款损失额的90%,商业银行承担贷款损失额的10%。

三、成都市的创业扶持政策

由成都市工商部门制定的优惠政策包括:高校毕业生从事食品、饮料、日用品、书报刊零售和居民服务等活动且暂不具备行政许可申办条件的,可申请办理成都市灵活就业营业辅导证,开展试营业实践活动,在一年内免于个体工商户登记。

未就业高校毕业生可以享受免费参加招聘会、创业注册资本分期缴付等优惠政策。其中,注册资本500万元(含)以下的公司,可零首付,3个月内注册资本到位20%,由工商部门核发有效期为6个月的营业执照,两年内注册资本缴足;高校毕业生也可用知识产权、实物、科技成果等可评估的非货币资产作价出资等。

对创业项目优良、有发展前景、带动就业人数较多的,可获得一定贷款额度并严格执行贷款合同的借款人(享受政府全额贷款贴息的除外),享受每贷款1万元、1个年度内给予600元的贴息补助。

高校毕业生个体工商户或其创办的企业若在创业初期有轻微违法或违规行为,未造成严重社会后果且能主动纠正的,成都市工商局将对其实行行政告诫制度,免去经济处罚,并帮助指导其改正。

四、温州市创业扶持政策

为鼓励大学生开展农业创业,温州市出台相关扶持政策:大学生在市区从事农业创业、首次工商注册登记满1年的,可获1万元的专项创业补助。

残疾大学生创业可享受高额度的贷款贴息政策。按《温州市残疾人就业创业帮扶计划实施意见》规定,残疾人从事种植业、养殖业、加工业和服务业的,可享受贷款贴息扶持:其个人贷款按4%的年利率、10万元贷款额度内给予贴息;对市级残疾人扶贫示范基地按3%的年利率、50万元贷款额度内给予贴息;其他残疾人扶贫基地20万元贷款额度内给予贴息。在2010—2012年毕业的残疾人大学生个体从事种植业、养殖业、加工业和服务业的,以4%的年利率、30万元贷款额度内给予贴息。

附录2　部分有关大学生创业政策网站

创业中国	http://www.icycn.com
大学生创业网	http://www.studentboss.com
中国创业教育网	http://www.kab.org.cn
教育部大学生创业服务网	http://cy.ncss.org.cn
中国大学生创业政策网	http://www.zdcy8.cn/news.html
中国教育新闻网	http://job.jyb.cn
中国大学生就业创业网	http://www.edajiu.com
中国共青团网	http://www.gqt.org.cn
中国大学生就业信息网	http://www.eol.cn/html/c/job.shtml
青年创业网	http://www.qncy.com.cn
中国青年创业国际计划	http://www.ybc.org.cn
大学生村官网	http://www.54cunguan.cn
中国就业网	http://www.chinajob.gov.cn
中国留学生创业网	http://www.rcsp.com.cn
越众创业网	http://www.yzcy.com
福建青年创业网	http://www.qn591.com
福建创业网	http://www.cyw591.com
福州大学生创业网	http://fz.studentboss.com
福州青年就业创业服务网	http://www.woxing.org